KB164962

작가를 위한
세계관 구축법

생성 편: 마법, 제국, 운명

On Writing and Worldbuilding: Volume I

생성 편
On Writing and
Worldbuilding
마법
제국
운명
작가를 위한
세계관 구축법
티머시 힉슨
지음
정아영
옮김

일러두기

- 이 책의 각주는 모두 옮긴이주입니다.
- 이 책에 나오는 해외 작품명은 국내에 출간·방영·상영된 제목대로 표기하였으며, 우리말로 번역되지 않은 작품의 제목은 직역하거나 독음을 그대로 적었습니다. 그 밖의 외래어는 국립국어원 외래어 표기법을 따랐습니다.

들어가며

세상의 모든 이야기 마니아에게

나는 '해야 한다'라는 말을 좋아하지 않는다. 적어도 글쓰기를 가르쳐준다는 도서, 영상물, 강연에서 이 말이 지금처럼 사용돼서는 안 된다고 생각한다. 여기저기서 '해야 한다'라는 말이 얼마나 자주 나오는지, 좋은 글을 쓰기 위해 따라야 할 객관적 법칙이 존재한다고 오인하는 작가들이 있을 정도다. 이야기의 신이 선포한 '창작의 십계명'이 있고 현명한 사람들만 알아볼 수 있는 것은 아닐까 하는 의구심이 고개를 드는 것이다. '단순한 소원 성취 이야기를 대체 왜 쓰려고 하나?', '3막 구조가 아닌 이야기는 쓰레기통에 버려라!', '1차원적 인물밖에 나오지 않는 뱀파이어 로맨스물은 절대 성공할 수 없다' 등등.

글쓰기관이라고까지 부를 수 있을지는 모르겠지만, 공연히 젠체하는 바르트식 문학 이론가라고 매도될 위협을 무릅쓰고 말하자면 내 입장은 다음과 같다.

자기가 읽고 싶은 이야기를 쓰면 그만이다.

글을 쓰는 사람에게 이것 말고는 아무 책무가 없다. 물론 글쓰기 기술을 알면 더욱 흡족한 작품, 즉 출판으로 이어질 만한 작품을 완성하는 데 도움이 될지 모른다. 그러나 출판만이 작가들의 궁극적 목표는 아니다. 사람들이 이야기를 쓰는 까닭은 다양하다. 정신 건강이나 개인적 만족을 위해 쓰기도 하고 자신이 좋아하는 작품을 향한 열정으로 팬 픽션을 쓰거나 다른 사람을 위한 마음에서 쓰기도 한다. 이를테면 《퍼시 잭슨과 올림포스의 신Percy Jackson and the Olympians》 시리즈는 릭 라이어던Rick Riordan이 주의력 결핍 과잉 행동 장애ADHD와 난독증을 겪는 자신의 아들 헤일리를 위해 쓰기 시작한 작품이다. 이와 같은 맥락에서 이 책은 '어떻게 써야 한다'에 관한 가르침이 아니라, 많은 독자의 마음을 사로잡는 이야기와 그러지 못하는 이야기에 관한 논의라고 할 수 있다.

나는 이 책에서 글쓰기에 관해 '해야 한다'라는 명령을 되도록 하지 않았으며, 이 어구를 쓰더라도 비교적 가벼운 느낌으로 썼다. 이야기를 '어떻게 써야 한다'라는 표현에는 출판 외에 이야기를 창작하는 다른 동기는 전부 무가치하다는 의미가 내포돼 있는데, 전혀 사실이 아니다. 나는 다른 사람들이 푹 빠져들 만한 이야기를 쓰고 싶은 열망에서 글을 쓰기도 하지만, 내가 겪고 있는 현실의 문제를 처리하는 과정으로써 글을 쓰기도 한다. 그래서 내 작품 속 인물들은 내가 실제로 당면한 문제를 해결하느라 고심하는 경우가 많다. 내가 창조한 인물들의 심리를 파고들어 그들이 문제에 어떻게 맞서는지, 이야기의 세부 사항은 어떻게 전개되는지 확인하고 나면 현실의 문제도 감당할 수 있는 수준으로 다가온다. 어떤 의미에서는 나 혼자 싸우는 것이 아니라는 위로를 얻을 때도 있다.

이 책은 나의 'Hello Future Me' 유튜브 채널에 업로드한 'On Writing' 시리즈 강연에서 비롯되었다. 강연 시리즈를 게재하기 시작한 것은 2017년 말이다. 그때는 지금과는 달리 비디오 에세이의 시대였다. 특히 글쓰기에 관한 비디오 에세이가 성행하기 시작하던 시기다. 서사, 구조, 글쓰기 기법과 관련된 영상을 올리는 유튜버가 많지는 않아도 늘 있었고, 셰일린라이츠ShaelinWrites처럼 10년 가까이 된 어느 모로 보나 완전한 '작가튜브'도 있었다. 그러다 2016년에서 2018년 사이에 이런 주제를 다루는 유튜버가 폭발적으로 늘어났고, 이들의 영상도 조회수가 수백만에 이르렀다. 《해리 포터와 마법사의 돌Harry Potter and the Philosopher's Stone》을 펼쳐 들고 이 작품의 1장이 그토록 독자들을 사로잡은 이유가 무엇인지 알아내기 위해 고심해본 사람이라면 누구나 구미가 당길 수밖에 없는 영상들이었다. 한마디로 마니아들의 파라다이스가 펼쳐진 것이다. 참고로 J. K. 롤링J. K. Rowling은 1장에 작품의 주요 콘셉트 전부와 주요 인물 거의 전부에 대한 설명을 잘 숨겨두었다.

하지만 시간이 흐를수록 이런 강연 영상들의 경향성이 눈에 들어왔다. 대부분이 인터넷에 아무렇게나 널려 있는 '다섯 가지 팁' 같은 기사들과 다를 바가 없었던 것이다. '근사한 첫 번째 장을 쓰기 위한 다섯 가지 팁! 첫째, 주인공을 소개하라. 둘째, 매혹적인 첫 문장을 써라 …' 이런 팁이 나쁘다는 뜻은 아니다. 그러나 도움이 안 되는 것이 사실이다. 주인공을 소개해야 한다? 맞는 말이다. 그렇지만 '어떻게' 해야 흥미진진하게 소개할 수 있다는 것일까? 첫 문장이 매혹적이어야 한다는 것도 훌륭한 접근 방식이다. 그렇지만 '어떻게' 해야 매혹적인 첫 문장을 쓸 수 있다는 말인가? 사실 모든 책에는 잘 썼든 못 썼든 독자에게 어필하기 위한 첫 문장이 있다. 앞으로 펼칠 이야기의 긴장을 잘 쌓아 올리기 위해서는 어떤 문제를 첫 문장으로 내세워야 할까? 이러한 기초적 팁은 이미 많은 작가가 알고 있다. 그것도 상당수가 본능적으로 구사한다. 학술적 용어는 모른대도 말이다. 즉 깊이 있는 논의가 뒤따르지 않는 이러한 팁은 대다수 작가에게 그다지 도움이 되지 않는다. 게다가 이 영상들은 대개 직전에 개봉했거나 방영된 특정 영화 또는 TV 프로그램을 중심으로 제작되기 때문에, 위의 팁들이 이야기 속에서 어떻게 '작동'했는지보다는 작품 자체에 치우친 경우가 많다.

그런 영상들에 문제를 제기하려는 것은 아니다. 비디오 에세이는 이야기를 새로운 차원에서 분석할 수 있게 해주는 훌륭한 형식으로, 분명 한계는 있지만 상당한 가치와 잠재성을 지녔다. 다만 내게 필요한 콘텐츠가 아닐 뿐이다. 내가 원하는 것은 다양한 작품을 바탕으로 서사, 이야기 구조, 인물 설정, 작중 세계관 구축에 관해 충분히 폭넓은 논의를 제공하는 콘텐츠였다. 신중하고 계획적이며 5분이라는 시간에 제한되지 않은 논의 말이다.

'On Writing' 시리즈의 오랜 구독자라면 내가 '시간에 제한되지 않은 논의'를 하는 데 몰두했다는 점을 알 것이다. 이 모든 생각 끝에 나는 'On Writing' 시리즈를 제작하게 됐고, 이어서 모든 편을 망라하고 새로운 내용도 더해 이 책을 출간하기에 이르렀다. 영상을 만들 때 나는 지나치게 포괄적인 주제들은 배제하고, 스토리텔링의 필수적이며 구체적인 요소만을 교육적으로 상세히 다루려 했다. 흡족한 이야기를 쓰려면 어떻게 해야 하는지에 관해 명료하고 일관되며 깊이 있는 논의를 제공하고자 했다.

그러자 놀라운 결과가 나타났다. 그중에서도 기존 작가들 사이에서조차 생소한 개념인 '하드 마법 체계'를 다룬 영상은 조회수가 무려 260만 회를 넘겼다![*] 나와 'On Writing' 시리즈를 지지해 준 모든 분께 대단히 감사드린다. 채널이 본격적인 궤도에 오르고 난 어느 날, 온라인상에서 벌인 스스로의 모든 행보가 단박에 이해되는 순간이 찾아왔다. 나는 내가 늘 하고 싶었던 일을 하고 있었다. 나는 언제나 다른 사람들에게 뭔가를 가르쳐주는 일이 좋았고, 'On Writing' 시리즈 덕분에 최적의 환경에서 그 열정을 좇을 수 있게 됐다.

이 책이 여러분이 자신만의 이야기를 쓸 때 미처 자각하지 못했던 핵심을 짚어주는 의미 있는 참고 자료가 되기를 바란다.

---

* https://www.youtube.com/watch?v=iMJQb5bGu_g

차례

2

인물의 매력이 작품의 매력

3

마법 체계 설정하기

4

제국의 탄생과 몰락

1

도발적인 도입부 만들기

1장

프롤로그는
예고편이 아니다

J. K. 롤링	J. K. Rowling
《해리 포터와 마법사의 돌》	Harry Potter and the Philosopher's Stone
《해리 포터와 혼혈 왕자》	Harry Potter and the Half-Blood Prince

리타 캘로그리디스	Laeta Kalogridis
〈얼터드 카본〉	Altered Carbon

마이클 디마르티노	Michael DiMartino
브라이언 코니에츠코	Bryan Konietzko
〈아바타: 아앙의 전설〉	Avatar: The Last Airbender

브랜던 샌더슨	Brandon Sanderson
《왕의 길》	The Way of Kings

제임스 S. A. 코리	James S. A. Corey
《익스팬스: 깨어난 괴물》	Leviathan Wakes

조지 R. R. 마틴	George R. R. Martin
《왕좌의 게임》	A Game of Thrones
《드래곤과의 춤》	A Dance with Dragons

존 그린	John Green
《종이 도시》	Paper Towns

이야기를 어떻게 시작할지는 작가로서 내려야 하는 가장 중대한 결정 중 하나다. 이 과정에서 프롤로그를 쓸지 말지도 결정해야 한다. 이야기를 어떻게 여는 것이 좋을지는 아무래도 문체, 장르, 작가의 창조적 선택에 따라 달라진다. 그러나 독자를 사로잡는 데 특별한 효과를 발휘하는 프롤로그를 쓰는 방법이 있는 것도 사실이다.

프롤로그는 첫 번째 장에 앞서 나온다. 프롤로그의 본질은 중심 서사와 떨어져 있다는 것으로, 그 기준은 여러 가지다.

- **시점** 중심 이야기와 다른 인물의 시점에서 내용이 전개된다. 브랜던 샌더슨의 《왕의 길》이 그 예다.
- **시간** 중심 서사가 벌어지는 때보다 상당히 앞서거나 멀어진 시점에서 내용이 전개된다. 중심 이야기 10년 전의 사건을 그리는 《해리 포터와 마법사의 돌》 첫 부분이 그 예인데, 여기서 '첫 부분'이라고 기술한 까닭은 엄밀히 말해 이 내용이 '1장'으로 명명돼 있지만 1장이라기보다 프롤로그로서 기능하기 때문이다.
- **지리** 중심 서사가 벌어지는 곳과 굉장히 다른 장소를 배경으로 내용이 진행된다. 2018년에 넷플릭스를 통해 공개된 〈얼

터드 카본〉 시리즈가 그 예다.

이번 장에서는 매혹하기, 필요성, 인물의 전사前事, 설명을 중심으로 프롤로그를 살펴볼 것이다. 프롤로그에서 어조, 분위기, 주제가 얼마나 중요한지, 그리고 어느 정도의 길이로 써야 할지도 알아보자.

프롤로그 매혹하기 활용법

프롤로그도 쓰고 첫 번째 장도 쓴다면 이야기의 도입부에 매혹하기 수단을 두 번 배치하는 셈이다. 이를 통해 작가는 독자에게 커다란 질문을 두 가지 던질 수 있다. 다만 이때 프롤로그가 첫 번째 장에서 끌어올릴 긴장을 반감하지 않도록 주의해야 한다. 작품의 미스터리 요소를 프롤로그에서 밝혀버리는 작가들이 종종 있기 때문에 짚고 넘어가는 말이다.

《해리 포터와 혼혈 왕자》에서 프롤로그 매혹하기로 드레이코가 덤블도어를 죽이는 데 실패할 경우, 스네이프가 그 일을 대신하기로 깨뜨릴 수 없는 맹세를 하는 내용이 노골적으로 나온다고 가정해보자. 그리고 첫 장에서는 드레이코가 뭔가를 꾸미고 있다고 해리가 의심하는 매혹하기 내용이 나온다면? 즉각 두 가지 문제가 생긴다. 먼저, 독자가 첫 장이 나오기 전에 드레이코가 무슨 일을 꾸미는 중인지 이미 알고 있으므로, 첫 장의 매혹하기 내용이 이야기의 긴장을 높이지 못한다. 둘째로, 프롤로그가 무의미해진다. 첫 장으로 독자가 드레이코와 스네이프의 음모를 궁금해하게 할 작정이라면 프롤로그는 독자가 이야기의 핵심으로 진입하는 속도를 늦출 따름이다.

이중 매혹하기 구조를 사용할 때는 각각의 매혹하기 내용이 '서사에 필요한 서로 다른 질문'을 겨냥하도록 해야 한다. J. K. 롤링은 이 점을 분명히 알았다. 실제로 《해리 포터와 혼혈 왕자》를 보면 프롤로그를 읽은 독자는 '드레이코가 실패할 경우 스네이프가 대신하기로 한 임무가 뭘까?' 하고 궁금해할 테지만, 첫 장은 이 질문과 '전혀' 관련 없이 전개된다.* 첫 장은 덤블도어가 해리를 비밀 임무에 끌어들이는 내용으로 시작되는데, 그러면서 독자를 또다시 '덤블도어가 무슨 생각이지?' 하고 궁금해하게 만든다. 두 개의 매혹하기 내용은 결국 연결된다고 볼 수 있지만, 이는 한참 뒤에 가서야 벌어지는 일이다. 명심하라, 프롤로그가 첫 장과 다른 질문을 겨냥하도록 하자.

어떤 종류의 매혹하기를 활용할지도 중요하다. 프롤로그의 이점은 프롤로그가 있으면 다른 인물의 시점이나 다른 시간 또는 공간에서 이야기를 그릴 수 있다는 것이다. 즉 중심 서사의 흐름상 인물들은 결코 알 수 없으나 작품의 긴장을 구축하는 데 핵심이 되는 장면을 프롤로그에서 보여줄 수도 있다.

예컨대 《왕좌의 게임》 프롤로그는 밤의 경비대원 중 한 명의 시점에서 진행되며, 수수께끼에 싸여 있는 장벽 너머 먼 북

* 여기서 저자가 말하는 프롤로그, 첫 장은 한국어판 《해리 포터와 혼혈 왕자》 1권의 2장과 3장으로 보인다.

쪽의 다른 자들에 대해 묘사한다. 이들은 죽은 야인들을 부활시켜 마음대로 조종하고, 급기야 이 경비대원의 상관을 죽인다. 이로써 독자는 앞으로 시작될 이야기가 판타지적 요소를 지녔다는 점과 주요 인물 중 한 사람인 존 스노우가 언젠가 분명히 맞닥뜨릴 테지만 그로서는 전혀 모르는 위협 사항을 파악한다. 이는 52장에 이르러서야, 즉 앞으로 500쪽을 넘기고 나서야 모습을 드러낼 초자연적 위협이다. 초반에 이 소설은 중세 시대를 배경으로 철저히 현실적으로 전개되며, 존은 장벽 근처에 가지도 않고 그곳에서 무슨 일이 벌어지는지도 모른다. 따라서 중심 서사가 시작되고 나서는 '그건 그렇고 자네, 얼음 좀비가 출몰한다는 소문은 들었나?'처럼 꼴사나운 설명을 삽입하지 않는 한 이러한 초자연적 위협의 존재를 독자에게 알리기가 굉장히 어려울 수밖에 없다.

프롤로그 매혹하기는 주요 인물이 알 수 없는 것이라 본격적인 이야기에 돌입한 직후에는 효과적으로 전달할 수 없으나 서사의 긴장을 쌓는 데 필요한 내용으로 채우는 것이 좋다.

없느니만 못하다면 쓰지 말자

프롤로그는 독자가 작품을 처음 만나는 부분이다. 따라서 작가는 독자에게 이 부분이 왜 필요한지 더욱 빈틈없이 따져봐야 한다. 물론 그렇다고 따져보지 않고 넘어가도 되는 부분이 있다는 뜻은 아니다.

《종이 도시》의 프롤로그가 꼭 필요한 프롤로그의 예라고 할 수 있다. 쿠엔틴과 마고가 공원에서 시체를 발견했던 과거의 한 장면이 나오는데, 다음 구절 때문에 이 장면은 없어서는 안 되는 역할을 한다.

"이혼하는 사람이 얼마나 많은데. 이혼한다고 다 자살하는 건 아니야."

내가 말했다.

"나도 알아."

마고가 흥분한 기색이 역력한 목소리로 대답했다.

"나도 그렇게 말했어. 그랬더니 또 다른 이야기도 해줬는데…."

마고는 공책을 이리저리 넘겨보더니 다시 말했다.

"조이너 씨는 괴로움에 빠져 있었대. 그래서 그게 무슨 뜻이냐고 물었더니, 그냥 명복이나 빌어주면 된다고 하면서 엄마한테 얼른 설탕 갖다드려야 하지 않냐고 하시길래, 설탕은 됐다고 하고 나왔지."

나는 이번에도 아무 말 않고 마고의 이야기를 기다렸다. 마고의 작은 목소리에는 뭔가를 막 깨달은 듯한 흥분과 긴장이 뒤섞여 있었고, 나는 이 순간이 나에게 중요한 순간이라는 느낌이 들었다.

"나, 조이너 씨가 자살한 이유를 알 것 같아."

마침내 마고가 말했다.

"뭔데?"

"조이너 씨 마음속에 있는 모든 실이 끊어진 거지."

마고의 대답이었다.

이 대화의 마지막 문장에 '실'이라는 은유가 나오는데, 존 그린은 이 작품에서 실을 열다섯 번이나 언급한다. 《종이 도시》는 3부로 나눠진 작품으로, 1부의 제목이 '실'이기도 하다. 마고가 어떤 사고방식을 지녔으며 이 은유가 어디에서 나왔는지 보여주지 않으면 독자는 《종이 도시》의 주제와 쿠엔틴이 마고를 어떻게 생각하는지를 정확히 파악할 수 없다. 그건 이 작품의 많은 부분을 이해할 수 없다는 의미다. 바로 다음에 나오는 첫 장의 이야기를 이해하는 데만 해도 이 내용이 필요하다. 설명적 구절을 통해 단순히 전달해줄 때보다 낱낱이 보여줄 때 당연히 독자가 내용을 훨씬 직관적으로 받아들일 수 있다.

그렇다면 인물의 전사를 중심으로 쓴 프롤로그는 언제 필요할까? 인물에게 과거의 트라우마가 있는 경우 독자가 미리 알아야 할 것 같아 프롤로그에 집어넣으려는 작가들이 많다. 하지만 인물의 전사는 대체로 나중에 회상 장면을 통해 제공하는 편이 낫다. 트라우마를 남긴 과거의 사건은 독자가 소설의 도입부를 이해하는 데는 도움이 되지 않기 때문이다.

예를 들어 〈얼터드 카본〉에서는 인물의 전사를 이루는 요소 중 어떤 사항들이 첫 에피소드에서 주어지는지 살펴보자. 첫 에피소드의 한 장면은 자신의 원래 육신에 들어 있는 주인공 타케시 코바치가 상황을 인지한 상태에서 공권력에 제압당하는 내용이다. 이와 같은 주인공의 전사는 그가 200년 후 새로운 육신으로 깨어나는 다음 장면, 또는 원작 소설의 '1부'와 즉각 병치를 이룬다. 동일인이 서로 다른 두 개의 육신에 들어 있는 모습은 시청자와 작중 인물이 순순히 받아들이기 어려운 것으로, 사람들의 의식을 새로운 신체로 옮길 수 있다는 이 작품의 기본 전제를 훌륭하게 제시한다. 프롤로그 장면은 코바치가 반란에 연루돼있다는 사실이나 그와 여동생의 관계, 군사 훈련 경력 같은 것들은 다루지 않는다. 그의 전사 중 이 사항들은 첫 번째 장을 이해하는 데 관련이 없기 때문이다.

작품을 이해하기 위해 알아야 하는 요소를 설명보다 훨씬 효과적으로 전달한다면 '필요한' 프롤로그라고 봐도 좋다. 그리고 프롤로그를 인물의 전사 중심으로 쓸 때는 독자가 '첫 장'의 내용을 따라가는 데 필요한 사항만 담는 편이 적절하다. 이야기의 훨씬 뒷부분과 관련 있는 사항들은 중심 서사를 통해 소개해도 늦지 않다. 앞서 《왕좌의 게임》을 예로 들며 제시한 첫 번째 기술과 모순된다고? 앞서 나는 첫 번째 장과 관련이 없는 내용으로 프롤로그를 꾸며야 한다고 말했다. 하지만 제 기능을 다하고 '없어서는 안 되는' 프롤로그가 되는 데는 하나가 아닌 여러 이유가 있는 법이다. 《왕좌의 게임》의 프롤로그 또한 초반부가 중세풍 사실주의라는 점을 고려해, 본격적으로 중심 서사에 뛰어들기에 앞서 작품의 판타지적 성격을 구축하고 이를 보여주는 것처럼.

독자가 싫어하는 설명 끼워 팔기

프롤로그에 대해 편집자나 에이전트, 출판사, 독자들로부터 가장 쉽게 날아드는 비판은 설명만 줄줄 늘어놓은 데 지나지 않는다는 것이다. 특히 SF나 판타지 작품이 이런 비판을 자주 받는다. 마법의 검은 어디에서 기원했는지, 아니면 태초에 어둠의 제왕은 어떻게 제압될 수 있었는지, 또는 우주 감자가 탄생한 연유는 무엇인지 등등. 프롤로그를 본질적으로 작중 세계의 역사, 정치, 법률, 마법 체계에 관한 지식을 전달할 목적으로 쓰는 작가들도 있다. 그러나 작가로서는 구미가 당길지 몰라도, 대다수 독자는 관심도 없고 기억하기도 어려우므로 별로 달가워하지 않는다. 설명 위주의 프롤로그는 독자를 질리게 할 위험성이 있다. 그렇다고 프롤로그에 설명을 집어넣지 말라는 뜻은 아니다. 프롤로그에 설명을 삽입하면서 독자의 흥미도 끌 방법이 두 가지 있다. 바로 미스터리를 활용하거나 감정에 호소하는 것이다.

미스터리 활용하기

《해리 포터와 마법사의 돌》은 '1장'이 1장이라기보다 프롤로그에 가깝다. 중심 서사와 다른 시점에서 서술돼 있으며 내용도 중심 서사가 시작되기 한참 전의 사건을 다룬다. 그와 동시에 기능적으로 다음의 정보를 전달한다.

- 릴리와 제임스는 죽었고, 두 사람의 아들은 살아남았다.
- 어둠의 제왕은 패배했고, 잘은 몰라도 이 남자아이가 그 사건에 관련된 것은 분명하다.
- 마법사들의 세계가 있으며, 그 세계는 마법사들이 '머글'이라고 부르는 비마법사들에게는 감춰져 있다.

- 이 마법사들은 독특한 옷을 입으며, 오랜 기간 전쟁을 치렀다.

작가는 이 정보들을 신비로운 분위기 속에서 전달한다.

"사람들 말이 그자가 릴리와 제임스의 아들, 해리를 죽이려고 했답니다. 하지만 죽일 수 없었대요. 그 작은 아이를 죽이지 못한 거예요. 왜 그랬는지, 어떻게 그럴 수 있었는지는 아무도 모르지만, 해리를 죽이지 못한 볼드모트는 타격을 입었고, 그래서 사라진 것이라고 하더군요."

이 이야기는 알 수 없는 것투성이다. 1장 내내 이상한 일들이 벌어지지만, 독자에게 주어지는 설명은 극히 일부분에 불과하다. 이 설명들이 모여 반쯤 완성된 신비로운 수수께끼를 만들어내고, 이때 독자는 주어진 '설명' 자체보다 새로 드러난 '질문'에 초점을 맞추게 된다.

감정에 호소하기

《드래곤과의 춤》의 프롤로그에는 상처를 입고 망가진 바라미르라는 인물이 등장하는데, 그는 브랜과 마찬가지로 스킨체인저다. 마틴은 바라미르라는 인물을 그리는 데 프롤로그 전체를 할애했고, 그에 따라 독자는 그의 동기가 무엇인지, 그가 자신의 인생에서 증오하는 것은 무엇인지, 자신이 아홉 번이나 죽은 일을 어떻게 기억하고 있는지, 그리고 과거의 영광스러운 나날을 얼마나 그리워하며 지금 얼마나 지친 상태인지를 속속들이 알게 된다. 독자는 바라미르의 경험 속으로 빠져든다. 프롤로그의 초점은 그가 결국 죽음을 받아들이기까지 겪는 개인적 여정에 맞춰져 있다. 그러나 동시에 스킨체인저가 어떤 힘을 발휘할 수 있는지 상당히 많은 설명이 담겨 있다.

- 동물의 몸에 너무 오랫동안 갇혀 있으면 미칠 수도 있다.
- 스킨체인저들은 빙의를 거듭하다 인간성을 잃기도 한다.
- 힘이 약해져서 다른 정신에 깃들기 어려워질 수도 있다.
- 강한 정신의 소유자는 자기 몸에서 스킨체인저를 몰아내기도 한다.

아니나 다를까 이 요소들은 나중에 브랜의 스토리라인에서 중요한 역할을 한다.

《해리 포터와 마법사의 돌》과 《드래곤과의 춤》에서 알 수 있듯, 두 소설의 작가들은 서사의 틀을 짜는 데 필수적인 설명만을 전달한다. 즉, 1692년에 제정된 마법사 비밀 법령에 관해 털어놓지 않는다. 해리의 삶을 결정지은 하나의 중요한 사건에 관해서만 이야기한다. 숲의 아이들과 스킨체인저들의 관계도 밝히지 않는다. 후에 브랜이 직면하게 될 문제들을 설명하는 데 중요한 요소들을 프롤로그 전반에서 전달할 뿐이다.

작품 테마 '찍먹'하기

프롤로그는 첫 장을 통해서는 전하기 쉽지 않은 작품 특유의 어조, 분위기, 주제를 구축하는 데도 유용하다. 예컨대 제임스 S. A. 코리는 《익스팬스: 깨어난 괴물》의 프롤로그에서 이 작품이 주류 SF에서 보기 드문 미스터리를 가미한 러브크래프트Lovecraft적 공포 소설이라는 점을 명백히 드러낸다.

> 그렇다면 고문실이라는 말이다. … 튜브들이 우주선을 정맥이나 기도처럼 꿰뚫고 있었다. 꿈틀대는 부분도 있었다. … 살이었다. 유독 튀어나온 부분이 그녀 쪽으로 다가왔다. … 대런 선장의 머리였다.
>
> "도와줘."
>
> 머리가 말했다.

대런 선장의 마지막 말은 프롤로그를 통틀어 등장하는 유일한 대화문으로, 프롤로그 전체를 감싼 섬뜩하고 침울한 정적 분위기를 극도로 고조시키며 독자가 우주선을 돌아다니던 시점 인물, 즉 위 인용문의 '그녀'에게 자신을 이입하도록 만든다. 《익스팬스: 깨어난 괴물》의 프롤로그는 묘사의 비중이 큰 데다, 육체가 해체된 위 장면처럼 독자의 혐오감을 불러일으키는 내용이 계속해서 나온다. 이와 같은 러브크래프트적 공포 분위기는 첫 장에서는 다소 전달하기 어려울 수밖에 없다. 첫 장은 비교적 밝은 어조로, 사이좋은 인물들이 서로 까불거리며 농담을 주고

받는 내용을 그리기 때문이다. 이렇게 프롤로그에서는 작품의 독특한 특징을 강조할 수 있는 표현과 묘사, 즉 주제를 발전시키는 데 꼭 필요한 은유, 어조를 살리는 대화문, 분위기를 조성하는 묘사적 문장에 초점을 맞추는 것도 좋다.

짧을수록 좋다

프롤로그의 길이에 관한 한 대다수 편집자와 에이전트가 짧은 것이 좋다고 말할 것이다. 예를 들어, 〈아바타: 아앙의 전설〉은 프롤로그가 1분 17초밖에 되지 않는다. 하나의 에피소드가 평균 22분인 데 비하면 무척 짧은 프롤로그라고 할 수 있다.

프롤로그를 망친 명작

크리스토퍼 파올리니가 쓴 《유산》 시리즈의 《에라곤》은 드래곤 라이더와 매력적인 요정들의 환상적인 이야기를 천연덕스럽게 그린 작품으로 이 책의 독자 가운데에도 좋아하는 사람이 많을 것이다. 나도 정말 재미있게 읽었다. 그렇지만 작가는 좋아하는 마음과 별개로 작품을 비평적으로 바라보고 배울 점을 찾는 데도 주저함이 없어야 한다. '공포의 셰이드'라는 제목의 프롤로그는 사악한 셰이드인 더저에게 쫓기는 요정 아리어의 상황을 그린다. 완전히 궁지에 몰린 아리어는 갖고 있던 돌을 서쪽으로 이동시키고, 첫 번째 장에서 에라곤이 이 돌을 발견하게 된다.

- 여기에는 두 개의 서로 구별되는 매혹하기 내용이 있는가?

면밀히 들여다보면 그렇지 않다는 것을 알 수 있다. 프롤로그 매혹하기는 독자에게 다음의 질문을 던진다. '이 사파이어 빛 마법의 돌은 무엇인가?' 다음으로 첫 장에서 독자가 만나게 되는 질문도 다음과 같다. '이 사파이어 빛 마법의 돌은 무엇인가?' 이 소설의 표지에 푸른 드래곤이 그려져 있다는 사실을 고려하면, 이 질문은 프롤로그에서도 첫 장에서도 그다지 미스터리라고 볼 수 없다.

- 없어서는 안 되는 프롤로그인가?

프롤로그에서는 더저와 아리어의 싸움이 벌어지는데, 그것이 전부다. 더 큰 갈등이 존재한다는 사실이 암시되지만, 그 큰 갈등은 이야기가 시작되자마자 거의 바로 모습을 드러낸다. 오히려 나중에 에라곤이 꾸는 꿈들을 이해하는 데 도움이 되는 점이 있다면 있다. 에라곤은 아리어의 꿈을 꾸지만, 그녀가 누구인지 모른다. 그러나 그의 꿈에 등장하는 신비로운 검은 머리 요정 소녀가 프롤로그에 나왔던 신비로운 검은 머리 요정 소녀라는 사실도 독자에게 특별히 놀랍게 느껴지지는 않을 것이다.

- 설명을 어떻게 전달하는가?

다행히 《에라곤》의 프롤로그는 전혀 설명조가 아니다. 하지만 더저가 누구인지에 관한 내용 말고는 거의 정보를 주지 않는다. 그리고 더저는 그렇게 흥미로운 인물이 아니다.

- 작품 특유의 어조, 분위기, 주제를 전달하는가?

이 점이 《에라곤》의 프롤로그가 비판받을 수밖에 없는 이유 중 하나다. 톨킨 풍의 정통 판타지 분위기를 쌓고 있는데, 이는 결국 독자가 예상치 못한 요소가 전혀 없다는 뜻이기 때문이다. J. R. R. 톨킨의 《반지의 제왕》 시리즈 같은 작품들이 판타지 부문의 장르를 정립했기에, 독자들은 별다른 언급이 없는 한 판타지 소설에 대해 당연히 톨킨 풍일 것이라고 가정하고 있을 것이기 때문이다.

바쁜 작가를 위한 n줄 요약

①

서사의 긴장을 끌어올리는 데 기여하는 두 개의 서로 다른 매혹하기 내용을 프롤로그와 첫 번째 장에 배치하라. 주요 인물들의 경험을 통해서는 효과적으로 전달될 수 없지만, 독자가 앞으로 벌어질 이야기를 기대하고 흥미진진하게 읽어나가는 데 긴요한 내용으로 채우는 것이 좋다.

②

프롤로그는 꼭 필요할 때만 써야 한다. 인물의 전사 중심 프롤로그는 보통 독자가 첫 장을 이해하는 데 도움이 되는 내용만 제공하는 편이 좋다.

③

쉴 새 없이 설명을 쏟아내는 프롤로그는 되도록 쓰지 말자. 미스터리와 감정의 흐름에 설명을 엮어 넣자.

④

프롤로그는 첫 장을 통해서는 효과적으로 구축할 수 없는 작품 특유의 어조, 분위기, 주제를 구축하는 데 활용할 수 있다.

⑤

무엇보다 자신이 쓰고 싶은 이야기를 써라. 작가의 유일한 책무다.

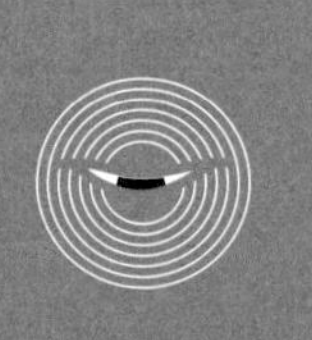

2장

첫 장은 전략이다

J. K. 롤링	J. K. Rowling
《해리 포터와 마법사의 돌》	Harry Potter and the Philosopher's Stone

러셀 T. 데이비스	Russell T. Davies
〈닥터 후〉	Doctor Who

릭 라이어던	Rick Riordan
《퍼시 잭슨과 올림포스의 신》 시리즈	Percy Jackson and the Olympians

마이클 디마르티노	Michael DiMartino
브라이언 코니에츠코	Bryan Konietzko
〈아바타: 아앙의 전설〉	Avatar: The Last Airbender

브랜던 샌더슨	Brandon Sanderson
《왕의 길》	The Way of Kings

스티븐 킹	Stephen King
《다크 타워 1: 최후의 총잡이》	The Dark Tower I: The Gunslinger

오언 콜퍼	Eoin Colfer
《아르테미스 파울》 시리즈	Artemis Fowl

윌리엄 셰익스피어	William Shakespeare
《리어 왕》	King Lear

제인 오스틴	Jane Austen
《오만과 편견》	Pride and Prejudice

존 그린	John Green
《잘못은 우리 별에 있어》	The Fault in Our Stars

코넬리아 풍케	Cornelia Funke
《잉크하트》	Inkheart

필립 리브	Philip Reeve
《모털 엔진》	Mortal Engines

프롤로그를 쓸지 말지, 그리고 쓴다면 어떻게 쓸 것인지 결정했다면, 이제 첫 번째 장에 대해 생각해봐야 한다. 사실 프롤로그를 건너뛰고 첫 장부터 읽기 시작하는 독자가 적지 않다는 걸 감안하면, 첫 번째 장은 프롤로그보다 훨씬 중요하다. 첫 장은 작가에게 일종의 시험과 같다. 미칠 만큼 쓰기 어렵지만 안 쓸 수는 없는 데다, 독자가 들춰보고 계속해서 읽을지 말지 결정하는 부분이기 때문이다. 첫 장에서는 주요 인물들을 소개하고, 뭔가 할 말이 있다고, 그것도 꽤 '재미있는' 이야기라고 독자를 설득해야 한다.

그러나 대체 어떻게 해야 그렇게 쓸 수 있는 것일까? 이 질문을 보자마자 책상에 머리를 박고 싶은 기분이 든대도 괜찮다. 여러분에게는 내가 있으니까! 나는 어떻게 쓸지 모르겠다고 베개에 대고 소리치는 과정이 작가가 되기 위한 전제 조건이라고 감히 선언한다. 지금부터 도대체 첫 장을 어떻게 써야 할지를 작은 3막 구조, 첫 문장, 어조, 매혹하기의 네 부분으로 살펴보자.

작은 3막 구조라는 치트 키

작품을 어떻게 시작하는 것이 가장 좋은지는 이야기의 장르, 문체, 작가의 창조적 선택에 따라 달라진다. 그렇지만 분명 독자들이 평균적으로 더욱 선호하는 이야기 구조는 있다. 3막 구조가 익숙하지 않은 작가는 거의 없을 것이다. 3막 구조의 형태나 공식에 대해서는 저마다 다른 지론이 있을 테지만, 아주 간단한 버전의 3막 구조만으로도 첫 장을 구성하는 데 큰 도움을 얻을 수 있다.

1. 문제 발생
2. 문제 탐구
3. 문제 해결

필립 리브의 《모털 엔진》 첫 장에서는 다음의 문제가 발생한다. '주동 인물인 톰은 런던이 솔트후크라는 도시를 추격하는 광경을 보고 싶어 하지만 허락을 받지 못한다'. 이제 문제에 대한 탐구가 이루어진다. '톰은 상사에게 항변하고, 자신이 그 광경을 이토록 보고 싶어 하는 이유가 무엇인지 생각해본다'. 마지막으로 문제가 해결된다. '톰은 몰래 빠져나가서 그 광경을 본다'. 《퍼시 잭슨과 올림포스의 신》 1권의 첫 장에서는 3막 구조가 좀 더 과감하게 펼쳐진다. 먼저 문제가 발생한다. '퍼시의 선생님은 사실 퍼시를 죽이기 위해 온 괴물이다'. 문제가 탐구된다. '퍼시는 괴물과 맞서 싸운다'. 그리고 문제가 해결된다. '퍼시는 우연히 그 괴물을 죽인다'.

작은 3막 구조가 효과적인 까닭은 단순히 1장을 채울 흥미로운 갈등을 만들어내는 데 그치지 않고, 앞으로 어떠한 '유형'의 갈등이 전개될지 독자에게 예고할 수 있기 때문이다. 또 주인공이 갈등을 어떻게 받아들이고 대처하는가를 보여줄 수 있어, 처음부터 주인공이 수동적이 아니라 주도적으로 비친다. 물론 이때 갈등은 내적 갈등일 수도, 외적 갈등일 수도 있다.

첫 번째 장에서 주인공이 직면하는 문제는 이야기 전반에 걸쳐 그리고자 하는 투쟁을 염두에 두고 선택해야 한다. 《모털 엔진》에서 런던의 솔트후크 추격전은 자원 부족이 거대한 갈등의 원인이며, 그 결과 도시들이 자원 쟁탈을 위해 서로 공격하는 상황을 벌이고 있음을 즉각 드러낸다. 이 내용은 《모털 엔진》의 포스트 아포칼립스적 배경을 전달하고 작중 세계를 확립하는 데도 이바지한다. 마찬가지로 《퍼시 잭슨과 올림포스의 신》 1권에서도 제일 처음 나오는 문제가 앞으로 퍼시가 그리스 신화 속 괴물들에 맞서 싸우는 이야기가 펼쳐지리라는 것을 직접적으로 보여주며, 이 작품의 장르가 판타지 어드벤처라는 점도 확고히 한다. 인물을 중심으로 갈등이 형성되는 이야기라면 제일 처음 나오는 문제도 내적 성찰 위주로 그리는 편이 좋다. 물리적 충돌과 같은 내용을 먼저 내세우면 독자가 작품의 분위기를 오인할 수도 있기 때문이다.

결정적으로, 작은 3막 구조를 쓰면 인물들의 문제 대처 '방식'을 선보이기가 수월하다. 자신에 대한 회의로 넘치는지 아니면 지나치게 자신을 믿는지, 신체적 능력이 뛰어난지 아니면 장애가 있는지, 정직한지 혹은 상대방을 속이는지 등 말이다. 주인공이 지닌 다른 작품들의 주인공과 구별되는 흥미로운 면면을 보여주는 데도 도움이 된다. 특히 세상에 대한 주인공의 독특한 시선이나 별난 버릇을 드러낼 수 있다. 《퍼시 잭슨과 올림포스의 신》 시리즈의 첫 장에서 독자는 퍼시가 본능에 의지하지만 자기 회의로 가득한 인물이라는 것을 알아챘다. 오언 콜퍼의 《아르테미스 파울》 첫 장면에서는 아르테미스가 요정을 속이고 적들을 조종하는 모습을 보자마자 그가 비교적 공리주의적이며 냉담한 성격인 데다 천재적 지능을 갖췄다는 사실을 알게 된다. 기본적으로 작은 3막 구조를 도입하면 누가, 무엇을, 언제, 어디서, 어떻게, 왜 하는지를 독자가 끝없는 설명 목록처럼 느끼지 않게 전달할 수 있다.

대신 촉발 사건inciting incident, 즉 주인공을 본격적인 이야기로 완전히 끌어들이는 사건을 첫 장에서 벌어지는 문제로 삼는 작가들도 많다. 물론 이것도 더할 나위 없이 괜찮은 방법이다. 하지만 이렇게 되면 3막 구조의 문제 해결 단계에서 주인공이 그 문제를 해결할 필요가 없어진다. 브랜던 샌더슨의 《왕의 길》에서처럼 재앙으로 끝날 수도 있고, 아니면 주인공이 그 문제를 해결하기로 결심한 뒤 여정을 떠날 수도 있다.

굉장히 흥미롭게도 첫 장의 문제를 예비 장면pre-scene이라는 복선의 형태로 쓰는 작가들도 종종 있다. 예비 장면이란 나중에 벌어질 훨씬 커다란 사건을 모방한 작은 사건을 플롯 초기에 제시하는 것을 말한다. 복선과 예비 장면에 대해서는 뒤에서 자세히 다루려고 한다.

첫 문장에 영혼 말고 이걸 담자

소설에서 첫 번째 장만큼 쓰기 어려운 부분도 없다. 그중에서도 단연 까다로운 것은 '첫 문장'을 쓰는 일이다. 첫 문장을 통해 작가는 작품의 배경, 어조, 인물, 목소리, 분위기, 갈등, 긴장, 드라마, 장르, 주제, 미스터리, 또는 미토콘드리아가 세포의 발전소 역할을 한다는 사실을 강조할 수 있다. 어떤 첫 문장을 선택하게 될지는 내가 쓰고 싶은 이야기의 종류에 따라 달라질 것이다. 우선, 세상의 모든 소설을 통틀어 가장 뛰어난 첫 문장 중 하나인 《1984》의 첫 문장을 살펴보자.

> 4월의 어느 맑고 추운 날, 시계들이 열세 번 울리고 있었다.

이 문장을 읽으면 독자는 호기심을 느낄 수밖에 없다. 이 중에 말이 되는 것이 하나도 없기 때문이다. 4월은 조지 오웰의 영국 독자들에게 희망과 활기를 암시하는 봄날이었으나, 이 문장에서는 춥다고 서술돼 있다. 겨울 또는 좀 더 어두운 분위기를 암시한다고 볼 수 있다. 그리고 시계가 열세 번 울렸다는 내용을 접하자마자 독자는 이곳, 이 디스토피아 사회는 뭔가 잘못된 곳이라는 것을 깨닫는다. 세상에 열세 번 울리는 시계는 없으니까. 나아가 13은 불길한 숫자, 즉 나쁜 일이 벌어질 징조로 통한다. 오웰은 날씨와 계절, 사실과 허구의 병치를 이용해 작중 인물들과 마찬가지로 독자들도 그가 창조한 세계의 모든 것에 의문을 가져야 한다는 주제를 밝힌다.

좀 더 최근 작품을 예로 들자면, 《모털 엔진》은 어떨까.

> 어두컴컴하고 거센 바람이 부는 어느 봄날 오후, 런던은 바닷물이 모조리 말라붙은 옛 북해의 바닥을 가로지르며 작은 광산 마을을 쫓고 있었다.

리브는 기본적으로 첫 문장을 배경을 설정하는 데 할애했다. 처음부터 '모조리 말라붙은 옛 북해의 바닥'이라는 표현을 통해 생기 없고 메마른 디스토피아적 미래 세계를 구축한 것이다. 그와 더불어 '어두컴컴하다'라고 묘사된 봄날의 오후가 아포칼립스적 분위기를 형성한다. 게다가 리브는 독특하고 범상치 않은 행동을 그려 독자의 시선을 붙든다. 바로, 도시가 다른 도시를 추격하는 것이다. 이 내용은 본질적으로 앞으로 벌어질 이야기의 전체적 갈등을 좌우하는 전제라고 할 수 있다. 액션 장면으로 분류되겠지만, 독자가 지금까지 봐온 액션 장면과 완전히 다르다.

설득력 있는 첫 문장은 간결하고 군더더기가 없다. 그러려면 단 하나의 중심 아이디어를 토대로 문장을 구성하는 것이 효과적이다. 《1984》는 작품의 주제에 해당하는 질문을 확립했고, 《모털 엔진》은 배경이 되는 세계의 모습을 확립했다. 이야기의 재미있는 요소를 가능한 한 많이 드러내고 싶은 마음이 굴뚝같겠지만, 첫 문장을 위해 한 가지 중심 요소를 고르고 나면 나의 이야기를 돋보이게 하는 바로 그 요소에 독자의 초점을 집중시킬 수 있다. 꼭 이야기를 통틀어 가장 중요한 요소를 첫 문장에 반영해야 하는 것은 아니나, 흥미로운 중심 요소일 필요는 있다. 스티븐 킹의 《다크 타워 1: 최후의 총잡이》 첫 문장은 다음과 같다.

> 검은 옷을 입은 남자는 사막을 가로질러 달아났고, 총잡이는 쫓아갔다.

이 문장에는 주동 인물과 반동 인물의 갈등이 나타나 있다. 참고로 나는 '첫 문장'이라는 용어를 첫 단락 또는 그 이상을 가리켜 쓰기도 한다. 그래서 첫 단락에도 당연히 첫 문장과 같은 규칙이 적용된다. 코넬리아 풍케의 《잉크하트》는 첫 두 단락에 걸쳐 책이 곧 마법이라는 작품의 중심 설정을 분명히 밝힌다.

이야기의 어조 및 이상理想을 밀접하게 반영하면서도 놀랍고 흥미로운 첫 문장을 쓰기 위해 지나치게 애쓰다가 사실상 이야기와 상관이 없는 부자연스러운 내용을 쓰고 마는 사태가 벌어지기도 한다. 〈닥터 후〉 시즌2 13화 '최후의 날' 첫 장면에 나오는 로즈 타일러의 대사, "이것은 내가 어떻게 죽었는지에 대한 이야기다"가 이 사례에 해당하지 않을까 싶다. 문제는 이 대사가 에피소드의 핵심 긴장을 조성하지만, 뒤로 가도 이 대사의 사건이 결코 진정한 의미에서 벌어지지 않는다는 점이다. 로즈 타일러는 죽지 않기 때문에 시청자들은 속았다고 느끼게 된다. 그녀는 자신의 원래 세계에서 '죽은 것으로 기록'되지만 다른 세계로 이동된 것뿐이다. 첫 대사가 '로즈가 어떻게 죽었는지 알고 싶으면 이 책을 읽으시오' 같은 미끼로 전락하고 마는 것이다. 첫 문장의 흥미를 돋우려고 이야기의 요소를 과장했다가는 거짓으로 쌓은 긴장 또는 이야기 전반에 관한 그릇된 인상의 실체가 드러났을 때 독자에게 실망을 안길 따름이다.

첫 장의 어조가 좌우하는 것

엘런 브록Ellen Brock은 글쓰기에 관한 조언을 아끼지 않는 편집인으로, 다음과 같은 이야기를 했다.

> 자신의 작품을 위해 할 수 있는 최선은 첫 번째 장이 나머지 장들의 어조를 충분히 나타내도록 쓰는 것이다. 그래야 책 전체가 응집성 있게 느껴진다.

존 그린의 《잘못은 우리 별에 있어》 첫 장은 헤이즐 그레이스의 머릿속을 떠나지 않는 죽음에 대한 생각을 그리는데, 상대적으로 재미있고 냉소적으로 쓰여 있다. 첫 장을 읽은 독자는 이 책이 무거운 소재를 다루고 있으며, 화자가 이야기를 재미있게 풀어나가더라도 어조가 침울하다는 것을 알아차릴 것이다. 이야기의 나머지 부분과 굉장히 잘 어울리는 어조라고 할 수 있다.

나중에 비극적 반전을 선사할 예정이라고 해서 첫 번째 장도 우울한 분위기로 채워야 한다는 말은 아니다. 반전은 어조의 급격한 변화를 끌고 오는 경우가 많다. 그렇지만 앞서 논의한 첫 번째 장에서 벌어지는 문제를 트라우마를 안기는 사건으로 그려놓고 두 번째 장은 경쾌하고 희극적인 어조로 전개하는 식이라면 독자들이 불편하게 받아들일 가능성이 크다. 1장과 2장의 어조가 불협화음을 일으키면 독자들은 작품이 이야기하고자 하는 바가 대체 무엇인지 혼란스러움을 느낄 수밖에 없다. 《해리 포터와 마법사의 돌》의 프롤로그 역할을 하는 첫 장이 해리 부모님의 죽음을 묘사하는 충격적 장면을 건너뛰고 곧바로 볼드모트의 패배에 대한 축하, 그리고 종잡을 수 없는 덤블도어와 떠들썩한 해그리드의 등장으로 시작되는 까닭도 여기에 있을지 모른다. 그래야 이후에 펼쳐지는 이야기와도 어조가 일치한다.

어조를 본격적으로 논의하는 장은 아니지만, 잠깐 다루고 넘어가자. 어조를 형성하는 방법은 무척 다양하다.

- **이미지 활용** 나뭇잎이 비바람에 어떻게 떨어지는가에 초점을 맞추면 비관적 어조가 만들어지는 반면, 한 송이의 아름다운 꽃이 어떻게 폭풍에도 살아남는가에 초점을 맞추면 낙관적 어조가 만들어진다.
- **첫 장의 문제** 윌리엄 셰익스피어의 《리어 왕》 첫 장면에서 코델리아가 직면한 문제는 그녀가 아버지인 왕을 얼마나 사랑하는지 증명해야 한다는 것이다. 코델리아가 얼마만큼의 유산을 상속받을지가 이 문제에 달려 있다는 점이 셰익스피어의 비극 중 한 편인 이 작품의 어조에 심각함을 더한다.

기본적으로 어조란 '무슨' 일이 벌어지는가보다 그 일이 '어떻게' 서술되는가에 따라 발생한다. 어조는 작가가 이미지, 어휘, 인물 창조, 강조를 통해 독자에게 불러일으키는 감정과 긴밀히 얽혀 있다. 첫 번째 장에 앞으로 펼쳐질 이야기의 어조가 어느 정도 반영돼 있어야 독자가 무리 없이 받아들일 수 있다.

촉발 사건과 매혹하기의 차이

첫 장을 쓸 때 흔히 하는 오해 중 하나는 '촉발 사건'을 '매혹하기'로 써야 한다고 생각하는 것이다. 촉발 사건은 주인공이 본격적인 여정으로 뛰어들게 만드는 사건을 가리킨다. 한편 매혹하기는 독자의 흥미와 궁금증을 일으키는 이야기의 첫 번째 국면을 말한다.

이 차이를 살펴볼 수 있는 좋은 예가 〈아바타: 아앙의 전설〉 시즌1 1화이다. 촉발 사건은 소카와 카타라가 빙하 속에 얼어 있던 아바타인 아앙을 우연히 발견하는 것이다. 이 사건으로 주동 세력과 반동 세력이 모이고 갈등이 생성된다. 카타라가 워터 벤딩 기술을 처음으로 사용하는 순간을 매혹하기로 보는 사람들도 있지만 그 순간이 바로 촉발 사건이 벌어지는 순간이다. 사실 매혹하기는 이보다 앞서 나타난다. 오프닝 내레이션에서 카타라가 "세상이 그를 가장 필요로 할 때, 아바타는 종적을 감췄다"라고 설명하는 순간이 바로 매혹하기다. 이 설명을 듣자마자 시청자들은 '아바타는 왜 사라진 걸까?' 그리고 '어디로 간 걸까?'라는 의문을 품게 된다. 이에 대한 답은 촉발 사건에서 일부 주어진 뒤, 이어지는 여러 에피소드에서 차근차근 밝혀진다.

매혹하기는 대체로 두 가지 중 하나의 기능을 수행한다.

1. 독자들이 더 알고 싶어 질문을 품게 만든다.
2. 독자들이 동의할 수도 있고 동의하지 않을 수도 있는 논란의 여지가 있는 진술을 내놓는다.

〈아바타: 아앙의 전설〉의 매혹하기는 전자의 예에 해당한다. 후자의 기능을 갖고 있는 매혹하기의 가장 유명한 예는 제인 오스틴의 《오만과 편견》일 것이다.

큰 재산을 가진 미혼 남자라면 으레 아내가 될 사람을 찾고 있으리라는 것은 보편적으로 인정된 진리다.

촉발 사건이 꼭 첫 번째 장에 나와야 하는 것은 아니라는 사실을 유념하자. 첫 장에 나오는 경우가 많기는 하지만, 두 번째나 세 번째 장에 나오기도 한다. 그렇지만 첫 장이 독자의 구미를 당길 수 있도록 매혹하기 내용은 첫 장에 넣는 것이 좋다. 또한 가지 확실히 밝히고 넘어가고 싶은 사실은 첫 번째 장을 쓰는 방법이 무궁무진하다는 것이다. 대부분의 작가가 첫 장에서 등장인물들을 소개하고, 어조와 배경을 구축해야 한다는 것은 안다. 그렇지만 실제로 어떻게 하는지를 모르면 그다지 소용이 없다. 그런 의미에서 이번 장에서는 종종 간과되나 첫 번째 장을 이루는 본질적 요소들을 자세히 살펴본 것이라고 하겠다.

바쁜 작가를 위한 n줄 요약

①

작은 3막 구조를 활용하면 작중 세계에서 어떤 유형의 문제가 발생하는지, 그리고 주인공이 그 문제에 어떻게 대처하는지 보여주며 배경과 인물들을 흥미롭게 소개할 수 있다.

②

효과적인 첫 문장은 대체로 간단명료하고 군더더기가 없다. 그렇게 쓰려면 갈등, 배경, 주제 등 이야기를 흥미진진하게 만드는 여러 중심 요소 중 한 가지 요소만을 첫 문장에서 소개하는 것이 좋다. 이때 특별하고 재미있어 보이려고 이 요소들을 부풀려 언급하지 않도록 주의해야 한다. 괜스레 나중에 평범하게 느껴지는 역효과가 날 수 있다.

③

잘 쓴 첫 장은 대체로 이야기의 나머지 부분과 어조가 일관된다. 어조는 이해관계, 이미지, 어휘, 강조, 그 밖의 여러 가지 방법을 통해 형성할 수 있다.

④

매혹하기와 촉발 사건은 이야기의 서로 다른 구성 요소다. 첫 번째 장에는 반드시 매혹하기 내용이 있어야 한다. 매혹하기 내용은 보통 질문 또는 영구불변의 원칙에 대한 진술의 형태로 나타난다.

3장

설명은 필수, 방법은 선택

J. K. 롤링 J. K. Rowling
《해리 포터와 마법사의 돌》 Harry Potter and the Philosopher's Stone

J. R. R. 톨킨 J. R. R. Tolkien
《반지의 제왕》 시리즈 The Lord of the Rings

더 워쇼스키스 The Wachowskis
〈매트릭스〉 The Matrix

마이클 디마르티노 Michael DiMartino
브라이언 코니에츠코 Bryan Konietzko
〈아바타: 아앙의 전설〉 Avatar: The Last Airbender

블레이크 스나이더 Blake Snyder
《SAVE THE CAT! 모든 영화 시나리오에 숨겨진 비밀》 Save the Cat!

아이작 아시모프 Isaac Asimov
《아이, 로봇》 I, ROBOT

오언 콜퍼 Eoin Colfer
《아르테미스 파울》 시리즈 Artemis Fowl

제임스 S. A. 코리 James S. A. Corey
《익스팬스: 깨어난 괴물》 Leviathan Wakes

조지 R. R. 마틴 George R. R. Martin
《검의 폭풍》 A Storm of Swords

조지 루카스 George Lucas
〈스타워즈: 보이지 않는 위험〉 Star Wars: The Phantom Menace

커샌드라 클레어 Cassandra Clare
《섀도우 헌터스》 시리즈 The Mortal Instruments

크리스토퍼 놀런 Christopher Nolan
〈인셉션〉 Inception

크리스토퍼 놀런 Christopher Nolan
조너선 놀런 Jonathan Nolan
〈인터스텔라〉 Interstellar

크리스토퍼 햄튼 Christopher Hampton
조 라이트 Joe Wright
〈어톤먼트〉 Atonement

필립 리브 Philip Reeve
《모털 엔진》 Mortal Engines

설명을 전달하는 것은 형제자매의 결혼식장에서 그들에게 사랑을 표현하는 것과 비슷하다. 무척 까다롭지만, 꼭 해야 한다. 지금부터 설명에 대해 긴 이야기를 시작하려 한다. 별다른 까닭이 있다기보단, 중요한 사항들을 간결하면서도 흥미롭게 전달할 방법을 찾지 못했기 때문이다.

설명이란 본질적으로 이야기를 이해하는 데 필요한, 상황에 대한 정보를 뜻한다. 인물의 전사, 작중 마법 체계의 작동 방식, 또는 어쩌다 반동 인물이 권력을 손에 쥐게 됐는지, SF 작품이라면 어떤 기술이 상용화된 세상인지, 그리고 초지능적 레밍들이 사회를 통치하는 방식, 작중 도시 국가에서 호박에 기초한 경제 체제가 돌아가는 양상 등 거의 모든 것이 설명의 대상이 된다. 〈매트릭스〉에는 네오와 모피어스가 마주 앉아 대화를 나누는 장면이 나온다.

> "매트릭스는 어디에나 있어. 우리를 둘러싼 모든 곳, 심지어 지금 이 방에도 있지. 창밖을 내다봐도, 텔레비전을 켜도 있어. 진실을 보지 못하도록 우리의 눈을 가리는 세계지."

'설명은 나쁜 글쓰기 방식'이라는 말은 흔하고도 터무니없는 조언이다. 나는 이 말이 사실이 아니라고 분명히 말할 수 있다. 설명은 작가가 창조한 세계와 이야기를 독자가 이해하도록 돕는 중요하고 유용한 정보다. 그렇지만 설명을 이야기의 맥락 속에서 재미있고 논리적이며 기억하기 쉽고 수긍이 가도록 쓰기란 여간 어려운 일이 아니다. 중요한 것은 '어떻게' 전달하느냐다. 이를 중심으로 설명 전달 방식을 세 가지 질문으로 나눠 분석해보자.

1. '어떻게' 설명을 전달할 것인가?
2. '무슨' 정보를 전달할 것인가?
3. '언제' 설명을 전달할 것인가?

멋모르는 시점 인물을 통해

설명이 까다로운 까닭은 우선, 작가가 전달해야 하는 정보 중 절반은 독자는 모르지만 모든 작중 인물이 이미 아는 내용이기 때문이다. 커샌드라 클레어의 《섀도우 헌터스》에는 특이한 장면이 나온다. 악마 사냥꾼 몇 명과 악마 한 명, 주인공 클라리가 한 공간에 있는 장면이다. 단, 클라리는 숨어 있어서 그녀가 그곳에 있다는 것은 누구도 모른다. 그런데도 다음의 대사가 나온다. 악마 사냥꾼 제이스의 말이다.

"악마들 말이야. 종교적으로는 지옥의 거주자, 사탄의 종이라고 정의되지만, 클레이브의 목적에 따르면 근본적으로 우리와 다른 차원에서 기원한 모든 악령이라고 할 수 있는 악마들."

이 대사는 아무리 좋게 보려 해도 어색하다. 이 공간에 모인 '전부가 아는 내용'을 굳이 누군가 말을 하고 있기 때문이다. 모르는 사람은 클라리뿐인데, 클라리가 그곳에 있다는 사실은 아무도 모른다. 오로지 독자를 겨냥한 설명인 것이다. 심지어 바로 다음 부분에 이 대사가 얼마나 부자연스러운 대사인지 인정하는 내용까지 나온다.

"그래, 여기에 의미론 수업이 필요한 사람이 누가 있다고 그래."

그래서 설명의 문제를 해결하기 위해 제일 많이 쓰는 방법이 '상황을 모르는 시점 인물'을 활용하는 것이다. 이 인물은 마법, 기술, 또는 작가가 만들어낸 세계 자체에 대해 아는 것이 전혀 없어서, 독자와 마찬가지로 하나부터 열까지 쉬운 말로 설명을 해줘야 하는 인물이다. 에라곤, 〈인셉션〉의 아리아드네, 《마법사Magician》 시리즈의 퍼그, 해리 포터, 루크 스카이워커, 프로도 배긴스 등 널리 사랑받았던 모든 판타지, SF 작품에 이러한 인물이 나온다.

상황을 모르는 시점 인물은 주인공에게 설명을 해줘야 하는 타당한 이유가 된다. 게다가 상황을 모르는 시점 인물은 독자가 할 법한 질문을 똑같이 할 수밖에 없으므로, 독자에게 정보를 전하는 손쉬운 방법이기도 하다. 그러나 이것으로 설명의 문제가 완전히 해결되지는 않는다. 정보를 논리적으로 소개하는 방법임에는 분명하지만, 이렇게 제공되는 정보는 흥미롭고 인상적으로 다가오지 않기 때문이다. 사실 상황을 모르는 시점 인물이 있어야만 정보를 전달할 수 있는 것도 아닐뿐더러, 독자에게 성의 없는 설명으로 비칠 가능성도 농후하다.

그렇지만 상황을 모르는 시점 인물을 훌륭하게 활용한 예는 살펴보고 넘어가자. 바로 〈아바타: 아앙의 전설〉의 아앙이다. 이 시리즈에서 가장 중요한 설명은 100년 전 불의 제국이 대량 학살을 벌였다는 것이다. 그들은 공기의 유목민이라는 민족 집단을 완전히 몰살시켰는데, 그중에서 아앙만이 살아남았다. 그리고 아앙이 바로 상황을 모르는 시점 인물로서 설명을 전달한다. 불의 제국이 전쟁을 일으키기 전에 아앙은 스스로 빙하 속에 갇혔기 때문이다. 시즌1 3화 '남쪽 공기의 사원The Southern Air Temple'에서 카타라가 아앙에게 논리적 설명을 제공하는 역할을 한다. 그런데 작가들이 정말이지 재미있게 이 장면을 표현했다. 이 에피소드에서 카타라는 몇 번이나 아앙에게 고향 사람들이 모두 죽고 없을지도 모른다는 점을 염두에 두라고 권하지만, 아앙은 거부한다. 아앙은 그들이 살아남아서 숨어 있을 것이라고 꿋꿋이 믿는다. 그러나 결국 자신의 스승이었던 기아소의 유골을 발견한다. 커다란 슬픔과 분노에 사로잡힌 아앙은 자신도 모르게 엄청난 힘을 발산해 카타라와 소카를 거의 죽일 뻔한다.

이와 같은 설명 전달은 논리적일 뿐 아니라 흥미로우며 기억에 남는다. 설명 자체가 아니라 아앙의 트라우마에 초점이 맞춰져 있기 때문이다. 그리고 이 설명에는 '귀결'이 따른다. 카타라와 소카는 아앙에게 진실을 말해야 할지 말지 의견이 부딪히고, 정보에 직면한 아앙은 개인적 갈등에 빠진다. 만약 이 정보가 다른 인물에게 전달됐다면 이야기는 굉장히 다르게 전개됐을 것이다.

상황을 모르는 시점 인물이 설명을 접함에 따라 '개인적' 영향을 받으면 독자도 정보에 관심을 기울이게 된다. 설명의 내용을 새롭게 알게 된 시점 인물의 감정적 귀결이 그려져 있으면 그가 단순히 독자를 대신해 백지상태로 등장한 것처럼 보이지 않는다. 또 설명이 타당하게 느껴지는 것은 물론 정보가 누구에게 전달되는지가 실제로 이야기에 영향을 미치기 때문에 기억하기 쉽고 재미있다.

상황을 모르는 시점 인물을 활용하는 작가들은 기억 상실 장치를 도입하기도 하는데, 자주 눈에 띄지만 조금 안일하다고 할 수 있는 수단이다. 주인공이 어떤 정보와 관련된 상황이 될 때마다 정말 편리하게도 제대로 기억을 못 하는 것이다. 릭 라이어던Rick Riordan의 《올림포스 영웅전Heroes of Olympus》, 제임스 대시너James Dashner의 《메이즈 러너The Maze Runner》, J. A. 소더스J. A. Souders의 《엘리시움 크로니클스The Elysium Chronicles》 시리즈가 그 예다. 기억 상실 장치는 특히 게임 속편에서 요령을 다시 파악해야 하는 플레이어를 지원하는 수단으로 흔히 사용된다. 다소 김빠진 설명이 될 때가 있더라도 이야기가 어떻게 지금의 상황에 이르렀는지에 대해 독자나 플레이어가 무리 없이 기억하고 있을 수준의 정보까지 모두 전달하는 것이다. 이렇게 기억 상실은 전적으로 나쁜 플롯 장치는 아니지만, 뚜렷한 귀결을 낳지 않으면서 이야기 전반에 걸쳐 남용되는 경향이 있는 것은 사실이다. 마법 체계의 작동 원리를 전달하는 수단으로 사용되지만, 인물의 대인 관계에 영향을 주지는 않는 식이다. 남자 친구가 자신에 대한 기억을 잊어버렸다는 사실을 깨달은 여자 친구가 느낄 감정과 같은 유의미한 영향 말이다. 그렇지만 이 예가 기억 상실을 통해 설명도 전하면서 인물에게 영향도 미치는 더욱 재미있고 현실적인 방법처럼 보일지 몰라도, 이렇게 쓰자는 말은 아니다!

공짜가 아니면 오히려 좋아

독자란 본래 호기심이 많은 존재로, 이 점을 유리하게 활용할 수 있는 아주 간단한 비법이 있다. 바로 독자가 노력해야 설명을 얻을 수 있도록 하는 것이다. 주인공이 일사천리로 모험을 떠날 수 있도록 작중 세계나 주인공이 처해 있는 환경 등에 관한 설명이 대놓고 나와 있으면 독자는 별 감흥이 없을 것이다. 이 상황에서는 정보가 노력할 필요 없이 거저 주어진다. 그런데 설명과 주인공 사이에 장애물을 배치해 설명이 서사에서 보상으로서 획득되도록 만들면 이 문제를 비껴갈 수 있다.

〈매트릭스〉가 이를 보여주는 근사한 사례다. '매트릭스란 무엇인가?' 오프닝 장면에서부터 관객에게 주어지는 미스터리다. 영화는 첫 30분 내내 네오가 이 기묘한 미스터리를 조사하고 풀어나가는 내용을 보여준다. 그 과정에서 대담한 탈출을 감행하고, 에이전트들의 추궁을 견디고, 자신의 몸에서 추적기를 제거한 뒤에야 마침내 자신이 찾던 답을 얻는다. 이 장애물들 덕분에 네오가 '마침내' 모피어스를 만났을 때, 매트릭스에 관련된 설명이 지루하고 불필요한 설명이 아니라 이전의 모든 일에 대한 보상으로 다가온다. 간단히 말해, 모든 미스터리의 중심에는 설명을 찾아 나선 인물이 있다.

설명에 이르기까지의 서사에 장애물이 설치돼 있으면 그 설명은 인물과 독자 모두 도달하고 싶어 하는 목표 지점이 되고, 따라서 보상이나 대가처럼 느껴진다. 그러나 이미 눈치챘을지 모르겠지만, 이 전략에는 문제가 한 가지 있다. 사소한 설명을 전달하는 데 적용하기에는 다소 지나친 감이 있다는 것이다. 따라서 서사적 보상 전략은 주로 독특한 전제, 첫 번째 커다란 반전, 갈등의 핵심 등 이야기의 토대가 되는 정보를 전달할 때 활용된다. '매트릭스란 무엇인가?'라는 질문이 꼭 알맞은 예다.

분명 모든 정보가 서사적 보상 전략을 통해 전달할 만큼 필수불가결한 정보는 아니다. 트라이위저드 대회에서 우승한 해리 포터가 기껏 알게 되는 사실이 고드릭 그리핀도르의 검이 원래 라그눅 1세 소유였다는 것, 즉 대다수 독자가 관심도 없고 이야기와 특별히 관련도 없는 정보라면 독자는 이루 말할 수 없이 실망하고 말 것이다. 게다가 서사적 보상 전략에는 설명이 나오기까지 시간이 너무 오래 걸린다는 이면도 있다. 책의 3분의 1은 독자가 작중 세계가 비로소 이해되기까지 인내심을 갖고 기다리기에 결코 적지 않은 분량이다.

교황이 수영을 하는 동안

이제 인물들에게 영향을 주는 것으로 설정하기도 곤란하고 서사적 보상 전략을 쓰기에도 무리가 있는 설명들이 남아 있다. 블레이크 스나이더의 《SAVE THE CAT! 모든 영화 시나리오에 숨겨진 비밀》은 시나리오 작가들을 위한 훌륭한 책으로, 이 문제에 대해서도 해결책을 제공한다. 바로 '교황이 수영을 하는 동안'이다. 자칫 따분하게 느껴질 수 있는 정보를 극적이고 놀라우며 유머러스한 장면의 맥락 속에서 전달하는 것이다. 예컨대 교황이 풀장 안에서 벌거벗고 있다면? 자연스레 이 장면에서 관객의 초점은 주어지는 설명이 아니라 다른 데 맞춰진다.

> 누구나 이런 생각을 할 것이다.
>
> "교황청에 풀장이 있다고?! 어, 그런데 교황이 예복도 안 입었잖아. 교황이, 교황이 수영복을 입고 있잖아!"

오언 콜퍼의 《아르테미스 파울》이 좋은 예다. 첫 번째 장에서 아르테미스는 한 요정을 만나 그들의 경전을 요구하며 다음과 같이 설명한다.

> "스프라이트, 피쇼그, 페어리, 카달룸. 원하시는 대로 불러드리죠."
>
> "경전에 대해 안다면 내 주먹에 깃들어 있는 마법의 힘이 얼마나 막강한지도 잘 알겠군. 내가 손가락 하나만 까딱해도 너는 죽

은 목숨이야!"

아르테미스는 어깨를 으쓱했다.

"글쎄요. 사태 파악이 잘 안 되시는 모양인데, 지금 죽기 일보 직전이시라고요. 술 때문에 감각도 없으실 텐데요."

독자는 감춰진 마법 세계가 있다는 사실을 알게 된다. 그곳은 요정들이 사는 세상이다. 그리고 이들은 술을 마시면 마법의 힘이 약해진다는 취약점이 있다. 모두 더없이 지루하게 전달될 수도 있는 중요한 내용인데, 독자의 초점은 주인공 아르테미스가 약해질 대로 약해진 요정에게 자신의 명령을 따르도록 강요하고 뭔가를 갈취하는 극적인 장면에 맞춰진다.

'교황이 수영을 하는 동안' 전략은 독자가 설명에 주의를 기울이지 않으면서도 정보를 거뜬히 받아들이도록 한다. 그렇지만 아무리 놀랍더라도 억지로 꾸며낸 듯 부자연스러운 장면은 만들지 않도록 주의하자. 이야기의 흐름상 원래부터 극적으로 표현하고 싶었던 장면을 골라 전달해야 할 정보를 엮어 넣어라. 지금부터 '교황이 수영을 하는 동안' 전략을 인물 창조, 갈등, 환경 설명의 세 범주로 나눠 조금 더 자세히 살펴보려 한다.

인물 창조

설명을 전달하는 한 가지 방법은 설명을 인물 창조의 맥락 속에 집어넣는 것이다. 《해리 포터와 마법사의 돌》 처음 몇 장을 굉장히 잘 쓴 이야기라고밖에 할 수 없는 이유 중 하나도 여기에 있다. 인물의 외형 묘사는 보통 자연스럽게 포함시키기가 어렵다. 다음의 단락을 읽어보자.

캄캄한 벽장 속에 사는 것과 관련이 있는지도 모르겠지만, 해리는 늘 또래보다 작고 왜소했다〔ㄱ〕. 실제보다 더 작고 왜소해 보이기까지 했는데, 입고 다니는 옷이 죄다 자기보다 몸집이 네 배는 더 큰 두들리가 입다 버린 낡은 옷이었기 때문이다〔ㄴ〕. 해리는 얼굴이 야위었고, 무릎은 뼈가 불거져 있으며, 머리가 검고, 눈은 연한 녹색이었다〔ㄷ〕. 둥근 안경을 썼는데, 두들리가 시도 때도 없이 해리의 코에 주먹을 날린 까닭에 양쪽 테가 덕지덕지 바른 스카치테이프 덕분에 간신히 서로 붙어 있었다〔ㄹ〕. 해리가 자신의 겉모습에서 좋아하는 유일한 것은 이마에 있는 가느다란 번개 모양 흉터였다〔ㅁ〕. 해리가 기억하기에 흉터는 처음부터 있었고, 피튜니아 이모에게 처음 한 질문도 어쩌다 그 흉터가 생겼는가였다〔ㅂ〕.

이 단락에는 [ㄷ] 문장을 제외하면 해리의 감정 상태, 작품의 설정, 해리가 받고 있는 처우를 이해하는 데 도움이 되는 설명들만 있다.

- 〔ㄱ〕 문장을 통해 우리는 그저 해리의 체구가 작고 왜소하다는 사실뿐 아니라, 어두운 벽장에 갇혀서 지내며 학대를 받고 있다는 사실을 알게 된다.
- 〔ㄴ〕 문장은 두들리와 해리를 극명하게 대조시키며, 둘 중 한 사람

은 모든 것을 가졌지만 다른 한 사람은 아무것도 가지지 못했다는 점을 보여주는데, 해리는 두들리가 '입다 버린 낡은 옷'밖에 입을 옷이 없는 지경이다.

- 〔ㄹ〕 문장이 전하고자 하는 것은 해리의 '안경'에 대한 묘사가 아니라 해리의 안경이 깨진 이유다. 두들리는 해리를 괴롭힌다. 이는 감정 차원에서도 중요한 설명이다.
- 〔ㅁ〕 문장에는 해리가 좋아하는 것이 이상한 흉터밖에 없다고 명시돼 있다. 이는 해리가 자신에 대해 어떻게 생각하는지 많은 것을 알려준다. 해리는 자존감이 낮다.
- 〔ㅂ〕 문장은 해리의 숨겨진 이야기를 암시하기도 하지만, 주로 해리가 자신에 대해 좋아하는 단 한 가지, 흉터에 관해 기술하고 있다.
- 〔ㄷ〕 문장은 해리의 얼굴 모양, 머리, 눈동자 색깔에 대해 전달하는 이견의 여지가 없는 설명 문장이다. 그런데 이 단락의 다른 문장들 사이에 있어서 뚜렷이 기억에 남는다.

이는 조지 R. R. 마틴이 자주 쓰는 전략으로, 《얼음과 불의 노래》 시리즈가 전개되는 내내 그는 가문, 혈통, 인물들에 관한 작은 배경 이야기를 끊임없이 추가한다. 그런데 즉각 어떤 인물에 관해 폭로하는 방식으로 설명이 제공되기 때문에 상당히 효과적이다. 마틴은 기본적으로 우화로 인물들의 이야기를 전한다. 시리즈 제3권 《검의 폭풍》에서 제이미 라니스터는 백서를 통해 바리스탄 셀미 경의 위대한 공적을 읽는다. 그런데 이 상세한 설명은 제이미가 자신을 위대한 인물들과 비교하고 자신은 기록에 남을 만한 위대한 공적을 세우지 못했다고 의기소침해

하는 맥락에서 나온다. 바리스탄 셀미 경의 전사가 독자에게 전달되면서도 제이미라는 인물을 창조하는 데 쓰인 것이다.

갈등 일으키기

'교황이 수영을 하는 동안' 전략을 활용하는 두 번째 방법은 갈등을 일으키는 방식으로 설명을 담는 것이다. 제임스 S. A. 코리의 《익스팬스: 깨어난 괴물》에 나오는 다음 구절이 좋은 예다.

> "다 갖춰진 꾸러미가 올 거예요. 진짜랑 별반 다를 게 없대요. 내행성들에서는 손발이 다시 자라는 바이오젤도 나왔다더라고요. 뭐, 우리 의료 보험에는 포함이 안 돼서."
>
> "이너스도 꺼지고, 걔들이 마술처럼 만들어낸 젤린지 뭔지도 꺼지라고 해. 나는 걔네 실험실에서 나온 것보다 벨터스에서 만든 게 가짜라도 훨씬 좋다."

이 구절은 인간 사회가 두 개의 그룹으로 진화했다고 설명하고 있다. 하나는 지구에서 진화했고, 이들을 지칭하는 용어는 '이너스'다. 다른 하나는 소행성대에서 진화했는데, 이들은 '벨터스'라고 불린다. 이 대목을 읽으며 독자는 이 두 그룹 사이에 팽팽한 긴장이 이어지고 있으며, 이 긴장은 이너스 그룹이 둘 중 더욱 기술 의존적인 데서 기인한 측면도 없지 않다는 것을 알게 된다. 이 갈등은 곧 태양계 전체를 뒤흔들 더 큰 갈등의 징후이기도 하다.

설명을 전달하는 데 갈등을 이용하면 설명을 하는 인물이 누구인지에 따라 그의 개인적 신념을 드러낼 수도 있다. 작중에서 일상적으로 쓰이는 용어들도 자연스럽게 소개할 수 있으며, 설명의 주체가 된 인물의 대사를 어떻게 구성하는지에 따라 갈등에 얼마나 다양한 세력이 엮여 있는지도 보여줄 수 있다.

환경 설명

대다수 작가가 환경 설명에 대해서는 잘 알고 있는 것 같다. 그도 그럴 것이 '말하지 말고 보여주기'라고 부르는 규칙을 다룰 때 흔히 나오는 조언이 바로 환경에 대한 묘사를 통해 정보를 전달하라는 것이기 때문이다. 이때 대상이 되는 정보는 직관적으로 파악되는 것이든 주의 깊게 따져봐야 알 수 있는 것이든 간에 이야기의 배경에서 도출되는 정보다. 영화 〈어톤먼트〉에는 5분에 걸친 롱 테이크 트래킹 숏이 나온다. 총살을 당하는 말, 치료를 받는 부상자들, 해안에 밀집해 있는 수천 명, 울고 있는 프랑스의 민간인들, 신을 향해 기도하고 희망의 노래를 부르는 군인들, 완전히 폐허가 된 바닷가 마을 등이 비친다. 이 숏은 기본적으로 관객이 이곳이 제2차 세계 대전의 교전 지역이라는 사실을 알아차리도록 의도된 설명 장면이다. 군인들이 해안에 포위된 채 탈출을 절실히 바라고 있으며, 물자는 떨어지고, 희망도 점차 사라져간다. 영리한 관객들은 이 장면만 보고도 이곳이 됭케르크라는 사실을 추론해낼 것이다. 관련 언급이 한 마디도 나오지 않는데도 말이다.

환경 설명은 인물들 간의 대화로는 자연스럽게 드러내기 어려운 세계 설정과 관련된 요소들을 구축하는 데도 특히 효과적이다. 베데스다Bethesda의 게임 〈폴아웃Fallout〉 시리즈에서 주변에 널브러진 폐기물과 방독면, 그리고 파괴된 도시의 잔해를 보고 플레이어는 이 세계가 과거에 핵전쟁을 겪은 세계라는 것을 눈치챈다. 독자는 작품을 읽을 때 언제나 작중 세계에 대해 유추를 하려고 한다. 〈아바타: 아앙의 전설〉에서 공기의 유목민을 대상으로 대량 학살이 자행됐다는 사실을 알린 방식과 같이 정보를 노골적으로 전달하는 설명 전략도 있지만, '독자가 궁금해하게 만들고 싶은 정보'라면 환경 설명 전략이 더욱 적합하다. 또 환경 설명 전략은 독자가 몰라도 이야기를 따라가는 데 지장은 없으나 작품에 사실적 색채를 더할 수 있는 정보, 대개 작가는 푹 빠져 있을지 모르나 독자로서는 본질적으로 그만큼 흥미롭게 느끼지 않는 정보를 처리하는 데도 유용하다.

〈칠드런 오브 맨Children of Men〉의 오프닝 장면은 런던 거리에서 폭발이 벌어지는 모습과 지저분하고 붐비는 세상을 보여준다. 이를 통해 관객은 이 영화가 사회가 무너지고 민간인들의 소요 사태가 일상이 돼버린 시대를 그리고 있음을 어렵지 않게 짐작한다. 이 오프닝 장면에는 세상이 얼마나 살 수 없는 곳으로 변했는지에 관한 언급이 전혀 없지만, 관객은 상상할 수 있다. 환경 설명은 독자에게 어떤 내용을 추론하면 좋을지 윤곽을 잡아준다. 종종 작품의 서사적 특성상 명시적으로 진술하기에 어색한 배경, 어조, 분위기, 또는 주제 등을 확립하는 데 절대적인 역할을 하기도 한다. 환경 설명은 모든 설명 기법 중 가장 독자들의 생각을 요하는 기법이며, 따라서 가장 절묘한 기법이라고 도 할 수 있다.

무엇을 설명할지 고르는 법

무슨 정보를 전달할 것인가는 작중 세계를 창조하는 재미에 푹 빠진 작가들이 고심하곤 하는 문제 중 하나다. 이런 작가들은 정교하고 심오하며 경이로운 세상을 만들어내고, 그곳의 마법, 정치, 종교, 경제, 사회, 나아가 그곳에서 호박을 다 먹어치우는 바람에 박멸 대상이 된 설치류는 어느 설치류인가에 이르기까지 그 밖의 모든 것의 복잡한 사정을 속속들이 정한다. 그리고 이 과정에 크나큰 사랑과 노력을 쏟기도 했거니와, 자신이 생각해 낸 멋진 아이디어들을 독자에게도 알려주고 싶은 마음에 '하나도 빠짐없이' 작품에 집어넣고자 하는 유혹이 든다.

문제는 이 모든 사항이 독자에게 중요하거나 흥미롭게 다가갈 수 있는 것은 아니라는 점이다. 자신이 만든 세상의 모든 부분이 독자에게 분명히 전달돼야 할 필요는 없다. 필립 리브의 《모털 엔진》은 60분 전쟁이 어떻게 세상을 파괴했는지는 깊이 설명하지 않는다. 《모털 엔진》의 세계를 창조하는 데는 중요한 부분이겠지만, 서사적 갈등 면에서는 중요한 요소가 아니기 때문이다. 그렇다면 질문은 이렇게 바꿔볼 수도 있을 것이다. '무슨 정보를 전달할 것인가?'

문제 해결을 위한 설명

문제 해결 설명은 꼭 필요한 설명 중 하나로, 갈등의 발전 및 해결에 주요한 역할을 하는 결정적 정보를 가리킨다. 만일 어떤 인물이 갈등을 해결하기 위해 어떤 행동을 하는 상황이 벌어진다면, 작가는 왜 작중 세계에서 그 행동이 갈등 해결에 효과를 발휘하는지 독자를 납득시켜야 한다. 아이작 아시모프가 《아이, 로봇》에 수록된 단편 〈스피디_술래잡기 로봇〉에 등장시킨 '로봇 공학 3원칙Three Laws of Robotics'을 살펴보면 무슨 이야기인지 바로 알 수 있을 것이다. 이 원칙은 인공 지능은 어떻게 행동하도록 프로그래밍돼야 하는가에 관한 원칙이다.

1. 로봇은 인간에게 해를 입혀서는 안 되며, 인간이 해를 입을 수 있는 상황을 모른 척해서도 안 된다.
2. 로봇은 1원칙에 위배되지 않는 한 인간의 명령에 복종해야 한다.
3. 로봇은 1원칙과 2원칙에 위배되지 않는 한 자신을 보호해야 한다.

독자는 이 원칙들을 알아야 〈스피디_술래잡기 로봇〉에서 긴장이 발생하고 고조되는 과정을, 그리고 어떻게 그 긴장이 해소되는지를 이해할 수 있다. 이 작품에 나오는 '스피디'라는 로봇은 2원칙과 3원칙보다 1원칙을 우선하고 그에 따라 움직인다. 이 원칙은 자연스럽게 마법 체계와 SF 기술에도 적용되는데, 이 이야기는 뒤에서 심도 있게 다루려고 한다.

자신이 창조한 복잡한 마법 체계를 세세한 부분까지 설명하고 싶은 욕심은 누구나 든다. 자신의 세계를 더욱 특별하게 만들어줄 놀라운 아이디어들일 테니 당연하다. 하지만 작품을 읽을 독자를 고려한다면, 작가는 '갈등을 더욱 만족스럽게 해소함으로써 서사의 일관성을 확립하는 데 도움이 되는 정보인가?'를 기준으로 이야기에 집어넣을 정보를 취사선택해야 한다. J. R. R. 톨킨의 《반지의 제왕》에는 간달프의 마법에 대한 설명이 별로 나오지 않는다. 간달프가 문제를 해결하기 위해 마법을 자주 쓰지도 않을뿐더러, 간달프가 마법을 쓰는 데는 엄청난 대가가 따르기 때문이다. 예를 들어, 《반지의 제왕 1: 반지 원정대》에서 반지 원정대는 발로그에게 간달프를 잃는다. 이때 간달프가 발라에 의해 가운데 땅을 인도하기 위해 파견된 다섯 명의 이스타리 중 한 명으로, 신성한 힘을 일부 부여받아 태양의 수호자인 마이아 아리엔의 불의 힘을 쓸 수 있다는 등의 설명은 이야기에서 인물들이 맞닥뜨린 난관을 더욱 만족스럽게 해결하는 데 그다지 도움이 될 것이라고 볼 수 없다. 이와 대조적으로 브랜던 샌더슨의 《미스트본The Mistborn》 시리즈는 단순히 마법 체계를 설명하는 데만 많은 지면을 할애하는데, 갈등이 해결되는 과정에 마법이 필수불가결한 역할을 하기 때문이다. 꼭 필요한 설명인 것이다.

이제 마법 체계 설명의 나쁜 예로 〈스타워즈: 보이지 않는 위험〉에 나오는 콰이곤 진과 어린 아나킨의 대화를 살펴보자.

콰이곤 진: 미디클로리언은 모든 살아 있는 세포 안에 살고 있는 미생물이지.

아나킨: 내 안에 살고 있다고요?

콰이곤 진: 그래, 네 세포에…. 우리는 미디클로리언과 공생하고 있어.

아나킨: 공생?

콰이곤 진: 서로의 이익을 위해 함께 살아간다는 뜻이지. 미디클로리언이 없으면 생명도 존재할 수 없고, 포스에 대해서도 알 수 없을 거야. 미디클로리언은 우리에게 끊임없이 말을 걸어 포스의 뜻을 전해준단다. 마음을 잠재우는 법을 깨닫고 나면, 네게 거는 말소리가 들릴 거야.

아나킨: 무슨 이야기인지 모르겠어요.

콰이곤 진: 훈련을 받고 시간이 지나다 보면… 그러다 보면 알게 될 거야, 아나킨.

여기서 문제는 스타워즈 마법 체계, 즉 포스의 이러한 요소를 아는 것이 나중에 갈등이 어떻게 해결되는지 이해하는 데 도움이 되지 않는다는 점이다. 어찌 보면 황당하기까지 한 설명이다. 아무리 좋게 보려 해도 이야기의 다른 부분들과 동떨어진 느낌이다. 이 대화는 앞서 논의한 독자나 관객의 질문을 대신 하는 상황을 모르는 시점 인물의 사례에도 해당하는데, 문제는 여기서 다루는 질문이 아무도 할 법한 질문이 아니라는 것이다. 작중 세계를 이루는 배경적 정보는 작가가 독자를 위해 일관되고 복잡한 세계를 창조할 때 '참고 자료'로만 활용하는 것이 좋을 때도 있다.

인물의 동기에 관한 설명

늘 그런 것은 아니지만, 인물이 어떤 결정을 내린 '까닭'을 해명해주는 정보를 전달해야 할 때도 있다. 작품의 주요 서사에 드러나지 않는 과거의 트라우마나 인물이 세상을 보는 관점을 변화시킨 경험 같은 전사가 있을 때 이러한 설명으로 처리하는 경우가 많다. 〈아바타: 아앙의 전설〉에서는 주코가 추방당한 과거를 보여주는 플래시백flashback을 통해 그가 아바타를 집요하게 쫓는 이유가 해명된다. 자신이 원래의 자리로 돌아가고, 명예를 회복하며, 아버지의 사랑을 되찾을 유일한 길이라고 여기기 때문이다. 이로써 시청자는 시즌1 12화 '폭풍우가 몰려온다The Storm'에서 그가 왜 끝끝내 아바타인 아앙을 뒤쫓는 대신 폭풍우로 위기에 처한 자신의 부하들을 구하기로 선택하는지도 짐작할 수 있다. 배경 설명이 있기에 시청자는 주코라는 인물에게 더욱 공감하고 그의 선택을 수긍하는 것이다.

어떤 인물의 전사가 작가의 머릿속에 있다고 해서 독자도 알아야 하는 것은 아니다. 미스터리한 인물은 독자의 호기심을 자극할 수 있다. 《해리 포터》 시리즈에서 스네이프의 전사는 독자가 이 작품의 서사를 이해하는 데 진정으로 필요한 순간이 됐을 때, 즉 마지막 권에 이르러서야 밝혀진다. 반면 주코와 아앙처럼 시점 인물이라면 독자가 한층 쉽게 감정 이입을 할 수 있도록 극의 초반부터 전사가 제공되기도 한다. 한편 인물을 더욱 친근하게도, 흥미롭게도 만들지 못하는 백스토리는 작품에 실어도 서사적으로 아무런 목적을 달성하지 못한 채 어설픈 설명으로 끝날 공산이 크다.

마지막으로, 철저히 다루고 싶은 전사라면 어떤 인물을 이야기꾼으로 삼아 다른 인물에게 말하는 방식으로 표현하기보다 하나의 장면으로 구성하는 편이 효과적이다.

작가가 넣고 싶은 설명

나는 작가가 할 일은 자신이 쓰고 싶은 이야기를 쓰는 것뿐이라는 철학을 전적으로 고수해왔다. 이러한 정신에 입각해, 내가 창조한 세상과 이야기 속에서 내가 중요하게 여기는 요소라면 그 어떤 것이라도 마음껏 설명할 수 있다고 주장하는 바다. 이야기는 내가 원하는 대로 써야 한다. 반드시 독자에게 설득력 있게 다가가는 정보가 되리라는 보장은 없지만, 나에게 몹시 중요한 내용이라면 어떻게든 집어넣을 방법을 찾아라. 그리고 괜찮은 대목이 될 수 있도록 최선을 다하자.

독자의 해석 욕구를 자극하라

독자는 작가가 생각하는 것보다 훨씬 예리하다. 잘 쓴 설명은 갈등과 환경에 대한 묘사를 통해 넌지시 이야기를 전달한다. 독자는 어느 정당의 다른 정당들에 대한 프로파간다 하나만 봐도 여러 정파가 복잡하게 활동하고 있다는 사실을 알아차린다. 코맥 매카시Cormac McCarthy의 《로드The Road》를 예로 들자면 독자는 폐허가 된 도시들을 보고 작중 배경이 아포칼립스 이후라고 짐작할 것이다. 또 인물의 팔뚝에 난 흉터들을 보고 그가 학대를 당했다고 추론할 것이다.

독자는 '스스로' 이 정보들을 채택한다. 설령 작가가 의도한 이야기와 차이가 있더라도 말이다. 사실 많은 경우 독자가 내용을 정확히 파악하도록 하는 것은 별로 중요하지 않다. 그보다 중요한 것은 정보가 독자에게 어떤 어조로 전달되느냐다. 다소 모호하거나 행간을 읽어야 하도록 표현하면 일부러 설명하지 않고도 독자에게 미처 깨닫지 못한 더 넓은 세상이 있을 것이라는 인상을 줄 수 있다. 또 내가 만든 세계가 어떤 모습일지 상상해 보도록 이끌 수 있다. 그리고 그 결과 독자는 작중 세계에 더욱 몰입하게 될 것이다.

설명은 타이밍

흥미와 공감대, 무엇을 얻고 싶은가

인물의 전사, 그리고 스네이프와 주코를 각각 전형적인 예로 들 수 있는 흥미와 공감대 문제로 다시 돌아가 보자. 인물의 전사를 밝힐지 여부가 중요한 것은 맞지만, 그에 따라 흥미 또는 공감대 둘 중 한 가지를 선택하고 다른 한 가지를 포기하게 되는 것은 아니다. 흥미를 유발하게 될지, 또는 공감대를 불러일으키게 될지는 그보다 인물의 전사를 '언제' 공개하는지와 연관이 있다. 작가들이 이야기 내내 긴장을 유지하기 위해 나중에 가서야 전사를 공개하는 경우는 비일비재하다. 예를 들어 스네이프는 릴리를 사랑했고, 덤블도어는 권력을 좇은 바 있다. 보조 인물인 이 두 사람의 전사는 그 내용을 중심으로 긴장이 고조될 대로 고조된 다음인 이야기 후반에서 마침내 드러난다. 만약 J. K. 롤링이 이 정보들을 일찍이 밝혔다면 이를 기반으로 스네이프와 덤블도어에 대한 흥미를 불러일으킬 수는 없었을 테지만, 두 인물을 더욱 인간적으로 그려내 독자와 공감대를 형성할 수 있었을 것이다. 두 방법 모두 저마다의 효용이 있다.

한편 시점 인물의 경우 대개 이야기가 시작되고 얼마 지나지 않아 전사가 나오는데, 여기에는 그만한 이유가 있다. 《해리 포터》 시리즈도 작품 후반에서 해리, 론, 헤르미온느의 전사로 뜻밖의 놀라움을 주지는 않는다. 전사 설명을 이야기 초반에 싣는 것이 해당 인물에 대한 독자의 감정 이입을 이끌어내는 데 유용한 기법이며, 그것이야말로 대다수 작가가 자신의 주인공에게 벌어지기 바라는 일이기 때문이다. 이와 같은 맥락에서 작가들이 흥미를 끌어올리는 데 활용하는 것은 대체로 보조 인물일 수밖에 없으며, 따라서 그들의 전사는 나중에 밝혀지는 것이다.

반전은 언제나 효과가 있다

설명을 인상적으로 만들 수 있는 더없이 효과적인 방법으로는 반전이 있다. 설명 '앞'에 반전을 넣어도 되고, 설명 '뒤'에 반전을 넣어도 좋다. 크리스토퍼 놀런의 〈인셉션〉이 비판받는 지점 중 하나는 설명 장면에서 아리아드네를 그저 꿈의 세계가 어떻게 작동되는지 알 필요가 있는 관객을 대신하는 인물로 취급했다는 것이다. 아리아드네는 앞서 이야기한 상황을 모르는 시점 인물의 예다. 아무튼 이 장면에서 꿈의 세계의 작동 방식에 관한 설명은 거의 4분 동안 지속되지만, 아리아드네와 관객 모두를 깜짝 놀라게 하는 반전으로 끝이 나 그렇게 길게 느껴지지 않는다. 아리아드네와 코브가 처음부터 꿈의 세계 속에서 대화를 나누고 있었다는 사실이 밝혀지는 것이다.

설명과 설명을 입증하는 반전이 나오거나 반전과 반전을 풀이하는 설명이 나오면, 〈인셉션〉에서 거리에 늘어선 상점들이 폭발하고 시간이 정지하는 순간처럼 설명이 뚜렷한 이미지 또는 결정적 순간으로 이야기와 확실히 묶인다. 그러한 장면은 독자의 머릿속에 쉽게 각인될 수밖에 없는데, 반전이 있으면 장면의 특성이 단순한 설명이 아니라 설명의 '입증'으로 변모하기 때문이다.

좀 더 미묘한 반전을 만들고 싶다면 인물이 착오를 하게 하면 된다. 크리스토퍼 놀런의 〈인터스텔라〉에 그와 같은 장면이 나온다. 일행은 낯선 행성에 착륙한다. 브랜드가 멀리 보이는 산에 대해 언급한다. 그러나 곧 그것은 산이 아니라 거대한 파도라는 사실이 드러난다. 이를 입증하는 장면이 나오면서 관객이 믿도록 유도됐던 정보는 거짓으로 판명되고 옳은 정보는 더욱 기억에 남는다.

첫 장에 '올 인'할 필요는 없다

작가는 자신이 창조한 세계의 역사와 인물들에 관한 설정을 보기 좋게 나열하며 성대한 설명으로 이야기를 시작하고 싶은 유혹을 느끼기 쉽다. 그리고 톨킨이 《반지의 제왕 1: 반지 원정대》를 샤이어 전체 역사를 개관하며 시작하는 등 위대한 작가들이 그렇게 하기도 했지만 최근에 나오는 작품들은 설명적 구절로 시작하는 경우가 별로 없다.

이유는 비교적 명확한데, 관심이 가는 맥락이 주어지지 않은 상태에서는 독자가 작중 세계나 사회에 주의를 쏟거나 마법 체계를 기억하기가 버겁기 때문이다. 우리는 프로도의 경험을 통해 샤이어에 빠져들고, 카타라와 소카가 어머니를 잃은 사건이기에 백년 전쟁 이야기에 주의를 기울이고, 갈등을 구축하고 해소하는 데 어떤 식으로 사용되는지 보면서 꿈의 세계의 작동 방식을 기억하게 된다. 인상적이고 흥미로운 설명은 절대 그 설명만으로 탄생하지 않는다. 이러한 까닭에 설명 구절이 홀로 어떠한 목적을 완수해주기를 기대하기보다는 1장에서는 독자가 몰입할 수 있는 맥락을 조성한 뒤, 2장이나 3장, 또는 4장에서 설명을 제시하는 편이 효과적이라고 할 수 있다.

여러 인물에게 나눠 차근차근

설명을 서사 전반에 걸쳐 조금씩 전달해야 가장 잘 전달할 수 있는 것과 마찬가지로, 설명을 전달하는 역할을 여러 인물에게 분산하면 숨이 턱 막힐 정도로 긴 정보성 단락 때문에 막 무르익기 시작한 사건의 진행이 멈춰 서는 위험을 피할 수 있다. 또 정보를 화자 한 사람의 어조로 다소 단조롭게 전달하는 대신 다양한 관점과 방식을 통해 표현하고 강조할 수 있으며, 이때 인물들 간 상호 작용의 두께도 두꺼워진다.

바쁜 작가를 위한 n줄 요약

①

상황을 모르는 시점 인물을 활용하는 것은 설명을 논리적으로 전달할 수 있는 방법이지만, 설명의 내용을 흥미롭고 인상적으로 만드는 데 한계가 있다. 기억 상실 장치는 작위적인 클리셰로 느껴지기 쉽다.

②

주인공과 설명 사이에 장애물과 미스터리를 배치하면 독자와 주인공 둘 다 답을 얻고 싶어 할 것이고, 따라서 설명이 한층 보상처럼 느껴지게 된다.

③

'교황이 수영을 하는 동안' 전략의 목표는 독자가 설명에 집중하지 않게 만드는 것이다. 이 전략을 실현하는 데는 맥락상 인물 창조에 기여하는 대목, 충격적인 작중 환경에 대한 묘사, 또는 갈등과 관련된 극적 장면에 설명을 삽입하는 방법이 있다.

④

작중 세계에 관한 모든 정보를 알릴 필요는 없다. 하지만 서사적 긴장을 조절하는 문제 해결 설명을 전달하는 것은 중요하다. 마법 체계에 관한 정보도 마찬가지다.

⑤

인물들이 왜 그렇게 행동하는지가 해명되는 정보를 제공하고 독자가 공감할 수 있도록 하는 것은 중요하다. 하지만 전사를 밝히지 않은 미스터리한 인물을 등장시키는 것도 흥미로울 수 있다.

6

독자를 존중하라. 독자는 설명, 인물 간 상호 작용, 대화에서 행간의 의미를 읽는다. 그리고 이러한 창의성을 바탕으로 작중 세계에 더욱 몰입한다.

7

설명 전후에 반전을 넣으면 설명의 내용을 독자가 기억하기 쉬워진다.

8

일반적으로 첫 장은 설명을 제공하기보다 나중에 나올 설명을 위해 독자가 몰입할 수 있는 맥락을 쌓는 수단으로 활용하는 것이 좋다.

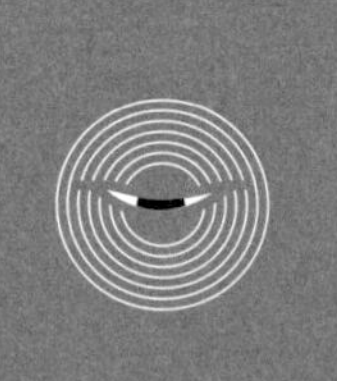

4장

복선 심기에도 기술이 있다

J. K. 롤링	J. K. Rowling
《해리 포터와 마법사의 돌》	Harry Potter and the Philosopher's Stone
《해리 포터와 불의 잔》	Harry Potter and the Goblet of Fire

J. R. R. 톨킨	J. R. R. Tolkien
《반지의 제왕》 시리즈	The Lord of the Rings

더퍼 브라더스	Duffer Brothers
〈기묘한 이야기〉	Stranger Things

마이클 디마르티노	Michael DiMartino
브라이언 코니에츠코	Bryan Konietzko
〈아바타: 아앙의 전설〉	Avatar: The Last Airbender

블레이크 스나이더	Blake Snyder
《SAVE THE CAT! 모든 영화 시나리오에 숨겨진 비밀》	Save the Cat!

어니스트 헤밍웨이	Ernest Hemingway
《노인과 바다》	The Old Man and the Sea

윌리엄 셰익스피어	William Shakespeare
《맥베스》	Macbeth

조스 휘던	Joss Whedon
〈어벤져스: 에이지 오브 울트론〉	Avengers: Age of Ultron

조지 R. R. 마틴	George R. R. Martin
《왕좌의 게임》	A Game of Thrones

크리스토퍼 놀런	Christopher Nolan
조너선 놀런	Jonathan Nolan
〈다크 나이트〉	The Dark Knight

토비 폭스	Toby Fox
〈언더테일〉	Undertale

복선은 이야기의 구성 요소라기보다 이야기를 짜는 데 필요한 도구에 가깝다. 복선이 무엇인지 모르는 사람이야 없지만, 복선을 어디에 넣어야 하는지, 복선을 효과적으로 사용하려면 어떻게 해야 하는지 아는 것은 완전히 다른 문제다.

간단히 말해 복선은 이야기의 앞부분 장면들을 이용해 이야기의 뒷부분 사건들에 대한 기대와 이해를 높이는 것이다. 조스 휘던의 〈어벤져스: 에이지 오브 울트론〉에서 토니 스타크는 자신의 최신 발명품인 울트론, 즉 지구 전체를 감시하고 위협으로부터 인류를 보호할 수 있는 인공 지능에 관해 털어놓으며 "우리 시대의 평화Peace in our Time"라고 말한다. 이 구절은 1938년에 나치 독일의 아돌프 히틀러와 협상을 마치고 돌아온 네빌 체임벌린 영국 총리가 "우리 시대의 평화"를 이루었다고 연설한 데서 나온 것이다.

그러나 이는 머잖아 제2차 세계대전이 발발하기 전까지 약 11개월 동안만 이어진 평화였다. 이 사실을 아는 관객들은 토니 스타크의 대사를 듣고 평화가 아니라 전쟁, 그것도 역사상 전례 없는 규모의 전쟁이 벌어지리라 예상할 것이다. 그렇지만 복선은 단순히 독자가 돌이켜볼 수 있는 재미있고 창조적인 세부 사항에 그치는 것이 아니다. 복선은 작가가 이야기를 조직하고, 어조를 확립하며, 독자에게 더욱 만족스러운 보상을 제공하는 데 도움이 된다. 복선을 제시하는 방법은 얼마든지 있지만, 여기서는 가장 흔히 사용되는 예비 장면, 이례적 서술, 체호프의 총, 상징주의, 이례적 행동을 중점적으로 살펴보려 한다.

예비 장면 보여주기

'예비 장면'이란 뒤에 나올 훨씬 더 중요한 순간의 작은 버전이 이야기 초반에 나타나는 것이다. 더퍼 브라더스의 〈기묘한 이야기〉 시즌1 오프닝 장면에는 주인공들이 〈던전 앤 드래곤〉 게임을 하는 모습이 나온다. 이 게임에서 이들은 다른 차원에서 온 엄청나게 강력한 괴물인 데모고르곤과 맞서 싸운다. 그리고 곧 이들이 실제로 다른 차원에서 온 괴물과 맞서 싸우는 내용이 시즌1 내내 펼쳐진다. 이 예비 장면은 모방을 통해 나중에 벌어질 사건을 암시한 것이다.

이례적 서술로 궁금증 유발하기

'이례적 서술'이란 보통은 조명되지 않는 대상을 특별히 서술해 부각하고, 보통 때보다 자세히 그리는 것을 말한다. 가장 유명하고 알기 쉬운 예가 《해리 포터와 마법사의 돌》에 나오는 해리 포터의 흉터에 관한 다음의 구절이다.

해리가 자신의 겉모습에서 좋아하는 유일한 것은 이마에 있는 가느다란 번개 모양 흉터였다. 해리가 기억하기에 흉터는 처음부터 있었고, 피튜니아 이모에게 처음 한 질문도 어쩌다 그 흉터가 생겼는가였다.

일반적으로 흉터 자체는 이야기 속에서 주요 묘사의 대상이 되기에 부족하다. 누구나 흉터 하나쯤은 있기 때문이다. 이 이례적 서술은 독자에게 해리의 과거에 알 수 없는 어떤 일이 있었다는 신호를 보낸다. 그러면서 이 서술은 미래에 해리와 볼드모트의 관계에서 발생할 긴장을 암시하는 복선으로도 기능한다.

보고 듣는 모든 것이 중요하지는 않은 현실 세계에서와 달리 작품을 쓸 때 작가는 무엇을 포함하고 무엇을 포함하지 않을지 의식적으로 선택해야 한다. 즉, 독자의 초점을 작가가 보여주고 싶은 내용으로 이끄는 응집력 있는 이야기가 되려면, 모든 단락이 서사 속에서 저마다의 목적을 이루어야 한다. 어떤 내용을 이례적으로 서술하면 독자는 그 내용에 주목하고 중요하게 받아들이며, 그와 관련해 어떤 일이 벌어지리라는 암시를 얻을 수 있다.

이제 이례적 서술을 어떻게 구사해야 할지 자세히 살펴보자. 다른 대상들은 보통 잇따라 열거되는 반면, 이례적 대상은 하나의 독자적 문장이나 단락을 통해 다루며 대비를 이룬다. 이례적 서술을 다른 대상들이 열거된 구절에 가까이 배치할수록 대비는 더욱 선명해진다. 예컨대 해리의 흉터에 관한 내용도 다음 문장에 이어서 나온다.

해리는 얼굴이 야위었고, 무릎은 뼈가 불거져 있으며, 머리가 검고, 눈은 연한 녹색이었다.

이 중에는 특별히 중요한 것으로 강조된 대상이 없다고 할 수 있는데, 구별되는 표현 없이 모두 단순히 열거돼 있기 때문이다. 그러나 해리의 흉터에 관한 서술은 감정적 특성을 지녔으며 그 자체로 하나의 문장을 이루고 있다.

대상을 구별되게 서술하는 두 번째 방법은 인물이 다른 대상들과는 다른 방식으로 서술 대상과 상호 작용하도록 하는 것이다. 그 모습은 대상에 대해 이야기를 하거나, 상반된 감정을 동시에 느끼거나, 그것을 잃을까 점점 더 노심초사하는 등 여러 가지가 될 수 있다.

총을 보여줬다면 반드시 쏴라

'체호프의 총'은 아마도 가장 중요하고 자주 사용되는 복선의 유형일 것이다. 이는 러시아의 극작가 안톤 체호프Anton Chekhov가 "1막에서 벽에 총이 걸려 있다면, 3막에서 반드시 그 총을 쏴야 한다"라는 말을 통해 제시한 법칙이다. 블레이크 스나이더의 《SAVE THE CAT! 모든 영화 시나리오에 숨겨진 비밀》을 보면 극작가 데이비드 트로티어David Trottier는 이 법칙을 "독이라도 든 게 아닌 이상 어떤 커피 한 잔을 등장시킬 이유가 없다"라고 바꿔 표현했다.

체호프의 총 법칙에 따르면 이야기의 후반에서 결정적 역할을 하는 것은 초반에 그와 관련된 복선을 깔아둬야 한다. 예를 들어 3막에서 총을 사용하려 한다면 1막에서 총이 벽에 걸린 모습을 보여줘야 한다. 체호프의 총은 구체적인 것, 주로 어떤 사물일 때가 많기는 하지만, 후에 이야기에 다시 등장하는 것이라면 무엇이든 될 수 있다.

체호프의 총은 특히 게임 매체에서 굉장히 흔히 사용된다. 플레이어는 특정 아이템 또는 능력을 손에 넣지만, 게임이 훨씬 많이 진행되기 전까지는 그다지 그 아이템과 능력의 중요성을 인지하지 못한다. 토비 폭스에서 출시한 게임 〈언더테일〉에서는 거미들이 파는 빵을 살 수 있는데, 그 빵은 나중에 거미 보스인 머펫과의 전투에서 벗어날 때 사용할 수 있다. 이 아이템은 처음에는 하나도 쓸모없는 것처럼 보이지만, 앞으로 거미들을 만나게 되리라는 것과 〈언더테일〉이 추구하는 게임의 스타일을 암시한다. 〈언더테일〉에서는 방해가 되는 캐릭터들을 죽이는 것만이 유일한 선택지가 아니다. 체호프의 총은 갈등이 해소되는 순간에 만족스러운 보상이 제공되도록 하는 데도 중요하다. 특히 SF와 판타지 장르에서는 이것이 더욱 중요하다. 마법 체계나 기술, 그 밖의 다른 요소들을 미리 제시해두면, 독자는 이야기 속에서 이 요소들의 능력을 파악한다. 이 요소들이 나중에 갈등의 해소를 위해 사용된대도 갑작스러운 데우스 엑스 마키나 deus ex machina*처럼 느껴지지 않는다는 의미다.

* 신과 같은 초자연적 힘이 나타나 갈등 국면을 해결해주는 기법.

상징주의, 은은하거나 은밀하거나

아나킨이 '제다이 훈련을 받는 값을 치르려면 팔이랑 다리까지 내놔야겠다'라고 말하는 것에서부터 이슬람교 경전 코란의 비유로 가득한 구절들에 이르기까지, 복선의 스펙트럼은 굉장히 넓다. 예비 장면과 체호프의 총은 비교적 독자가 알아차리기 쉽지만, 상징주의는 훨씬 감지하기가 어렵다. 내가 가장 좋아하는 상징주의의 예는 조지 R. R. 마틴의 《왕좌의 게임》 첫 장이다. 스타크 일가는 수사슴을 죽이고 자신도 죽임을 당한 다이어울프를 발견하는데, 이 두 동물은 각기 바라테온 가문과 스타크 가문의 상징이다. 두 동물의 죽음은 앞으로 두 가문 사이에 전쟁이 있으리라는 것, 그것도 양 가문의 거의 모든 일원이 죽음을 맞이하는 전쟁이 벌어지리라는 것을 독자가 예상하게 하는 상징이다.

상징은 외부 상징도 있고 내부 상징도 있다.

1. 외부 상징은 무한을 의미하는 숫자 8처럼 실생활에서 사용하는 상징을 가리킨다. 외부 상징은 독자가 일반적으로 알고 있는 것들을 끌어들여 미래에 벌어질 사건을 더욱 명확히 암시하고 싶을 때 유용하다.
2. 내부 상징은 다이어울프가 스타크 가문을 상징하는 것처럼 작가가 창조한 세계 내에서 작동하는 상징이다. 내부 상징은 독자가 작품을 읽으며 수집한 지식에 의존하므로 외부 상징보다 절묘하고 창의적이다.

곧 폭풍우가 휘몰아칠 듯 몰려오는 구름은 나쁜 일이 다가오고 있다는 것을 의미하고, 까마귀는 죽음을 의미하는 것처럼, 누가 봐도 바로 알 수 있는 외부 상징들도 있다. 그렇지만 갖가지 해석의 여지가 있는 미묘한 상징을 집어넣으면 더욱 흥미진진하게 이야기를 이끌어갈 수 있다.

상징을 이용하는 복선의 한층 효과적인 형태 중 하나로는 모티프가 있는데, 이때 상징은 대체로 이야기 전반에 걸쳐 '반복적으로' 등장한다. 반복 덕분에 상징이 눈에 띄고 효과를 발휘하게 되는 것이다. 어니스트 헤밍웨이의 《노인과 바다》에는 노인을 자기희생의 상징인 예수 그리스도에 비유하는 구절이 반복해서 나온다. 이는 그가 결국 다른 이들을 위해 자신의 목숨을 희생하리라 암시하는 복선이라고 할 수 있다.

물론 은유와 상징으로 가득한 예언, 환영幻影, 꿈 등, 판타지 장르에서 복선을 마련하기 위해 즐겨 사용되는 장치들도 빼놓을 수 없다. 이 장치들은 복선은 복선이지만, 알아차리기가 훨씬 더 쉽다. 예언의 중대성을 의심하는 인물이 거의 없을뿐더러 설령 누군가 의심하더라도 독자는 절대 의심하지 않는다. 따라서 '동료 한 사람이 공산주의 선전을 보다가 죽을 것이다'라는 예언의 등장은 복선이라기보다 플롯의 분명한 방향을 설정하는데 가깝다. 그렇지만 판타지적 작품 중에는 윌리엄 셰익스피어의 《맥베스》처럼 상당히 좋은 예도 많다. 맥베스가 '여인이 낳은 자'에게는 죽지 않을 것이라는 예언은 이야기 내내 그의 결정에 중대한 역할을 한다. 이 복선은 그가 '죽을 것'이라는 사실을 암시하는 데다, 이에 그치지 않고 누가 그를 죽일지도 암시한다.

그렇지만 맥베스가 제왕 절개 분만으로 태어난 자에게 죽는 것으로 드러나는 대목은 사실 실망스럽다는 평이 많다. 톨킨도 그렇게 평한 사람 중 한 명이다. 《반지의 제왕 3: 왕의 귀환》에서 마술사왕이 파멸을 맞이하는 서사는 부분적으로 《맥베스》에서 영감을 얻은 것인데, 마술사왕은 자신의 최후에 대해 맥베스와 비슷한 예언을 듣는다. 'man'의 손에는 쓰러지지 않으리라는 예언이다. 톨킨은 마술사왕이 '인간man'이 아닌 호빗, 그리고 '남성man'이 아니라 여성인 에오윈에게 죽임을 당하는 것이 더욱 이 예언의 실현에 어울린다고 생각했다. 톨킨은 '맥베스는 버남 숲이 높은 던시네인의 언덕까지 와 공격하기 전에는 결코 패배하지 않을 것'이라는 예언이 실현되는 방식에 대해서도 비판했다. 그는 맥베스를 향해 진격하던 병사들이 나뭇가지로 위장하는 대목에서 도둑맞은 기분을 느꼈다고 한다. 그리고 알다시피 《반지의 제왕》에서는 '엔트족'이라는 나무 종족이 아이센가드를 향해 마지막 행진을 한다.

인물이 안 하던 짓을 한다면?

'이례적 행동'이란 인물이 앞서 보인 자신의 성격과 일치하지 않는 행동을 하는 것으로, 독자가 그 이유를 궁금해하게 만든다. 이를 보여주는 예가 《반지의 제왕》의 빌보다. 빌보는 친절하고 쾌활하며 호감 가는 인물이지만, 간달프가 절대반지를 두고 떠나라고 하자 갑자기 흥분하며 화를 낸다. 이렇게 빌보가 자기 답지 않은 모습을 보이는 순간은 앞으로 여러 인물이 절대반지와 투쟁함에 따라 긴장이 고조될 것이라는 점과 훨씬 큰 악인 어둠의 군주 사우론의 존재를 암시한다. 특히 미스터리한 전개가 요구되는 작품에서 인물의 이례적 행동 장치가 자주 발견되는데, 어떤 인물의 특정 행동 양상이 나중에 미스터리가 폭로된 후에야 해명되는 식이다.

그 밖의 도구들

간단한 어구를 통해 복선을 그리는 방법도 있다. 《왕좌의 게임》에는 캐틀린에 대해 "때로 자신의 심장heart이 돌stone로 변한 것처럼 느껴졌다"라는 어구가 나오는데, 이는 그녀가 훗날 레이디 스톤하트Lady Stoneheart로 변모할 것을 암시하는 복선이다. 한편 인물들이 어떤 일이 일어나는 것에 대해 터무니없을 정도로 걱정하거나 농담을 하게 하는 방법도 있다. 〈아바타: 아앙의 전설〉에서 아앙이 "영혼들이 어마어마한 힘으로 불의 제국을 무찔러 주면 좋겠다"라고 말한다. 그리고 이 에피소드의 마지막에 바다의 영혼이 나타나 불의 제국 해군을 대격파한다. 둘 다 독자나 시청자가 작품을 한 번 더 볼 때라야 알아차릴 수 있는 굉장히 영리한 표현 방식이라고 할 수 있다. 이 밖에도 복선에는 더욱 교묘하고 또 창의적인 여러 방법이 있고, 어떤 전술을 택할지는 어떤 효과를 기대하느냐에 따라 달라질 것이다.

복선으로 얻을 수 있는 효과

서사 구조 강조

복선을 활용하면 무엇보다 작품의 특정 극적 줄거리를 독자가 눈치채도록 강조할 수 있다. 그 결과 독자는 이 이야기에서 중요한 극적 사건이 무엇인지, 이혼인지 살인인지 또는 정치적 모략인지, 그리고 이 이야기는 어떤 이야기가 될지 기대를 하게 된다. 이야기를 이루는 중심 사건들은 보통 각 막의 마지막에 벌어진다.

크리스토퍼 놀런의 〈다크 나이트〉를 보면 영화가 시작되는 부분에서 하비 덴트의 유명한 대사가 나온다.

"영웅으로 죽거나, 계속 살아서 악당이 되거나."

관객은 '누가, 어디서, 언제, 왜, 어떻게' 이 대사를 실현시킬지 모른다. 하지만 이 대사를 중심으로 이야기의 긴장이 고조되리라 기대할 것이다. 그리고 2막의 마지막에서 고담시의 영웅 하비 덴트 자신이 악당 투 페이스로 전락한다.

복선은 독자에게 앞으로 일어날 일의 흐릿한 형체를 보여줄 뿐, 정확히 무슨 일이 일어나는지는 알려주지 않는다. 복선은 1막, 2막, 그리고 3막에서 벌어질 극적 순간에 대한 기대를 불러일으키면서 각 막을 연결하는 결합 조직과 같은 역할을 한다. 독자가 앞으로 어떤 일이 벌어질지 미리 상상하며 고대할 수 있는 이야기가 더욱 응집력 있는 이야기다. 앞으로 벌어질 일을 독자에게 '빤히' 알려주라는 말이 아니다. 관계가 파탄이 나든 미스터리가 풀리든, 또는 푸틴이 곰 부대를 이끌고 나타나든, 그저 이야기의 긴장이 어디에서부터 생겨나는지 귀띔하라는 의미다. 복선은 독자에게 이야기를 안내해준다.

어조 변화

복선을 통해 이야기의 후반에서 어조를 변화시키기 위한 초석을 깔아놓을 수도 있다. 《해리 포터와 불의 잔》 초반에는 다음의 대사가 나온다.

> 얼굴을 가린 손가락 아래 이마의 번개 모양 흉터가 타들어 가듯 아팠다. 꼭 누군가 뜨거운 철사로 피부를 짓누른 것 같았다.

이 장면은 퀴디치 월드컵과 함께 즐겁고 들뜬 분위기로 시작되지만 얼마 지나지 않아 죽음을 먹는 자들의 공격과 함께 훨씬 어두운 어조로 급변하는 이야기를 암시하는 예비 장면이다. 특히 이때의 어조 변화는 이 에피소드에 한정되지 않고 《해리 포터》 시리즈 전반의 어조 변화를 나타낸다. 《해리 포터》 시리즈는 《해리 포터와 불의 잔》을 기점으로 상상 속에서 튀어나온 가볍고 쾌활한 이야기에 작별을 고하고 음모가 도사리는 어두운 이야기로 나아간다. 게다가 이 대사는 이 시리즈의 가장 어두운 장면 중 한 장면을 암시하는 예비 장면이기도 하다. 해리의 흉터를 '손가락 아래 이마의 번개 모양 흉터가 뜨거운 철사로 짓누르듯 타들어 가는 느낌'이라고 묘사한 것은 클라이맥스에서 벌어지는 사건과 닮아 있다.

> 볼드모트의 창백하고 긴 손가락의 차가운 끝이 닿자, 해리는 얼마나 고통스러운지 머리가 터져버릴 것만 같았다.

어조가 난데없이 극적으로 변화하면 독자는 당황한다. 물론 반전까지 독자가 예상할 수 있어야 한다는 뜻은 아니다. 반전은 어조의 변화와 함께할 때 효과적인 경우가 많다. 그렇지만 어조 변화 자체가 미리 암시되지 않으면 어조를 변화시키는 사건이 이전까지의 이야기와 단절된 느낌을 줄 수 있다. 어조 변화를 암시하는 대목은 주요 사건에 대한 독자의 기대와 흥미도 높인다. 작품의 덜 극적인 대목이지만 서스펜스가 가미되는 효과도 있다.

만족스러운 보상

어떤 사건을 복선으로 암시해야 잘 쓴 이야기가 될 수 있는가는 완전히 다른 문제다. 본질적으로 복선이란 단순히 독자에게 정보를 전달하고자 넣는 구절이 아니다. 어떤 전술을 택한 복선이든, 그리고 어조를 위해 도입한 복선이든 서사 구조를 위해 도입한 복선이든, 복선은 오로지 예상치 못한 사건을 그럴듯하게 만들기 위해 필요한 것이다. 이러한 '목적'에 도움이 되지 않는 복선은 허울에 불과하다. 독자가 문제의 해결 방식이 합리적이라고 느끼고, 복선이 문제 해결에 빼놓을 수 없는 부분을 차지하고 있다고 생각할 때 만족스러운 보상이 이루어졌다고 할 수 있다.

또 중요한 사건일수록 이야기 전체에 걸쳐 복선을 깔아둬야 한다는 의미도 된다. 예비 장면은 어조 변화를, 이례적 행동은 살인자가 밝혀지는 순간을, 상징주의는 각 막의 마지막에 나오는 클라이맥스를, 어떤 대상에 대한 이례적 서술은 나중에 그 대상을 가지고 인물이 문제를 해결하는 장면을 그럴듯하게 만드는 데 주로 쓰인다. 특히 이례적 서술은 체호프의 총과 결합돼 쓰이는 경우가 많다.

바쁜 작가를 위한 n줄 요약

①

복선을 마련하는 데는 예비 장면, 상징주의, 체호프의 총, 이례적 서술, 이례적 행동, 예언, 그 밖에도 다양한 기법이 있다. 각 기법은 모두 저마다의 강점을 지녔다.

②

복선은 앞으로 어디에서 긴장이 발생할지 기대를 불러일으키며, 서사 구조를 확립하는 데 도움이 된다. 각 막 사이의 결합 조직이라고 할 수 있다.

③

복선은 이야기의 덜 극적인 부분에서 어조를 구축하고, 흥미와 서스펜스를 조성한다.

④

복선을 통해 얻을 수 있는 효과는 다양하지만, 어조 변화든 반전이든 인물의 변화든 클라이맥스에서 나올 문제의 해결이든, 예상치 못한 사건을 그럴듯하게 만드는 데 우선 기여해야 한다.

2

인물의 매력이
작품의 매력

1장

악당의 매력은 동기에서 나온다

《백설 공주》 Snow White

러셀 T. 데이비스 Russell T. Davies
필 포드 Phil Ford
〈닥터 후〉 Doctor Who

마리오 푸조 Mario Puzo
프랜시스 포드 코폴라 Francis Ford Coppola
〈대부〉 The Godfather

마이클 디마르티노 Michael DiMartino
브라이언 코니에츠코 Bryan Konietzko
〈아바타: 아앙의 전설〉 Avatar: The Last Airbender

마이클 허스트 Michael Hirst
〈바이킹스〉 Vikings

마크 로런스 Mark Lawrence
《가시의 왕자》 Prince of Thorns

빅토르 위고 Victor Hugo
《레미제라블》 Les Miserables

샬럿 브론테 Charlotte Bronte
《제인 에어》 Jane Eyre

스티븐 모펏 Stephen Moffat
스티븐 톰슨 Stephen Thompson
마크 가티스 Mark Gatiss
〈셜록〉 Sherlock

스티븐 킹 Stephen King
《언더 더 돔》 Under the Dome

아라카와 히로무 荒川弘
《강철의 연금술사》 鋼の錬金術師

앨런 무어 Alan Moore
《배트맨: 킬링 조크》 Batman: The Killing Joke
《왓치맨》 Watchmen

조지 R. R. 마틴 George R. R. Martin
《얼음과 불의 노래》 시리즈 A Song of Ice and Fire

존 밀턴 John Milton
《실낙원》 Paradise Lost

존 트루비 John Truby
《이야기의 해부》 The Anatomy of Story

토머스 해리스 Thomas Harris
《양들의 침묵》 The Silence of the Lambs

악당을 창조하는 것은 매력적이면서도 쉽지 않은 일로, 이번 장에서는 악당을 구성하는 요소 중 하나인 악당의 동기에 관해 자세히 살펴보려고 한다. 탐욕, 사랑, 질투, 독선, 야망, 권력, 트라우마, 복수, 절망, 그리고 모래를 싫어하는 마음까지 거의 모든 것이 악당의 동기가 될 수 있다. 한편 더욱 어려운 것은 동기가 무엇이든 간에 이야기 속에 설득력 있게 엮어 넣는 것이다. 이번 장에는 '주동 인물protagonist'과 '반동 인물antagonist'이라는 용어가 본격적으로 나온다. 이 두 용어는 문학적으로 정의가 복잡하며, 여기서 다루는 모든 이야기를 완전히 아우르지는 못할 것이다. 그렇지만 간결한 설명을 위해 사용하려고 한다.

반동 인물의 동기를 독자에게 알리는 것은 아주 중요하다. 관건은 '어떻게' 알리느냐인데, 이는 그 유명한 원칙, '말하지 말고 보여주기'라는 한마디로 요약된다. 이를테면 어떤 반동 인물이 '이게 바로 내가 왼손잡이는 보이는 족족 죽이고 싶은 이유야, 내가 여섯 살 때 우리 집 고양이를 죽인 사람이 왼손잡이였다고!'라는 식으로 늘어놓는 독백이 그다지 재미있지 않다는 것은 굳이 말하지 않아도 누구나 알 것이다. 어떻게 하면 반동 인물에게 동기를 부여할 수 있을지 지금부터 알아보자.

악당의 가치관을 드러내자

《강철의 연금술사》에서 쇼우 터커의 동기는 그가 국가의 지원을 잃지 않으려 연금술 실험에 필사적으로 매달리는 과정에서 자신의 어린 딸을 살해할 때 독자에게 전달된다. 이 사건은 작가들이 고려하는 두 가지 사항을 보여준다.

- **인물의 '가치관'** 충격적이게도 쇼우 터커는 가족보다 자신의 정부 내 지위를 훨씬 소중히 여긴다.
- **동기 '수준'** 지위를 지키는 것은 너무나도 소중한 나머지 그가 아무것도 모르는 사랑스러운 딸을 죽이는 동기가 된다.

반동 인물이 자신의 목표를 어떤 것보다 상위 가치로 두는지 밝히면 그를 반동 인물로서 눈에 띄게 할 수 있다. 특히 그의 동기와 주동 인물의 동기가 극명한 대조를 이룬다면 더욱 눈에 띌 것이다. 정의보다 권력을 우선시한다는 것을 보여주지 않는 한 아무리 커다란 권력을 추구하는 인물이라 해도 세상에서 가장 나쁜 인물이 될 수는 없다. 마찬가지로 반동 인물이 지닌 동기의 수준을 보여주면 그가 어디까지 나아가며 어떤 위협이 될지가 드러난다. 이에 더해, 목표를 이루기 위해 감수할 의지가 '없는' 것은 무엇인지 보여주면 인물을 다차원적으로 만들 수 있다. 그리고 돈과 같이 피상적으로 느껴지는 가치보다 가족, 친구, 사회의 인정 등 많은 독자가 깊은 관심을 기울이고 있는 가치를 반동 인물이 기꺼이 내놓을 수 있는지, 혹은 내놓을 수 없는지 그릴 때 더욱 효과적이다.

〈아바타: 아앙의 전설〉에서 주코는 아바타를 잡고 자신의 명예를 되찾는 일에 몰두하지만, 부하들의 목숨과 자신의 인간성을 지키는 일에 그보다 가치를 둔다. 주코는 아무 거리낌 없이 무장도 하지 않은 마을 사람들을 위협할 수 있는 인물이지만, 폭풍우로 위험에 처한 부하들을 죽어나가도록 내버려 두지 못하는 인물이기도 하다. 이러한 점들로 인해 그의 동기는 여러 층위를 내포한다.

반동 인물의 목표와 우선순위는 여러 개가 될 수 있으며, 각각의 중요도에 차이가 있을 것이다. 한편 목표들이 서로 충돌하도록 설정하는 것도 흥미로울 것이다. 주코는 가족의 인정과 사랑을 갈구한다. 하지만 자신의 명예도 되찾고 싶어 한다. 이 두 가지 목표는 서로 상충되기도 한다. 그리고 당연히 목표를 이루기 위해 '물불 가리지 않는' 반동 인물만큼 위험한 것은 없다.

주인공의 반영인 악당

반동 인물의 동기를 주동 인물의 맥락에서 궁리해내는 것도 중요하다. 이를 위해서는 우선, 주동 인물의 동기를 반동 인물의 동기에 반영하는 방법이 있다. 존 트루비는 《이야기의 해부》에서 다음과 같이 말했다.

> 우리는 적대자를 구조적으로, 즉 적대자가 이야기 속에서 하는 기능을 중심으로 살펴봐야 한다. 진정한 적대자는 주인공의 욕망 실현을 방해할 뿐 아니라, 같은 목표를 놓고 주인공과 대결한다. … 주인공과 적대자가 갈등을 벌이는 심층 원인을 찾아라. '한 마디로 무엇 때문에 이토록 싸우는 것인가?'

'반동 인물이 주동 인물과 충돌하게 하려면 어떤 동기가 가장 적절할까?' 이 내용을 뒷받침할 수 있는 질문이다. 앨런 무어의 《배트맨: 킬링 조크》를 보면 조커와 배트맨은 단순히 제임스 고든의 운명을 놓고 싸우는 것이 아니다. 조커는 '지독히 나쁜 하루'를 겪으면 평범한 사람 누구라도 자신과 똑같이 미쳐버릴 수 있다는 것을 증명하고 싶어 하지만, 배트맨은 설령 그런 하루를 겪더라도 사람은 선한 삶을 살아갈 수 있다고 믿는다. 이렇게 반동 인물의 동기는 근본적으로 주동 인물의 동기가 반영된 것이지만 일치하지는 않는다. 이에 따라 두 인물은 부딪히고, 자연스레 반드시 둘 중 한쪽이 승리해 정당성을 입증받아야 끝이 나는 성격의 갈등으로 접어든다.

두 번째 방법은 두 인물이 갈등에 휘말릴 수 있는 방식으로 반동 인물도 주동 인물과 같은 동기를 갖게 하는 것이다. 〈대부〉에서는 마약 산업에 뛰어들지 말지를 두고 뉴욕 마피아 가문들 사이에 갈등이 벌어지는 듯하지만, 타탈리아 가문과 바르지니 가문의 행동 동기는 분명히 가족, 충성심, 그리고 복수심으로 가득 찬 정의감이다. 《배트맨: 킬링 조크》에서와 달리, 반동 인물과 주동 인물은 이 가치들을 공유하고 있다. 이들이 같은 동기에 따라 움직이기 때문에 복수와 폭력이 끊임없이 순환하며 이 이야기의 갈등을 추동한다.

반동 인물이 자신의 동기를 뒷받침하는 가치 때문에 자연스럽게 주동 인물과 부딪히는 상황으로 나아가지 않으면 애초에 두 인물이 이야기 속에서 얽힐 명분이 약해 보이게 된다. 반동 인물이 탐욕을 자신의 동기로 삼는 데 반해 주동 인물은 다른 이들이 탐욕을 부리든 자신이 탐욕으로 가득 차든 아무런 관심이 없는 상태에서는 응집력을 갖춘 제대로 된 이야기가 나오기 어렵다. 자연스러운 갈등 관계가 발생하지 않으며, 주동 인물도 반동 인물도 누구든 다른 인물로 대체돼도 상관없는 이야기가 돼버린다.

반동 인물에게 주동 인물과 '다른' 동기를 부여해서 갈등을 일으킬 수도 있고, '비슷한' 동기를 부여해서 갈등을 일으킬 수도 있다. 두 방법 모두 주동 인물의 동기와 반동 인물의 동기가 이루는 관계에 이야기가 단단히 뿌리내린 채 추진력 있게 나아갈 수 있도록 이끄는 효과적인 방법이다.

수동적 동기와 능동적 동기

반동 인물의 동기는 '수동적' 동기와 '능동적' 동기 사이의 어딘가에 위치할 것이다. 수동적 동기를 지닌 반동 인물은 주인공이 목표를 달성하지 못하도록 막기 위해 행동한다. 한편 능동적 동기를 지닌 반동 인물은 실현하고자 하는 '자신의' 개인적 목표가 따로 있으며, 보통 그 목표를 달성하려면 주인공을 패배시켜야 한다.

수동적 동기를 지닌 반동 인물로는 샬럿 브론테의 《제인 에어》에 나오는 버사 메이슨을 들 수 있다. 그녀의 주된 동기는 에드워드 로체스터와 결혼하고자 하는 주인공 제인 에어의 목표가 달성되지 않도록 방해하는 것이다. 만일 제인 에어가 목표가 없고 목표를 이루기 위해 행동하지 않는다면, 버사 메이슨은 아무런 일도 벌이지 않을 것이다. 그러나 설령 버사 메이슨이 없다 해도, 제인 에어는 자신의 목표를 이루기 위해 노력할 것이다. 버사 메이슨이라는 장애물이 사라진 상태에서 말이다. 반동 인물의 수동성은 주인공을 한결 흥미로운 인물로 만들어 주기도 한다. 반동 인물의 수동성이 개입될 때 주인공은 이야기를 이끌어가기 위해 더욱 큰 주체성을 발휘해야 하기 때문이다. 주인공이 이야기의 방향을 결정하면, 반동 인물은 그에 '반응'한다. 그렇지만 이를 절대적인 규칙으로 받아들일 필요는 없다. 매력적인 수동적 반동 인물의 예도 상당히 많다.

고전 동화 《백설 공주》에는 '능동적' 동기의 극단적 예가 나온다. 여왕의 목표는 세상에서 가장 아름다운 사람이 되는 것이고, 그녀는 이 목표를 달성하겠다는 일념으로 백설 공주를 끌어내린다. 여왕은 자신의 목표로부터 동기를 얻어 능동적 행동을 펼침으로써 인상적인 반동 인물로 자리매김한다. 이때 여왕의 행동은 주인공들이 행동에 나서도록 '강제'하는 역할을 하며 이 이야기의 기초를 이룬다고 할 수 있다. 백설 공주에게 헌츠맨을 보내고, 그녀를 레이스 끈으로 졸라매고, 그녀에게 독이 묻은

빗을 주고, 독이 든 사과를 건네는 여왕의 결정에 따라 이야기의 긴장이 발생한다. 이에 반해 백설 공주는 실제로 목표라고 할 만한 것을 가지고 있지 않으며, 이야기의 방향을 바꿀 수 있는 행동은 아무것도 하지 않는다.

사실 《제인 에어》의 버사 메이슨과 《백설 공주》의 여왕은 극단적 사례로 대부분의 반동 인물은 이 둘 사이의 어딘가에 위치한다. BBC의 〈셜록〉 시리즈만 봐도 모리어티는 '범죄 제국 약화'라는 셜록의 목표 달성을 방해하는 수동적 인물이기도 하지만, 개인적 목표로서 셜록을 무너뜨리고 싶어 하는 능동적 인물이기도 하다.

반동 인물에게 비교적 수동적인 동기를 부여하는지, 아니면 능동적인 동기를 부여하는지에 따라 주동 인물과 반동 인물이 갈등에 접어드는 양상도 결정된다. 일반적으로 수동적 반동 인물은 주인공이 이야기를 더욱 주체적으로 이끌어가게 만들고, 능동적 반동 인물은 더욱 위협적인 세력으로 비치는 경향이 있다. 그렇지만 예외도 많이 있으므로, 오로지 이 사항만 고려해 반동 인물의 동기를 설계하지 않도록 유의하자.

악당은 '좋은 사람'일수록 강해진다

세상에는 그다지 도움이 되지 않는 글쓰기 조언이 차고 넘친다. 이번에는 그중 한 가지 조언에 관해 이야기해보려 한다.

가장 강력한 반동 인물은 자신이 좋은 사람이라고 믿는 반동 인물이다.

1980-1990년대부터 불편한 현실을 가감 없이 녹여낸 코믹스가 유행하고, 마크 로런스의 《가시의 왕자》 같은 다크 판타지가 부상했다. 최근에는 라이언 존슨Rian Johnson의 〈스타워즈: 라스트 제다이Star Wars: The Last Jedi〉와 같은 작품에서 해체적 사실주의, 즉 착한 영웅과 나쁜 악당이라는 이분법적 도식을 탈피해 도덕성의 회색 지대를 전면적으로 내세우기도 했다. 이에 따라 관객들이 반동 인물을 존중하고, 나아가 '수긍'하게까지 만드는 시류에 힘입어 이런 생각이 널리 퍼졌다. 그러나 반드시 그렇지는 않다.

반동 인물이 스스로 좋은 사람이라고 믿도록 설정하는 것은 아무런 문제가 없다. 이를 통해 《실낙원》의 사탄처럼 믿을 수 없을 정도로 매력적인 인물이 탄생하기도 한다. 존 밀턴은 이 작품에서 사탄을 누구나 공감할 수 있는 반동 인물로 그렸다. 앨런 무어의 그래픽 노블 《왓치맨》에서도 공권력에 환멸을 느끼며 끝없이 서로 싸우는 인간들에 분노하는 오지만디아스가 독자의 공감을 불러일으킨다. 오지만디아스는 이러한 경험들로부터 동기를 얻어 자신의 계획을 실행에 옮긴다. 인간은 이기적인 동물이면서도 모두 자신이 대단히 생각이 깊고 인정이 넘치는 사람이라고 생각한다. 반동 인물이 '좋은 사람'으로서 갖고 있는 동기가 통하는 까닭은 그들이 복잡하고 깊이 있는 인물이라는 인상을 주고, 독자가 그들을 더욱 가깝게 느끼도록 만든다는 데 있다. 이는 이러한 복잡성이 반동 인물이 아직 사회적 합의가 이루어지지 않은 미묘한 주제에 대해 특정 도덕적 태도를 보임에 따라 발생하기 때문이다. 또 한편으로는 반동 인물의 복잡한 도덕적 동기가 사랑, 탐욕, 두려움, 그 밖의 모든 인간적 경험과 분명히 연관되어 있기 때문이기도 하다.

응원하게 되는 악당

'좋은 사람'인 반동 인물은 다른 인물에게는 기대할 수 없는 방식으로 이야기의 긴장을 끌어올린다. 다음과 같은 흔한 조언이 한 가지 있다.

> 가장 좋은 반동 인물은 패배했을 때 독자가 환호하게 만드는 반동 인물이다.

다시 한번 말하지만 이와 같은 진술은 열에 아홉이 완전히 틀렸거나 너무 일반적이어서 전혀 쓸모가 없거나 둘 중 하나다. 마이클 허스트의 〈바이킹스〉에서 라그나르 왕과 에그버트 왕은 서로의 반동 인물이다. 그런데 드라마가 진행될수록 시청자는 둘 다 각자의 싸움에서 지지 않기를 바랄 정도로 에그버트 왕을 이해하고, 공감하고, 아끼게 된다. 그러면서 흥미로운 형태의 긴장이 나타난다. 〈바이킹스〉가 훌륭히 해낸 것처럼, '좋은 사람'인 반동 인물을 활용하면 이야기의 저변에 뚜렷하게 비극적인 어조가 흐르도록 해, 독자가 주동 세력도 반동 세력도 패배하기를 원치 않게 되는 긴장 지점을 창조할 수 있다. 이 같은 어조와 긴장감 있는 설정은 단순히 '패배했을 때 독자가 환호하게 만드는 유형의 악당'을 채택한다고 해서 달성할 수 있는 것이 아니다.

주제의 확장성을 좌우하는 악당

반동 인물이 '좋은 사람'일 때는 그의 동기를 이용해 주제를 발전시키기도 쉽다. 다시 《왓치맨》으로 돌아가 보면, 닥터 맨해튼이 세상이 다시 혼돈에 빠지는 것을 막기 위해 누군가를 죽이기로 하는 내용은 독자가 진실, 정의의 내재적 가치, 또는 '영웅'의 개념에 의문을 제기하도록 이끈다.

일반적으로 주제는 이야기 속에서 주인공이 여러 과제에 맞서 나아가는 모습에 담겨 있다. 그렇지만 이때 주제는 행간에 감춰져 있어 잘 드러나지 않거나 미묘하기도 하다. 빅토르 위고의 《레미제라블》에서 작품을 관통하는 주제를 전달하는 주요 매개는 자베르의 완벽한 도덕성, 법, 질서, 진실, 정의를 좇는 동기와 장 발장의 법과 도덕을 구분하며 구원을 믿는 모습이 이루는 날카로운 대조다. 반동 인물의 동기가 도덕적 회색 지대에 존재하면 반동 인물이 무조건적인 '악'을 대변할 때와 달리 작가가 주제를 펼칠 수 있는 통로가 생긴다. 단순히 물리적 수준이 아니라 이념적 수준에서 주동 인물과 반동 인물의 관계를 다차원적으로 창조하고, 다양한 시점을 오가며 논의를 포괄적으로 전개할 수 있기 때문이다.

하지만 주제를 전달하는 데 '좋은 사람'인 반동 인물의 동기에 과도하게 의지할 경우 독자에게 서툴고 억지스러운 느낌을 줄 수 있으므로 유의해야 한다. 갈등의 알레고리가 너무 노골적이거나, 반동 인물과 주인공의 상호 작용이 관념적 수준에 그쳐 진정한 성장과 경험을 하지 못한 맥락 없는 인물이 되지 않게 해야 한다. 그렇게 되면 인물들이 그저 작가의 말을 대변하고 있는 것처럼 다가온다.

어쨌든 이 모든 이점에도 불구하고 반동 인물이 반드시 자신을 '좋은 사람'이라고 믿어야 하는 것은 아니다. 사람들은 어떤 일을 하면 안 된다는 것을 알면서 행하기도 하고, 두려움이나 중독 때문에 행하기도 한다. 사람들은 자신의 행동이 도덕적으로 올바른 일이 아닐지 몰라도, 딱히 도덕적으로 '잘못된 일'도 아니라고 생각할 때가 많다. 이를 잘 보여주는 예가 조지 R. R. 마틴의 《얼음과 불의 노래》 시리즈에 나오는 타이윈 라니스터다. 그는 라니스터 가문의 수장으로서 카스타미르의 레인 가문을 무너뜨리고, 남녀노소 할 것 없이 300명이나 되는 사람들을 학살한다. 그러나 타이윈은 결코 자신을 '선' 또는 '악'으로 보지 않는다. 그는 자기 가문의 존속을 보장하고 명예를 지키며, 의무를 다해야 한다는 동기에 따라 움직일 따름이다. 타이윈은 스스로를 유능하고 견실하며 존경받는 지도자라고 생각하지만, 그렇다고 해서 이 인물을 '좋은 사람'으로 일반화하는 것은 지나친 단순화라고밖에 볼 수 없다.

어떤 행동이 잘못된 행동인지 아닌지 진심으로 신경 쓰지 않거나 옳고 그름에 관한 판단을 거부하는 사람들도 있긴 하다. 토머스 해리스의 작품 《양들의 침묵》의 한니발 렉터처럼 말이다.

이 인물들은 자신을 '좋은 사람'이라고 여기지 않으면서도 저마다 매력적인 인물이다. 반동 인물이 스스로를 '선' 또는 '악'으로 규정하면 그가 자기 자신에 대해 생각할 수 있는 범위를 제약하고, 사실 동기란 훨씬 복잡한 것임에도, 그의 동기를 이분법적 잣대에 따라 단순히 나누게 된다. 그 결과, 반동 인물의 동기와 연결된 주제가 약해지기도 하는데, 무엇이 '선'이고 무엇이 '악'인가의 문제로 간단히 바꿀 수 있는 주제는 극히 적기 때문이다.

사람을 구해야 세상도 구한다

본론에 들어가기에 앞서 잠시 토니 스타크의 주말 계획에 대해 생각해 보자. 그야 물론 세상을 구하는 일일 것이다. 반동 인물의 최종 목표는 그의 동기와 긴밀히 연결돼 있고, 반동 인물이 지닌 목표의 크기는 서사의 긴장이 만들어지는 양상에 필연적으로 영향을 끼친다. 반동 인물의 계획 범위는 단순히 누구 한 명을 살해하는 데서부터 우리 우주뿐 아니라 세상의 모든 우주, 모든 현실을 깡그리 없애는 데까지 이를 수 있다.

긴장을 조성하는 요인 한 가지는 이야기에 걸린 이해관계를 키우는 것이다. 이는 대다수 작가가 이미 알고 있을 내용이다. 여기서 이해관계란 주동 인물이 실패할 경우 잃을 수 있는 것을 의미한다. 이해관계는 이야기가 진행되며 클라이맥스 지점에 다다를 때까지 계속해서 커진다. 그리고 클라이맥스 지점은 '죽기 아니면 살기'의 순간으로, 주인공이 한 발짝만 잘못 내디디면 모든 것을 잃게 된다고 느껴지는 지점이다. 스티븐 킹의 《언더 더 돔》에서 바비와 줄리아가 외계인들에게 얼마 남지 않은 사람들을 살려달라고 애원하는 순간이 바로 그런 순간 중 하나다. 이때껏 그 어떤 순간보다도 주인공들의 이해관계가 크게 좌우되는 지점인 것이다.

그리고 이렇게 반동 인물이 세상을 파괴하거나 장악하기를 바랄 때, 또는 세상을 뒤집어엎어 아포칼립스로 몰아넣고 싶어 할 때, 우리는 '세상을 구원하는 서사'에 대해 곰곰이 따져봐야 한다. '죽기 아니면 살기 순간'의 긴장은 그 순간 걸려 있는 이해관계를 과연 독자가 잃을 수 있다고 믿는가에 달렸다. 그런데 세상이 정복당하거나 파괴될지 모른다고 독자를 확신시키는 것은 굉장히 어려운 일이다. 사람들은 자라면서 비록 죽음을 맞이하는 개개의 인물들은 있을지언정 세상은 계속되고 영웅들은 앞으로도 승리할 것이라는 '오래오래 행복하게 살았답니다' 이야기를 수없이 보았고, 무척 익숙해져 있다. 이러한 환상이야말로 이야기란 본래 제멋대로라는 것을 보여주는 증거라 할 수 있겠다. 어쨌든 독자가 이야기 속에서 만나게 된 모든 것이 파멸해버릴 가능성을 통해서만 긴장을 끌어올리려는 시도는 무조건 작품의 서스펜스를 약화하게 돼 있다. 독자는 믿지 않을 것이기 때문이다.

따라서 세상의 운명보다는 관련 상황 또는 인물의 운명을 중심으로 긴장을 발생시키는 편이 효과적이다. 〈닥터 후〉 스페셜 에피소드 '화성의 물'을 보면, 인물들이 끔찍한 바이러스가 지구에 도달하는 것을 막기 위해 노력함에도 세상의 운명이 위태로워진다. 그런데 이에 따라 생기는 긴장은 닥터가 모두를 살려 탈출시킬 수 있는지, 그래야 하는지를 둘러싸고 생기는 긴장에 비하면 부차적으로 다뤄진다. 그와 동시에 바이러스 때문에 한 사람씩 죽어가면서 또 누가 죽게 될지를 두고서도 상당한 긴장이 형성된다. 이처럼 작가들이 세상을 구하는 이야기에서 서스펜스를 구축하기 위해 흔히 쓰는 방법이 몇 가지 있다.

1. 주동 인물이 세상이 파괴되기까지 얼마나 남았는지보다 자신과 친구들이 죽을지 모른다고 걱정하는 데 훨씬 많은 시간을 보낸다.
2. 반동 인물이 초래하는 위험이 전 세계적 수준이라고 해도, 그가 위협적인 까닭은 본질적으로 그가 개개인을 상대로 가하는 위협 때문이다. 독자가 만일 이야기가 진행되는 과정에서 실제 사람들의 생명이 위태롭다고 느끼지 못한다면, 클라이맥스에 이르러 그들이 위험에 처했다는 사실을 믿을 가능성은 낮다.
3. '화성의 물'의 클라이맥스에서 닥터가 직면하는 장애물들은 바이러스가 지구에 도달하지 못하도록 막는 데 꼭 필요한 요소가 아니라, 바이러스가 사람들을 죽이지 못하도록 막는 데 꼭 필요한 요소다. 실제로 주동 인물들은 바이러스에 대해 꽤 일찍부터 알아차린 상태였고, 꼭 필요한 일이라면 기꺼이 탈출을 포기한 채 바이러스를 없애기 위해 기지를 폭파할 용의가 있었다.

반동 인물의 동기와 최종 목표가 지구 멸망과 연관된 것이라면, 관련 상황과 인물의 운명을 이용해 긴장을 유발하는 편이 전체적으로 긴장을 유지하는 데 효과적이다. 또 이야기의 몰입감을 높이는 데도 도움이 되는데, 독자는 개인적으로 와닿지 않는 이 세상이라든가 모호한 어떤 집단보다 살아 움직이는 인물들에게 더욱 쉽게 애착을 느끼기 때문이다.

바쁜 작가를 위한 n줄 요약

①

반동 인물의 동기에 감춰진 가치관을 드러내면 그 인물이 반동 인물이라는 점이 부각된다. 또 반동 인물의 동기 수준을 드러내면 그가 어떤 유형의 위협이 될지 보여줄 수 있다. 반동 인물의 목표는 두 가지 이상일 수도 있으며, 이 목표들이 서로 충돌하는 상황을 연출해 이야기에 흥미를 더하는 방법도 있다.

②

반동 인물이 주동 인물과 갈등을 일으킬 수밖에 없는 최적의 동기를 찾아야 한다. 여기에는 두 가지 방법이 있는데, 반동 인물의 동기가 주동 인물의 동기를 반영하되 일치하지 않도록 설정하는 방법과 두 인물이 서로 충돌할 수밖에 없는 동기를 공유하도록 하는 방법이다.

③

수동적 동기를 지닌 반동 인물의 개입은 주인공의 주체성을 돋보이게 한다. 한편 능동적 동기를 지닌 반동 인물은 더욱 위협적인 세력으로 비치는 경향이 있다.

④

'좋은 사람'인 반동 인물은 독자에게 공감을 얻기가 쉽다. 또 이야기의 저변에 뚜렷하게 비극적인 어조를 더할 수 있으며, 작가가 쉽게 주제를 발전시키도록 돕는다. 그러나 반동 인물의 동기가 '선' 또는 '악'처럼 단순한 경우는 드물다.

5

세상을 구하는 이야기는 클라이맥스에서 긴장을 유지하기가 쉽지 않다. 이를 해결하는 방법 한 가지는 세상이 아니라 관련 상황과 인물의 운명을 중심으로 긴장을 이끌어내는 것이다.

2장

주인공과 악당의 관계 설정하기

C. S. 루이스 C. S. Lewis
《나니아 연대기》 The Chronicles of Narnia

J. K. 롤링 J. K. Rowling
《해리 포터》 시리즈 Harry Potter

J. R. R. 톨킨 J. R. R. Tolkien
《반지의 제왕》 시리즈 The Lord of the Rings

그렉 버랜티 Greg Berlanti
마크 구겐하임 Marc Guggenheim
앤드루 크라이스버그 Andrew Kreisberg
〈애로우〉 Arrow

러셀 T. 데이비스 Russell T. Davies
〈닥터 후〉 Doctor Who

로버트 조던 Robert Jordan
《더 휠 오브 타임》 시리즈 The Wheel of Time

마이클 디마르티노 Michael DiMartino
브라이언 코니에츠코 Bryan Konietzko
〈코라의 전설〉 The Legend of Korra

스티븐 킹 Stephen King
《다크 타워》 시리즈 The Dark Tower

스티븐 톰슨 Stephen Thompson
〈셜록〉 Sherlock

아라카와 히로무 荒川弘
《강철의 연금술사》 鋼の錬金術師

아서 코난 도일 Arthur Conan Doyle
《셜록 홈스》 시리즈 The Sherlock Holmes

오언 콜퍼 Eoin Colfer
《아르테미스 파울 4: 오펄 코보이의 계략》 Artemis Fowl: The Opal Deception

존 트루비 John Truby
《이야기의 해부》 The Anatomy of Story

크리스토퍼 놀런 Christopher Nolan
조너선 놀런 Jonathan Nolan
〈다크 나이트〉 The Dark Knight

테리 프래쳇 Terry Pratchett
《호그파더》 Hogfather

프랭크 밀러 Frank Miller
《배트맨: 다크 나이트 리턴즈》 Batman: The Dark Knight Returns

주동 인물과 반동 인물의 대립 관계는 이야기를 이끄는 기본 요소 중 하나로, 갈등도 인물의 변화도 이 관계로부터 생겨난다. 그렇다면 둘의 대립 관계를 이야기에 잘 엮어 넣고 발전시켜 좋은 작품을 만들기 위해서는 어떻게 해야 할까?

멋진 주동 인물 및 매력적인 반동 인물을 설계하는 것과 서로 다른 이 두 인물이 하나의 서사 속에서 조화를 이루는 이야기를 쓰는 것은 별개다. 테리 프래쳇이 쓴 《호그파더》의 수잔 스토헬릿은 환상적인 주동 인물이다. 마찬가지로 아라카와 히로무의 《강철의 연금술사》에 나오는 쇼우 터커도 그 못지않게 흥미진진한 반동 인물이다. 그러나 두 인물이 같은 이야기에 등장할 수 없는 데는 이유가 있다.

주동 인물도 반동 인물도 홀로 존재하지 않는다. 이들은 존 트루비가 《이야기의 해부》를 통해 표현한 바와 같이 서로 관련된 사람들의 '인물 관계망' 속에 존재한다. 수잔이 훌륭한 주동 인물이 되고, 쇼우 터커가 훌륭한 반동 인물이 된 까닭은 오로지 두 인물이 각자의 인물 관계망 속에서 '다른 인물들'과 잘 어우러지기 때문이다. 수잔은 죽음의 손녀인데, 아이러니하게도 죽음보다 더 차갑고 유머가 없는 성격으로 작중 인물들과 흥미로운 역학 관계를 만들어낸다. 아이들을 돌보는 가정 교사 일을 하는 터라 자연스럽게 테아티미가 아이들의 상상력을 이용해 호그파더를 죽이려고 하는 사건에 관심을 가진다. 그러면서 수잔은 점차 상상력과 어린 시절에 품는 믿음의 중요성을 깨닫는다. 한편, 쇼우 터커는 진리를 쫓는 절대론자로 생사를 주무르는 불멸의 존재가 되기를 갈망하는데, 죽은 어머니를 되살리기 위해 그와 똑같은 시도를 했던 두 주인공 에드워드, 알폰스와 극명한 대조를 이룬다. 다른 인물들의 경험에 비춰 보면 쇼우 터커의 목표는 더욱 의미심장해질 수밖에 없다.

작가가 이 '관계망'을 적극적으로 활용해 인물들을 서로 비교하고 대조시킨 작품이 아니라 하더라도, 독자는 누구나 자신도 모르게 이러한 관계망을 떠올리며 읽게 된다. 어떤 인물이 주변 인물과 어떤 관계를 맺고 있는지, 누구와 충돌하고 어떤 식으로 충돌하는 상황인지 알게 될 때 독자는 그 인물을 더 잘 이해할 수 있다. 그리고 많은 경우 이 같은 인물 관계망에서 무엇보다 중요한 것은 주동 인물과 반동 인물의 대립 관계라는 데 이견의 여지가 없을 것이다. 작가는 이 둘의 투쟁을 통해 이야기의 극적 긴장을 쌓고, 주제를 발전시키며, 이해관계를 설정한다.

그러므로 주동 인물과 반동 인물의 관계를 성공적으로 정립하려면 일단 '필요성'을 충족해야 하는 경우가 대부분이다. 주동 인물에게는 탁월한 반동 인물이 필요하다는 말이다. 두 인물이 그저 '플롯 전개상' 싸운다는 것으로는 충분하지 않다. 이에 대해 존 트루비는 다음과 같이 말했는데, 이보다 더 간결한 설명은 없을 것 같다.

> 주요 적대자는 작중 세계에서 주인공의 커다란 약점을 공격할 수 있는 능력이 가장 뛰어난 인물이다. … 주인공이 자신의 약점을 극복하도록 몰아붙이거나 주인공을 끝장낼 것이다. … 주인공에게 '필요한 적대자'는 그가 성장할 수 있게 하는 적대자다.

지금부터 적대자를 꼭 필요한 적대자로 만드는 세 가지 방법을 알아보자. 구조적 방법, 이데올로기적 방법, 그리고 유사성을 활용하는 방법이 있다.

하나를 놓고 싸우는 구조 만들기

두 인물의 대립 관계를 발전시키는 첫 번째 방법은 전적으로 구조적인 것으로, 주동 인물과 반동 인물이 같은 대상을 원하도록 설정함으로써 실현된다. 이때 구조는 J. R. R. 톨킨의 《반지의 제왕》에서 가운데 땅의 통치권을 차지하기 위해 선과 악의 세력이 맞서 싸우는 것처럼 노골적으로 표현될 수도 있고, 크리스토퍼 놀런의 〈다크 나이트〉에서처럼 추상적으로 구현될 수도 있다. 언뜻 〈다크 나이트〉에서 배트맨이 질서를 지키기 위해 싸우고 조커는 혼돈을 일으키기 위해 싸우는 것처럼 보일지 몰라도, 깊게 들여다보면 이 이야기는 그보다 훨씬 미묘하다. 클라이맥스에서는 조커가 주제를 대변하는 대사를 하기까지 한다.

> "내가 고담의 영혼이 걸린 싸움에서 질 위험을 무릅쓰고 너랑

주먹다짐이나 하고 있었을 것 같아?"

배트맨과 조커는 둘 다 고담의 '영혼'을 위해 싸우고 있다.

능동적 인물은 이야기의 방향을 바꾸는 선택을 내리는 인물이다. 그리고 수동적 인물은 이야기의 방향에 반응하는 인물이다. 〈다크 나이트〉에서 배트맨과 조커는 육탄전을 벌이며 서로에 맞서 반응하고 계획을 세운다. 대립 관계를 심화하는 데 둘 다 적극적으로 참여하고 있다. 주인공과 적대자가 같은 대상을 원할 경우 이해관계는 이야기 초반에 곧바로 생성된다. 결국 한쪽은 이기고 다른 한쪽은 지게 돼 있는 것이다. 주동 인물과 반동 인물이 엇비슷한 능동성을 지닌 결과 서로에 맞서 반응도 하고 계획도 세우는 방식으로 움직이게 하면 둘 다 이야기의 결정적 주체가 되고, 반동 인물은 독자에게 한층 더 위협적인 인물로 다가가게 된다.

필요한 적대자

그런데 대립 관계를 구조화하려면 작가로서 필요한 적대자로 내세운 인물이 주인공을 공격하기에 최적으로 고안된 인물이라는 점을 이야기 속에서 증명해야 한다. 이때 독자뿐 아니라 주인공도 납득시켜야 한다. 그런데 이 중대한 순간은 '세상에, 내 보조 인물인 누구누구야, 이 악당은 지금껏 우리가 만난 다른 악당들과는 차원이 달라! 지난주에도 그랬지만!'과 같은 일요일 아침 TV 만화에서 본 듯한 대사 한 마디를 툭 넣어서는 절대 만들어지지 않는다.

그 대신에 반동 인물이 이전에 그 누구도 하지 않았고 심지어 '감히' 할 수 없었던 수법으로 주동 인물에게 해를 입히게 하자. 오로지 그에 따른 상실, 고통, 그 밖의 중대한 결과를 통해서만 왜 이 경쟁 상대가 꼭 필요한 적대자일 수밖에 없는지 선명하게 보여줄 수 있다. 러셀 T. 데이비스의 〈닥터 후〉 시즌3 13화 '타임로드의 최후Last of the Timelords'는 이와 관련된 굉장히 흥미로운 예다. 닥터라는 인물의 특성은 그가 자신이 시간 전쟁 이후 살아남은 마지막 타임로드라고 믿고 있다는 데 기인한 바가 컸다. 그런데 마스터도 살아 있다는 것을 발견했다. 클라이맥스에서 닥터는 마스터를 패배시킨 뒤 붙잡지만, 마스터는 정신적으로 불안정한 자기 아내가 쏜 총탄에 맞고 만다. 마스터와 닥터 같은 타임로드들은 자신을 재생성할 수 있다. 즉 기본적으로 치명상을 입어도 다시 살아날 수 있다. 그러나 마스터는 그렇게 하기를 관둔다.

닥터: 괜찮아, 괜찮아, 내가 잡아줄게.

마스터: 늘 여자들이 문제라니까.

닥터: 내가 미처 못 봤어.

마스터: 너한테 안겨서 죽어가다니. 이제 만족해?

닥터: 네가 왜 죽어, 바보 같은 소리 하지 마. 그냥 총알이잖아. 얼른 재생성해.

마스터: 싫어.

닥터: 작은 총알 하나야. 얼른.

마스터: 나를 그렇게 잘 알지는 못하나 보네. 거부한다.

닥터: 재생성해. 얼른 재생성하라고, 제발, 부탁할게, 얼른!

마스터: 그런 다음에 너랑 같이 갇혀서 평생을 보내라고?

닥터: 어쨌든 재생산해야 해, 제발. 이렇게 끝낼 순 없어. 너랑 나, 우리가 한 일들을 생각해봐, 액손들! 액손들 기억하지? 달렉들은 또 어땠냐고. 우리 두 사람밖에 안 남았어. 우리 말고는 아무도 없다고. 당장 재생성해!

마스터: 이런 건 어때, 내가 이긴 거야. 닥터, 이제 멈출까? 북소리들 말이야. 멈추게 될까?

닥터는 자신이 더는 자기 종족의 마지막 남은 한 사람이 아니라는 생각에 필사적으로 매달리고 있었고, 마스터는 닥터로부터 그 생각을 빼앗을 수 있는 우주에서 유일한 사람이었다. 자신의 죽음을 통해서 말이다.

필요한 적대자라는 증명의 순간을 활용하는 데는 여러 가지 흥미로운 방법이 있다. 〈코라의 전설〉 첫 번째 시즌에서 반동인물인 아몬은 다른 누구도 할 수 없었던 방식으로 주동 인물인 코라를 대패시킨다. 코라가 평생 거의 자신과 동일시해온 벤딩 능력을 빼앗아버린 것이다. 이 사건은 마지막 에피소드에서 벌어지는데, 코라가 시즌 내내 두려워했던 위험이기도 하다.

참고로, 〈코라의 전설〉 시즌1은 시즌 3개 분량으로 제작하고 코라가 벤딩 능력을 잃는 사건을 이야기 후반에 위치시켰더라면 어땠을까 하는 아쉬움이 남는 작품이다. 그러면 시즌1이 공화국 도시에서 코라가 아몬을 패배시키는 것으로 끝이 날 텐데, 패배시키는 방식의 특성상 반벤더 정서가 세계적으로 더욱 들끓는 상황이 초래되는 것이다. 이 장면은 아몬이 비벤더들의 벤더 반대 의식을 고취하기 위해 일부러 패배를 선택했다는 식으로 짤 수도 있다. 세계적으로 더 많은 평등주의 혁명이 촉발되고, 아바타는 각지를 돌며 사태를 가라앉혀야 할 것이다. 2막은 좀 더 전형적인 여행 구조를 띠게 될 것이다.

시즌2는 코라가 아몬을 무찌르려 시도하나 오히려 자신의 벤딩 능력을 잃는 것으로 막을 내린다. 이 때문에 실제 이야기에서도 승리하는 아몬은 이야기상 시간을 벌어 세상에 더욱 위협이 되는 존재로 자리매김할 테지만, 그보다 중요한 것은 시즌3의 내용이 바뀐다는 점이다.

코라는 이제껏 벤더로서 강한 정체성을 지닌 채 살아왔지만 이제 비벤더로서 살아가는 법을 배우는 데 시간을 보낼 것이다. 이러한 노력은 영적 깨달음으로 이어지고, 그 결과 에어 벤딩 능력도 되찾게 된다. 시즌1에서 코라는 마코가 위험에 처했기 때문에 벤딩 기술을 발휘하게 된다. 아무런 노력 없이 거저 얻은 것처럼 느껴지기 때문에 다소 약한 계기라고 할 수 있으며, 진정한 영적 각성을 한 것도 아니었다.

위에서 가정한 바와 같이 이야기가 전개됐다면 이 순간을 훨씬 강력한 순간으로 만들 수 있었을 것이다. 아몬은 한층 위험한 반동 인물로 거듭나고, 코라는 인물호character arc*가 더욱 선명하며 통찰을 제공할 수 있는 인물이 됐을 것이라고 본다.

* 등장인물이 이야기 속에서 자신의 여정을 걸으며 변화하거나 성장하는 것.

본론으로 돌아와서, '필요한 적대자라는 증명'의 순간을 이야기 끝에 가까이 놓을수록 그 순간이 주동 인물에게 일어날지 말지를 둘러싸고 극적 긴장을 고조시킬 수 있다. 더군다나 이때 주동 인물은 반동 인물이 오랫동안 아무도 하지 못한 방식으로 자신을 해칠 가능성이 있다는 것을 알지도 모른다.

반대로, 필요한 적대자라는 증명의 순간을 이야기의 시작 부분 가까이에 배치하는 방법도 있다. 오언 콜퍼의 《아르테미스 파울 4: 오펄 코보이의 계략》에서 반동 인물은 홀리 쇼트가 전적으로 의지할 수 있다고 느낀 단 한 사람인 줄리어스 루트를 이야기가 시작되자마자 죽인다. 이 일로 홀리 쇼트는 큰 충격을 받고, 나머지 이야기는 그녀가 줄리어스 루트 없이 자립하는 법을 배우는 것으로 흘러간다. 증명의 순간을 이야기가 시작되는 지점에 집어넣으면 주인공은 적대자가 제기하는 심각한 위협을 피할 길 없이 직면해야 하고, 어조가 다소 어두워지며, 종종 그 끔찍한 순간이 야기한 부정적 결과를 추스르고 바로잡는 내용이 서사의 중심이 된다.

이야기의 초반이든 후반이든, 중요한 것은 반동 인물을 필요한 적대자로 변모시키기 위해 이 순간이 반드시 벌어져야 한다는 것이다.

주동 인물에게 닥칠 위협을 독자는 인지하고 있지만, 주동 인물은 훨씬 나중이 돼서야, 그것도 너무 늦어서야 위협을 알아차리도록 만들고 싶을 때도 있다. 주인공이 반동 인물을 과소평가하고 있거나 필요한 적대자라는 증명의 순간이 되기까지 반동 인물이 누군지 전혀 모르는 경우 이런 상황이 펼쳐진다. 논리적으로 따지자면 증명의 순간을 이야기 끝에 삽입해야 주인공이 모르게 할 수 있을 것 같다. 그렇지만 프롤로그나 플래시포워드flashforward 장면을 이용해 반동 인물의 능력과 의도를 반동 인물의 시점에서 누설하면 주인공 모르게 다가가고 있는 위험을 독자는 알기 때문에 극적 아이러니와 팽팽한 긴장이 유발되고, 실제로 일이 벌어졌을 때 더욱 고통스러운 사건으로 연출할 수 있다.

이데올로기 갈등의 흥미로움

한편 갈등이 단순히 물리적 갈등이 아니라 이데올로기적 갈등일 때 더욱 흥미로운 대립 관계가 구축되곤 한다. 독특한 믿음과 가치 체계를 부여하면 인물 창조에도 도움이 된다. 그런데 앞서 살펴봤듯, 인물은 홀로 존재하는 것이 아니라 관계망 속에 있다. 아무리 주인공이 독실한 모르몬교인이자 채식주의자이고 적대자는 분리주의 활동을 하는 아더킨이자 공산주의자라고 해도, 이들의 이데올로기가 서사적으로 보탬이 되려면 일단 이야기가 진행되는 동안 충돌해야 한다.

이와 관련해 내가 좋아하는 예는 프랭크 밀러의 《배트맨: 다크 나이트 리턴즈》다. 그 이야기를 하기 전에, 이 만화를 바탕으로 2016년에 나온 영화 〈배트맨 대 슈퍼맨: 저스티스의 시작Batman v Superman: Dawn of Justice〉은 원작의 백미를 전혀 살리지 못했다. 그 까닭이 잭 스나이더와 DC가 순전히 각본상 잘못된 판단을 내렸기 때문이라 더욱 실망을 금할 수 없다. 조드, 둠스데이, 원더우먼, 그리고 루터의 이야기는 전체를 들어내도 작품에 전혀 지장이 없다. 배트맨이 타당한 근거에 따라 슈퍼맨을 위협으로 느끼고, 즉 슈퍼맨은 정부와 유착 관계에 있고, 두 인물이 이렇게 논리적인 도덕적 입장의 차이 때문에 대결하기만 했더라도 이 작품은 한결 일관되고 흥미로운 이야기가 됐을 것이다. 이야기가 "마사!"로 끝이 나든 말든 다른 것들만 말이 됐어도 이렇게 언짢지는 않았을 것 같다.

《배트맨: 다크 나이트 리턴즈》에서 슈퍼맨과 배트맨의 대립 관계가 심화되는 것은 두 인물이 고담을 위해 물리적 싸움을 벌이기 때문만이 아니다. 이 싸움은 넓은 의미에서 볼 때 자신의 도덕에 따라 움직이는 개인주의자 배트맨과 정부의 뜻에 따라 움직이는 집단주의자 슈퍼맨의 이데올로기적 싸움이다. 앞의 논의를 떠올려 보면, 같은 목표를 좇을 때 주인공과 적대자는 이데올로기적 차이 때문에 서로 다른 접근 방식을 취할 것이다. 주동 인물과 반동 인물의 대립 관계를 이데올로기적으로 설정하면 반동 인물에게는 훨씬 개인적인 이유에 따라 주동 인물에게 싸움을 걸 명분이 갖춰진다. 이데올로기적 차이는 저마다의 존재, 동기, 그리고 철학과 직결된다. 따라서 주제와 주요 극적 줄거리를 통합할 뿐 아니라 주동 인물과 반동 인물이 각자 자신이 추구하는 가치에 대해 고찰하도록 유도하기 때문에 인물 창조도 한층 쉽게 할 수 있게 된다.

1. 필요한 적대자로부터 도전을 받아도 고수하는 가치는 무엇인가?

이러한 종류의 이야기는 보통 적대자는 패배하고 오직 주동 인물만 스스로에 대해, 또는 자기 자신의 철학에 대해 뭔가를 깨닫는 것으로 마무리된다. 하지만 현실에서는 어느 한쪽은 무조건 옳고 다른 한쪽은 완전한 악인 경우는 아주 드물다. 따라서 흔한 패턴과 차별화된 이야기를 쓰고 싶다면 마지막에 반동 인물과 주동 인물 모두 깨달음을 얻는 '이중 반전double reversal'을 꾀하는 방법이 있다. 어쨌든 반동 인물도 이데올로기적으로 도전을 받는 상황이기 때문이다.

〈닥터 후〉 스페셜 에피소드 '화성의 물'에서는 닥터가 자신이 제멋대로 행동했으며 도를 넘었다는 사실을 깨닫는 한편, 반동 인물은 아니지만, 닥터와 맞서는 애들레이드 브룩은 자신이 원래 생각했던 것처럼 시간을 바꾸고는 살아갈 수 없다는 사실을 깨닫는다. 시청자는 주동 인물만이 아니라 '두 인물 모두'의 행동과 깨달음을 통해 이 이야기의 도덕적 비전을 이해하게 된다. 이중 반전이 있으면 반동 인물에게 인물호를 부여해 그를 더욱 인간적으로 만드는 한편, 이데올로기적 대립 관계를 더욱 절묘한 방식으로 해소할 수 있다.

하지만 그렇다고 해서 반동 인물을 좋은 사람으로 바꿔야 한다는 뜻은 아니다. 얼마간 좋은 사람으로 발전하되 이데올로기적으로는 전향하지 않는 인물로만 그려도 충분히 흥미롭다. 물론 어둠의 제왕은 으레 그래야 한다는 믿음에 따라 적대자에게 고아의 영혼과 귀여운 강아지들을 먹어치우는 것 말고는 다른 행동을 할 기회를 주지 않는다면 거의 불가능한 이야기다. 스티븐 킹의 걸작 《다크 타워》 시리즈에서 크림슨 킹은 자신을 불화의 제왕, 사탄, 적그리스도라고 주장한다. 그런 그가 갑자기 돌아서서 모두를 꽉 안아준 뒤 따뜻한 우유를 건네는 모습은 조금 상상하기 어렵다. 그렇대도 문제는 없겠지만, 앞서 설명한 효과들을 얻으려고 반동 인물을 소모적으로 활용하지는 말아야 할 것이다.

비슷해서 다른 대조 인물

흥미로운 대립 관계를 형성하는 세 번째 방법은 두 인물의 유사성을 활용하는 것으로, 이 방법은 종종 오해를 받기도 한다. 알다시피 인물은 홀로 존재하지 않고 관계망 속에 있다. 그렇기 때문에 독자는 인물을 이야기 속의 다른 인물들과 비교하고 대조하며 더욱 잘 이해하게 된다. 서로의 다른 점을 돋보이게 하며 대비를 이루는 두 인물을 대조 인물foil character이라고 하는데, 이는 하나의 장치로 지금껏 은유적인 문학 작품에서 많이 사용돼왔다. 아마도 가장 유명한 예는 아서 코난 도일의 작품에 나오는 셜록 홈스와 존 왓슨일 것이다. 홈스의 무례하고 잘난 척하는 기질은 왓슨의 사교성을 부각시키는 한편, 왓슨의 꼼꼼한 성격은 홈스의 충동적인 면모를 부각시킨다. 적대자가 주인공의 대조 인물이며 주인공도 적대자의 대조 인물일 때, 만족스러운 대립 관계가 자연스럽게 발생하는 경우가 많다. 그런데 강한 대비 효과를 얻으려면 독자가 두 인물의 차이를 두드러지게 인식할 수 있을 만큼 두 인물이 뚜렷한 유사성 또한 지니고 있어야 한다.

비슷한 능력

이를 위해서는 먼저 주동 인물과 반동 인물에게 비슷한 능력을 부여하는 방법이 있다. 《아르테미스 파울》 시리즈를 보면 아르테미스 파울과 오펄 코보이는 둘 다 과학 기술 천재인 데다 자신의 목적을 위해 주변 인물들을 능수능란하게 조종할 수 있을 만큼 영리하다. 그런데 이 유사성 덕분에 두 인물의 가치관 차이, 그리고 시리즈 1권 이후 아르테미스 파울이 어떤 사람으로 성장해가는지가 강조된다.

비슷한 성격 또는 신념

그렉 버랜티, 마크 구겐하임, 앤드루 크라이스버그의 〈애로우〉 시리즈에서 말콤 멀린과 올리버 퀸은 둘 다 공리주의적 인물로 사적 보복을 추구한다. 둘 다 의미 있는 인간관계를 맺는 데 서툴고 독단적 성격을 지녔으며 수상한 일을 벌이다 못해 납치와 살인까지 저지른다. 그렇지만 올리버 퀸은 시리즈가 진행되는 동안 변화하는데, 그 유인은 바로 말콤 멀린과의 대립 관계다. 말콤 멀린은 대조 인물로서의 역할을 톡톡히 수행한다고 할 수 있다.

비슷한 전사

J. K. 롤링의 《해리 포터》 시리즈에서 해리와 볼드모트는 둘 다 고아로 머글의 손에 자랐으며 스스로 외톨이라고 느꼈고, 호그와트를 다른 어느 곳보다도 자신의 집처럼 여겼다. 이러한 유사성은 두 인물의 가장 중요한 차이를 돋보이게 한다. 둘 다 처음에 자신이 사랑받지 못하는 존재라고 느꼈지만, 해리는 호그와트에 가자마자 곧 우정의 힘을 배웠다. 제2차 마법사 전쟁의 향방을 가름한 것은 이 차이라고 봐도 무방할 듯싶다. 필요한 반동 인물이란 주동 인물을 공격할 만반의 준비가 갖춰진 인물이다. 두 인물의 유사성 덕분에 적대자는 주인공을 더 잘 알고, 주인공의 행동을 예측하며, 그 결과 감히 해치려 시도한다. 또 유사성 덕분에 대립 관계의 극적 초점이 두 인물의 제한된 몇 가지 차이에 맞춰져 독자가 더욱 집중할 수 있다.

너는 나고 나는 너야

그런데 최근의 작품들은 '유사성' 기법을 극단적으로 적용해 주동 인물과 반동 인물을 한 사람은 영웅으로, 다른 한 사람은 악당으로 만드는 데 필요한 특성을 제외한 거의 모든 면에서 비슷하게 그리는 듯하다. 그리고 상당한 효과도 거두는 것 같다. 〈셜록〉 시리즈에서 셜록 홈스와 짐 모리어티는 유례없이 완벽한 대립 관계를 보여준다. 두 인물은 옷을 똑같이 입고, 배우들의 외모도 닮은 데다, 성격도 비슷하게 괴짜다. 한 명은 스스로를 '자문 탐정'이라고 하는 반면, 다른 한 명은 스스로를 '자문 범죄자'라고 한다. 〈셜록〉에는 두 인물이 비교되도록 연출한 장면이 끊임없이 나오는데, 이 둘의 대칭성이 무척 탁월하게 표현돼 있으며, 제 몫을 다한다. 아니, '대칭적 구도'가 등장하는 이야기를 싫어하는 사람이 어디 있을까? 수많은 코믹스 작품이 이러한 구도로 전개되는 데는 이유가 있다.

하지만 필요한 적대자를 만들거나 효과적인 대립 관계를 구축하는 데 고도의 대칭성이 요구되는 것은 아니다. 나아가 유사성에 지나치게 초점을 맞추다가는 주인공에게서 발견되는 특성 외에는 별도의 개성이 없는 다소 진부하고 단순한 반동 인물이 탄생할 가능성이 있다. 결국 두 인물 사이에는 피상적 차이밖에 남지 않는 것이다.

이 상황은 악당이 '너와 나, 우리는 그렇게 다르지 않아!'라는 악명 높은 클리셰적 대사를 말하는 장면으로 연결되기도 쉽다. 물론 주인공의 '아니야!'라는 절절한 부정도 뒤따를 것이다. 악당의 진술은 전혀 사실이 아니지만 악당과 주인공이 전사나 능력 면에서 유사한 모습을 지닌 까닭에 자못 사실처럼 느껴진다. 하지만 독자가 무시하고 지나친, 다시 말해 독자와 주인공 모두 무시하고 지나친 피상적 유사성에 기댄 장면이라면 별다른 감흥을 불러일으키기 어려울 것이다.

주인공이 이야기가 진행되는 과정에서 도덕적으로도 심리적으로도 자신의 한계를 넘어서기 위해 고군분투하고, 그에 따라 자신이 적과 닮았다는 데 이의를 제기하도록 한다면 적대자가 둘이 다르지 않다고 말하는 이 순간을 훨씬 파괴력 있고 설득력 있게 만들 수 있다. 이 클리셰를 굉장히 훌륭하게 전복한 예가 〈셜록〉 시즌2 3화 '라이헨바흐 폭포The Reichenbach Fall'에 나온다. 이 편에서는 반동 인물이 아니라 셜록 홈스가 다음과 같이 반동 인물인 짐 모리어티를 비웃으며 허를 찌른다.

짐: 셜록, 네 형과 부하들도 내가 하기 싫은 걸 하게 만들지는 못했어.

셜록: 그래, 하지만 난 형과 달라. 모르나? 난 너야. 못할 게 뭐가 있겠어. 불에 타 죽을 수도 있어. 보통 사람들은 하지 않을 일을 할 수 있다고. 나랑 지옥에서 정답게 악수를 나누고 싶다면, 그렇게 해주지.

짐: 아니, 모두 허풍이잖아. 그럴 수 없어, 넌 보통 사람이야. 천사들 편에 서 있는 보통 사람.

셜록: 아, 내가 천사들 편일지는 모르지, 하지만 그렇다고 천사는 아니잖아?

짐: 그래, 그렇네.

짐: (조용히, 제정신이 아닌 듯) 알겠다. 넌 보통 사람이 아니야. 아니고말고. 넌 나야.

유사성을 활용하는 기법의 대척점에는 적대자에게 주인공과 완전히 다른 능력을 부여하는 방법이 있다. 이 방법도 마찬가지로 매력적이다. 배트맨은 천재 지략가인 데다 탁월한 무술 실력을 갖췄다. 반면, 조커는 예측이 불가능하며 비열한 수법과 속

임수에 의존해 적과 싸운다. 조커는 철저하게 상반된 전략을 쓰기 때문에 배트맨에게 엄청난 위협이 된다. 주동 인물이 대비되지 않은 상태에서 싸움에 내몰리는 것이다.

자신과 근본적으로 다른 능력을 지닌 반동 인물과 대결해야 할 때 주동 인물은 흔치 않은 변화의 가능성에 직면할 수 있다. 기존 전략이 통하지 않는 상황에서 반동 인물을 막기 위해서는 새로운 전략을 채택해야 할 텐데, 이때 도덕이나 충성심의 변화가 요구될지도 모른다.

〈다크 나이트〉를 보면 크리스토퍼 놀런과 조너선 놀런은 어떻게 이런 이야기를 쓸 수 있었는지 그저 감탄이 나올 뿐이다. 조커로 인해 배트맨은 하는 수 없이 도덕적으로 의문의 여지가 있는 도청 장치를 만들고, 이에 루시우스 폭스는 배트맨을 비판한다.

절대 악이 필요한 이유

《반지의 제왕》의 사우론이나 〈아바타: 아앙의 전설〉의 불의 제왕 오자이처럼 '다차원적 복잡성을 지닌 인물'이라는 칭호를 당당히 거머쥔 인물이라면 앞에서 다룬 반동 인물들처럼 주동 인물의 속성을 극도로 반영하며 주동 인물과 연결돼 있지는 않을 것이다. 그러나 이러한 반동 인물들은 또 다른 방식으로 이야기에서 중요하고 흥미로운 역할을 수행한다. 지난 10년을 돌아보면 '도덕적 회색 지대'에 존재하는 악당이 점차 더 많이 등장하고 있다는 것을 알 수 있다. 썩 훌륭한 목적을 지녔지만 목적 달성을 위해 선택하는 수단이 꺼림칙한 것이거나 수단은 훌륭한데 그들이 추구하는 목적이 받아들이기 어려운 목적인 식이다. 대체로 《반지의 제왕》이나 《더 휠 오브 타임》 시리즈, 《나니아 연대기》 같이 판타지 장르의 초석을 마련한 작품들에 지배적으로 등장했던 '절대 악'인 악당이 과거에 우세했던 것에 대한 반작용이라고 볼 수 있다. 그러나 '절대 악'인 반동 인물의 가치가 사라진 것이 아니다.

톨킨의 신화에는 그의 가톨릭 신앙과 신학, 그리고 그에 따른 선과 악에 대한 이해가 풍부하게 반영돼 있다. 사우론에 대해 엘론드가 "처음부터 악인 존재는 없다. 사우론도 아니었다"라고 말하기도 한다. 가운데 땅의 모든 생명과 평화를 위협하는 어둠의 군주 사우론도 한때는 대장장이 발라 아울레를 섬기는 성실하고 의욕적인 마이아였다. 독자에게 세심하게 전달돼야 하는 부분이라고 할 수 있다. 톨킨은 모든 것이 처음에는 선하나 '타락'하고 악해질 따름이라고 믿었는데, 이것은 성경 전체에 걸쳐 나타나는 패턴이다. 신은 세상 만물을 선하게 창조했지만, 인간이 타락하도록 만들었다. 인간도 마음속에 악을 품고 타락하기 전까지는 독실하고 충직했다. 이와 같은 태고의 선에 대한 믿음은 톨킨이 창조한 인물들에 스며 있다. 예를 들어, 스메아골은 처음에는 무해한 호빗이었다. 사우론은 창조를 할 수는 없지만, 생명체들을 일그러뜨리고 타락시켜 자신의 괴물 같은 하인들로 만든다. 톨킨은 선을 '창조'와 연결한다. 이 이야기에서 사우론이 반동 인물로서 갖는 위치는 이러한 선악의 철학을 표현하는 것이다. 그 누가 이 철학을 타이윈 라니스터가 머무르는 도덕적 회색 지대에 비해 가치가 떨어진다고 평할 수 있을까?

〈아바타: 아앙의 전설〉에 나오는 불의 제왕 오자이의 경우를 살펴보자면, 우선 주동 인물 아앙은 비폭력과 평화주의 신념을 고수하며 폭력은 결코 문제 해결의 답이 될 수 없다는 뜻을 수차례 피력한다. 아앙은 사람은 누구나 구원을 받을 수 있다고도 믿는데, 다른 이들과 달리 추방당한 왕자 주코를 언제든 받아들일 준비가 돼 있음을 되풀이해 증명한다. 아앙의 결의를 실제로 시험할 수 있는 유일한 길은 절대 악에 대항하도록 하는 것뿐이다. 그 악이 바로 불의 제왕 오자이로, 그는 세상을 지배하고자 하는 맹렬하고 무자비한 야욕에 불타는 사이코패스로 자식을 학대하고 집단 학살을 저질렀다. 오자이가 없다면 아앙이 그렇게 철저하고 개인적인 시험에 들 수는 없었을 것이다.

이처럼 '절대 악'인 반동 인물은 이야기 속에서 작가의 비전을 실현하는 데 필수적인 역할을 할 수 있다. 그러나 불의 제왕 오자이처럼 주인공을 유의미하게 시험하지 못하거나, 사우론처럼 작품을 관통하는 장대한 철학 체계를 뒷받침하지 못할 경우에는 문제가 되기도 한다.

바쁜 작가를 위한 n줄 요약

①

대립 관계가 잘 구축되려면 주인공이 자신에게 필요한 적대자와 겨뤄야 한다. 특히 두 인물이 같은 대상을 좇게 만들면 둘 다 수동적이지 않고 능동적인 인물로 그릴 수 있다.

②

다른 인물들은 하지 못한 방식으로 주인공에게 위해를 가할 수 있는 인물을 '필요한 적대자'라고 하는데, 작가는 다양하고 창의적인 방법을 통해 적대자를 이야기에 개입시킬 수 있다. 그가 진정으로 필요한 적대자라는 증명의 순간을 이야기 끝에 배치하면 그 순간이 찾아올지를 둘러싸고 긴장을 형성할 수 있다. 한편, 그 순간을 이야기 처음에 배치하면 주인공은 적대자가 제기하는 심각한 위협을 직면해야 하고, 어조가 어두워지며, 종종 그 끔찍한 순간이 야기한 부정적 결과를 바로잡는 내용이 서사의 중심이 된다.

③

이데올로기적 대립 구도를 세우면 주동 인물과 반동 인물의 싸움을 두 인물 각각의 캐릭터 형성 및 작품의 주제와 결부할 수 있다.

④

적대자를 주인공의 대조 인물로 만들면 서사의 극적 초점을 좁힐 수 있다. 대조 인물로 만들기 위해서는 두 인물의 능력, 성격, 전사를 유사하게 설정하면 된다. 그런데 이 기법은 자칫하면 클리셰 장면으로 이어질 수 있으며, 반동 인물을 창조하는 데는 다른 독특한 방법도 많이 있다.

'절대 악'인 반동 인물은 주동 인물과 속성을 공유하며 역동적 관계를 이루기보다는 다른 방식으로 작가의 비전을 설득력 있게 실현한다.

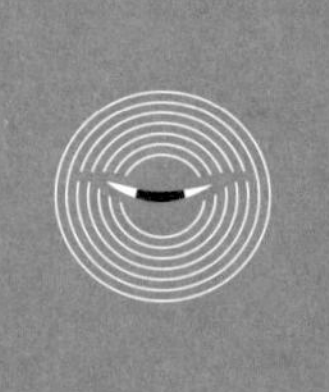

3장

훌륭한 최종 결전이란?

J. R. R. 톨킨	J. R. R. Tolkien
《반지의 제왕 3: 왕의 귀환》	The Lord of the Rings: The Return of the King

고어 버빈스키	Gore Verbinski
〈캐리비안의 해적: 세상의 끝에서〉	Pirates of the Caribbean: At World's End

러셀 T. 데이비스	Russell T. Davies
〈닥터 후〉	Doctor Who

마리오 푸조	Mario Puzo
《대부》	The Godfather

마이클 디마르티노	Michael DiMartino
브라이언 코니에츠코	Bryan Konietzko
〈아바타: 아앙의 전설〉	Avatar: The Last Airbender

스티븐 모펏	Stephen Moffat
스티븐 톰슨	Stephen Thompson
마크 가티스	Mark Gatiss
〈셜록〉	Sherlock

에드거 라이트	Edgar Wright
〈뜨거운 녀석들〉	Hot Fuzz

윌리엄 셰익스피어	William Shakespeare
《햄릿》	Hamlet

조스 휘던	Joss Whedon
〈어벤져스〉	The Avengers

조지 루카스	George Lucas
〈스타워즈: 제다이의 귀환〉	Star Wars: Return of the Jedi

테리 프래쳇	Terry Pratchett
《다섯 번째 코끼리》	The Fifth Elephant

북유럽 신화, BBC 드라마 〈셜록〉, 그리고 영화 〈뜨거운 녀석들〉의 공통점은? 이 질문에 대한 정답 중 한 가지는 '최종 결전'이다. 주인공과 악당의 마지막 대결 지점에 이르면 모르긴 몰라도 죽어나가는 인물도 몇 명 있고 독자의 눈물샘을 자극하는 이야기도 펼쳐질 것이다. 최종 결전은 어떤 형태로든 거의 모든 이야기에 등장한다. 이번 장에서 살펴보려는 질문은 '무엇이 훌륭한 최종 결전을 만드는가?'이다.

'최종 결전'이라는 말을 들으면 왠지 빛나는 갑옷으로 무장한 선의 군대가 온통 검은색으로 휘감은 악당들과 싸우는 이미지가 떠오른다. 하지만 여기서 다룰 최종 결전은 이보다 훨씬 넓은 의미다. '최종 결전'은 여러 장르에 걸쳐 나타나는데, 특히 판타지와 SF 장르에서 두드러지게 나타나며 액션, 스릴러, 미스터리 등에서도 적잖이 볼 수 있다. 간단히 말해 최종 결전은 이야기의 클라이맥스에서 주동 인물이 반동 인물과 일종의 전투를 통해 겨루는 것으로, 이 싸움의 결과에 따라 이야기의 결말이 정해진다. 그런데 정의는 이렇게 내릴 수 있지만, 여기서의 논의는 되도록 판타지와 SF 장르에서 벌어지는 '최종 결전'으로 한정해 진행하려고 한다. 그러는 편이 이 책을 읽는 독자들에게 더욱 유용할 것이기 때문이다.

지금부터 최종 결전을 주요 갈등과 부차적 갈등으로 나눈 뒤, 그 의미가 무엇인지, 어떻게 활용하는지, 그리고 어떻게 전복시킬 수 있는지 살펴볼 것이다. 어쩌다 보니 J. R. R. 톨킨의 《반지의 제왕》 이야기가 무척 자주 나온다는 점을 미리 밝혀둔다.

주요 갈등과 부차적 갈등

어떤 작품을 읽거나 볼 때 최종 결전이 나온다면 한번 생각해볼 만한 것이 있다. 그 작품의 주동 인물과 반동 인물의 마지막 대결을 하나의 질문으로 요약한다면 뭐라고 할 수 있을까? '누구의 검술이 더 뛰어난가?' 또는 '누가 더 우주선을 빨리 몰 수 있나?' 같은 단순한 질문은 절대 아니다. 대체로 그와 같은 물리적 요소뿐 아니라 주제적 요소와 감정적 요소를 모두 포함한 훨씬 미묘한 질문들일 것이다. 예컨대 고어 버빈스키의 〈캐리비안의 해적: 세상의 끝에서〉에서 최종 결전의 중심 질문은 잭 스패로우가 검술로 데비 존스를 이길 수 있는가가 아니다. 잭이 윌 터너, 엘리자베스 스완과 함께 모험을 겪으며 플라잉 더치맨에서 데비 존스를 밀어내고 그를 무찌를 수 있을 만큼 변화하고 자기희생적인 사람이 됐는가다. 조스 휘던의 〈어벤져스〉에서도 이 질문은 아이언맨과 로키 중 누가 더 강한가가 아니라, 어벤져스가 영화 내내 삐거덕거리던 팀워크를 마침내 발휘해 로키를 물리칠 수 있는가다. 우정의 힘을 능가하는 것은 아무것도 없다는 것을 누구나 안다.

이렇게 서로 구별되는 질문이 '주요' 갈등과 '부차적' 갈등을 가르는 핵심이다.

1. 부차적 갈등은 보통 '누가 더 검술에 뛰어난가?'라는 질문과 같이 주동 인물과 반동 인물 사이의 눈에 보이는 대립으로 나타난다.
2. 주요 갈등은 인물이나 주제와 밀접하게 관련된 내적 싸움으로, 최종 결전의 결과를 결정짓는 인물 내면의 고뇌와 변화를 수반한다.

《반지의 제왕 3: 왕의 귀환》은 내가 가장 좋아하는 예다. 이야기의 클라이맥스에서 절대반지를 파괴하는 임무를 띤 프로도와 샘, 그리고 골룸은 운명의 산에 도착한다. 그런데 승리 직전에 프로도가 유혹에 굴복해 절대반지를 가지려 든다. 그때 골룸이 공격하고, 그 바람에 둘은 서로 절대반지를 차지하고자 몸싸움을 벌인다. 이 쟁탈전은 '부차적' 갈등이며, 물리적 갈등이다. 그렇지만 최종 결전의 긴장은 거의 전적으로 '주요' 갈등에서 비롯된다. 이 장면에서 독자가 묻는 질문은 프로도가 지금껏 그래 왔듯 절대반지의 유혹을 거부할 수 있는가, 그래서 파괴할 수 있는가다. 이 질문에 대한 답은 《반지의 제왕》의 주제와 프로도의 인물호에 필수적인 요소이며, 이 갈등이야말로 최종 결전의 결과를 궁극적으로 결정짓는 주요 갈등이다. 《반지의 제왕》은 아이러니가 풍부한 이야기다. 두 인물의 싸움은 절대반지가 뜻하지 않게 용암 속으로 떨어지며 끝이 나는데, 결국 골룸과 프로도 모두 절대반지의 힘에 저항할 수 없다는 사실 때문에 절대반지는 파괴된 것이다. 이렇게 해서 사우론은 패배한다.

이 장면은 주동 인물이 주요 갈등이나 부차적 갈등에서 '꼭 승리할 필요는 없다'라는 것도 보여준다. 프로도는 사실상 둘 다 졌다. 절대반지의 유혹을 거부하지 못했으며, 골룸이 그를 때려 눕히는 데 성공하고 절대반지를 빼앗아 갔다. 톨킨이 이렇게 이야기를 끝낸 데에는 다른 결말보다 이 편이 더 흡족한 까닭이 있을 것이다. 톨킨이 이야기를 이렇게 쓴 것은 악의 본성에 대한 입장을 밝히기 위해서다. 톨킨은 프로도가 최종 결전 이전까지 그래온 것처럼 누구나 항상 도덕적으로 올바른 판단을 내리며 타의 귀감이 될 수 있다는 관념, 그리고 선은 언제나 승리할 운명이라는 관념을 거부한다. 《반지의 제왕》에서 절대반지는 프로도와 골룸에게 악을 불어넣었고 그 결과 파괴되고 말았다. 이 아이러니를 통해 톨킨은 선이 언제나 승리하는 것은 아니지만, 악은 언제나 스스로를 파괴한다는 생각을 밝힌다.

물론 주동 인물이 주요 갈등과 부차적 갈등 모두에서 이기거나 적어도 주요 갈등에서는 이기는 것이 더욱 일반적이다. 꼭 그렇게 전개해야 할 필요는 없지만 결국 주동 인물이 한 갈등에서만 이기든, 둘 다 이기든, 또는 둘 다 지든 타당한 이유가 있어야 한다. 이에 관해서는 뒤에서 자세히 논의할 것이다.

최종 결전이 포함된 이야기가 흥미진진한 데는 확실히 이유가 있다. 최종 결전은 이야기의 모든 요소가 최고조에 이르는 지점이기 때문이다. 주요 갈등과 부차적 갈등을 이용해 클라이맥스를 인물 창조와 단단히 결부하라. '인물'의 상태가 변화하면 최종 결전에 '감정적 힘'이 실리고, '작중 세계'의 상태가 변화하면 '서사적 무게감'이 더해진다. 또 독자가 심정적으로 동조하는 인물이 극적인 장면, 나아가 클라이맥스에서 고군분투하는 모습을 연출함으로써 더욱 깊은 감정 이입을 이끌어낸다.

중심인물의 약점과 욕구에 주목하자

인물이 최종 결전에서 맞닥뜨리는 주요 갈등은 갑자기 벌어질 수 없다. 만일 주인공이 수백 명에 이르는 악당 심복은 아무런 거리낌 없이 죽였으면서 막상 악당을 만나자 갑작스레 도의심을 드러내며 악당을 죽이지 않으려 한다면 이야기의 설득력이 떨어질 것이다. 앞서 전혀 진전 과정이 엿보이지 않은 투쟁에 독자가 왜 신경을 쓰겠는가. 이야기의 다른 부분들과 단절된 느낌을 주며, 마지막 순간 주인공의 선택도 상대적으로 무의미한 선택으로 비칠 수밖에 없다.

독자는 주인공이 중요하거나 힘겨운 선택을 해야 할 때 관심을 기울인다. 그런데 그와 같은 중대성은 주요 갈등에 앞서 그 결정에 내포된 미묘한 특성이 충분한 시간에 걸쳐 탐구됐을 때라야 생겨난다. 플롯의 사건들이 최종 결전으로 이어지는 것처럼, 주인공의 인물호도 그의 주요 갈등으로 이어져야 한다. 예를 들어, 테리 프래쳇의 《디스크월드Discworld》 시리즈 《다섯 번째 코끼리》에서 독자는 샘 바임스가 공무 집행 중 사람을 죽여야 하는 상황이 닥칠까 봐 마음을 졸일 수밖에 없다. 그가 사람을 죽이는 것을 싫어하는 이유가 앞서 자세히 나왔기 때문이다. 독자는 샘 바임스가 삶과 죽음에 대해 어떻게 생각하는지, 어느 지경까지 내몰렸다 살아난 전적이 있는지, 살인을 저지르지 않기 위해 어떤 노력을 다하고 있는지 알고 있다. 이러한 탐구 과정이 마지막에 벌어지는 주요 갈등에 깊이와 의미를 부여하는 것이다.

존 트루비는 《이야기의 해부》에서 인물을 구성하는 중요한 요소 세 가지를 다음과 같이 꼽았다.

- **약점** 간단히 말해 인물의 결함을 의미한다.
- **심리적 욕구** 주동 인물에 한해 영향을 미치는 것으로, 주동 인물은 심리적 욕구가 충족돼야 더 나은 삶으로 나아갈 수 있다.
- **도덕적 욕구** 주동 인물의 주변 인물들에게 영향을 미치는 것으로, 주동 인물의 도덕적 욕구를 해결해야 주변 인물들이 더 나은 삶으로 나아갈 수 있다.

〈아바타: 아앙의 전설〉에서 아앙에게는 문제를 마주하기보다 회피하려 한다는 약점이 있다. 그리고 이에 따라 그의 심리적 욕구는 자신의 과거를 극복하고 죄책감을 떨쳐내야 한다는 것이다. 이 욕구는 아앙 개인에게만 영향을 미친다. 아앙의 도덕적 욕구는 자신의 수동성이 다른 인물들의 부상과 죽음이 초래하기 때문에, 도전에 직면했을 때 수동적으로 대처하기를 멈추는 것이다.

인물의 이 세 가지 요소가 이야기의 시작과 최종 결전을 연결해준다. 약점, 심리적 욕구, 도덕적 욕구는 인물을 이야기 속에서 변화하는 다차원적 인물로 만든다. 그리고 이 점을 활용해 주요 갈등을 구성하면 자연스레 더욱 흥미롭고 다차원적인 최종 결전의 장면을 그릴 수 있다. 주인공이 겪을 수밖에 없도록 초반에 설정한 어려움을 이야기의 마지막에서 주인공이 마침내 극복하는 것이다. 존 트루비는 이것을 '자기 발견의 순간'이라고 부른다.

> 심리적 자기 발견의 순간, 주인공은 … (최종 결전 이후) 처음으로 자기 자신을 솔직하게 대면한다. 이때 허울을 벗어던지는 것은 수동적이거나 쉬운 일이 아니다. 오히려 이야기 전체를 통틀어 주인공이 보이는 가장 어렵고 … 용기 있는 행동이다.

자기 발견은 사전에 주인공에게 어떤 욕구를 부여했는지에 따라 심리적이거나 도덕적인 것, 혹은 둘 다일 수 있다.

새로운 행동으로 자기 발견 보여주기

자기 발견의 순간을 주인공이 '얘들아, 이제 나는 우정의 진정한 힘을 깨달았어!'와 같이 직접 독자에게 말하게 하는 대신 최종 결전에 집어넣는 방법 한 가지는, 주인공이 이전까지 할 수 없었던 새로운 행동을 취하도록 하는 것이다. 윌리엄 셰익스피어의 《햄릿》에서 햄릿은 자기 발견의 순간에 이르러서야 이야기 내내 그의 발목을 붙잡았던 의기소침하고 우유부단한 태도를 극복한다. 이는 햄릿의 심리적 욕구이며, 다소 이론異論의 여지는 있으나 도덕적 욕구이기도 하다. 햄릿의 우유부단함은 자기 자신과 주변 인물들을 해친다. 이 문제를 극복하면서 햄릿은 마침내 자신의 아버지를 죽인 남자와 맞설 수 있게 되는데, 이전까지 그가 차마 하지 못했던 일이다.

이야기의 긴장도가 낮은 지점에서는 주인공을 새로운 행동으로 이끄는 자기 발견의 순간이 일어나도 걸린 이해관계가 작기 때문에 그다지 의미가 없다. 반면 이야기의 긴장도가 높은 지점에서는 이러한 자기 발견의 순간이 일어나면 걸린 이해관계가 크기 때문에 인물의 변화에 훨씬 설득력이 있다. 이야기에서 긴장도가 가장 높은 지점은 당연히 최종 결전이므로, 여기에 자기 발견의 순간을 배치하면 특히 큰 효과를 볼 수 있다.

주동 인물이 모두 이기는 경우

주동 인물이 주요 갈등에서도 이기고 부차적 갈등에서도 이기는 것은 비일비재한 일이지만, 반드시 그래야 하는 것은 아니라는 점을 유념하길 바란다. 한편 이 패턴을 전복시키는 방법을 통해서도 대단히 흥미로운 순간을 연출할 수 있다.

조지 루카스의 〈스타워즈: 제다이의 귀환〉은 관객들이 루크와 다스 베이더의 라이트세이버 결전이 스타워즈 오리지널 3부작의 최종 종착지라고 믿도록 유도한다. 작품명처럼 귀환한 제다이와 반동 인물 사이에 펼쳐지는 이 대결은 부차적 갈등이다. 그런데 루크가 다스 베이더를 죽기 직전까지 공격하고 이기는 데 성공하지만 어쨌든 황제에게 패배함에 따라 이 장대한 결투 장면은 전복된다.

루크의 검술이 다스 베이더를 꺾었다는 사실은 급격히 의미를 잃고, 마침내 다스 베이더가 황제와 자신의 가족 중 누구를 선택할 것인가라는 진정한 주요 갈등이 전면에 등장한다. 그리고 모두가 믿어 의심치 않았던 것과는 달리 라이트세이버 결투가 아니라 다스 베이더의 이와 같은 고뇌와 선택에 따라 최종 결전의 결과가 정해진다. 다스 베이더가 황제에게서 등을 돌릴 때 라이트세이버를 쓰지도 않는다는 사실은 누구에게나 선한 마음이 있으며, 가족과 헌신은 폭력을 능가하는 힘으로 세상을 바꿀 수 있다는 중요한 주제를 강조한다. 결국 〈스타워즈〉는 가족의 사랑 이야기다.

루크는 주요 갈등도 겪는다. 다크 사이드에 굴복하지 않으며 다스 베이더를 죽이지 않기 위해 버텨야 하는 것이다. 루크는 이 갈등에서 성공하고, 회유에 실패한 황제는 루크를 죽이려 한다. 이 성공에 따라 최종 결전의 운명도 어느 정도 정해졌다고 볼 수 있는데, 만일 루크가 굴복했다면 다스 베이더는 연기를 내뿜는 전자 장치 한 무더기로 전락해 호흡이 무척 곤란해졌을 것이기 때문이다. 아닌 게 아니라, 숨을 전혀 쉴 수 없게 됐을 것이다.

주동 인물이 지는 경우

판타지와 SF 장르에 자주 나오는 독특한 구도가 있는데, 바로 주동 인물 한 사람이 거의 모든 책임을 짊어지고 반동 인물을 패배시켜야 한다는 것이다. 물론 본질적으로 이 구도에는 아무런 문제도 없다. 그러나 중심인물에게 지나치게 집중하다 보면 보조 인물들의 존재 의의가 퇴색하고, 최종 전투에서 이들의 설 자리도 거의 사라질 수 있다. 한 사람을 중심으로 흘러가도 얼마든지 좋은 이야기가 나올 수 있고, 실제로 수많은 작품이 이를 증명한다. 하지만 이 구도와 다른 방식으로 최종 결전을 그리고 싶다면, 최종 결전 중 주동 인물이 부차적 갈등에서는 패배하도록 구성하는 것도 한 방법이다. 주동 인물이 주요 갈등에서 승리하긴 승리하는데, 그 승리는 오로지 자신을 희생할 때 가능하다는 다소 진부한 '죽음을 무릅쓴 구원' 구도가 이에 해당한다. 주동 인물이 '지는' 순간, 독자는 예상치 못한 위험과 긴장을 느낄 것이고, 그와 동시에 다른 주인공들이 반동 인물을 패배시키는 데 관여할 여지가 생겨난다. 누가 봐도 부차적 갈등에서 진 주동 인물이 혼자서 감당할 수 없으며 친구들의 도움을 얻어야 하는 상황이 조성되기 때문이다.

반대로, 어떤 인물이 부차적 갈등에서 승리하지만 그 대가로 주요 갈등에서 패배하게 만들면 그가 악으로 변질되거나 충성의 대상을 바꾸는 이야기를 효과적으로 그릴 수 있다. 〈아바타: 아앙의 전설〉 시즌2의 마지막에서 주코가 보여주는 모습이 더없이 좋은 예라고 할 수 있다. 누구에게 충성해야 할지에 대한 내적 갈등으로 가득 찬 주코는 여동생 아줄라와 함께 주동 인물들을 공격하기로 결심하고, 아줄라가 바싱세를 정복하도록 돕는다. 주코는 아앙, 카타라, 소카, 토프에 대항해 부차적 갈등에서 승리하고, 고향인 불의 제국으로 개선한다. 그러나 주코는 그 대가로 주요 갈등에서 패배한다. 스스로의 분노에 굴복하고 자신을 진정으로 사랑해주는 한 사람, 삼촌을 배신하기 때문이다. 이 같은 설정은 인물의 결함에 실질적인 비중을 부여하고, 그 결과 독자는 자연스럽게 인물이 그때까지와 근본적으로 다른 환경에 놓이게 됐다는 점을 인식한다. 인물의 약점이 지닌 중대성을 상세히 탐구하는 과정 없이 단순히 언급하는 것보다 훨씬 흥미로운 전개라고 할 수 있다.

이 설정은 클라이맥스에서 벌어지는 최종 결전에서는 자주 사용되지 않는다. 마지막에 가서 주인공이 '근데 있잖아, 악이 되는 것도 괜찮은 생각 같아'라고 말하면서 끝나는 이야기를 읽고 실망하지 않을 독자는 없을 테니까. 이 때문에 주동 인물이 자기 자신의 최악의 모습에 완전히 굴복하는 순간은 주로 이야기의 2막에 배치되는데, 그러면 작가가 얼마든지 주동 인물의 인물호를 선한 마음을 되찾는 쪽으로 틀 수 있다.

타락한 주인공을 그리는 이야기는 예외다. 마리오 푸조의 〈대부〉는 최종 결전에서 적들을 완전히 패배시킨 한 남자의 이야기다. 하지만 그는 자신이 증오하던 바로 그런 존재가 되는 대가를 치른다. 부차적 갈등에서 승리하지만, 주요 갈등에서 패배하고 타락한 주인공이 된 셈이다.

끝날 때까지 끝나지 않는 최종 결전

최종 결전이란 말 그대로 '최종', 그러니까 맨 마지막 결전을 의미한다. 그런데 그렇게 생각하지 않는 작가들도 있다. 정말

보편적인 최종 결전의 전복 패턴 중 하나는 주인공이 악당을 쓰러뜨리고 세상을 구하지만, 집으로 돌아왔더니 악당이 주인공과 주인공이 사랑하는 사람들을 해치기 위해 마지막으로 발악하며 기다리고 있더라는 것이다. 《반지의 제왕 3: 왕의 귀환》에서 운명의 산에서 절대반지를 파괴하고 사우론을 무찌르는 것은 사실 이 이야기의 끝이 아니다. '최종 결전'이라고 볼 수는 있지만, 집으로 돌아온 호빗들은 사루만이 이른바 '샤이어 소탕 작전'으로 샤이어를 점령하고 엉망진창으로 만든 것을 발견한다. 그들의 고향 마을, 그들이 그때까지 지키기 위해 싸워온 그 모든 것이 완전히 수탈당하고 파괴돼 있었다. 이제 이들은 마을 호빗들을 규합해 사루만을 물리치기 위한 또 다른 전투를 치른다.

샤이어 소탕 작전이 의미하는 바는 무엇일까? 톨킨은 알레고리를 아주 싫어했지만, 그렇다고 해서 그의 작품들에 주제적 의미가 결여돼 있다고 착각해서는 안 될 것이다. 샤이어 소탕 작전이 호빗들에 대한 최종 시험이라고 보는 독자들도 있지만, 나는 훨씬 전복적인 해석을 선호한다. 샤이어는 그때까지 아무에게도 알려지지 않은 자연 그대로의 '유토피아'였다. 사루만은 샤이어에 공장을 짓고 호빗들의 삶의 터전을 오염시키고 전쟁터로 만드는데, 이는 톨킨이 유토피아를 부인한 것이라고 읽는 편이 훨씬 정확하다. 전쟁에 나갔던 사람들의 고통은, 제1차 세계대전에 참전했던 톨킨처럼, 귀향해서도 고스란히 계속된다. 전쟁의 두려움과 공포는 인간의 깊은 내면을 망가뜨리고 마는 것이다. 최종 결전이 끝난 후 평화로운 일상으로 돌아갈지는 몰라도, '영원히 행복하게 살았답니다' 같은 일은 벌어지지 않는다.

트라우마는 독자의 마음속 가장 깊은 곳을 건드린다. 그리고 전쟁이 끝났다고 해서 벗어날 수도 없다.

자신의 원대한 목표를 추구할 수 있는 길이 막혀버린 상태이므로, 반동 인물의 마지막 저항은 대개 그보다 개인적인 차원에서 주인공들에게 해를 가하려는 시도로 나타난다. 사루만은 호빗들의 고향 마을로 갔고, 브래드 버드Brad Bird의 〈인크레더블The Incredibles〉에서 신드롬은 인크레더블 가족의 집에 나타나 막내 잭잭을 납치하려고 한다. 가족을 다루는 영화에서 이런 부분은 누군가가 다치는 수준으로 깊이 있게 전개되기도 한다. 그렇기 때문에 반동 인물의 '마지막 저항'을 활용하면 주동 인물을 취약한 처지에 빠뜨리고 이 싸움에 걸려 있는 진짜 이해관계가 무엇인지 드러내는 강력한 순간을 연출할 수 있다. 이때 보통 악당들은 주인공을 해치는 데 실패하는데, 드물게 해치는 데 성공하는 이야기들은 더없이 가슴 아픈 결말로 끝이 난다. 주동 인물이 최종 결전에서 승리했으나 세상에서 가장 아끼는 것은 지키지 못한 것이다. 고통스럽지만 사실주의적인 표현으로, 주제를 전달하는 강력한 방법이다.

앞에서 주인공과 악당의 관계를 논의하며 다뤘던 〈닥터 후〉 시즌3 13화 '타임로드의 최후'는 묘하게 감정적인 에피소드로, 이번에도 예시로 살펴보기에 적당하다. 앞에 실었던 스크립트를 참고하면 한결 쉽게 이해할 수 있을 텐데, 이 에피소드에서 닥터는 마스터를 가까스로 이긴 후 포로로 잡아두려고 한다. 닥터는 오랫동안 자신이 마지막 타임로드라고 믿고 있었으나, 마스터를 찾아냄으로써 더 이상 혼자가 아니게 된 상황이었다. 그러나 최종 결전이 끝난 후, 마스터는 총에 맞는다. 닥터와 마스터 같은 타임로드들은 재생성을 할 수 있다. 하지만 자신의 숙적에게 분풀이를 하기 위해 마스터는 재생성하기를 거부하고 죽음을 선택한다. 닥터와 마스터 사이에 벌어지는 이 장면은 본질적으로 '마지막 저항' 장면이다. 독특한 점은 닥터가 더할 나위 없이 취약한 처지에 내몰린 상황에서 마스터가 다른 사람이 아닌 '자기 자신'을 죽임으로써 그 무엇보다도 개인적인 방식으로 닥터에게 상처를 입힌다는 것이다.

바쁜 작가를 위한 n줄 요약

1

최종 결전에서 주요 갈등과 부차적 갈등이 벌어지도록 구성하면 클라이맥스를 다차원적으로 연출할 수 있다.

2

주요 갈등은 그때껏 이야기 속에서 탐구했던 주인공의 도덕적 욕구 및 심리적 욕구에서 비롯될 때 제일 효과적이다.

3

욕구의 충족은 주인공이 이전에 할 수 없었던 새로운 행동을 취하는 모습으로 나타나야 한다. 그러나 주인공이 주요 갈등이나 부차적 갈등, 또는 둘 다에서 패배하는 이야기를 그리는 것도 흥미로울 것이다.

4

전형적인 최종 결전의 패턴을 비틀어 독창적이고 재미있는 이야기를 만드는 방법은 수없이 많다. 자신이 쓰고 싶은 이야기가 어떤 이야기인지에 따라 전형성을 따라도 좋고, 비틀어도 좋다.

4장

선택받은 자 이야기는 쓰지 마라?

기예르모 델 토로 Guillermo del Toro
〈트롤헌터: 아카디아의 전설〉 Trollhunters: Tales of Arcadia

데이비드 레슬리 존슨-맥골드릭 David Leslie Johnson-McGoldrick
윌 빌 Will Beall
〈아쿠아맨〉 Aquaman

로버트 조던 Robert Jordan
브랜던 샌더슨 Brandon Sanderson
《더 휠 오브 타임》 시리즈 The Wheel of Time

릭 라이어던 Rick Riordan
《올림포스 영웅전》 시리즈 The Heroes of Olympus

마이클 디마르티노 Michael DiMartino
브라이언 코니에츠코 Bryan Konietzko
〈아바타: 아앙의 전설〉 Avatar: The Last Airbender

베데스다 Bethesda
〈엘더스크롤 3: 모로윈드〉 The Elder Scrolls III: Morrowind

소포클레스 Sophocles
《오이디푸스 왕》 Oedipus Rex

수잰 콜린스 Suzanne Collins
《헝거 게임》 시리즈 The Hunger Games

스즈키 나카바 鈴木央
《일곱 개의 대죄》 七つの大罪

애슐리 에드워드 밀러 Ashley Edward Miller
잭 스텐츠 Zack Stentz
돈 페인 Don Payne
〈토르〉 Thor

에릭 크립키 Eric Kripke
〈수퍼내추럴〉 Supernatural

윌리엄 니콜슨 William Nicholson
《불의 바람》 시리즈 The Wind on Fire

윌리엄 셰익스피어 William Shakespeare
《맥베스》 Macbeth

이시다 카츠야 石田勝也
〈B: 더 비기닝〉 B: The Beginning

조지 R. R. 마틴 George R. R. Martin
《얼음과 불의 노래》 시리즈 A Song of Ice and Fire

짐 버처 Jim Butcher
《드레스덴 파일즈》 시리즈 The Dresden Files

테리 프래쳇 Terry Pratchett
《디스크월드 1: 마법의 색》 Discworld 1: The Colour of Magic

마법의 검, 돌아가신 부모님, 영화로 끔찍하게 각색하기와 함께 선택받은 자 이야기는 판타지와 SF 장르의 뜨거운 감자다. 이는 '선택받은 자'라는 설정을 집어넣는 것이 좋은지 아닌지에 대한 사람들의 의견이 분분하다는 뜻도 된다. 다음과 같은 대화도 흔히 이루어진다.

작가: 한번 들어보세요, 이번 이야기는 선택받은….

관계자: 아, 그건 좀. 다시 해오세요.

그러나 존재만으로 이야기에 부정적 영향을 끼치는 설정과 단지 많이 사용됐거나 상상력 부족으로 느껴지는 설정에는 큰 차이가 있다. 많은 작가나 창작 팁을 소개하는 사람이 전자에 연연하는 것 같다. 하지만 내가 느끼기에 그러한 범주에 속하는 설정은 극히 소수에 불과하다. 본격적인 이야기에 들어가기에 앞서, 우선 '선택받은 자'에는 다음과 같이 여러 유형이 있다.

- 예언에 의해 선택받은 자
- 설명할 수 없는 '운명'에 의해 선택받은 자
- 마법 물체에 의해 선택받은 자

- 어떤 사람에 의해 특정 목적을 위해 선택받은 자

이번 장에서 알아보려는 것은 어떻게 해야 선택받은 자 서사를 잘 풀어나갈 수 있는가, 그리고 어떤 경우에 실패하는가다. 그런데 이와 관련된 대부분의 논의를 이미 많은 작가가 알고 있을 것이다. 따라서 여기서는 아직 작가들 사이에서 그만큼 활발히 이야기되지 않은 내용을 중점적으로 다루려 한다. 지금부터 선택받은 자 이야기를 보조 인물, 숙명적 임무, 인물 창조, 그리고 서사 구조의 네 부분으로 나눠 살펴보자.

꿔다 놓은 보조 인물은 그만

선택받은 자 설정을 이야기에 도입하면 보조 인물이 영향을 받는다는 사실은 쉽게 간과되곤 한다. 선택받은 자는 자연스럽게 이야기의 핵심 긴장을 형성한다. 그야 그가 어둠의 제왕을 무찌르고, 가치 있는 능력을 행사하며, 왕좌를 계승할 수 있는 유일한 존재이고, 이에 따라 이야기가 어디로 흘러가며 방해가 되는 인물이 누구인지도 결정되기 때문이다. 문제는 이야기의 긴장이 오로지 선택받은 자 한 사람만을 중심으로 형성될 때가 많다는 것이다.

선택받은 자 설정을 바탕으로 한 이야기는 무수히 많다. 그런데 이 이야기들은 독자가 애정을 쏟은 보조 인물이 선택받은 자의 백업 댄서에 불과한 듯한 느낌을 줄 수 있다. 어쨌든 선택받은 자가 이야기의 핵심 긴장을 해소할 수 있는 유일한 사람이라면 클라이맥스에서 보조 인물들의 위치는 모호한 것이 사실이다.

보조 인물들은 선택받은 자가 연관된 상황에서는 이야기 진행상 별다른 기능이 주어지지 않아 소외되기도 한다. 간단히 말해, 궁극적으로 선택받은 자가 아닌 이상 이들이 정말 중대한 역할을 할 일은 없으므로, 자칫 잘못하면 나오든 말든 상관없는 인물로 전락해버리는 것이다. 무슨 내용이 됐든 이야기의 극적 줄거리는 선택받은 자의 운명을 중심으로 진행되기 때문이다.

작가로서 생각해봐야 할 문제다. 선택받은 자 이야기에서 보조 인물들을 확실한 긴장 요소로 끌어들이기 위해서는 어떻게 해야 할까?

운명과 상관없는 자신만의 줄거리

이 문제를 해결하는 가장 좋은 방법은 보조 인물들에게 선택받은 자의 이야기와 나란히 고조되는 극적 줄거리를 저마다 부여하는 것이다. 이시다 카츠야의 〈B: 더 비기닝〉이 한 예로, 이 작품에서는 코쿠가 선택받은 자로서 클라이맥스에서 주요 갈등과 부차적 갈등을 직면한다. 하지만 보조 인물인 키스 플릭에게도 코쿠의 숙명과 완전히 별개인 자신만의 극적 줄거리가 있다. 비록 날조된 것이라 하더라도 말이다.

〈아바타: 아앙의 전설〉도 그냥 지나칠 수 없는 예다. 아바타는 선택받은 자로, 최종 악당인 불의 제왕 오자이를 물리칠 수 있는 유일한 사람이다. 그러나 이 작품의 클라이맥스는 아바타와 불의 제왕의 싸움만을 중심으로 돌아가지 않는다. 작품의 보조 인물들, 즉 주코, 카타라, 수키, 토프, 소카에게도 모두 각자의 주요 갈등과 부차적 갈등이 있으며, 이들의 갈등은 아바타와 불의 제왕 사이의 결전을 이끄는 숙명적 힘과 완전히 분리돼 있다.

주코와 카타라는 주코의 치열한 남매 간 경쟁과 자신을 증명해야 하는 인물호가 최고조에 이름에 따라 아줄라 공주를 상대하게 된다. 그리고 토프, 수키, 소카는 불의 제국의 비행선에 맞서 싸운다. 이때 수키와 소카는 사랑을 시험받고 토프는 친구들을 완전히 믿을 수 있어야 하는데, 이는 토프가 내내 어려움을 겪어온 부분이다.

더 중요한 사실은 이 이야기에서 아바타인 아앙과 불의 제왕 사이의 긴장을 발전시키는 것보다 주코와 아줄라 사이의 긴장을 발전시키는 데 더욱 많은 시간을 할애한다는 것이다. 이 때문에 이야기의 클라이맥스에서 시청자들이 작품의 복잡한 주제를 드러낸다고 느끼며 훨씬 격앙된 감정과 긴장을 갖고 몰입하게 되는 것은 사실상 선택받은 자와 상관없이 불의 제국 궁전에서 벌어지는 주코와 아줄라의 결투 때문이다.

이야기 초반부터 보조 인물들을 둘러싸고 선택받은 자의 특성과 무관한 다른 갈등들을 구축하면, 보조 인물들이 클라이맥스에서 주요한 역할을 수행할 수 있을 뿐 아니라 서사 전반에 걸쳐 모든 인물이 앞으로 나아가도록 추동되는 힘이 커진다.

보조 인물들의 줄거리는 선택받은 자의 줄거리와 연관돼 있을 수 있지만, 그 줄거리의 존재 의의와 해결 방안이 선택받은 자의 줄거리에 의존해서는 안 된다. 키스 플릭은 코쿠의 이야기가 어떻게 전개되든 자기 여동생을 살해한 범인을 추적하고 찾아냈을 것이다. 이와 같은 설정이 더해짐에 따라, 독자는 보조 인물이 없으면 작품의 결말이 날 수 없다고 느끼게 된다. 선택받은 자가 자신의 운명을 완수한다 하더라도, 이들이 없으면 이야기 전반에 걸쳐 쌓인 긴장의 많은 부분이 만족스럽게 해소되지 않기 때문이다. 아무리 아앙이 불의 제왕에게 승리했어도 시청자는 주코와 아줄라 사이의 긴장이 해소되는 모습이 나와야 비로소 이야기가 만족스럽게 끝났다고 받아들일 것이다.

여러 명의 선택받은 자

선택받은 자를 한 명이 아니라 여러 명 내세우는 방법도 있다. 릭 라이어던의 《올림포스 영웅전》 시리즈에서는 숭고한 예언에 따라 모든 주인공에게 저마다의 역할이 주어진다. 이야기의 긴장을 해소하는 데 꼭 필요한 운명적 역할을 저마다 지니고 있는 것이다. 그런데 이때도 여러 명을 대상으로 한 예언에 포함되지 않은 주변 인물의 문제는 해결되지 않는다. 이를 떠나 애초에 예언을 받은 인물이 여럿이라는 사실은 숙명적 존재의 특별함을 퇴색시킬 우려도 있다. 여러 명을 대상으로 한 예언을 뺀다고 해서 《올림포스 영웅전》 이야기에 지장이 생겼을지는 알 수 없다. 이 예언이 빠지면 일이 잘못되거나 인물이 죽을 수도 있다는 가능성과 위기감이 커져 더욱 흥미진진한 이야기가 됐을지도 모른다. 예언이 있으면 앞으로 벌어질 일의 불확실성을 어느 정도 상실하게 된다. 그 대신에 구약 성경의 선례를 따라 선택받은 '민족'의 이야기를 쓰거나, 윌리엄 니콜슨의 《불의 바람》 시리즈처럼 선택받은 민족 내의 선택받은 자에 관해 쓰는 방법도 있다.

운명의 힘을 이용하는 방법

거부할 수 없는 하늘의 뜻과 운명의 힘을 잘 이용하면 인물들에게 흥미로운 도전 과제를 안길 수 있다. 잘 이용하기가 쉽지 않을 따름이다. 1950년대에 현대 판타지 장르가 등장한 이래로 선택받은 자 이야기는 예언에 의해 주어진 임무가 무엇이든 기본적으로 선택받은 자가 자신의 운명에 따라 임무를 완수하는 쪽으로 흘러간다. 비록 그 운명이 완전히 예측할 수 있지는 않거나 예언에 선택받은 자의 임무 수행 과정에서 누군가 죽을 것이라는 내용이 포함돼 있다 하더라도, 선택받은 자 이야기의 인물들은 당연히 예언을 이행하는 것이 옳다고 생각하는 경향이 있다. 물론 악당들은 그렇지 않다. 예언이 실현되면 악당들은 보통 죽음을 맞이하니까.

이러한 유형의 예언 설정은 본질적으로 잘못된 것은 아니지만, 서사에 보탬이 된다고 볼 수 없는 경우도 많아 비판의 대상이 되곤 한다. 보탬이 되기는커녕 주인공이 승리해도 그가 목표 의식을 갖고 싸웠기 때문에 승리한 것이 아니라 선택받은 자이기 때문에 승리한 것이라고 독자가 느끼게 만들어 극적 긴장을 약화하는 요인으로 작용할 때도 있다. 아니면 이야기를 도덕적으로 단순한 이야기로 비화하는 의도치 않은 효과를 일으키기도 한다. 선택받은 자인 데다 운명이 그렇게 정해져 있으므로 이쪽을 선택하면 도덕적으로 옳고 저쪽을 선택하면 틀리게 된다는 식으로 말이다. 나아가 이 설정은 독자에게 진부하고 예측 가능한 이야기로 비칠 가능성도 있다. 하지만 선택받은 자 이야기를 뻔하지 않게 쓰는 방법이 두 가지 있다. 선택받은 자가 적극적으로 예언의 실현을 막고자 하는 것, 그리고 도덕적으로 회색 지대에 있는 운명을 활용하는 것이다.

운명을 거스르려는 자

불가피한 일의 실현을 막고자 고군분투하는 이야기의 기원은 고전 문학의 시작으로까지 거슬러 올라간다. 그 유명한 소포클레스의 《오이디푸스 왕》에도 이 설정이 등장한다. 함께 살펴볼 예는 에릭 크립키의 〈수퍼내추럴〉이다. 이 작품에는 딘과 샘, 두 사람의 주인공이 나온다. 그런데 이 두 사람은 아포칼립스를 일으킬 운명을 짊어진 선택받은 자들이었다. 설상가상으로 그 과정에서 둘 중 한 명은 루시퍼의 영혼을 담는 그릇인 '악당'이 될 운명이고, 다른 한 명은 미카엘의 영혼을 담는 그릇인 '영웅'이 될 운명이다. 형제가 서로 죽여야만 하는 상황인 것이다. 하지만 둘 다 삶을 갈망한다는 명백한 이유로 그러기를 거부한다. 클라이맥스에 다다라 딘과 샘은 운명이 정해져 있었다면 자신들이 지금껏 선택해온 것들은 대체 무슨 의미가 있냐며 격렬히 토로한다. 이 작품은 두 사람이 선택받은 자들의 이야기가 전부 현실이 되지 않도록 가까스로 막아내는 내용을 통해 가슴 아프지만 아름다운 피날레를 완성한다.

선택받은 자가 자신이 선택받은 데 대해 적극적으로 반대하면 이야기의 핵심 긴장이 복잡해진다. 주제를 다층화하고, 자유 의지라는 개념을 탐구할 수 있는 흥미로운 기회가 된다. 이에 더해 극적 긴장을 약화하는 게 아니라, 오히려 인물들이 도저히 막을 수 없다고 느껴지는 것, 즉 운명에 맞서 싸우도록 이끌기 때문에 극적 긴장을 강화한다. 운명을 피하는 데 성공한다면 더 큰 성취감을, 운명에 어쩔 수 없이 순응해야 한다면 더 큰 감정적 충격을 줄 수 있을 것이다.

이 유형의 이야기는 '결코 피할 수 없는 운명'이라는 전개로 나타나기도 하는데, 운명이 실현되긴 하지만 작중 인물이나 독자가 기대하는 것과 전혀 다른 방식으로 실현되는 경우가 많다. 다음의 예언이 나오는 윌리엄 셰익스피어의 《맥베스》도 마찬가지다.

> "맥베스는 버남 숲이 높은 던시네인의 언덕까지 와 공격하기 전에는 결코 패배하지 않을 것이다."

맥베스는 자신이 천하무적이라고 오판하고 있었고, 셰익스피어는 버남 숲에서 나뭇가지를 꺾어 나무처럼 보이도록 변장한 병사들을 통해 예언을 실현시킨다. 이것은 맥베스가 피해야 한다는 자각조차 하지 못한 운명이었고, 결국 피할 수 없는 운명으로 치닫는다. 톨킨은 셰익스피어가 예언 장치를 이렇게 변주한 것에 대해 최악이라고 생각했다. 그리고 나무들이 실제로 행진하는 장면을 자신의 작품에 집어넣었다. 바로 엔트족의 아이센가드 행진이다. 《맥베스》에서 사용한 것과 비슷한 장치가 최근 작품들에서 많이 발견되는데, 대표적으로 조지 R. R. 마틴의 《얼음과 불의 노래》 시리즈에 나오는 세르세이 라니스터가 있다. 세르세이는 자식들이 자신보다 먼저 죽을 것이며, 자신을 능가하는 미인에게 자리를 빼앗길 것이고, 남동생의 손에 죽을 것이라는 예언을 피하려고 이런저런 끔찍한 일을 저지른다. 그러나 아이러니하게도 세르세이는 운명을 피하려 애쓰는 과정에서 예언의 많은 내용을 실현시키는 역경을 간접적으로 불러들인다.

이렇게 '거역할 수 없는 운명'이라는 전개와 결합되기도 하는 예언 비틀기 이야기는 대개 예언에 의해 선택받은 자에 관한 것이다. 이 요소들이 포함되면 독자가 앞으로 예언이 어떻게 판명될지 정말 알 수 없으므로 이야기에 미스터리가 더해지는 것은 분명하다. 하지만 여전히 진부하게 느껴질 수 있는데, 앞서 언급한 이유들로 인해 이야기가 도덕적으로 단순한 구도로 진행되거나 주인공들의 업적이 그들 스스로 성취한 것으로 보이지 않아 극적 긴장이 저해되기 때문이다. 이와 달리 흥미롭고 눈에 띄는 이야기를 쓰고 싶다면, 다음과 같은 또 다른 질문들을 고려해 보자.

1. 운명을 거역한 데 따르는 부정적 결과는 무엇인가?
2. 선택받은 자가 되는 것은 인물의 삶을 어떻게 변화시키는가?

3. 운명에도 독자적인 의지가 있다면 어떻게 될까? 선택받은 자가 거부한다면 예언의 내용이 바뀌거나 다른 사람을 새롭게 선택하려 할지도 모른다.
4. 신의 섭리 또는 운명의 힘이 본질적으로 인물과 세계에 이익이 되는 방향으로 움직이는가? 운명의 힘이 주인공을 노골적으로 '방해'하는 이야기도 매력적인 이야기가 될 것이다.

선택받은 자가 반동 인물이라면

반동 인물이 선택받은 자인 이야기는 드물긴 하지만 그렇다고 없지는 않다. 이때는 주인공으로서도 반동 인물을 물리치는 일이 고역이다. 대체 누가 운명을 마음대로 주무르거나, 운명에 항거할 수 있단 말인가. 〈스파이로의 전설: 드래곤의 새벽The Legend of Spyro: Dawn of the Dragon〉이 한 예다. 이 게임에서 반동 인물 맬포어는 선택받은 보라색 용으로, 세상을 구하는 것이 아니라 새로운 모습으로 다시 만들어야 한다는 운명을 지녔다. 세상을 다시 만든다는 것은 도덕적으로 중립적인 의미를 띤 예언이라고 할 수 있다. 그런데 맬포어는 이것이 세상을 파괴하는 것을 뜻한다고 믿었고, 짧은 기간 동안 실제로 성공했다.

도덕성이 모호한 운명

선택받은 자 이야기를 더 흥미롭게 만드는 두 번째 방법은 본질적으로 선하다고도 악하다고도 할 수 없는 운명을 부여하는 것이다. 모든 예언이 세상을 구하는 것과 관련된 예언이어야 하는 것은 아니다. 이때 등장인물들이 선택받은 자를 바라보는 관점을 다양하게 구성할 수도 있다. 선택받은 자에게 단지 운명에서 벗어날 수 있는지, 혹은 운명을 이행할 수 있는지 물음으로써 긴장을 형성하는 것이 아니라 훨씬 깊이 있는 질문을 던지는 것이다. 운명이 과연 이행돼야 하는 것인지 말이다.

- 이 운명을 이행하는 것보다 훨씬 절박한 문제가 있나?
- 운명을 성취하는 데 필요한 방법이 도덕적으로 정당한가?
- 운명을 회피하는 데 필요한 방법이 도덕적으로 정당한가?

이 질문을 충분히 녹여낸 이야기는 많지 않은 것 같다. 조금 전에 언급한 〈스파이로의 전설: 드래곤의 새벽〉에서 '운명'이란 "세상에 위대한 정화를 불러일으키는 것"이다. 작중 반동 인물은 이 운명이 세상을 파괴하는 것이라고 생각했지만, 세상을 더 좋은 곳으로 만드는 것이라고 해석해도 운명은 똑같이 유효하다.

《얼음과 불의 노래》 시리즈는 더욱 미묘한 예다. 이 작품에는 다양한 목적으로 수많은 예언이 등장한다. 그리고 온갖 인물이 서로 다른 의미로 해석한다. 세르세이는 아조르 아하이 예언을 옛날이야기로 치부하고, 그보다 다른 걱정거리들이 훨씬 절박하다고 생각한다. 다보스와 멜리산드레는 예언을 실현할 수 있는 방법이 도덕적인지, 정당한지를 놓고 충돌한다. 라에가르는 예언의 실현을 위해 자신이 아내가 있음에도 특정 여성과 심지어 그녀를 납치해서라도 맺어져야 하며, 대륙을 내전으로 몰아넣어야 하는 일이 '불가항력'이라고 생각했을지도 모른다. 이러한 맥락으로 인해, 라에가르를 영웅으로 보는 이들도 있으나 자만심으로 가득 찬 과대망상증 환자로 보는 이들도 있다. 《얼음과 불의 노래》 시리즈는 예측이 불가능하고 극적인 운명의 이야기로 독자가 절대 긴장의 끈을 놓을 수 없게 만든다. 왜냐하면 선택받은 자가 자신의 운명을 실현할지는 '선택받은 자'라는 사실로 인해 펼쳐지는 서사의 수많은 극적 줄거리 중 하나에 불과하기 때문이다. 따지고 보면 운명의 실현 여부는 덜 중요한 것으로 분류될 수 있는 질문 중 하나다.

더 워쇼스키스The Wachowskis의 〈매트릭스 2: 리로디드The Matrix Reloaded〉는 선택받은 자 이야기를 재미있는 방식으로 전복한다. 끔찍한 영화라고 생각하지만, 이 작품이 말하려는 바를 한 번 주의 깊게 살펴본다면 흥미로운 주제적 콘셉트가 담겨있다는 사실을 알게 될 것이다. 네오는 아키텍트와의 대화를 통해 자신이 선택되기 전에도 선택받은 자들이 있었으며, 선택받은 자의 운명은 인류를 구원하는 것이지만, 사랑하는 사람을 전부 죽이고 인간들의 마지막 도시인 시온을 파괴하는 대가가 언제나 따름을 알게 된다. 작중 다른 인물들뿐 아니라 선택받은 자도 실현하는 데 동의할 수 없는 운명이었다. 네오는 결국 운명을 이행하지 않기로 결정한다.

선택받은 자에게 도덕적으로 모호한 운명을 부여하면 이야기의 핵심 긴장이 단순히 주인공이 운명을 막거나 이루는 데 성공하는지 여부로부터 분리된다. 더군다나 독자도 주인공이 대체로 성공 여부를 고민한다는 것을 안다. 그 대신, 예언 자체를 둘러싼 철학적 갈등과 인물의 갈등을 중심으로 핵심 긴장이 발생한다. 따라서 이것만으로도 인물 중심으로 흘러가는 매력적인 선택받은 자 이야기를 만들 수 있다. 또 대다수 판타지 작품이 걸려드는 순수한 선과 순수한 악의 대결이라는 도덕에 대한 흑백 논리적 묘사를 피하고, 선택받은 자 이야기를 도덕의 회색지대를 다루는 서사로 이끌 수 있다.

서사가 튼튼해야 인물이 산다

선택받은 자를 내세울 때는 인물의 동기가 약화되고 인물에 대한 독자의 감정 이입 여지가 줄어들 위험도 있다. 운명을 창조하는 위대한 마법사들이 선택받은 자를 고를 때 세상이 어떻게 돌아가는지까지는 잘 신경 쓰지 않기 때문이다. 그 결과 이야기가 다음과 같이 빈약한 인상을 주기도 한다.

- 부모를 여읜 수수께끼에 싸인 농장 소년이 어둠의 제왕을 무찌를 수 있는 유일한 존재인 까닭은 그가 선택받은 자이기 때문이다.
- 주인공이 임무에 나서는 유일한 까닭은 그가 선택받은 자이며 그에 따라 주어진 임무를 수행해야 한다고 누군가 '시켰기' 때문이다.

이때 서사적으로 생기는 문제는 주동 인물이 '어쩌다 보니' 자리를 차지하고 있는 인물로 전락한다는 것이다. 독자는 주동 인물의 행동과 동기 부여가 그가 개별 개체로서 누구인지와 관련 없이 전부 운명을 창조하는 위대한 마법사의 결정에 따라 이루어진다고 느낄 수밖에 없다. 주동 인물과 반동 인물의 관계, 그리고 주동 인물과 보조 인물들의 관계가 그가 어떤 사람인지와는 거의 상관없이 그가 선택받았다는 이유에 따라 돌아가고 있을 때도 마찬가지다. 주동 인물의 독자적 특성은 그가 서사상 지닌 위치나 인물 관계망에 아무런 영향도 주지 않는 것이다. 따라서 이야기를 쓸 때 작가는 주동 인물이 어떻게 특정 인물들과 연결되는지, 왜 특정 역학 관계가 형성되는지 신중하게 궁리해야 한다. 그가 선택받은 자이기 때문일까, 아니면 하나의 인물로서 지닌 개성 때문일까?

로버트 조던의 《더 휠 오브 타임》 시리즈는 판타지 장르를 정립하는 데 기여한 아름다운 작품이지만, 위의 이유로 비판을 받기도 한다. 이야기 속에서 주동 인물인 랜드 알토르의 입지는 그가 선택받은 자로서 하는 역할에 기인한 바가 크다. 다크 원이 처음에 그를 노린 것도 그가 선택받은 사실 때문이고, 대다수 보조 인물도 선택받은 자와의 관계 구도 때문에 그와 유대를 쌓는다. 하지만 시리즈가 진행됨에 따라 이러한 양상이 줄어든다는 사실을 밝혀둔다. 이러한 설정은 독자가 랜드에게 공감하기 어렵게 만드는데, '동기' 없이 어떤 일을 하는 사람은 없기 때문이다. 사람들은 사랑, 정욕, 탐욕, 증오, 복수심, 모험심 같은 근본적인 힘에 이끌려 움직인다. 인물의 여정에 공감을 느낄 만한 요소로 이루어진 동기가 결여돼 있거나, 인물이 납득이 가는 형태로 개인으로서 발전해 나아가지 않으면 독자는 감정을 이입하기가 어렵다. 독자는 선택받은 자가 아니기 때문이다.

그렇기 때문에 선택받은 자에게 그가 선택받았다는 사실과 '별개'인 인물호와 동기를 부여하는 것이 중요하다. 동기란 사랑하는 사람을 지키는 것처럼 간단할 수도 있지만, 훨씬 더 복잡할 때도 있다. 테리 프래쳇의 《디스크월드 1: 마법의 색》에 좋은 예가 나오는데, 주인공인 린스윈드는 세상에서 가장 강력한 주문 중 하나가 트라이몬의 사악한 손아귀에 떨어지는 것을 막기 위해 도망치는 것이 아니다. 린스윈드는 그냥 겁쟁이여서, 더군다나 '보이지 않는 대학'을 끝까지 다니지 못했을 정도로 마법을 정말 못하는 마법사여서 도망을 친다. 린스윈드와 두송이꽃의 관계도 그가 선택받은 자인지와 무관하게 발전한다. 두 사람의 관계는 기회주의적인 린스윈드가 부유한 관광객을 상대로 단단히 한몫 잡아보려 한 통에 시작되지만, 점차 서로를 아끼고 지지하는 우정의 관계로 나아간다. 독자가 무리 없이 공감할 수 있는 내용이다.

또 다른 좋은 예는 수잰 콜린스의 《헝거 게임》 시리즈 주인공 캣니스다. 캣니스는 운명이나 마법, 신의 섭리 등의 관여를 받지 않았으므로 전통적인 의미의 선택받은 자는 아니지만, 분명 캐피톨에 대항하는 반군을 이끌도록 선택받은 자다. 반란의 상징으로서 중요한 역할을 한다고 사람들이 믿게끔 인공적으로 만들어진 '선택받은 자'인 것이다. 그러나 이야기 내내 캣니스가 행동에 나서는 것은 자신을 선택받은 자라고 믿는 사람들 때문이 아니라 그보다 단순한 이유에서다. 그녀는 전쟁에서 벗어나기를, 그리고 스노우 대통령에게 복수하기를 바란다. 역시 독자가 공감할 수 있는 내용이다. 캣니스의 인물호는 전복적인 면이 있다. 그녀는 결코 진정으로 선택받은 자의 역할을 수행하게 되지 않는다. 캣니스는 반군과 자신의 가까운 사람들을 위해 다른 사람인 척을 할 뿐이다.

선택받은 사실과 완전히 독립적으로 존재하는 동기 부여의 여러 요소가 있으면 선택받은 자의 사적 동기와 임무 수행에 따른 동기를 충돌시켜 흥미로운 고군분투 과정을 그릴 수도 있다.

하지만 선택받은 자이기 때문에 인물을 창조할 때 서사 구조를 염두에 두는 것이 더 중요하다. 이야기의 1막은 인물의 가장 의미 있는 욕망, 관계, 성장 지점을 독자에게 보여주는 곳으로, 다른 어느 곳보다도 설정이 중요한 부분이라고 할 수 있다. 계획되지 않은 속편에서 인물이 겪는 갈등들이 종종 조화롭지 않게 느껴지는 경우가 있는데, 그 까닭이 바로 작품의 1막에서 의미 있게 시사된 바 없는 갈등이라서다. 선택받은 자 이야기에서는 인물의 동기나 선택이 우주의 독단적 결정으로 인해 약해졌거나, 심지어 '대체'된 것처럼 느껴질 수 있다. 인물은 선택받은 사실을 떠나 한 개인으로 구성돼야 하며, 이러한 설정이 1막 안에 제시돼야 한다. 테리 프래쳇의 린스윈드 사례를 다시 보면, 선택받은 자인 린스윈드는 1막에서 스스로 아무것도 되기 어렵다고 생각하는 겁 많고 얼빠진 인물로 묘사돼 있다. 자신의 능력에 대한 믿음도, 더 이상 어떻게 해보려는 의지도 없다.

> 그를 보라. 삐쩍 말라서는, 다른 마법사들도 별다를 바 없지만, 붉은빛이 살짝 섞인 시커먼 망토를 걸쳤다. 당연히 망토에는 녹슨 스팽글로 신비로운 기호 같은 것도 수놓아져 있다. 어떤 이들이

보기에 그는 그저 따분함, 두려움, 반항, 그리고 이성 간의 사랑에 대한 미련 때문에 스승으로부터 달아난 견습 마법사였을 것이다. 그러나 그의 목에 걸린 팔각형 모양 청동 목걸이가 그가 보이지 않는 대학 동문이라는 사실을 알려주는데, 보이지 않는 대학은 캠퍼스가 시공간을 초월해서 존재하기 때문에 정확히 여기에 있다고도 저기에 있다고도 할 수 없는 마법 고등 교육 기관이다. 거의 모든 졸업생이 무난히 마법사 자격을 얻어 졸업하지만, 린스윈드는 불행한 사건을 겪은 후 주문을 하나밖에 몰라서, 마을을 맴돌며 타고난 언어적 재능을 이용해 생계를 꾸렸다. 그는 대체로 일을 하기 싫어했고, 머리 회전만은 빨라서 주변 사람들은 그를 보며 영리하고 약삭빠른 쥐를 떠올렸다.

이야기를 쓸 때 다음의 질문에 답할 수 있기를 바란다. '인물이 어떤 일을 할 때, 그리고 다른 인물들과 특정 관계를 맺었을 때 그 이유는 무엇인가?' 아무리 선택받은 자로서 운명의 부름을 받아야 한다 하더라도 먼저 개성을 갖추게 한 뒤에 그 부름을 받도록 해야 할 것이다.

마찬가지로 선택받은 자의 인물호가 운명의 우주적 힘에 부응하기 위한 노력에만 완전히 초점이 맞춰져 있을 때도 독자가 감정을 이입하기가 어렵다. DC의 〈아쿠아맨〉이나 마블의 〈토르: 천둥의 신〉 같은 영화를 비롯해 사실상 모든 아서왕 이야기에서 나타나는 문제다. 선택받은 자가 선택받은 사실에 좌우되지 않는 투쟁을 겪으며 변화해나가는 서사를 그리면 훨씬 흥미로운 작품이 될 것이다. 이를 위해 흔히 사용되는 기법은 운명

플롯을 부차적 플롯으로 삼는 것으로, 주인공이 선택받은 자이기에 겪어야 하는 투쟁을 강조하기는 하지만 외견상 평범한 삶을 유지하도록 하는 식이다. 애니메이션 시리즈 〈아메리칸 드래곤: 제이크 롱American Dragon: Jake Long〉에서 대부분의 사건은 제이크가 학교에서 이런저런 일을 겪거나 좋아하는 여자아이와 잘 지내기 위해 노력하고 엄마를 기쁘게 하기 위해 애쓰는 평범한 소년이 되려 하는 데서 생긴다. 제이크는 선택받은 자이지만, 오만하고 충동적인 태도를 버리고 성숙하는 과정에 초점을 맞춰 인물이 창조돼 있다. 선택받은 사실과 무관한 문제로 씨름하는 인물의 모습은 독자에게 인간적으로 다가온다. 하지만 앞서와 마찬가지로 이 갈등 지점은 '꼭' 이야기의 1막에서 제시돼야 한다. 이를 통해 작가는 인물의 인물호를 발전시킬 시간을 더 벌 수 있다. 더욱이 독자에게 공감대를 형성하기 쉬울뿐더러 주인공이 과연 극복할 수 있을지 없을지 독자가 모르는 극적 줄거리를 빠르게 내놓을 수 있다.

특별한 힘의 설정과 보상

그런데 보여줄 만한 화려한 능력이 없다면 어떻게 선택받아야 할까? 선택받은 자 이야기를 쓸 때 까다로운 점 중 하나는 선택받은 자의 노력이 아니라 그저 우주를 주무르는 마법사의 결정으로 능력이 부여됐기 때문에 강력한 능력을 얻을 경우 이야기 전체가 조악하게 비치게 된다는 것이다.

베데스다에서 출시한 〈엘더스크롤 3: 모로윈드〉가 이 문제를 멋지게 전복시켰다. 이 이야기 속에서 플레이어는 자신이 플레이어 캐릭터로서 선택받은 자라고 믿게 된다. 그런데 사실 플레이어가 가진 능력을 증명하고 마스터하기 위해 거쳐야 하는 시험들은 이론상 누구라도 성취할 수 있었던 것들이다. 앞서 시험을 거친 이들과 달리 플레이어만 확실히 선택받은 자임을 알려주는 황홀한 대관식 같은 것도 나오지 않았다. 그 대신 이 시험들은 믿을 수 없을 정도로 어려웠고, 어쩌다 보니 플레이어는 성공적으로 시험을 통과한 첫 번째 사람이 된다. 이야기의 마지막에 이르러 플레이어는 특별한 플레이어 캐릭터와 특별한 능력을 얻기 위해 노력하는 플레이어 캐릭터 사이에 유의미한 차이가 없다는 것을 깨닫는다. 기본적으로 아무리 주인공이 선택받은 자라 하더라도, 그가 지도자로서의 기량, 마법사로서의 능력, 자객으로서의 기술 같은 것들을 획득하기 위해 '노력'했다고 독자가 느낄 수 있도록 하는 것이 좋다.

하지만 이 과정을 그리지 않아도 될 때가 있다. 바로 이야기의 긴장이 선택받은 자의 능력 자체와 무관한 지점에서 발생하는 경우다. 스즈키 나카바의 《일곱 개의 대죄》에서 주인공 멜리오다스는 자신을 향한 그 어떤 공격도 적에게 돌려주며 받아칠 수 있는 능력 때문에 사실상 무적이다. 그런데 한편으로는 감정에 대한 통제력을 상실하면 힘을 걷잡을 수 없이 발산해 대재앙을 불러올 수도 있다. 이 때문에 멜리오다스의 이야기는 자신의 분노를 다스리고 그와 같은 파괴적 결과를 일으키지 않을 새로운 동기를 찾는 법을 배우는 데서 대부분 비롯된다. 이렇게 자신의 힘에 압도된 선택받은 자의 이야기에서는 그가 힘을 얻기 위해 노력했음을 보여주는 것이 덜 중요해진다. 긴장이 발생하는 지점이 주인공이 반동 인물을 패배시킬 만큼 힘이 센가가 아니라, 주인공이 대재앙을 초래하지 않으면서 반동 인물을 패배시킬 정신적, 인격적 자질을 갖췄는가이기 때문이다. 주동 인물에게 그럴 만한 능력이 있는 것은 분명하지만 과연 그가 실제로 반동 인물을 고통스럽게 만들거나 죽일 것인가 하는 도덕적 질문이 포함된 사례들도 있다.

무엇보다 중요한 것은 '설정'과 '보상'이다.

- 선택받은 자가 자신의 운명을 완수하기 위해 마스터해야 하는 것은 무엇인가?
- 뭔가를 할 수 있는 능력이라면, 선택받은 자가 그 능력을 얻기 위해 노력하는 과정을 보여주는 것이 좋다.
- 정신적, 인격적 자질이라면, 선택받은 자가 그 자질을 기르기 위해 노력하는 과정을 보여주는 것이 좋다.

보상이 이들의 인물호로부터 주어지는 경우에는 다른 인물호를 먼저 발전시킬 필요가 덜해진다.

그렇다고 해서 선택을 받았다는 사실과 관련된 인물호나 고난을 '아예' 포함시키지 말자는 뜻은 아니다. 이때 가장 쉽게 적용할 수 있는 줄거리는 선택받은 자가 자신이 운명의 부름에 응해 제 몫을 해낼 수 있을지 회의하는 것이다.

사실 너무 흔한 줄거리여서, 색다르게 쓰고 싶다면 다른 유형의 고난에 초점을 맞추는 편이 좋을 수도 있다. 선택받은 자가 자신이 들은 이야기가 처음부터 끝까지 허구라고 믿는 이야기는 어떨까? 스티븐 R. 도널드슨Stephen R. Donaldson의 《토머스 커버넌트 연대기The Chronicles of Thomas Covenant》의 주인공은 자신이 구해야 할 세상이 존재하기는 하느냐는 듯 최선을 다해 모른 척한다. 로이스 라우리Lois Lowry의 《기억 전달자The Giver》는 일반적인 선택받은 자 패러다임을 흥미롭게 전복시켰다. 조너스는 선택받은 자가 되지만 이 작품에서 선택을 받는 것은 다른 사람들의 감탄을 사거나 존경받는 일이 아니다. 선택을 받은 결과 친구들이 자신과 거리를 두자 조너스는 어려움을 느끼고, 자신의 운명이 이행할 가치가 있는 것인지조차 의문을 품는다. 한 걸음 더 나아가 다른 사람들이 주인공이 선택받았다는 사실을 질투하게 만드는 방법도 있다. 선택을 받으면서 자연스레 얻은 존경, 지위, 힘 등이 그가 스스로 쟁취한 것이 아니라는 것이다. 기예르모 델 토로의 〈트롤헌터: 아카디아의 전설〉에서 불라르라는 인물이 새로운 트롤헌터 짐 레이크에 대해 딱 이런 감정을 드러내며, 짐이 자신을 증명하기 전까지 그가 선택받은 일이 마치 어떤 착오나 배신 때문에 벌어진 일인 양 대한다.

시험으로 입체화하기

특히 인물이 어떤 '무기나 물체'의 선택을 받는 이야기에서는 특정 자질을 갖춘 인물이어야 선택받을 수 있는 경우가 많다. 짐 버처의 《드레스덴 파일즈》 시리즈를 보면 신의가 두터운 사람에게만 반응하는 믿음의 검은, 검을 손에 넣은 자에게 검을 쓴

후에도 절대 약속을 깨지 않을 것을 요구한다. 따라서 선택을 받고 무기를 휘두르게 된 자는 끊임없이 어떤 일들을 이겨내야 한다. 이렇게 선택받은 자 이야기에서 시험이라는 장치를 이용하면 인물이 선택의 요건을 충족하기 위해 성장해야 하거나 선택받은 뒤에도 요건을 유지하기 위해 여러 고난을 이겨내야 하므로 인물 개인의 특성을 표현하는 데 도움이 된다. 선택받은 자가 되는 데 따라 생길 수 있는 개인적 갈등은 얼마든지 있고, 그중 어떤 고난을 선택할지는 작가가 어떤 이야기를 쓰고 싶은지에 달렸다.

바쁜 작가를 위한 n줄 요약

1

보조 인물에게 작품이 다루는 운명의 힘과 무관한 그만의 극적 줄거리를 부여하면 클라이맥스를 다차원적으로 구성하고, 각각이 이야기의 긴장 해소에 중요한 역할을 수행하는 인물이라는 인상을 줄 수 있다.

2

운명을 반동 인물을 추동하는 요소로 삼거나 도덕적으로 모호하게 설정하면 극적 긴장을 높이고 운명이 펼쳐지는 과정에 주제적, 감정적 깊이를 더할 수 있다.

3

선택받은 자에게 선택받은 사실과 무관한 인물호, 동기, 인간관계, 고난을 부여하면 독자가 더욱 공감할 수 있는 인물이 된다. 그뿐 아니라 이때 발생하는 긴장은 그가 선택받았다는 사실 때문에 축소되거나 예측 가능한 것이 되지도 않는다. 물론 선택받았다는 사실에 따른 인물호도 여전히 지닐 수 있다.

4

선택받은 자 이야기를 구성할 때 위 요소들은 1막에 등장해야 하며, 운명 플롯과 함께 나아가야 한다.

5

'선택받은 자는 이야기에 어떤 보탬이 되고 있나?' 작가가 반드시 짚고 넘어가야 하는 질문이다. 물론 선택받은 자 이야기는 흥미진진하게 펼쳐질 수 있지만, 다른 유형의 이야기보다 신경 써야 할 점이 몇 가지 더 있다. 선택받은 자가 조금 더 개성이 있고, 극복해야 하는 고난이 조금 더 독자에게 개인적 성취로 느껴질 수 있고, 선택받은 자의 동기에 선택받은 사실과 별개인 진실한 요소를 더할 때 훨씬 근사한 이야기가 완성될 것이다.

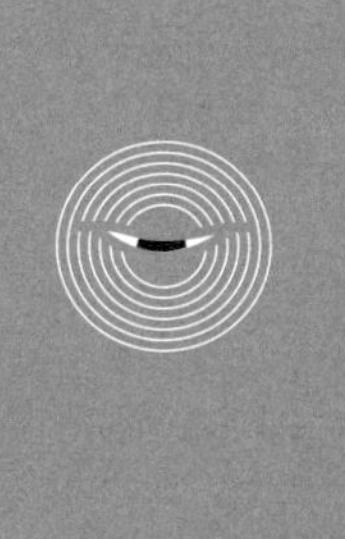

3

마법 체계 설정하기

1장

하드 마법 체계

C. S. 루이스 《나니아 연대기》	C. S. Lewis The Chronicles of Narnia

J. K. 롤링 《해리 포터와 불의 잔》	J. K. Rowling Harry Potter and the Goblet of Fire

J. R. R. 톨킨 《반지의 제왕》 시리즈	J. R. R. Tolkien The Lord of the Rings

개리 가이각스 〈던전 앤 드래곤〉	Gary Gygax Dungeons and Dragons

데이비드 에딩스 《벨가리아드》	David Eddings The Belgariad

로버트 조던 《더 휠 오브 타임》 시리즈	Robert Jordan The Wheel of Time

마이클 디마르티노 브라이언 코니에츠코 〈아바타: 아앙의 전설〉	Michael DiMartino Bryan Konietzko Avatar: The Last Airbender

브랜던 샌더슨 《미스트본》 시리즈	Brandon Sanderson Mistborn

아라카와 히로무 《강철의 연금술사》	荒川弘 鋼の錬金術師

조지 R. R. 마틴 《얼음과 불의 노래》 시리즈	George R. R. Martin A Song of Ice and Fire

코넬리아 풍케 《잉크하트》	Cornelia Funke Inkheart

코야마 타카오 〈드래곤볼 Z〉	Koyama Takao Dragonball Z

판타지 장르의 이야기에는 모호하고 교묘한 예언, 플롯의 진행에 방해가 되므로 부모는 없으나 용맹하며 놀라운 재능을 지닌 선택받은 영웅, 신화적인 종족, 마법의 검 등 수많은 설정이 있다. 그러나 판타지를 다른 장르들과 구별하는 가장 큰 요소는 무엇보다도 '마법'이라고 할 수 있다. 작중 세계에서 마법의 역할은 무엇이며, 인물들은 문제를 해결하기 위해 마법을 어떻게 사용하는가? 마법이 만들어내는 문제가 있다면 무엇인가? 어떤 판타지 작품을 다른 판타지 작품과 구별하는 요인도 그 작품만의 독특한 마법 체계인 경우가 많다.

판타지 이야기를 쓸 때 고려해야 할 사항 중 한 가지는 하드 마법 체계와 소프트 마법 체계 중 무엇을 도입할 것인가다. 본론에 앞서 《미스트본》 시리즈를 비롯한 수많은 인기 작품의 저자로서 마법 체계와 관련해 '하드'와 '소프트'라는 용어를 대중화해 준 브랜던 샌더슨에게 감사를 표한다. 이 용어들은 1980년대에 SF 장르에서 '하드 SF'와 '소프트 SF' 개념을 사용하기 시작한 데서 유래한 것으로, 그 원리와 규칙은 판타지 장르에도 쉽게 적용할 수 있다. 따라서 지금부터 판타지 장르 내의 하드 마법 체계와 관련해 샌더슨의 세 가지 법칙을 소개하겠지만, 이 규칙들은 말만 살짝 달리하면 SF 이야기에도 적용된다.

대체로 소프트 마법 체계일수록 이야기 속에서 마법을 사용하는 데 따르는 규칙과 한계가 확실히 정의돼 있지 않고 막연하며 신비에 싸여 있다. 이는 까마득한 옛날부터 판타지 장르에 있어온 설정이라고 할 수 있는데, 대다수 신화가 소프트 마법과 하드 마법의 스펙트럼상 소프트 마법 체계 쪽에 치우쳐 있기 때문이다. 자유로운 구술의 역사를 통해 알려져 왔기 때문에 신화의 상상 속 생명체들은 어떤 힘을 지녔는지 종종 모호하고 일관성이 없다.

소프트 마법은 J. R. R. 톨킨의 《반지의 제왕》과 C. S. 루이스의 《나니아 연대기》가 등장한 1940-1950년대에 초기 판타지 장르가 정립되는 데도 기여했다. 《반지의 제왕》에서 간달프는 끝이 뾰족한 모자, 지팡이, 울림이 있는 목소리를 갖췄고, 마법을 쓸 수 있다. 하지만 간달프가 어떤 마법을 쓸 수 있고 어떤 마법을 쓸 수 없는지 구체적인 한계에 대해서는 명백한 세부 사항이 거의 드러나 있지 않다. 마찬가지로 《나니아 연대기》는 들어봤거나 이해하는 이가 거의 없고 쓸 수 있는 이는 더 없는 태초의 마법으로 가득한 세상을 그리는데, 아슬란의 희생이 '심오한 마법'을 깰 수 있었던 사례와 같은 마법의 규칙이 좀처럼 명시적으로 나타나 있지 않다. 그리고 이 덕분에 커다란 놀라움과 경외심을 자아낸다.

반면 하드 마법 체계일수록 마법으로 뭘 할 수 있고 할 수 없는지를 좌우하는 규칙, 결과, 그리고 한계가 확실히 정의돼 있다. 샌더슨의 《미스트본》 시리즈에 나오는 알로맨시가 좋은 예다. 알로맨시 체계하에서는 다양한 금속을 섭취한 뒤 몸속에서

'태우면' 금속에 따라 서로 다른 특정 마법의 힘을 발휘할 수 있다. 주석은 오감을 향상해주고, 철은 금속을 끌어당기는 힘을, 강철은 금속을 밀어내는 힘을 활성화한다. 상당히 결과주의적인 시스템이라고 할 수 있다.

이야기의 마법 체계는 소프트 마법에서부터 하드 마법까지 스펙트럼상 어느 지점에든 위치할 수 있으며, 두 시스템은 이야기의 종류에 따라 저마다 강점과 약점을 보인다. 이번 장에서는 '하드 마법 체계'를 상세히 다룬다. 소프트 마법 체계는 다음 장에서 살펴볼 것이다. 여기서는 샌더슨의 세 가지 법칙 중 샌더슨 제1의 법칙 및 제2의 법칙과 마법의 스타일에 대해 알아보자.

샌더슨 제1의 법칙

샌더슨이 내놓은 마법의 세 가지 법칙 중 하드 마법 체계에서 가장 중요한 것은 제1의 법칙이다.

> 마법으로 갈등을 해결하는 작가의 수완은 그 마법에 대한 독자의 이해도와 정비례한다.

어떤 이야기가 좋은 이야기가 되는 데는 문제를 어떻게 설정했고, 또 문제를 어떻게 흡족하게 해결했느냐가 적잖은 부분을 차지한다. 예를 들어, 독자는 간달프가 뭘 할 수 있는지 전혀 모르는 상태인데 반지 원정대가 어려움에 빠지는 긴장의 순간마다 간달프가 독자는 처음 보는 마법의 주문을 임의로 던져 사태를 해결한다면, 문제가 그다지 흡족한 방식으로 해결됐다고 할 수 없다. '짠! 마법사가 해결했어요!'라고 써놓고는 독자가 만족하길 기대하는 형국이다.

샌더슨 제1의 법칙은 이야기 속에서 마법 체계를 어떻게 사용해야 하는가에 관한 내용이기도 하지만, 마법 체계를 어떻게 설계할 것인가에 관한 내용이기도 하다. 독자가 마법 체계를 작품의 한 축으로 이해하고 받아들이는 수준이 높을수록, 그 마법 체계는 문제를 해결하는 데 만족스럽게 쓰일 수 있다. 반면, 독자가 마법 체계를 이해하고 받아들이는 수준이 낮을수록, 마법 체계가 문제를 해결하는 데 만족스럽게 쓰일 가능성은 낮아진다. 여기에는 마법으로 뭘 할 수 있고 할 수 없는지에 관한 이해는 물론, 마법이 인물에게 어떤 능력을 줄 수 있고 어떤 한계가 있는지에 관한 이해도 포함된다.

이렇게 마법이 하나의 도구로서 분명히 정의되면, 마법으로 문제가 해결될 때 작가가 '짠! 마법사가 해결했어요!'라고 외치는 느낌이 들지 않는다. 그 대신 다른 기술들로 문제가 해결될 때와 마찬가지로 인물이 경험, 지능, 창의성을 발휘한 것으로 다가온다.

소프트 마법 체계를 기반으로 이야기를 쓰는 작가들이 직면하는 어려움 중 하나는 독자가 속았다고 느낄 수 있다는 것이다. 소프트 마법 체계하에서는 마법이 어디에 사용되는지, 주어진 상황에서 어떤 도움이 될 것인지 예측하기가 훨씬 까다롭다. 이와 달리 하드 마법 체계하에서는 독자가 인물과 보조를 같이 한다. 즉, 독자가 마법 체계의 작동 체계에 관해 알게 된 사실들을 바탕으로 마법이 어떤 상황에서 사용될 수 있는지 예측할 수 있게 된다. 〈아바타: 아앙의 전설〉의 마법 체계는 소프트 마법과 하드 마법의 스펙트럼상에서 하드 마법 쪽으로 좀 더 치우친 중간에 위치해 있다. 시청자는 작중 인물들이 공기, 물, 흙, 불의 4원소 중 한 가지를 '벤딩' 기술을 통해 다룰 수 있다는 것을 알게 된다. 아바타는 예외로, 4원소를 모두 다룬다. 워터 벤딩의 경우, 기술의 재료가 되는 물을 나무, 덩굴 식물, 심지어 사람의 땀 등 다양한 원천으로부터 얻을 수 있다는 설정이 시리즈 내내 수없이 나타난다. 꼭 바닷물이나 강물일 필요가 없는 것이다. 이렇게 적극적이며 명백하게 확립돼 있는 사실 덕분에 카타라가 혈액을 이용한 워터 벤딩으로 문제를 해결하는 순간은 시청자에게 논리적이고 만족스러운 해법으로 다가온다. 시청자들이 이미 알고 있던 정보를 감안하면 합리적 추론이 가능한 내용으로, 카타라가 생각해낸 것처럼 시청자들도 생각해낼 수 있었을 해법인 것이다. 이때 시청자의 몰입도도 높아지는데, 시청자가 이야기를 자세히 관찰하고 분석하며 작품과 대화를 나누며 감상하도록 이끌기 때문이다. 이야기의 신비주의적 면모는 약해질지 모르나, 작품을 감상하면서 생각하고 따져볼 거리를 더욱 많이 안길 수 있을 것이다. 체스에서 말이 많이 있을수록 생각을 많이 해야 하는 것과 같은 이치라 하겠다.

하드 마법 체계 설계하기

일반적으로 하드 마법 체계에 가까울수록 마법의 작동 원리와 마법 사용에 따르는 결과를 결정짓는 규칙을 더욱 구체적으로 확립해야 한다. 소프트 마법 체계는 신비롭고 예측할 수 없어도 상관없지만, 하드 마법 체계에는 어느 정도 독자의 예측 가능성과 내적 일관성이 요구된다. 마법사가 특정 마법 주문을 외우면, 특정 마법 결과가 따라 나와야 하는 것이다. 그런데 하드 마법 체계를 채택한다고 해도 마법이 끔찍하게 잘못돼 전혀 예상하지 못한, 재앙에 가까운 결과가 초래될 가능성이 깡그리 사라지는 것은 아니다. 다만 그 결과가 마법이 본래 예측할 수 없는 것이라서가 아니라, 대체로 다음의 요인들로부터 비롯돼야 한다.

- 인물의 마법 지식 부족
- 인물의 주문 실수
- 인물의 마법 오용

테이블톱 RPG 게임인 개리 가이각스의 〈던전 앤 드래곤〉에서 기본적인 주문을 거는 규칙을 살펴보자. 레벨1 위저드인 플레이어라면 '옵스큐어링 미스트'를 전개하기 위해서는 주문을 미리 준비해둔 상태여야 하고, 주문을 쓸 때 6초가량 집중해야 한다는 것을 알아야 한다. 이 두 가지 요건이 충족돼야 플레이어 사방으로 20피트까지 안개가 발생할 것이다. 자신의 레벨보다 높은 레벨의 주문을 쓰려 했다는 것은 규칙에 대한 지식이 부족해서 주문을 못 썼다는 뜻이다. 또 집중을 못 해서 주문을 못 썼다는 것은 주문을 전개할 때 실수를 했다는 뜻이다. 〈던전 앤 드래곤〉의 마법 체계는 예측이 가능하다.

샌더슨 제2의 법칙

하드 마법 체계를 설계할 때 지침이 되는 원칙이 있다면 바로 샌더슨 제2의 법칙이다.

> 한계는 능력보다 중요하다.

하드 마법 체계의 핵심은 세 가지로 요약된다. 마법의 한계, 약점, 그리고 대가다. 이 세 가지에 따라 작중 세계에서 마법이 어떻게 작동하는지, 인물들이 마법을 어떻게 여기며, 어떻게 사용할 수 있는지를 좌우하는 규칙이 창조된다. 우아하고 상냥한 주인공에게 사람들의 정신을 조종하는 능력이 있는데, 사람들이 옷을 안 입고 있는 경우에만 가능하다면? 마법을 쓸 때 캐럴만 들리면 사족을 못 쓰게 된다면? 마법을 쓰는 족족 어려진다면?

마법의 한계

내가 창조한 마법이 할 수 없는 일은 무엇인가? 작중 마법의 한계와 관련해 흔히 마법사의 힘, 재능, 의지력, 훈련, 통찰력 등의 한계를 모호하게 정의하는 방법을 채택하곤 한다. 정확히 계량하기 어려운 요소들이라는 데 착안하는 것이다. 결국 '사람이 하는 일인데 한계가 있겠지!'라는 한 문장으로 귀결돼버린다. 이때 생길 수 있는 문제는 어쨌거나 이 요소들을 계량할 수 없으므로, 이 규칙을 기반으로 흘러가는 이야기는 파워 크리프power creep* 현상이 반복되거나 일관성을 잃게 된다는 것이다.

코넬리아 풍케의 《잉크하트》는 이와 달리 분명하고 흥미롭게 마법의 한계를 설정한 작품이다. 이 이야기에서는 등장인물 '모'가 책을 읽을 때 책 속의 인물이 현실로 나오거나 현실의 인물이 책으로 들어가게 되는 마법의 한계가 구체적으로 명시돼 있다. 즉, 마법은 '모'가 직접 쓴 이야기에는 통하지 않으며, 글로 적힌 이야기에만 통한다. 작중 세계에서 이 마법이 어떻게 사용될 수 있는지를 결정하는 뚜렷한 한계라고 할 수 있다. '모'는 쓸 만한 책이 없으면 무력하다고 봐도 무방하다. 이에 관해서는 아래에서 좀 더 살펴볼 것이다. 여하튼 마법의 모호한 한계 설정은 다소 진부하게 느껴질 정도로 널리 사용되고 있는 것이 사실이므로, 차별화된 마법 체계를 만들어내고 싶다면 마법의 한계에

* 이야기의 긴장을 계속해서 유지하기 위해 후반으로 갈수록 인물들이 무한정 강해지는 것.

관해 다른 방식으로 접근해보자. 특정 식물이나 달, 광물 등의 환경적 요인에 따라 힘에 제약을 받는다는 설정은 어떨까? 이러면 마법사는 늘 주위 환경을 잘 살펴야 하며, 이 조건을 적들이 이용해 마법사를 공격할 수도 있다.

마법의 약점

마법을 쓰면 보통 주변 인물들보다 훨씬 강력해지지만, 약점이 있다는 설정을 집어넣으면 흥미로운 역학을 만들어낼 수 있다. 톨킨의 《반지의 제왕》에서는 절대반지를 끼면 보이지 않게 되지만, 사우론에게 존재를 발각당하고 나즈굴의 표적이 된다. 이런 것들이 마법의 힘을 사용할 때 동반되는 약점이다. 이야기 속에 다양한 힘을 등장시킬 계획이라면 인물이 어떤 힘을 사용할 때 다른 힘에 취약해진다고 하는 것도 재미있을 것 같다. 그러면 인물은 다른 힘을 쓸 수 있는 세력이 주변에 있을 때 기습을 당하지 않도록 자신의 힘을 신중하게 사용해야 한다.

마법의 대가

아마도 마법의 규칙을 창조하는 가장 손쉬운 방법은 마법에 대가가 따르도록 하는 것이다. 아라카와 히로무의 《강철의 연금술사》에서는 연금술을 통해 무언가를 다른 것으로 바꾸려면 정확한 재료가 요구된다. 많은 판타지 작품에 특정 재료가 있어야 마법이나 주문을 걸 수 있는 마녀와 마법사가 나온다. J. K.

롤링의 《해리 포터와 불의 잔》에서도 볼드모트를 신생아 형상의 끔찍한 모습으로부터 부활시키기 위해 웜테일은 특정한 재료들을 모아야 하는데, 그것도 특정한 방법에 따라 모아야 한다.

> "자신도 모르게 건네진 아버지의 뼈여, 네 아들을 회복시킬지어다! 기꺼이 바쳐진 종의 살이여, 네 주인을 소생시킬지어다. 강제로 빼앗긴 원수의 피여, 네 적을 부활시킬지어다."

앞서 마법의 한계를 설명하며 나눈 내용과 비슷하다고 할 수 있는데, 마법을 사용하는 대가로는 '기'라고 하는 신체 에너지, 또는 자의적이고 애매모호하게 정의된 개인의 마법적 힘의 원천을 채택하는 경우가 아주 흔하다. 로버트 조던 《더 휠 오브 타임》 시리즈나 크리스토퍼 파올리니의 《유산》 시리즈에서는 마법으로 뭔가를 하고 나면 기력이 소진된다. 마법을 써서 영웅적 업적을 이루려는 투지가 지나쳐 마법 남용으로 인물을 죽기 직전까지 몰지만 않는다면 괜찮은 설정이라고 할 수 있다. 피로를 일으키는 마법의 존재는 강한 인물과 약한 인물을 구분하는 데도 유용하기 때문에 자주 활용된다. 강력한 마법사는 파이어볼 하나로 적군을 단숨에 쓸어버리고도 조금도 흐트러지지 않는 반면, 약한 마법사는 파리 한 마리 쫓고도 맥을 못 춘다. 과로로 인한 탈진이라니, 누구나 쉽게 수긍할 수 있는 설정임에는 분명한 것 같다.

그런데 이를 중심으로 마법의 틀을 짜면 몇 가지 문제가 생길 수도 있다. 《유산》 시리즈나 〈드래곤볼 Z〉에서도 나타나듯 플롯상 성공해야 할 때는 주인공이 수행해야 할 마법 행위에 요구되는 '의지력'을 '마침 모자라지 않게' 가지고 있는데, 그러면서 또 플롯상 실패해야 할 때는 주인공에게 마법 행위에 요구되는 의지력이나 에너지가 '마침 충분하지 않은' 상황인 등 이야기가 지나치게 편리하게 흘러간다는 것이다. 의지력이라는 이 막연한 요건은 대체로 계량이 되지 않는다. 탈진이 마법의 주된 한계이며 신체 에너지 상실이 마법의 주된 대가일 경우에는 한층 더 문제가 된다. 이 상황에서 독자들은, 예를 들자면 파이어볼을 만들어내는 데 따르는 대가가 정확히 무엇인지 쉽사리 이해하지 못할 것이다. 훈련을 통해 파이어볼을 더욱 쉽게 만들어내고 에너지를 덜 소모할 수 있게 되기까지 한다면 그야말로 이해하기 어려울 것이다. 이때 '대가'는 플롯 전개상 필요에 따라 거의 무시될 수도 있다. 결과적으로 하드 마법 체계의 매우 중요한 요소인 일관성과 예측 가능성이 약화될 수밖에 없다.

사실 내가 가장 흡족하게 생각하는 마법의 대가는 한없이 소프트 마법에 가까운 판타지 마법 체계에 기반을 둔 조지 R. R. 마틴의 《얼음과 불의 노래》 시리즈에 나온다. 베릭 돈다리온은 마법의 힘으로 수없이 죽었다가 다시 살아나는데, 그러면서 그는 변화한다. 마틴은 이렇게 설명한다.

> "내 작품에서 죽음에서 돌아온 인물들은 온전하지 않습니다. 어떻게 보면 더 이상 이전의 인물도 아니에요. 몸은 살아 돌아다니고 있을지 몰라도, 영혼의 어떤 면이 변화했거나 완전히 달라진 상태로, 뭔가를 잃어버렸다고 할 수 있죠."

베릭 돈다리온은 죽음에서 살아 돌아오며 뭔가를 대가로 치렀다. 그게 정확히 무엇인지는 한 마디도 기술돼 있지 않지만, 이야기 속의 그를 보면 명백히 알 수 있다. 독특한 마법의 대가를 찾아내면 나만의 마법 체계를 세우는 데 도움이 된다. 흙을 수단으로 마법을 쓰는데 그 대가가 주변 식물들이 몽땅 죽는 것이라면? 이러한 결과라면 파급력을 광범위하게 설정할 수도 있고 흥미롭게 풀어나갈 여지가 충분하므로 다뤄볼 만하다. 그 마법이 누구나 쓸 수 있는 마법이라면, 농작물과 숲을 보호하기 위해 법으로 금지될 수도 있을까?

하드 마법 체계의 수단과 목적

이 책과 같은 서적이나 글에서 발견한 내용을 자신의 하드 마법 체계를 설계하는 데 체크 리스트로 활용하는 것은 전혀 상관없지만, 여기에 마법의 한계, 약점, 대가가 중요하게 소개돼 있다고 해서 이것들을 모두 넣어야 훌륭한 하드 마법 체계가 되는 것은 아니다. 궁극적으로 하드 마법 체계가 이야기에 자연스레 녹아들기 위해서는 예측 가능성과 일관성이 관건인데, 이 두 가지에 한계, 약점, 대가가 전부 다 필요한 것은 아니기 때문이다.

알로맨시는 《미스트본》 시리즈에서 가장 뛰어난 마법 체계다. 앞에서 소개했듯 알로맨시는 16가지 금속 중 하나를 섭취함으로써 발현시킬 수 있는 마법으로, 어떤 금속을 먹느냐에 따라 다른 능력이 나타난다. 합금이 재료로 사용되기도 하지만, 효과를 내기 위해서는 특정한 비율로 혼합된 합금이어야 한다. 예를 들어, '퓨터'라는 금속을 섭취한 뒤 '태우면' 신체 능력이 향상되는데, 몇 시간 동안 지치지 않고 전속력으로 달릴 수 있고, 극심한 육체노동을 해도 문제없으며, 기력이 왕성해진다. 이 마법은 이렇게 비상한 이점이 있지만, 퓨터를 섭취하거나 퓨터를 섭취한 뒤 능력을 사용하는 데 별다른 큰 대가가 따르지 않는다. 이 마법을 썼다고 해서 몇 시간 동안 못 움직이게 되지도 않고, 머리가 둔해지지도 않고, 수명이 줄어들지도 않는다. 왜 그럴까? 이 시리즈에서 알로맨시는 대가보다는 한계가 상당히 만만찮게 설정돼 있기 때문이다. 독자는 이 마법을 쓰면 인물이 얼마나 더 강력해지는지, 그 한계를 정확히 알고 있다. 인물이 꼭 어느 수준까지 빨라지고, 힘이 세지고, 견딜 수 있게 되는가를 아는 것이다. 이렇게 모호한 점이 거의 없는 한계 덕분에 이 시리즈는 예측 가능성과 일관성을 잃지 않는다.

새로 만든 하드 마법 체계의 한계 또는 약점으로 인물들이 필요로 하는 예측 가능성과 일관성이 확립될 만큼 충분히 견고한 규칙이 생성됐다면 마법에 엄청난 대가가 따르지 않아도 괜찮다. 마찬가지로, 마법을 쓸 때 충분히 엄청난 대가가 따른다면, 꼭 한계와 약점이 엄격하지 않아도 괜찮다. 모든 것은 작가가 어떤 유형의 규칙에 따라 움직이는 하드 마법 체계를 창조하고 싶은가에 달렸다. 마법의 약점 때문에 강한 힘을 얻으려면 큰 위험을 감수해야 할 수도 있고, 대가 때문에 언제 마법을 쓸지 신중히 계산해서 결정을 내려야 할 수도 있고, 한계 때문에 수완과 솜씨가 빼어나야 할 수도 있다.

마법의 대가와 관련해 주목할 만한 예로는《더 휠 오브 타임》 시리즈를 들 수 있는데, 이 작품에서 마법의 힘인 '일원력'의 절반에 해당하는 사이딘을 사용하는 남성 채널러들은 마법을 쓸수록 서서히 미쳐간다. 그로 인해 주변의 사랑하는 사람들을 해치기도 하거니와 이들은 '영원히' 제정신을 되찾을 수 없으므로 상당히 큰 대가라고 할 만하다. 《미스트본》과 달리 《더 휠 오브 타임》 시리즈에서는 마법에 한계가 별로 없다. 이론적으로 아이즈 세다이 채널러들은 마법으로 거의 한계 없이 사실상 모든 것을 할 수 있다. 그러나 이 마법을 쓰는 일부는 자신의 모든 것이 고갈돼 정신 이상과 죽음을 대가로 치른다. 앞서와 같은 맥락에서 마법의 대가가 크면 한계가 그다지 엄격하지 않아도 괜찮은데, 그렇더라도 인물들이 마법을 쓰는 방식을 충분히 통제할 수 있기 때문이다.

미학보다는 응집력

어떤 스타일의 마법 체계를 펼칠지 구상하는 것은 언제나 즐거운 일이다. 일반적으로 하드 마법 체계는 소프트 마법 체계보다 스타일이 구체적이어야 한다. 신, 천사, 또는 악마의 힘을 빌려 쓰는 신성 마법이 통용된다거나 주문을 걸기 위해서는 특별한 마법 도구가 요구된다거나 아니면 피나 목숨을 제물로 바쳐야 한다거나 하는 식으로 말이다. 또는 사람과 사물에 깃들어 있는, 어디에나 있는 힘을 끌어다 쓰기만 하면 되는 마법일 수도 있겠다.

작가 중에는 지금껏 이 책에서 살펴본 다른 부분들보다 마법 체계 스타일 설계에 치중하는 사람이 많다. 마법 체계의 미학도 중요하지만, 이야기 속에서 갈등, 문제, 인물 들의 상호 작용이 전개되는 데 무엇보다도 큰 작용을 하는 것은 마법 체계의 예측 가능성과 일관성, 그리고 한계, 약점, 대가다. 미학적인 면보다 이 요소들을 우선하여 고려하면 한결 응집력 있는 마법 체계를 만들어낼 수 있을 것이다.

바쁜 작가를 위한 n줄 요약

①

대체로 소프트 마법 체계일수록 규칙과 한계가 모호하고 정의돼 있지 않으며 신비에 싸여 있다. 반면 하드 마법 체계일수록 마법으로 할 수 있는 일과 할 수 없는 일을 결정짓는 규칙과 결과, 한계가 분명히 정의돼 있다.

②

독자가 마법 체계를 서사의 한 요소로 이해하고 납득하는 수준이 높을수록, 이야기 속에서 문제를 해결할 때 마법을 만족스러운 방식으로 활용할 가능성이 높아진다. 독자가 마법 체계를 서사의 한 요소로 이해하고 납득하는 수준이 낮을수록, 이야기 속에서 문제를 해결할 때 마법을 만족스러운 방식으로 활용할 가능성이 낮아진다. 하드 마법이 잘못되는 것은 보통 마법사의 실수, 오용, 이해 부족 때문이다.

③

에너지 요건이나 의지력의 한계를 막연하게 설정할 때 생기는 문제는 이 요소들을 계량하기 어려우므로 파워 크리프 현상이나 모순이 나타나기 쉽고, 플롯상 필요에 따라 마법의 대가가 무시되기도 한다는 것이다. 그러면 마법 체계의 관성과 예측 가능성이 크게 약해질 수밖에 없다.

④

작중 하드 마법 체계의 한계 또는 약점으로 인물들이 필요로 하는 예측 가능성과 일관성을 확립할 수 있을 만큼 충분히 견고한 규칙이 생성됐다면 엄청난 대가는 꼭 없어도 된다. 마찬가지로 마법을 쓸 때 충분히 커다란 대가가 따른다면, 그렇게 엄격한 한계와 약점은 굳이 없어도 된다.

5

마법 체계의 미학적인 면모도 중요하지만, 이야기 속에서 갈등, 문제, 인물들의 상호 작용이 펼쳐지는 데 무엇보다도 큰 작용을 하는 것은 마법 체계의 예측 가능성과 일관성, 그리고 한계, 약점, 대가다.

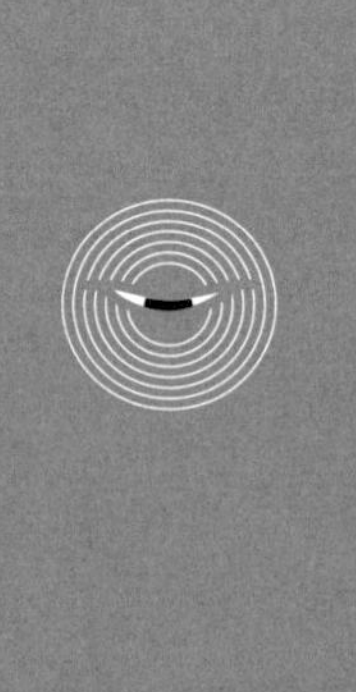

2장

소프트 마법 체계

J. K. 롤링	J. K. Rowling
《해리 포터와 아즈카반의 죄수》	Harry Potter and the Prisoner of Azkaban

J. R. R. 톨킨	J. R. R. Tolkien
《호빗》	The Hobbit

글렌 쿡	Glen Cook
《더 블랙 컴퍼니》 시리즈	The Black Company

더퍼 브라더스	Duffer Brothers
〈기묘한 이야기〉	Stranger Things

마거릿 와이스	Margaret Weis
트레이시 히크먼	Tracy Hickman
《데스 게이트 사이클》	The Death Gate Cycle

브렌트 윅스	Brent Weeks
《라이트브링어》 시리즈	The Lightbringer

조지 R. R. 마틴	George R. R. Martin
《얼음과 불의 노래》 시리즈	A Song of Ice and Fire

조지 루카스	George Lucas
〈스타워즈〉 시리즈	Star Wars

테리 프래쳇	Terry Pratchett
《디스크월드 2: 환상의 빛》	Diskworld 2: The Light Fantastic

패트릭 로스퍼스	Patrick Rothfuss
《왕 암살자 연대기》 시리즈	The Kingkiller Chronicles

이런 이야기를 읽은 적이 있을 것이다. 주인공이 임무를 수행하기 위해 길을 나선다. 그런데 문득 주위를 둘러보니 자신이 있는 곳은 고대 마법에 걸린 신비로운 장소였다. 그곳에는 신비로운 마법사들이 있었고, 그들은 번쩍번쩍 빛을 내며 신비로운 마법을 부렸다. 그리고 그 마법은…. 어느 것 하나 속 시원히 설명하지 않고 넘어가는 이야기랄까? 아마도 십중팔구 소프트 마법 체계를 기반으로 한 이야기였을 것이다.

하드 마법 체계에서는 마법 체계의 작동 방식을 어떻게 설계하는가가 중요했다. 한편 소프트 마법 체계에서는 마법 체계를 어떻게 서사에 잘 녹여내는가가 더욱 중요하다. 소프트 마법 체계에 관한 논의는 긴장, 시점, 직접적으로 통제할 수 없는 마법, 예측 불가능성, 복수의 마법 체계, 그리고 스타일로 요약된다. 브랜던 샌더슨이 쓴 이야기들은 하드 마법 체계의 대표 격이지만, 그가 세운 '마법의 세 가지 법칙'은 소프트 마법과 하드 마법의 스펙트럼상 어디에 있는 이야기를 쓰더라도 적용할 수 있다. 다시 샌더슨 제1의 법칙부터 살펴보자.

마법으로 갈등을 해결하는 작가의 수완은 그 마법에 대한 독자의 이해도와 정비례한다.

소프트 마법으로 긴장 형성하기

이야기의 긴장을 얼마나 잘 해소하는가는 작가의 역량이 드러나는 척도로, 소홀히 해서는 안 된다. 소프트 마법 체계를 채택한 경우라면 더욱 만만찮은 일일 텐데, 인물에게 어떤 능력이 있는지 독자가 모르는 상황에서는 긴장을 쌓기부터 무척 까다롭기 때문이다. 하지만 그 상황이 바로 소프트 마법 체계의 핵심이다. 작중 세계를 이루는 마법의 한계, 약점, 그리고 대가는 독자에게 '의도적으로' 그다지 전달되지 않는다. 소프트 마법 체계 자체에는 아무런 문제가 없으며 오히려 여러 가지 이점도 있지만, 작가로서는 넘어야 할 산이 더 높아지는 것이 사실이다. 독자는 허세만 가득해 보이는 주인공이 언제 진정한 도전에 직면하게 되는지, 또는 작중 마법사가 뒤돌아보더니 "불쌍한 인간들 같으니, 걱정하지 마시오, 마법사인 내가 다 알아서 하겠소"라고 말하며 마법으로 모두를 위험에서 구해줄 능력이 되는지 어떤지 모른다. 독자가 예측은커녕 잘 이해하지도 못하고 있는 소프트 마법으로 이야기의 긴장을 해소시킬 때는 까딱하면 예의 '짠! 마법사가 해결했어요!'를 외치며, 대놓고 데우스 엑스 마키나를 동원해 긴장을 풀어버리는 꼴이 되기 십상이다.

소프트 마법을 활용한 긴장 해소

그렇다면 소프트 마법은 '절대' 긴장을 해소하는 데 쓸 수 없다는 말일까? 물론 아니다. 마법 체계는 소프트 마법에서부터 하드 마법에 이르는 스펙트럼상 어디에든 위치할 수 있으며, 두 극단 사이에서 균형을 찾은 이야기는 얼마든지 있다. 그중에서 가장 많이 볼 수 있는 유형은 소프트 마법 체계가 바탕이어서 사실상 모든 것이 가능한 세상이지만, 인물 각각은 뚜렷한 한계와 대가, 약점이 따라붙은 특정 힘만 쓸 수 있도록 설계된 이야기다. J. K. 롤링의 《해리 포터》 시리즈가 좋은 예다. 이 작품에는 마법에 일률적으로 적용되는 '한계라고 할 만한 것'이 얼마 없다. 마법사가 원하는 것을 손에 넣게 하는 거의 모든 주문이 있을 수 있다. 누군가의 목숨을 빼앗고 싶다면? 딱 맞는 주문이 있다. 성가신 머글들을 쫓아내고 싶다면? 역시 딱 맞는 주문이 있다! '오블리비아테'로 간단히 기억을 지울 수 있는데 뭣 하러 잊겠다고 술을 마실까? 게다가 《해리 포터》 시리즈에서는 필요에 따라 여러 새로운 주문이 끊임없이 등장한다. 《해리 포터와 아즈카반의 죄수》에서는 영혼을 빨아들이는 절망의 결정체 디멘터에 대적하기 위해 동물의 형상을 한 행복의 에너지를 소환하는 것이 플롯상 중요해졌을 때 '엑스펙토 페트로눔'이 나왔다. 엑스펙토 페트로눔을 비롯해 시리즈 전반에 걸쳐 소개되는 각종 주문은 정확한 발음과 지팡이 동작, 그리고 마법적 힘만 있으면 '모든 것'이 가능하다는 느낌을 주는데, 이 작품에 마법 체계상 미리 확립된 지배적 구조가 있었다면 도저히 자연스럽게 들어맞지 않았을 것이다. 《해리 포터》 시리즈의 마법 체계는 이론적으로 가능한 것에 대한 명확한 경계가 거의 없고, 따라서 상대적으로 소프트 마법 체계에 가깝다고 할 수 있다.

그런데 등장인물들, 특히 론 위즐리, 헤르미온느 그레인저,

그리고 해리 포터는 각각 매우 제한된 마법의 힘을 쓴다. 비록 '이론적으로는' 모든 것이 가능한 마법 체계지만, 셋 중 누구도 필요한 주문을 즉석에서 뚝딱 주문을 만들어낼 수는 없다. 이들의 능력은 세 사람이 이야기 속에서 배우고 연습했다는 사실을 독자가 아는 주문과 마법약으로 제한된다. 따라서 이들의 능력 자체는 소프트 마법 체계상 능력이라 해도, 해리가 마법으로 문제를 해결하는 순간 독자는 해리의 능력에 대해 수긍하고 있는 상태이므로 이야기의 긴장이 무리 없이 고조되고, 유지되며, 만족스럽게 해소된다. 아무리 마법사가 문제를 해결해도 '짠! 마법사가 해결했어요!' 같은 기분이 들지 않기 때문에 독자가 속았다고 느끼지 않는다. 이렇게 마법 체계를 통틀어 무엇이 가능하고 불가능한지는 제한을 두지 않으면서 인물들에게는 그보다 철저한 제한을 부여하는 방법을 통해, 이야기에 미스터리와 가망성뿐 아니라 예측 가능성과 일관성까지 담아낼 수 있다. 결국 균형을 찾는 것이 중요하다.

소프트 마법을 활용한 긴장 조성

소프트 마법으로 긴장을 기적적으로 '해소'해버리면 독자들이 속았다는 기분에 빠지기야 하겠지만, 사실 긴장을 '조성'할 수만 있으면 소프트 마법 자체는 훌륭한 마법 체계다. 한편, 반동 인물이라고 해서 이 문제를 비껴갈 수 있는 것은 아니지만, 반동 인물은 주동 인물보다 힘을 모호하게 설정하기가 훨씬 수월한 것이 사실이다. 그래서 우리는 더퍼 브라더스의 〈기묘한 이야기〉에 나오는 마인드 플레이어의 힘에 대해 잘 알지 못하면서도 여전히 그를 매력적인 악당이라고 느낀다. 그에 반해 우리는 일레븐의 힘은 어느 정도 알고 있는데, 일레븐은 주인공이고 일레븐의 힘이 문제를 해결하는 데 사용되기 때문이다. 우리는 일레븐이 염력을 쓰며 다른 차원의 문을 열 수 있다는 것, 그리고 이 능력들의 원동력은 분노라는 것, 능력을 과도하게 사용하면 피를 흘리거나 기절한다는 것 등을 안다. 소프트 마법을 이용해 긴장을 조성할 때 더욱 중요한 것은 반동 인물이 지닌 힘을 일관되게 그리는 것이다. 예컨대 생각만으로 다른 인물의 정신을 망가뜨릴 수 있는 반동 인물이라면, 나중에도 말이 되는 상황에서만 그 능력을 써야 한다. 설명되지 않은 소프트 마법을 이용해 주인공이 반드시 해결해야 하는 문제를 만들어내는 것도 더할 나위 없는 접근이다. 즉, 소프트 마법을 이용해 인물들의 삶을 사정없이 혼란의 도가니로 몰아넣어라. 태어난 걸 후회하게 만들어라!

마법사의 시점에서 쓰고 싶다면

이야기를 어떻게 쓸지는 마법사의 시점에서 이야기를 하고 싶은지, 비마법사의 시점에서 이야기를 하고 싶은지에 따라 달라진다. 소프트 마법 체계를 바탕으로 한 이야기는 마법사의 시점이 아닌 경우가 대부분이다. 글렌 쿡의 《더 블랙 컴퍼니》 시리즈는 상당한 소프트 마법 체계 기반의 작품으로, 늘 마법을 쓰는 다른 주요 인물들이 있음에도 비마법사인 크로커라는 인물의 시점에서 이야기가 서술된다. 이런 데는 여러 이유가 있다.

1. 마법의 존재가 시점 밖에 있을 경우, 마법을 둘도 없이 신비로운 미지의 힘으로 생각하고 있을 주요 인물과 독자를 동일 선상에 둘 수 있다. 이는 본래 신비롭고 미지에 싸여 있는 소프트 마법 체계와 잘 어우러진다.
2. 작중 마법 체계의 원리를 알고 있는 인물의 시점에서는 신비롭고 미지에 싸인 듯한 분위기를 만들어내기가 어렵다. J. R. R. 톨킨의 《호빗》은 마법을 쓸 수 없는 호빗이자 손수건 애호가인 빌보의 시점에서 이야기가 전개된다. 이로 인해 어둠숲이 풍기는 미지의 분위기가 강화되는데, 빌보로서는 그곳에서 자신이 어떤 마법이나 주문에 걸려들지, 또는 다소 인종 차별적인 요정왕을 마주치게 될지 말지 전혀 예측할 수 없기 때문이다. 만일 마법사이기 때문에 앞으로 닥칠 일을 빌보보다 잘 알고 있었을 회색의 간달프 시점에서 《호빗》이 서술됐다면 이렇게 미스터리한 긴장을 조성하기는 더 어려웠을 것이다.

그런데 꼭 마법사의 시점에서 소프트 마법 체계 이야기를 쓰고 싶다면? 어떻게 써야 할까? 이야기를 쓰는 기법이 다양하다는 것은 샌더슨 제1의 법칙과 샌더슨 제2의 법칙을 어기지 않으면서 이야기를 할 방법이 무궁무진하다는 뜻도 된다. 여기에서는 그중 특히 자주 활용되고 이야기에 흥미로운 역학을 더하는 데 유리한 기법 두 가지를 소개하려고 한다.

마법사도 통제할 수 없는 마법

첫 번째는 마법을 쓰지만 직접적으로 통제할 수 없는 인물의 시점에서 이야기를 진행하는 것이다. 아서왕이 '왕실의 마법' 덕분에 바위에서 검을 뽑게 되는 모든 아서왕 이야기가 이를 보여준다. 테리 프래쳇의 《디스크월드 2: 환상의 빛》에 나오는 린스윈드는 자신이 쓸 수 없는 마법의 주문 하나를 머릿속에 담고 있다. 조지 R. R. 마틴의 《얼음과 불의 노래》 시리즈에서 대너리스는 발리리아 마법을 타고났다. 이 마법은 불과 피와 깊은 연관이 있지만 알다시피 그 이상은 아니다. 대너리스만이 드래곤들과 유대를 쌓을 수 있으며, 대너리스가 1권 마지막의 화형식에서 불타는 장작더미에서도 멀쩡히 살아 서 있을 수 있었던 것은 발리리아 마법 덕분이다. 마틴은 이렇게 밝힌 바 있다.

> 타르가르옌 가문 사람들이 불에 내성이 있는 것은 아니다. (이 장면은 그렇다기보다는) 특별하고, 마법적이며, 놀랍고, 기적에 가깝게도 대너리스의 드래곤들이 탄생한 것과 관련이 있다.

하지만 대너리스는 자신이 타고난 마법의 힘을 직접적으로 통제하지 못한다. 따라서 수동적인 능력들이며, 능력이 발휘된 순간은 소프트 마법이 전개된 순간들이라고 할 수 있다. 대너리스의 서사에서 이러한 마법적 사건들이 벌어져도 발리리아 마법의 한계, 약점, 대가에 관해 독자에게 전해지는 정보는 거의 없다.

대너리스에게는 분명 마법의 힘이 있다. 하지만 그녀는 이 마법을 통제할 능력이 없다. 마틴은 샌더슨 제1의 법칙을 어기지 않았다. 이 마법은 주로 대너리스의 이야기를 흥미롭게 만드는 데 활용되지, 대너리스를 가로막는 갈등을 해소하는 데 활용되지 않기 때문이다. 예컨대, 이 마법 덕분에 드래곤들이 이야기 속에 논리적으로 등장하게 되지만, 에소스에서 드래곤들이 아이들을 잡아먹은 대너리스의 문제가 마법처럼 해결되지는 않는다. 1권 끝에서 발리리아 마법이 불타는 장작더미의 화염으로부터 대너리스를 보호한 것은 맞지만, 이를 언뜻 느껴지는 것처럼 갈등을 해소한 것이라고 볼 수는 없다. 대너리스는 자발적으로 불길 속에 걸어 들어갔는데, 자신의 능력을 믿는 마음도 있지만 사랑하는 사람과 함께 죽기를 바라는 마음도 있었다. 발리리아 마법의 힘은 대너리스를 위험한 상황으로부터 구조한 것이 아니다. 본문에도 그녀가 구조되길 '원한 것'이 아니라고 기술돼 있다. 이 마법의 힘은 오히려 그녀의 자유와 자발적 행동을 방해했다고 봐야 한다. 고난 없이 원하는 것을 주지 않는 마법이 거저 얻은 것으로 느껴지지는 않을 것이다.

인물들이 거의 조절이 불가능한 수동적 마법 능력을 갖고 있으면 서사의 긴장을 더욱 쉽게 끌어갈 수 있다. 이들은 문제를 해결하기 위해 여전히 자신의 지능, 독창성, 그 밖의 각종 기술에 의존해야 하기 때문이다. 주어진 마법 능력이 예측 불가능하기까지 한다면 더욱 그렇다. 다시 말해, 주인공이 남들과 달리 운명의 칼끝을 휘둘러 어둠의 제왕을 물리칠 수 있는 것은 그의 마법 능력 때문이어서는 안 된다. 그가 어둠의 제왕의 약점을 파악하고 운명의 칼끝을 어떻게 겨눠야 할지 알아내기 위해 애썼기 때문이어야 한다. 소프트 마법은 갈등의 해소를 용이하게 할 수는 있으나, 갈등을 해소할 수는 없다. '짠! 마법사가 해결했어요!'가 돼버리기 때문이다.

소프트 마법의 예측 불가능성

소프트 마법을 지닌 인물의 시점에서 이야기를 서술하는 두 번째 방법은 예측 불가능성을 활용하는 것이다. 하드 마법이 예측 가능성과 일관성에 크게 기대는 시스템인 데 반해, 소프트 마법은 예측이 훨씬 불가능해도 된다. 자신의 마법에 어떤 능력과 한계가 있는지 스스로도 알지 못하는 인물은 그 자체로 흥미롭다. 또 마법의 작동 원리에 대해 명확히 설명할 필요 없이 신비주의적인 느낌을 자아내기만 하면 충분하다.

《얼음과 불의 노래》 시리즈의 멜리산드레가 멋진 예다. 멜리산드레는 이 작품에서 뭔가를 성취하기 위해 적극적으로 마법을 사용하려고 하는 몇 안 되는 시점 인물 중 한 사람이다. 그런데 독자만 그녀가 지닌 힘의 한계와 규칙을 완전히 알지 못하는 것이 아니라, 그녀 자신도 완전히 알지 못한다. 예를 들어, 멜리산드레는 스타니스 바라테온을 세상의 구원자, 아조르 아하이로 변모시킬 수 있을 것이라고 굳게 믿으며 엄청난 희생 의식을 치르지만, 뜻대로 되지 않았다. 멜리산드레는 '빛의 군주'의 인도를 받을 때도 있지만, 그렇지 못할 때도 있다. 빛의 군주를 섬기는 다른 사제들은 죽은 지 오랜 시간이 지난 사람을 되살리면 레이디 스톤하트의 경우처럼 예측 불허의 위험한 부작용이 따를 것이라고 말하기도 한다. 멜리산드레의 능력에는 마법 행위가 곧 정해진 마법 효과로 이어진다는 명료한 규칙이 없다.

그렇더라도 예측 불가능한 마법의 초점이 문제 해결에 맞춰져서는 안 된다. 예측 불가능한 마법은 예측이 어려운 특성을 바탕으로 이야기를 풍부하게 만드는 역할을 해야 한다. 소프트 마법을 활용하면 하드 마법 체계를 통해서는 나타내기 어려운 환상적 요소를 이야기에 더할 수 있으며, 그 결과는 종종 한층 흡인력 높은 서사로 나타난다. 예측 불가능한 마법은 끔찍한 잘못을 초래하거나, 인물들을 더 큰 어려움에 빠뜨리기도 한다. H. P. 러브크래프트는 이러한 이야기의 대가였다. 올드 원과의 접촉은 한 치 앞을 알 수 없는 기회 또는 저주, 그리고 파멸로 이어지는데, 이 이야기는 하드 마법으로는 그리기 어려운 매혹적인 고대의 존재에 대한 묘사와 함께 펼쳐진다. 마거릿 와이스, 트레이시 히크먼의 《데스 게이트 사이클》에서는 강력한 마법의 힘이 행사될수록 예측 불허의 부작용이 극심해진다. 어떤 인물이 강령술을 쓰면 누군가 무작위로 목숨을 잃는다.

시점 인물이 예측 불가능한 마법으로 이야기의 향방에 중대한 영향을 끼친다면, 그 영향이 긍정적으로 작용하기만 하는 것이 아니라 부정적이거나 중립적으로 작용하기도 할 때 이야기는 비로소 흥미진진해진다. 어떻게 될지 모르는 마법으로 너무 자주 기적적으로 문제가 해결되면 엉성하고 허술한 이야기로 비치기 쉽기 때문이다. 부정적이거나 중립적인 결과는 마법을 사용하는 데 위험 및 이해관계가 결부돼 있다는 사실을 드러낸다. 그에 따라 마법이 성공하는 몇 안 되는 순간이 독자에게는 더욱 흡족하게 느껴질 것이다. 이와 같은 이야기에서는 일관성의 원칙이 마법 체계의 '비일관성'을 통해 달성되는 것이라고 할 수 있겠다.

예측 불가능한 마법을 가장 훌륭하게 변주해낸 작품은 테리 프래쳇의 《디스크월드》 시리즈가 아닐까 싶다. 판타지, 코미디, 그리고 지독한 실존주의의 완벽한 균형을 보여주는 시리즈다. 《디스크월드》 시리즈에서 마법은 모종의 인격체다. 통제가 되지 않고, 뭘 할지 스스로 결정을 내린다. 인물이 마법으로 하고 싶은 일은 다른 것이라도 말이다. 이렇게 지각력을 지닌 마법은 재미있는 이야기를 쓰는 데 꽤나 도움이 되는 요소다. 하드 마법 체계하에서는 마법이 실패하면 그 까닭은 마법을 행사하는 인물이 마법의 규칙과 한계를 모르기 때문이지만, 소프트 마법 체계하에서 마법이 실패하는 까닭은 마법의 본성 자체가 통제되지 않고 예측되지 않기 때문일 가능성이 높다. 이야기 내내 끊이지 않는 재앙의 기운을 드리울 수만 있다면 마법이 나올 때 '짠! 마법사가 해결했어요!'처럼 느껴지는 일은 없을 것이다.

마법 체계를 몇 가지나 도입해야 할까?

판타지 작품들을 보면 브렌트 윅스의 《라이트브링어》 시리즈나 〈스타워즈〉 시리즈처럼 하나의 마법 체계를 기반으로 전개되는 경우가 일반적이다. 하지만 두 가지 이상의 마법 체계를 바탕으로 이야기를 써도 상관없으며, 그에 따른 이점도 있다. 특히 소프트 마법과 하드 마법 체계를 동시에 집어넣을 수 있다. 패트릭 로스퍼스의 《왕 암살자 연대기》 시리즈를 보면 심파시는 하드 마법인 반면, 소프트 마법에 훨씬 가까운 네이밍과 요정 마법도 등장한다. 《얼음과 불의 노래》 시리즈는 얼굴 없는 자들, 옛 신들, 빛의 군주, 다른자들, 숲의 아이들, 발리리아 마법까지 온갖 마법이 나오는 영락없는 뷔페다. 조금씩 변형됐을 뿐 모두 같은 마법 체계라고 보는 의견도 있지만 모두 다른 체계라는 것이 중론이다. 서로 긴밀히 연관된 체계는 거의 없고, 일부는 하드 마법 체계, 일부는 소프트 마법 체계에 가깝다. 이렇듯 서사에 잘 어울리기만 한다면 두 가지 체계를 모두 채택해도 무방하다. 그리고 정말 개성 있는 작품을 쓰고 싶다면 복수의 마법 체계를 채택하는 편이 유리할지도 모른다. 아직 충분히 개척되지 않았으며 무궁무진한 가능성이 있는 영역이라고 생각한다. 마법 체계가 여러 가지면 작중 세계의 신비로운 분위기를 끌어올릴 수 있는 한편, 마법 체계가 한 가지면 하드 마법 체계에 요구되는 예측 가능성과 일관성을 확립하는 데 도움이 된다.

규칙보다는 미학

소프트 마법은 굉장히 융통성 있고 유연한 마법 체계라는 강점이 있다. 많은 경우 예측 가능성과 일관성보다 미학적인 면모가 훨씬 중요하기 때문이다. 작가는 마법의 의식, 주문 마법,

악마와 천사들을 소환하는 마법, 전 세계에 퍼져 있는 마법적 에너지 원천인 '레이 라인' 중 한 가지를 고르거나, 몇 가지를 고르거나, 또는 '전부' 가져와 이야기를 써도 된다. 일반적으로 하드 마법 체계 기반의 작품이라면 한 가지 또는 몇 가지 스타일로 전개되는 데 그친다. 명료하고 일관된 규칙을 유지하기 위해서는 그렇게 한정할 필요가 있기 때문이다. 이에 반해 미학적으로 다양한 스타일을 도입하면 예측 가능성과 규칙을 확립하기보다 경이감, 공포, 경외심을 불러일으키며, 변화무쌍하고 장대한 분위기의 마법 이야기를 펼칠 수 있다. 샌더슨은 '샌더슨 제1의 법칙'에서 이렇게 말했다.

> (소프트 마법은) 이야기에 경이감을 더한다. … 환상적인 분위기를 전한다. … 불가사의하고 영원불변한 우주의 원리 속에서 인간은 작고 작은 존재라는 사실을 드러낸다.

①

소프트 마법 체계를 바탕으로 이야기를 전개할 때 어려운 점은 인물들의 능력이 무엇인지 독자가 모르기 때문에 긴장을 쌓기가 무척 까다롭다는 것이다. 이 문제를 극복하는 데는 전체적으로 제한이 거의 없는 소프트 마법 체계를 채택하면서도 개별 인물에게는 분명한 제한, 대가, 약점이 따르는 특정 힘만 쓸 수 있도록 하는 방법이 있다.

②

사실상 아무리 극단으로 치우친 소프트 마법 체계라도 긴장을 '조성'할 수만 있다면 상관없다. 그리고 주동 인물보다는 반동 인물이 막연한 힘을 지니도록 설정하는 편이 훨씬 쉽다. 소프트 마법을 이용해 긴장을 조성할 때 더욱 중요한 것은 반동 인물이 지닌 힘을 일관되게 그려야 한다는 것이다.

③

마법이 시점 인물 밖에 존재하는 경우, 독자가 시점 인물과 나란히 서서 마법을 신비롭게 바라볼 수 있다. 따라서 본래 미지의 신비로운 힘인 소프트 마법을 기반으로 이야기를 전개할 때 이러한 시점 인물을 채택하면 효과적이다. 작중 마법 체계를 당연히 이해하는 인물의 시점에서 이야기를 서술하면 미지와 신비의 분위기를 쌓기가 좀 더 어렵다.

④

인물이 통제력을 발휘할 수 없는 수동적 마법의 힘을 갖고 있으면 서사의 긴장을 유지하기가 수월하다. 인물들이 여전히 자신의 지능과 독창성, 기술을 발휘해야 문제를 해결할 수 있기 때문이다. 특히 주어진 마법이 예측 불가능성을 내포하고 있을 때는 더욱더 자신의 다른 힘에 의존해야 한다. 소프트 마법은 긴장을 형성할 수 있지만 해소할 수는 없다. 소프트 마법은 이야기를 더욱 흥미롭게 펼치는 데 활용되곤 한다.

5

시점 인물로 소프트 마법을 쓰는 인물을 채택했다면 작중 마법 체계의 예측 불가능성이 높거나 시점 인물이 자기 마법의 힘과 한계, 결과에 대해 확실히 알지 못하는 상태일 때 이야기를 전개하기가 한결 수월할 것이다. 마법의 작동 원리에 대해 명확히 설명할 필요 없이 신비주의적인 느낌을 유지하는 데도 도움이 된다.

6

예측 불가능한 마법이 이야기의 향방에 긍정적 영향뿐 아니라 부정적 영향 또는 중립적 영향을 준다면 더욱 힘 있는 이야기가 될 수 있다. 부정적이거나 중립적인 결과는 마법을 사용하는 데 위험 및 이해관계가 결부돼있다는 사실을 드러내고, 마법이 성공하는 몇 안 되는 순간을 독자에게 더욱 흡족한 순간으로 만들어준다.

7

복수의 마법 체계를 끌어들이면 이야기 속에서 여러 가지 마법을 융통성 있게 활용할 수 있으며, 하드 마법과 소프트 마법을 모두 채택하는 것도 가능해진다. 소프트 마법의 가장 큰 강점은 하드 마법과 달리 마법의 형태가 몇 가지 스타일에 국한되지 않는다는 것이다. 소프트 마법 체계하에서는 미학적인 면이 더욱 중요하다고 할 수 있다.

3장

마법 체계와 스토리텔링

마이클 디마르티노 Michael DiMartino
브라이언 코니에츠코 Bryan Konietzko
〈아바타: 아앙의 전설〉 Avatar: The Last Airbender

〈코라의 전설〉 The Legend of Korra

자, 게이 마법사만 번갯불을 쏠 수 있는 것으로 마법 체계의 한계도 세심하게 설정하고, 언제 악마가 플롯 아머가 없는 인물들을 잡아먹을지 도무지 알 수 없도록 미스터리에 관한 구성까지 마쳤다. 아주 근사하다. 그런데, 그다음은? 흥미로운 마법 체계를 도입한다는 것은 그 마법이 얼마나 미묘한 규칙으로 작동하는지, 또는 얼마나 장대한 광경을 연출할 수 있는지가 전부가 아니다. 파이어볼을 비롯해 각종 불 계열 마법이 등장하는 것은 좋지만, 마법 체계가 이야기에 의미 있는 방식으로 통합돼 있지 않으면 허황된 느낌을 줄 뿐이다. 이번 장에서는 마이클 디마르티노와 브라이언 코니에츠코의 〈아바타: 아앙의 전설〉 및 그 후속 작품인 〈코라의 전설〉을 바탕으로 이 문제를 자세히 논의하려 한다. 두 작품의 훌륭한 부분은 물론, 그렇지 못한 부분에 대해서도 다룰 것이다. 첫 에피소드에서 카타라가 "이건 마법이 아니야!" 하고 말하는 장면이 떠오르는 사람들도 있을 것이다. 하지만 마법이다. 이야기를 쓰는 입장에서 볼 때, 카타라의 워터벤딩은 마법이 맞다. 마법의 특성을 띠고 있으며, 마법의 결과를 보여준다. 세부 사항에 지나치게 얽매이지 않기를 바란다.

〈아바타: 아앙의 전설〉에서 '벤딩' 능력이 있는 사람은 고대 그리스의 4원소설에 따른 공기, 물, 흙, 불의 네 원소 중 한 가지를 조종할 수 있다. 벤더들은 기본적으로 무술로 볼 수 있는 동작을 통해 이 힘을 사용한다. 이제 마법 체계를 이야기와 통합해야 하는데, 이때 도움이 되는 것이 샌더슨 제3의 법칙이며 〈아바타: 아앙의 전설〉은 마법과 이야기가 아주 탁월하게 합쳐져 있다.

새로운 것을 더하기 전에 이미 있는 것을 확장하라.

여기서 샌더슨의 주안점은 어떻게 하면 하나의 마법 개념을 깊이 있게 다루는 작품이 수많은 마법 개념을 얕게 다루는 작품보다 재미있을 수 있는가다. 지금부터 이 내용을 '깊이 있게' 탐구하기 위해 세 영역으로 나눠 살펴보려 한다.

- 어떻게 마법 체계를 세계관 구축과 연관 지을 것인가?
- 어떻게 마법 체계를 서사와 연관 지을 것인가?
- 어떻게 마법 체계를 인물의 인물호와 연관 지을 것인가?

마법 체계와 세계관 구축

독자를 이야기에 몰입시키기 위해서는 무엇보다도 독자가 불신의 유예*를 하도록 이끌어야 하는데, 이때 결정적인 작용을

* 가상의 이야기에 몰입해 비현실적인 설정, 전제를 수용하는 태도. 문학비평가 새뮤얼 테일러 콜리지가 처음 고안한 개념.

하는 것 중 하나가 세계관 구축이다. 세계관 구축이란 서사의 줄기를 형성하는 것은 아닐지 몰라도 독자가 자신이 철저하게 구성된 세계 속에 있다고 느끼게 하는 요소들을 이야기에 집어넣는 것이다. 예를 들어, 고아들을 살해해 그들의 영혼을 이용하는 마법이 이루어지는 세계라면 작중 사회에서 고아원은 과연 어떻게 운영되고 있을까? 이 같은 질문들은 작가가 재미있는 수수께끼처럼 간단히 다루고 넘어가면 되는 질문이라거나 독자에게 생각할 거리를 던져주기 위한 사고 실험이 아니다. 작중 세계의 현실성을 뒷받침하기 위한 기본적 질문들이다. 작가는 우리가 살아가는 실제 사회와 역사에서 독자가 공감할 수 있는 요소들을 갖고 와 이야기에 현실성을 불어넣는다. 이런 지점에서 자연스럽게 생겨나는 차이는 이야기가 단순히 환상적인 이야기를 넘어 매력적인 이야기로 나아가는 데 중요한 역할을 한다.

벤딩이 굉장한 마법 체계인 까닭 중 하나는 바로 벤딩이 작중 세계에 튼튼히 뿌리를 내리고 있다는 것이다. 철학에서부터 종교, 지리, 전쟁, 문화에 이르기까지 벤딩은 작중 세계 전반에 스며 있다. 에어 벤딩은 공격하기보다 피하는 데 초점이 맞춰진 무술인 팔괘장을 모티브로 한 벤딩으로, 공기의 유목민들이 갖고 있는 "속세의 근심을 떠나 평화와 자유를 추구하며 살아간다"라는 철학과 아주 잘 어울린다. 만리장성보다 길고, 후버댐보다 두꺼우며, 에펠탑보다 높은 바싱세의 성벽은 이곳 사람들이 흙을 조종한다는 사실을 고려하면 상당히 자연스러운 귀결이다. 흙을 기반으로 한 이 방어 요새는 즉각 수리가 가능하며 적군에 맞춰 형태도 변화시킬 수 있어, 가히 어스 벤딩을 중심으로 돌아가는 문화의 상징이라고 할 만하다. 〈코라의 전설〉에서는 라이트닝 벤더들이 전력을 생산하는 일을 한다. 벤더들은 각종 광물을 효율적으로 제련하는 데 동원되기도 한다. 불의 제국이 파이어 벤딩 기술을 바탕으로 산업 혁명을 일구고 증기 기관, 탱크, 비행선 같은 것들을 보유하게 됐다는 점도 무척 흥미로운 세계 설정이다. 불의 제국 국민들은 열을 조종하는 광범위한 능력 덕분에 증기력을 발생시키기가 훨씬 쉬운 데다 불의 제국 자체가 화산 군도여서 광석이 풍부하기 때문에 자연스러운 설정이라고 할 수 있다.

왜 마법을 써서 문제를 처리하지 않는지 독자가 의문을 느낄 만한 내용이라면 이야기 속 사람들도 똑같이 의문스럽다고 느꼈을 것이다. 이에 대해 만족스럽게 해명하는 것은 생각보다 호락호락하지 않은 일로, 오히려 마법 체계를 이야기의 특징으로 녹여내는 쪽이 쉽다고 할 수 있다. 지금까지 나온 세계관 구축과 관련된 세부 사항들은 이야기의 전면에 등장하지는 않는다. 하지만 이 사항들이 나와 있기 때문에 시청자는 벤딩 기술이 작중 세계에 어떤 영향을 미치는지 상세히 알 수 있다. 마법이 등장인물의 문제를 해결만을 위한 억지스러운 장치에 불과한 것이 아니라 작중 세계를 이루는 필수적인 한 부분으로 다가오는 것이다. 사회나 역사 같은 다른 구성 요소들을 근본적으로 바꾸지 않고서는 작품에서 배제할 수 없을 만큼 벤딩은 중요한 요소다.

그런데 세계관 구축은 일방통행이 아니다. 적지 않은 작가들이 중세 유럽풍 사회를 채택한 뒤 그 사회의 준거, 즉 봉건 제도, 귀족과 농노 계급, 교회의 역할 등 중세 유럽풍 판타지를 만들어내는 장치들을 마법 체계가 어떻게 변화시키는지 지켜보는 데 그치는 함정에 빠진다. 마법 체계가 사회를 바꾸는 방법을 만드는 것만이 세계관 구축의 전부는 아니다. 사회와 문화란 아주 복잡해서, 횡단보도가 군데군데 있고 뒤뚱거리는 닭도 뛰어다니는 6차선 오거리와 같다. 세계관 구축에는 작가가 만들어낸 세계가 마법의 역할 자체에 어떤 영향을 끼치는가도 포함된다. 이야기 속 판타지 세계가 성 역할을 강하게 구분 짓는 문화라면, 여성들이 특정 마법을 쓰는 것이 허용될까? 〈아바타: 아앙의 전설〉 북쪽 물의 부족이 이러한 문화를 갖고 있었다. 카타라는 전사로서 훈련을 받을 수 없었으며, 대신 여성으로서의 역할을 다하기 위해 힐러로서 훈련받도록 내몰렸다. 이 질문은 다양한 문화뿐 아니라 종교 질서, 사회 계급, 심지어 대학 동아리에도 적용된다.

모든 인물이 각자의 개성에도 불구하고 획일적인 방식으로 마법을 사용하는 세계는 조금 딱딱하게 느껴질 수 있다. 마법의 본질이 신비주의적이며 덜 과학적이기에 판타지 이야기에는 사회, 경제, 종교적 사상과 결부된 맹목적 믿음이 끼어들 때가 있다. 이때 지나치지 않도록 주의해야 한다. 어떤 두 문화 집단을 구분하기 위해 각 집단의 마법 체계와 상호 작용하는 방식의 차이를 지나치게 강조하다 보면 작중 세계는 딱딱해질 수밖에 없다. 독자들은 도대체 왜 모든 것이 마법 체계에 착착 맞춰 돌아가는지 의아하게 여길 것이다. 작중 세계의 창조자로서, 작가는 두 가지를 늘 염두에 둬야 한다.

1. 마법 체계는 작중 세계에 어떤 영향을 미치는가?
2. 작중 세계는 마법 체계에 어떤 영향을 미치는가?

마법 체계와 서사

무엇보다도, 서사를 고려해야 한다. 나는 절대적인 원칙을 강조하는 사람이 아니지만, 그래도 한 가지만 내세운다면 서사를 우선하여 고려해야 한다. 명확히 정의하기도 손에 넣기도 쉽지 않은 '서사'에 어울리느냐에 따라 이야기의 많은 요소가 작품에 포함되거나 제외된다. 이 점을 감안할 때 마법 체계를 이야기와 엮어내는 한 가지 방법은 마법의 규칙, 소프트 마법과 하드 마법 중 무엇에 가까운지, 마법의 미스터리를 중심으로 플롯 사건들과 서사의 흐름을 짜는 것이다. 마법 체계는 그저 이야기의 토대를 이루는 콘크리트 판이다. 그 위에 무엇을 짓느냐는 전적으로 작가에게 달렸다. 논쟁의 여지는 있지만 플롯, 서사, 이야기는 서로 구별되는 개념이다. 어떻게 구별되는지 분명히 설명하기는 어렵지만 말이다.

작중 세계관을 구축할 때 설정에 다소 지나치게 매달리면 문제에 맞닥뜨릴 수 있다. 그러나 먼저 밝혀두자면, 이 과정에 주로 치중한다고 해도 전혀 상관없다. 작가에게 있는 유일한 의무는 자신이 원하는 대로 이야기를 쓰는 것뿐이니까. 이야기를 쓰는 주요 목적이 판타지 세계관 구축이라면, 그렇게 하면 된다. 좋은 이야기가 나오리라는 보장은 없지만 잘못된 것은 아니다.

창작 과정에서 '반드시' 어떻게 해야 한다는 것은 없으니까. 그렇지만 마법 체계가 이야기의 배경에 영향을 미치고 있다는 것을 독자에게 전하기만 하면 마법 체계를 작중 세계에 충분히 편입한 것이라고, 부족함 없이 활용한 것이라고 여기는 이들이 종종 있다. 단순히 '마법 능력에 따른 계급 사회' 같은 설정을 앞세우는 식이다. 마법 체계가 이야기에 어떠한 영향을 끼치는가는 완전히 다른 차원의 질문이며, 완전히 다른 차원의 중요성을 띤다. 세계관 구축이 작품의 현실성과 매력적인 차이를 만들어낸다면, 서사는 독자에게 선사하는 경험의 핵심이다. 서사가 아니라 세계관 구축을 중심으로 마법 체계를 구성하면 불완전한 이야기가 될 수 있다.

그 대신에 마법이 인물이 경험하는 갈등을 어떻게 '창조'하고 '변화'시키는지 상세히 그린다면 흥미진진한 이야기가 될 것이다. 샌더슨은 이를 '만약 …라면 어떻게 될까?'라는 가설적 질문으로 설명했다. 왕족의 일원이 피를 흘려야만 마법이 발동된다면 왕족은 어떻게 될까? 마법 사용자들이 어디로든 자유롭게 텔레포트를 할 수 있다면 국경은 어떻게 될까? 농노들도 마법을 쓸 수 있어서 영주와 귀부인들에게 도전하는 상황이라면 계급 제도는 어떻게 될까?

〈아바타: 아앙의 전설〉에 다음과 같은 좋은 예가 나온다. '수감자들이 주변 환경을 벤딩 마법으로 조종할 수 있다면 감옥은 어떻게 될까?' 감옥은 보통 모르타르, 콘크리트, 금속, 돌로 지어진다. 시즌3 7화 '도망자The Runaway'에서 카타라는 교묘한 계책을 냈다가 도리어 토프와 함께 감옥에 갇힌다. 보통의 감옥이라면 토프가 어스 벤더이자 메탈 벤더이기 때문에 탈출할 수 있었겠지만, 나무로 만들어진 불의 제국 감옥에서는 토프가 벤딩 기술로 이용할 수 있는 재료가 없었다. 카타라는 탈출하기 위해 새롭고 획기적인 방법을 찾아내야 했는데, 그 내용은 조금 뒤에 살펴볼 것이다. 〈코라의 전설〉 시즌3에서는 파이어 벤더인 플리는 폭발을 일으켜 주위의 모든 구조물을 파괴할 수 있는 능력 때문에 일반 감옥에는 가둘 수 없었다. 그래서 플리는 너무 추워서 작은 불꽃조차 만들어낼 수 없도록 설원 깊은 곳의 얼어붙은 동굴에 갇힌다. 마찬가지로 워터 벤더인 밍화는 물을 얻을 수 없도록 건조한 화산 감옥에 갇힌다. 벤딩 마법의 존재로 일반적인 탈옥 이야기가 이렇게 바뀌었다. 벤딩 마법 체계는 인물들이 무슨 '문제'에 직면하는지, 그리고 문제를 해결하기 위해 어떤 '해결책'을 찾아내는지 둘 다를 변화시켰다.

건축가가 집을 짓기 위해 계획을 세우고 있다고 상상해보자. 목재 골조를 틀로 한 집으로, 들보와 트러스 모두 제자리에 들어가 있어서 건물 전체에 기능적으로 기여한다. 그 결과 폭풍에도 강하게 버틸 수 있고, 새로운 방을 만들어 넣어도 거뜬한 집이다. 그런데 골조 한쪽에 들보 하나가 튀어나와 있다. 이 들보는 분명 '건축가가 한 설계의 일부'지만, 기능적으로 도움이 되지는 않는다. 사람들도 이 들보의 목적이 무엇인지, 어떤 실용성이 있는지 의문을 느낀다. 미학적인 보탬마저 되지 않을 수도 있다. 눈치챘을지 모르겠지만, 이 우화는 서사에서 마법 체계를 어떻게 사용하는지에 관한 것이다. 작품에서 마법 체계가 제거되거나 다른 것으로 대체돼도 등장인물이 직면하는 문제의 종류나 인물이 문제에 대처하는 방식이 영향을 받지 않는 경우가 있다. 이때는 마법 체계가 서사와 동떨어져 있으며 기능적으로든 미학적으로든 작품에 기여하지 못할 가능성이 높다. 마법 체계가 작동하는 방식으로부터 자연스럽게 문제를 만들어내면 이 상황을 방지할 수 있을 뿐 아니라, 마법 체계의 뉘앙스, 즉 소프트 마법인지 하드 마법인지에 따라 다른 작품들에서는 찾아볼 수 없는 독특한 문제를 이야기 속으로 끌어들일 수 있는데, 이는 작품의 고유한 개성을 탄생시키는 과정이기도 하므로 굉장한 일이 아닐 수 없다. 독특하고 참신한 갈등을 중심으로 이루어진 서사는 단순히 독특하고 참신한 마법 체계를 바탕으로 창조된 세계보다 훨씬 독자의 마음을 사로잡는 힘이 있다. 따라서 마법 체계가 서사에 자연스럽게 녹아든 이야기를 써야 하겠다.

마법 체계와 질문의 범위

그런데 '만약 …라면 어떻게 될까?'를 궁리할 때는 질문의 범위를 염두에 둬야 한다. 샌더슨은 이렇게 표현했다.

> 에픽 판타지에는 역사와 경제를 두루 살필 충분한 공간이 있지만, 촘촘한 도시 판타지는 인공 혈액의 등장이 뱀파이어 문화에 어떤 영향을 일으키는지와 같은 하나의 특정 요인밖에 살필 여지가 없다.

나는 이 의견에 완전히 동의하지는 않는다. 이야기란 인물의 시점에서 서술되며, 에픽 판타지 세계 속에 있든 영 어덜트 판타지 세계 속에 있든 인물의 시점은 제한적이다. '만약 …라면 어떻게 될까?' 질문을 규정할 때 중요한 것은 추상적인 장르가 아니라 인물이 처해 있는 환경과 시점이다. 경제를 살피는 눈은 영 어덜트 판타지 소설 속 세금 징수원이 에픽 판타지 소설 속 농민보다 훨씬 뛰어날 것이다. 그렇지만 샌더슨의 의견도 일리가 없는 것은 아니다. 등장인물의 수가 적고, 작중 세계의 규모가 작고, 이야기의 길이가 짧을수록 질문의 범위는 좁아진다고 할 수 있다.

마법 체계와 인물 창조

마법 체계를 이야기와 통합하는 또 다른 방법은 인물호를 이용하는 것이다. 이 방법은 좋은 이야기를 완성하기 위한 필수 요건은 아니다. 게다가 이 방법을 쓰는 데 적합한 판타지 이야기, 적합한 마법 체계 유형이 따로 있는데, 알아둘 점은 그 이야기가 이보다 더 흔할 수 없을 정도로 세상에 많다는 것이다. 아름다운 두 눈과 마법의 검을 지닌 용맹한 주인공이 자신의 분노, 자존심, 또는 호르몬을 정복하지 못하는 한 완전한 힘을 발휘할 수 없는 이야기가 얼마나 많은가. 〈아바타: 아앙의 전설〉에는 주코 왕자가 나오는, 시리즈를 통틀어 가장 놀라운 장면이 하나 있는데, 바로 그 장면이 이에 해당하는 예라고 볼 수 있다. 다음은 시즌3 11화 '암흑의 날 2: 일식The Day of Black Sun Part 2: The Eclipse'

에서 발췌한 것이다.

오자이: (냉정하게) 어쩌면. 이제 보니 반역죄에 추방은 너무나 도 가벼운 벌인 것 같아. (오자이는 두 눈을 감는다. 일식이 끝나기 시작하는 바깥 상황으로 장면이 서서히 바뀐다.) 너에겐 훨씬 혹독한 벌을 내릴 것이다.

화면은 일식이 끝나가는 모습을 잠시 비춘 뒤, 바로 오자이가 눈을 번쩍 뜨는 장면으로 돌아온다. 오자이는 돌연 번개를 생성해 주코에게 쏜다. 그 영향으로 주코는 몇 걸음 뒤로 밀려나지만 용케 되쏘고, 번개는 불의 제왕이자 주코의 아버지인 오자이에게로 다시 곧장 날아간다. 그에 따른 폭발로 오자이는 뒷벽으로 날아가 처박힌다. 바닥에 떨어진 오자이가 고개를 드는데, 얼굴이 분노로 일그러져 있으며, 그의 주변으로는 번개 공격의 여파로 화염이 일고 있다. 뒷벽의 깃발이 떨어지면서 이제 방 전체가 화면에 잡히는데, 주코가 이미 빠져나가고 없다는 사실이 드러난다.

이 장면이 나오기 전까지는 번개를 쏘는 것이든 되받아치는 것이든 간에 주코가 라이트닝 벤딩에 성공하는 모습이 나오지 않았다. 시즌2 9화 '벤딩 수련은 힘들어Bitter Work'에서 주코는 이런 말을 듣는다.

아이로: 마음의 혼란을 다스려야 라이트닝 벤딩을 할 수 있다. … 주코, 분노를 없애려면 먼저 수치심부터 떨쳐내야 해.

이후 '암흑의 날 2: 일식'에서 오랫동안 내면의 악마들과 씨름해온 주코는 폭력적인 아버지에 맞서 다음과 같이 말한다.

> 주코: 오랫동안 저는 아버지의 사랑을 받기를, 인정받기만을 바랐어요. 그게 제가 좇는 명예라고 생각했어요. 하지만 그냥 아버지를 기쁘게 하고 싶었던 것, 그 이상도 이하도 아니었어요. 고작 하지 말아야 할 말을 했다는 이유로 나를 추방한 아버지를 말이에요. (검을 자신의 아버지 쪽으로 겨눈다.) 열세 살 소년에 불과했던 제게 아그니 카이 결투에 임하라 하셨죠. (분노에 찬 듯한 오자이의 원 숏) 어떻게 어린 자식이랑 결투할 생각을 하실 수가 있죠? … 우린 세상을 공포의 시대로 몰아넣었어요. 세상이 망하길 바라지 않는다면 (주코의 원 숏) 평화와 우정의 시대로 바꿔야 해요.

이 대사에서 우리는 주코가 '마음의 혼란을 다스렸음'을 알 수 있다. 아버지로부터 학대를 받았다는 수치심을 떨쳐내고, 스스로 새로운 길을 선택했다. 인물호 위의 이 지점에 도달하자 주코는 '벤딩 수련은 힘들어' 편에서 암시됐듯 불의 제왕 오자이를 향해 번개를 되쏠 수 있게 됐다.

더 자세히 다루자면 이 의견과 관련해 주코는 원래부터 번개를 되쏠 수 있었고, 다만 생성하는 데 고전하고 있었을 뿐이라는 반론을 듣곤 한다. 이 두 편의 중요 에피소드를 그렇게 해석할 수도 있겠다는 생각은 들지만, 동의할 수는 없다. 이 순간이 되기 전까지는 주코가 번개를 되쏠 수 있는지 없는지 보여주는 장면이 없었으며, 나는 설령 주코가 시도했더라도 할 수 없었을 것이라고 생각한다. 수치심을 떨치고 아버지와의 대면으로 나아가는 주코의 인물호와 라이트닝 벤딩 기술을 마스터하는 것 사이의 관계는 우연으로 치부하기엔 너무나도 뚜렷하게 명시돼 있다. 작가들이 처음에는 주코가 번개를 생성해 오자이를 공격하는 방향으로 '암흑의 날 2: 일식' 편을 구상했을 수도 있다고는 생각한다. '벤딩 수련은 힘들어' 편의 대화를 엄밀히 해석했을 때 이 내용이 잘 맞아 들어가기도 한다. 하지만 '암흑의 날 2: 일식' 편에 이르러 논리적으로 주코가 힘을 잃은 상태인 아버지를 공격하도록 할 방법을 찾을 수 없었던 것이 아닐까 싶다. 그 결과, 번개를 생성해서 쏘는 대신 받아서 되쏘는 것으로 대체한 것이다. 번개 되쏘기는 본질적으로 다른 나라로부터 배운 기술을 응용한 것으로, 스스로의 이해에만 의존하는 능력이 아니다. 주코가 번개 되쏘기에 성공한 것은 그가 아바타 일행에 합류하기로 결심한 때다. 주코의 인물호를 번개 되쏘기 기술과 연결하지 않았다면, 아이로의 대사는 진부하고 별다른 결실로 이어지지 않는 무의미한 대사에 그쳤을 것이다. 심지어 애니메이션 이후의 이야기를 담은 코믹스에서도 주코는 번개를 생성하는 능력을 개발하지 못했기 때문이다. 또 주코가 아이로가 말한 내면의 긴장을 해소한 뒤라 번개 생성을 아예 시도하지 않았을 수도 있다. 이처럼 인물호와 마법 능력을 관련짓지 않았을 가능성은 낮아 보인다. '벤딩 수련은 힘들어'에서 계획된 주코의 인물호상 결정적 지점이 '암흑의 날 2: 일식'에서 나타난 것이라고 해석하는 쪽이 훨씬 응집력 있고 서사적으로 흥미롭다고 생각한다.

마법 체계를 인물의 성장과 함께 엮으면 인물이 고난을 극복하고 강해지는 것의 중요성이 강조되면서 인물호에 힘이 실린다. 신체적 힘의 증대가 정신적 성숙 같은 것들을 동반하도록 하는 것은 역사가 깊은 알레고리적 접근 방식이다. 《성배 탐색Quest del Saint Graal》을 보면 아서왕의 원탁에는 품성과 신체적 기량 전부 "다른 모든 기사를 뛰어넘는" 기사가 아닌 자가 앉으면 불에 타는 자리가 있다. 이 접근 방식에 따르면 마법적 기량도 인물의 성장에 보조적 역할을 하게 된다. 특히 〈아바타: 아앙의 전설〉과 같은 성장 이야기와 잘 맞는 접근 방식이라고 할 수 있는데, 그야 인물들이 자신의 힘과 스스로에 대해 깨우치는 과정을 그리는 것이 바로 성장 이야기이기 때문이다. 하지만 주의할 점이 있는데, 인물의 성격이나 힘의 변화가 중차대한 수준으로 벌어진다면, 그에 관한 전조도 사전에 확실히 나타나야 한다는 것이다. 그렇지 않으면 인물의 변화가 노력과 고생 없이 거저 얻은 것처럼 느껴질지도 모른다.

그래서 아래와 같은 경우에는 이 접근 방식을 쓰지 않는 게 좋다.

1. 주동 인물이 이미 처음부터 힘을 확보한 상태이거나, 인물이 한 개인으로서 선택하는 여정에 마법이 필연적으로 따르는 것을 작가로서 바라지 않는 경우라면 이 접근 방식은 별로 도움이 안 된다. 《엑스맨X-Men》의 진 그레이 이야기는 이 설정을 매력적으로 뒤집은 이야기라고 할 수 있다. 진 그레이는 온화한 인물로, 자신의 엄청난 어둠의 힘을 다소 두려워한다.
2. 이 접근 방식을 채택하면 작중 마법 체계가 소프트 마법 체계에 가

까워진다. 인물의 변화를 반영해 인물의 능력치를 결정해야 하는데, 인물의 변화는 수량화하기 까다롭기 때문이다. 그래서 단순히 주인공이 도덕적 면모를 드러내거나 어떤 깨달음에 이르는 순간에 필요한 마법을 수행할 수 있는 능력이 부여되기도 한다. 다른 인물들은 똑같은 행동을 해도 그 마법을 할 수 없지만 말이다. 주관적 성질이 훨씬 크게 작용하므로 자칫 잘못하면 작중 마법 체계의 외면적 규칙들은 뒷전으로 밀리기 십상이라고 할 수 있다. 따라서 만일 자신이 쓰고 싶은 이야기가 예측 가능한 하드 마법 체계 기반의 이야기라면 이 접근 방식은 무리가 있을지 모른다.

벤딩 마법 체계의 원리

대부분의 마법 체계와 마찬가지로 벤딩 기술도 하드 마법과 소프트 마법의 스펙트럼상에 위치해 있으며, 하드 마법으로 조금 더 치우친 상태에서 균형을 맞추고 있다. 이제 앞서 논의한 내용에 벤딩 체계를 비춰 보려 한다. 샌더슨 제1의 법칙을 다시 떠올려 보자.

> 마법으로 갈등을 해결하는 작가의 수완은 그 마법에 대한 독자의 이해도와 정비례한다.

〈아바타: 아앙의 전설〉 시리즈 전체에 걸쳐 벤딩 기술은 문제 해결을 위해 적잖게 사용된다. 그런데도 과하게 느껴지지 않는 까닭은 예측 가능성과 일관성 덕분이다. 등장인물들이 가용한 원소의 양과 상관없이 단순히 플롯상 필요에 따라 벤딩을 하거나 극단적인 벤딩 기술을 펼치지 않는다. 시청자는 아바타 일행에게 문제 상황이 닥쳤을 때 각 멤버가 어떤 능력을 발휘할 수 있는지 대략 이해하고 있다. 일관된 힘을 보여주지 않으면 독자는 '뭐야, 저 기술을 쓸 수 있으면서 아까는 왜 안 쓴 거지?'와 같은 궁금증에 빠지게 된다.

핵심은 인물이 문제를 해결해야 하는 상황에서 기술을 사용하지 않을 때는 명백한 이유가 따라 나와야 한다는 것이다. 예를 들어, 카타라는 도덕적 이유로 블러드 벤딩 기술을 거부한다. 이유가 항상 완벽하게 논리적이거나 이성적일 필요는 없다. 원래 사람들은 완벽하게 논리적이거나 이성적이지 않다. 미신, 개인의 도덕적 가치, 두려움, 걱정, 또는 단순히 어떤 기술보다 다른 기술을 사용하는 것을 더 좋아하기 때문일지도 모른다.

〈아바타: 아앙의 전설〉은 샌더슨 제2의 법칙도 꽤 철저하게 지키고 있다.

한계는 능력보다 중요하다.

첫 번째 에피소드를 보면 벤딩 체계에 여러 한계가 있다는 사실을 알 수 있다.

- 아바타를 제외하고는 한 가지 원소에 대한 벤딩 기술만 익히고 사용할 수 있다.

- 파이어 벤더가 아닌 한 아무것도 없는 상태에서 벤딩 기술을 쓸 수는 없다.
- 능력은 기술과 훈련 수준에 따라 제한된다.

그런데 〈아바타: 아앙의 전설〉의 주요 특징 한 가지는 피를 이용한 워터 벤딩, 금속을 이용한 어스 벤딩, 번개를 이용한 파이어 벤딩을 등장시키며 원소 간의 경계에 이의를 제기한다는 점이다. 이야기가 진행되면서 이 기술들은 인물들이 문제를 해결하는 데 중요한 능력이 되지만 결코 '짠! 마법사가 해결했어요!'처럼 느껴지지 않는데, 작가들이 오랜 시간을 들여 원소들 간의 경계가 허물어질 수 있다는 설정을 확립해뒀기 때문이다. 첫 화 '빙하 속의 소년, 아앙The Boy in the Iceberg'에서 워터 벤더들이 물의 연장선상에서 얼음도 조종할 수 있다는 사실이 드러난다. 시즌1 6화 '자유를 찾아서Imprisoned'에는 어스 벤더들이 흙의 연장선상에서 석탄을 조종할 수 있다는 점이 나온다. 그리고 시즌2 4화 '늪에 사는 넝쿨괴물The Swamp'에서는 워터 벤더들이 식물까지 벤딩할 수 있다는 사실이 드러난다. 인물들이 자신이 다루는 원소의 경계를 어떻게 확장할 수 있는지 알아낼 때, 시청자도 함께 알게 된다. 시즌3 7화 '도망자'에 이르러 워터 벤더들이 땀을 이용해 벤딩 기술을 사용하는 것은 논리적인 귀결이다.

아바타: 전설의 옥의 티

ϟ

나는 〈아바타: 아앙의 전설〉과 〈코라의 전설〉을 내 온 마음과 영혼, 차크라를 바쳐 좋아하지만, 이 두 시리즈가 마법 체계를 언제나 제대로 펼친 것은 아니다. 〈코라의 전설〉 시즌2에서 영혼 벤딩 및 에너지 벤딩과 관련해 벌어지는 내용이 그 예다. 시즌2 클라이맥스에서 코라는 아바타 정령인 라바가 자신에게서 분리된 후, 어둠의 아바타 우나바투를 막을 수 없다는 무력감에 휩싸인다. 텐진은 코라를 시간의 나무로 데려가, 사활이 걸린 순간에 지대한 영향을 끼친 격려를 건네며 대화를 나누고, 곧 수많은 일이 일어난다.

텐진: 자신이 누구라는 허상에 대한 집착을 버리고, 네 내면의 영혼과 연결돼야 해.

코라: 좀 전에 제가 한 말 못 들으셨어요? 라바는 사라졌다고요. 더 이상 라바의 영혼과 연결이 되지 않아요.

텐진: 라바 얘기를 하는 게 아니다. 라바는 네가 아니야. … 시간의 나무는 모든 것을 기억한단다. 코라, 네게서 가장 강한 부분은 라바의 영혼이 아니라, 네 내면의 영혼이야. 넌 언제나 강하고, 단호하고, 용감했어….

코라: 아바타 완.

텐진: 라바와 하나가 되기 전에 완은 그저 평범한 한 사람이었다.

코라: 하지만 완은 용감하고, 그리고 … 똑똑하고, 늘 힘없는

사람들을 지키기 위해 애썼어요.

텐진: 그렇단다. 완이 전설이 된 건 그의 사람됨 때문이지 그가 아바타였기 때문이 아니야. 완이 라바는 아니었고, 너도 마찬가지야.

코라: 공화국 도시의 사람들이 위험해요.

텐진: 네가 도와야 해, 코라.

코라: 어떻게요? 우린 너무 멀리 떨어져 있는 걸요.

텐진: 고대인들이 했던 것처럼 하면 돼. 우주의 장대한 에너지와 연결을 시도하는 거지. 원소들을 벤딩하는 것이 아니라, 네 안에 있는 에너지를 벤딩하는 거야.

첫째로, 이 내용에 나오는 전승 지식은 정말 이상하고 굉장히 불만스럽지만, 여기에서 다루기엔 무익한 것 같다. 둘째로, 이 대화 이후 코라가 개방하게 된, 강력한 영적 투사와 새로운 에너지 조종 능력을 포함한 전에 없던 능력들을 코라라는 인물의 성장과 연결하는 것은 무리가 있다. "용감하고, 그리고 … 똑똑하고, 늘 힘없는 사람들을 지키기 위해 애쓰는 사람"이 되는 것은 〈코라의 전설〉 시즌2가 다루는 코라의 투쟁이 아니다. 사실 이 내용은 시즌1에서 다뤄졌는데, 〈코라의 전설〉이 시즌별로 다른 인물호로 진행되기도 하거니와 서로 동떨어진 내용이라는 점을 감안하면 이미 지나간 인물호를 참조한 것은 좋은 스토리텔링이라고 할 수 없다. 코라는 분명 용감하고, 똑똑하며, 힘없는 사람들을 지키고자 하는 의지가 가득한 인물이다. 클라이맥스에서 다루고 있는 투쟁은 아마도 '라바가 없는 자기 자신'을 받아들이는 일일 것이다. 하지만 이 투쟁 또한 확연히 드러나지 않는다. 코라는 이제 겨우 라바가 누군지 알게 됐을 뿐으로, 그녀가 자기 자신을 평생 아바타로 규정해오긴 했지만, 이 투쟁은 시즌2에서 다루는 코라의 인물호의 초점이 아니었다.

셋째로, 끔찍한 비극을 겪은 지 한 시간도 채 지나지 않아 텐진의 잠깐의 격려로 이 사실을 받아들이고 환상적인 새 힘을 지니게 된 코라의 변화는 너무 쉽게 이루어진 것처럼 느껴진다. 코라는 시즌 내내 이를 넘어설 수 있도록 점진적으로 노력해 오지 않았다. 이 갈등은 본질적으로 시즌 마지막 화에서 소개됐으며, 마지막 화에서 해소됐다. 코라의 개인적 갈등을 해소하는 것과 시즌2 플롯의 중심이 되는 갈등 사이의 관계가 어떻게 봐도 약하다는 뜻이다.

넷째는, 우주의 장대한 에너지와 연결되는 것, 그리고 내면의 에너지를 벤딩하는 것에 관해 이야기한 텐진의 마지막 대사는 〈아바타: 아앙의 전설〉 마지막 에피소드의 에너지 벤딩을 떠올리게 하려는 의도인 것 같다. 에너지 벤딩은 아앙에게 벤딩 능력을 주거나 빼앗을 힘을 줬지만, 그 이상은 아니었다. 수수께끼에 싸인 능력임에도, 〈코라의 전설〉에서는 이 장면 이후에 어떤 일이 일어날지 알 수 있는 내용이 앞서 나온 바가 없다. 시청자는 궁금할 수밖에 없다. '코라는 왜 갑자기 거대해진 거지?', '언제 힘의 에너지 벤딩을 한 거지?', '영적 투사 상태라면 어떻게 다른 것들에 닿을 수 있는 거지?', '코라가 벤딩 능력으로… 이걸 한다고?' 등. 다시 말해, 이때 벤딩 마법 체계는 예측 가능성 및 일관성 없이 돌아간다. 즉 플롯상 갈등을 해소할 때 '짠! 마법사가 해결했어요!'처럼 느껴진다는 뜻이다.

다섯째, 봤을지 모르겠지만 이 장면에서 코라는 좁은 다리를 따라 자신의 커다란 영적 버전을 향해 걸어가는 모습이 나오는데, 이 이미지는 〈아바타: 아앙의 전설〉 시즌2에 나오는 이미지를 연상시키기 위한 것이다. 하지만 그러기엔 벤딩 체계상 묘하고 일관성이 없다. 〈아바타: 아앙의 전설〉에서 이 이미지는 깨달음을 얻고 아바타 상태를 완전히 통제하기에 이른 것에 대한 메타포였지, '내면의 영혼'과 연결되는 것에 대한 메타포가 아니었다. 두 장면은 상반된다고 봐도 무방할 정도다. 코라가 아바타 정령 없이 홀로 서는 법을 배우는 지점에서, 아앙은 아바타로서 자신의 역할을 완전히 받아들이고 있었다. 따라서 이 장면은 이미 확립돼 있는 내용과 일관되지 않으며, 시청자에게 코라가 플롯상 필요하기만 하면 그 어떤 힘이든 가질 수 있을 것 같은 인상을 준다.

근본적으로 코라가 이때 새롭게 얻은 능력들에는 흡족한 결말에 요구되는 확실성, 예측 가능성, 또는 일관성이 느껴지도록 하는 한계나 대가, 약점이 없다. 텐진과 함께 나오는 장면 전체가 이후의 내용을 정당화하기 위해 삽입된 것으로, 그것도 언뜻 심오한 듯하나 시청자에게 아무 의미도 없는 정신 부문 전문용어를 통해 정당화하려고 한다. 아마 2초 이상 쳐다보면 매지배블magibabble이라는 것을 알아차릴 것이다. 매지배블은 테크노배블technobabble*과 똑같지만, 마법에 관한 것을 가리킨다. 분명

* 보통 사람은 알기 어려운 컴퓨터나 최신 과학 기술 용어.

알려진 단어와 개념이지만 진짜로 어떤 의미를 갖고 작중 세계에서 사용된 것은 아니라는 말이다.

그러나 〈코라의 전설〉 시즌2 결말에는 이 모든 점보다 더 큰 문제가 있다. 이 예가 예측 불가능하고 제대로 구성되지 않은 소프트 마법의 예이긴 하지만, 텐진의 일장 연설과 그에 따라 코라에게 벌어지는 일들은 이야기의 주요 갈등, 즉 우나바투를 막는 일을 실제로 해결하지 못하기 때문이다. 단지 이후의 전투가 벌어지도록 조장할 뿐인데, 물론 소프트 마법으로 문제를 해결한 것이 잘못됐다는 이야기는 추호도 아니다.

코라는 공화국 도시로 텔레포트를 한 뒤 우나바투와 마지막 결전을 시작한다. 코라가 지기 직전에, 참으로 놀랍게도 하늘에서 그리스도가 지노라의 형상으로 내려와 '짠! 마법사가 해결했어요!'를 외친다. 패배가 확실해 보이는 순간 지노라가 갑자기 나타나 코라에게 라바를 되찾는 방법을 알려주는 것이다. 지노라는 왜 이렇게 할 수 있었을까? 이야기에서 지노라가 무언가 영적 힘을 지니고 있으며 코라의 영적 멘토라는 사실은 확립돼 있으나, 지노라가 지닌 능력의 한계는 거의 특정돼 있지 않은 상태였기 때문이다. 지노라가 이러한 일을 할 수 있으리라는 조짐은 전혀 없었다. 이때 지노라가 보여주는 힘은 〈코라의 전설〉 시즌2에 나오는 그 어떤 인물보다도 강력하며, 그가 그때까지 드러낸 모든 것을 넘어서는 힘이다. 라바가 바투 안에서 다시 생겨나리라는 것은 마찬가지로 확립돼 있던 사실이라, 뜻밖이라고 할 수 없다. 그러나 지노라와 코라는 연결 고리가 서사적으로 약하다. 이야기 속에서 마법으로 중대한 문제를 해결하는 작가의 능력은 독자가 그 마법을 얼마나 잘 이해하느냐에 비례하는데, 지노라의 힘에서는 사실상 그 어떤 대가도, 제한도, 예측 가능성도, 일관성도 찾아보기 어렵다.

바쁜 작가를 위한 n줄 요약

①

마법 체계는 홀로 존재할 수 없다. 작중 세계, 서사, 인물들과 어우러지도록 구성해야 한다.

②

마법 체계를 빼도 작중 세계에 변화가 없다면, 마법의 영향을 충분히 깊이 고려하지 않았을 가능성이 높다. 세계관 구축은 일방통행이 아니다. 마법 체계가 정치, 역사, 지리, 문화에 어떤 영향을 끼칠지만 생각할 것이 아니라, 이 요소들이 마법 체계에 어떤 영향을 주는지도 생각해야 한다.

③

마법 체계가 서사 속에서 인물들이 겪는 갈등을 어떤 식으로 일으키거나 변화시키는지 자세히 그리는 것도 흥미롭다. 내가 만들어낸 마법 체계는 내 이야기만의 독특한 갈등 원인이므로, 작가로서 십분 활용해야 한다.

④

마법 체계를 인물의 성장과 엮으면 인물이 고난을 극복하고 강해지는 것의 중요성이 강조되면서 인물호에 힘이 실린다. 이 접근 방식을 따르면 마법적 기량이 인물의 성장에 보조적 역할을 하게 된다. 인물의 성격이나 힘의 변화가 급격하게 일어날 때는 그에 관한 전조도 사전에 확실히 나타나야 하는데, 그렇지 않으면 노력과 고생 없이 거저 얻은 것처럼 느껴질 수 있다. 한편, 완전한 하드 마법 체계를 그리려 하거나 인물의 힘이 인물호와 같이 움직이길 바라지 않는 경우라면 아마 이 접근 방식이 맞지 않을 것이다.

5

매지배블이란 등장인물이 그다지 의미 없는 말을 쓸데없이 많이 하는 부분인데, 그렇다고 작가가 스스로를 궁지로 몰아넣고 만 나쁜 글을 감춰주지도 않는다.

4장

종교는 도구다

H. P. 러브크래프트 — H. P. Lovecraft
《크툴루 신화》 — Cthulu Mythos

J. R. R. 톨킨 — J. R. R. Tolkien
〈신화 창조〉 — Mythopoeia

닐 게이먼 — Neil Gaiman
《신들의 전쟁》 — American Gods

데이비드 에딩스 — David Eddings
《엘레니움》 시리즈 — Elenium

릭 라이어던 — Rick Riordan
《올림포스 영웅전》 시리즈 — The Heroes of Olympus

마거릿 와이스 — Margaret Weis
트레이시 히크먼 — Tracy Hickman
《드래곤랜스》 시리즈 — The Dragonlance

마이클 디마르티노 — Michael DiMartino
브라이언 코니에츠코 — Bryan Konietzko
〈아바타: 아앙의 전설〉 — Avatar: The Last Airbender

미야자키 하야오 — 宮崎駿
〈모노노케 히메〉 — もののけ姫

베데스다 — Bethesda
〈엘더스크롤〉 시리즈 — The Elder Scrolls

브랜던 샌더슨 — Brandon Sanderson
《왕의 길》 — The Way of Kings

세라 모넷 — Sarah Monette
《고블린 엠페러》 — The Goblin Emperor

아라카와 히로무 — 荒川弘
《강철의 연금술사》 — 鋼の錬金術師

에릭 크립키 — Eric Kripke
〈수퍼내추럴〉 — Supernatural

조지 R. R. 마틴 — George R. R. Martin
《얼음과 불의 노래》 시리즈 — A Song of Ice and Fire

테리 프래쳇 — Terry Pratchett
《작은 신들》 — Small Gods

흥미롭고 복잡한 종교를 중심으로 이야기를 펼치는 것은 판타지 장르의 주요 특성 중 하나로, 이번 장에서는 다수의 신이 존재하는 다신교를 중점적으로 살펴보려고 한다. 서양 종교에서는 그리스 신화와 북유럽 신화, 동양 종교에서는 힌두교와 일본의 신도를 예로 들 수 있다. 종교, 종교의 경향, 역사에서 종교가 차지하는 위치 등을 논의할 텐데, 내가 이 지면에서 일반화하는 모든 내용에 대해 여러분이 신중히 접근해주기를 바라는 바다. 각 부분은 유튜브 영상의 대본을 각색한 것으로, 간결하고도 중립적이고 사실적인 태도를 유지하려고 노력했다. 무엇보다도 자신만의 종교 세계를 창조할 수 있도록 다른 책들을 많이 읽어보기를 권한다. 지금부터 이 복잡한 주제를 12개의 요점으로 나눠 살펴보자.

믿거나 이해하거나

작중 종교를 창조하고자 하는 대다수 작가가 종교에 모종의 믿음이 필요하다는 사실은 잘 안다. 그러나 종교 철학을 구상할 때 더욱 중요한 것이 한 가지 있다. 바로 종교가 복잡하다는 점을 이해하는 것이다. 모든 종교에는 고유한 형태의 믿음, 가치, 또는 철학이 있다. 그리고 작가들이 작중 종교를 창조할 때 참고하는 대다수 자료가 종교라면 다음의 세 가지 질문에 '반드시' 답할 수 있어야 한다고 강조하고 있는 것 같다.

- 세상은 어떻게 생겨났는가?
- 우리는 서로를 어떻게 대우해야 하는가?
- 우리는 죽으면 어떻게 되는가?

크리스트교에 따르면 하느님이 천지를 창조했으며, 우리는 다른 사람에게 대접받고자 하는 대로 다른 사람을 대접해야 하고, 죽으면 천국 또는 지옥에 간다. 분명히 말하는데, 이 질문들은 작중 종교를 창조하기 위한 요건이 아니다. 종교에 대한 이러한 접근 방식은 굉장히 환원주의적이며, 유감스럽게도 유럽 중심주의적인 것이라고 할 수 있다. 조지 R. R. 마틴의 《얼음과 불의 노래》 시리즈에서 다면신을 믿는 종교를 보면 죽음이 저주가 아니라 자비라는 신조는 있다. 그러나 세상이 어떻게 만들어졌는지, 우리가 죽으면 어디로 가는지에 관한 내용은 아예 없고, 다른 사람을 어떻게 대해야 하는가에 관해서도 그다지 언급하지 않는다. 이 세 가지 질문에 대해 답해주는 바가 거의 없지만, 그럼에도 《얼음과 불의 노래》 시리즈에 나오는 종교는 무척 흥미롭다.

현실 세계의 수많은 종교가 이 세 가지 질문에 초점을 맞추고 있는 것은 사실이지만, 그렇다고 해서 작품 속 허구적 종교가 이 질문 모두 또는 일부에 대한 답을 내놓아야 하는 것은 아니다. 이 중 한 가지 질문에만 치중하거나 완전히 상관없는 다른 질문에 치중해도 된다. 종교란 이 세 질문에 국한된 것이 아니다. 이렇게 국한해서는 마치 작가가 정해진 서식의 빈칸을 차례차례 채워 넣은 듯, 짜깁기한 느낌을 줄 수도 있는데, 그런 사태가 벌어지지 않기를 바란다.

종교는 하나여도 믿음은 여러 개

위의 세 질문에 답을 해주든 말든, 어쨌든 작중 종교의 믿음체계에 그 종교의 모든 신자가 동의하지는 않을 것이다. 이 점은 세계관 구축에 중요한 역할을 한다. 그 이유는 종교 교리에 대한 해석의 차이, 특정 예언자를 수용하는지 부정하는지 여부, 집단에 따라 강조하는 가치의 차이, 그 밖에도 여러 가지가 있다. 신이 직접 내려와 자기 뜻을 설파한다 해도, 모든 사람이 똑같은 메시지를 전해 받을 가능성은 사실상 전무하다.

다신교는 본성상 더욱 복잡하다. 신들은 보통 저마다 다른 원칙, 가치, 사상을 대변하므로, 신도들이 어떤 신과 어떤 가치를 따르느냐에 따라 자연스럽게 여러 집단으로 나뉘기 때문이다. 《드래곤랜스》 시리즈에서 마지어는 믿음과 명상의 신인 한편, 키리졸리스는 용기와 영웅 정신의 신이다. 《드래곤랜스》 세계 속에는 단일 종교 기관이나 단일 종교 권위체, 단일 종교 집단이 없다. 대신 마지어는 대체로 수도승과 사제인 소수의 추종

자를 거느리고 있으며, 키리졸리스는 대부분이 전사인 커다란 추종 세력이 있다. 《드래곤랜스》 세계 속에서는 종교와 경제가 서로 결부돼 있기도 하다. 앤살론 대륙은 자주 전쟁과 물리적 충돌에 시달린다. 많은 사람이 군인으로 복무하고 있다는 사실은 전사의 신이 큰 영향력을 행사한다는 뜻이 된다. 그리고 각 종파 내에서도 각자의 신에 대해 다르게 해석하는 사람이 없다고 누가 확신할 수 있을까?

작가가 창조한 허구적 사회가 무엇을 가치 있게 여기는지에 따라, 각자의 판테온 내에서도 더욱 중요하게 숭배받는 신이 있을 것이다. 그리고 그런 신을 모시는 집단일수록 더욱 커다란 정치권력, 문화 자본, 금권을 행사할 테고, 그 집단의 제도적 전통과 관행은 사회에 뿌리 깊게 박혀 있을 것이다.

그런데 사회에서 어떤 가치가, 그리고 그에 따라 어떤 신이 더 극진한 대접을 받도록 이끄는 요인은 무엇일까? 이는 지혜나 용기같이 작중 사회가 도덕적으로 중시하는 것이 무엇인가로 단순히 설명되는 경우가 많다. 스파르타에서 따온 '전사 문명' 설정을 사용한 작품의 경우 특히 더 그렇다. 하지만 우리는 종교가 그보다 훨씬 복잡하다는 것을 역사를 통해 안다. 그런 점에서 〈아바타: 아앙의 전설〉 신화는 이 부분을 굉장히 잘 처리했다.

지리와 믿음의 관계

어떤 신이 더 추앙받는 데는 특정 지역이 사람들이 살기 어려운 까닭과 관련 있을 때가 많다. 〈아바타: 아앙의 전설〉 시즌3

3화 '호랑나비 여신The Painted Lady'에 나오는 작은 마을은 어업 마을로, 장 후이 강에 생계를 전적으로 의존하고 있었다. 그래서 마을 사람들은 장 후이 강을 지키는 깨끗한 강물의 정령인 호랑나비 여신을 다른 신들보다 더욱 우러른다. 이집트는 대체로 건조하고 메마른 지역으로, 고대 다신교 시대에 사람들은 나일강의 신 하피를 숭배했는데, 하피가 매년 이 지역의 풍작과 충분한 수자원 확보를 좌우하는 나일강의 범람을 관장하고 있었기 때문이다. 흔히 명예, 용맹, 공동체 같은 원대하나 추상적인 사회적 덕목 또는 지고한 선에 초점을 맞추기 십상이지만, 보통의 농민들은 그런 것들보다는 가족을 먹여 살릴 수 있는지에 더 신경을 쓴다. 명예의 신에게 헌신할 때보다 숲의 신에게 헌신할 때 더 많은 것이 보장된다면 이들은 당연히 숲의 신에게 헌신할 것이다. 이들 개인의 현실적 필요가 숲의 신과 더욱 크게 연관돼 있을 뿐 아니라, 숲의 신의 권능을 고려할 때 숲의 신을 섬기는 교리를 받아들이는 편이 자신들이 추구하는 목표를 성취하는 데 훨씬 동기 부여도 되기 때문이다. 어떤 사회가 어느 한 신을 유난히 섬기는 것은 대개 이런 까닭이다.

경제와 믿음의 관계

고대 중국 신화에서는 비단 교역의 성공이 민족의 번영과 궤를 같이함에 따라 잠신, 즉 누에의 신이 중요하게 자리 잡았다. 누에를 신격화해야 한다는 결론에 이르렀던 것이다.

문화와 믿음의 관계

〈아바타: 아앙의 전설〉에서 물의 부족은 달의 영혼과 바다의 영혼을 숭배한다. 이 영혼들은 물의 부족에게 워터 벤딩 능력을 줬으며, 물의 부족 종교 철학에서 중요한 것들, 즉 균형, 음양의 조화, 협력의 가치의 현현이기 때문이다. 다양한 에피소드에서 물의 부족이 공동체를 얼마나 중시하는지, 그리고 이 영혼들이 물의 부족을 얼마나 잘 반영하고 있는지 드러난다.

어떤 사회 내에서 집단에 따라 같은 신을 서로 다르게 해석하는 모습을 그리면, 신들의 변형과 사회 내의 문화적 다양성을 동시에 보여줄 수도 있다. 설령 신화 내적으로는 큰 입지를 지닌 신이 아닐지라도, 정치, 경제, 지리적 이유로 인해 어떤 사회에서는 여러 신 중 몇몇 신이 특별히 더 강조되거나 숭배받기도 한다. 신들을 이끄는 우두머리 격의 신이 분명 있겠지만, 그 신이 아닌 다른 신이 어떤 민족에게는 더 중요할 수도 있는 것이다. 종교를 바탕으로 사회의 모습을 그리듯, 종교의 형태를 결정할 때 사회를 참고하는 것도 좋은 방법이다.

그렇다면 작중 종교를 창조할 때 종파는 얼마나 다양하게 구성해야 할까? 이때 기본적으로 생각해야 할 요소는 세 가지다.

- 영토
- 신도 수
- 종교의 역사

영토가 작을수록 종파가 많을 가능성도 낮다. 한곳에서 서로 다른 해석이 둘 다 득세하기가 어렵기 때문이다. 크리스트교의 분열이 지리적 분열의 양상을 띠는 것도 이러한 까닭이다. 개신교는 북유럽을, 가톨릭교는 남유럽을, 그리고 정교회가 동유럽을 확고히 장악했다. 마찬가지로 신도가 적을수록 중심 교리와 가치에 대해 모든 사람이 합의를 이룰 가능성이 크다. 설득을 시도해볼 사람 자체가 적고, 동조하는 사람이 거의 없는 상황에서 다른 분파를 만들어 갈라져 나가기란 하늘의 별 따기다.

흔히 신생 종교라고 하면 도전받고 변화할 일이 적었을 것이라는 사실을 먼저 떠올리곤 하는데, 한 가지 짚고 넘어가야 할 부분이 있다. 종교는 불확실성과 함께 시작된다는 것이다. 종교 또한 발생하는 시점에서는 명쾌하게 판단되거나 지시되지 않은 것들에 관해 알아내야 한다. 아직 형성 과정에 있다는 표현이 딱 들어맞는 상황이라고 할 수 있다. 초기 크리스트교에는 믿음의 내용을 모두 모아 기록한 성경이 없었으며, 엄정한 구조를 확립하기 위한 중앙 제도적 권위도 부족했다. 작품에 '이웃을 내 몸처럼 사랑하라' 같은 가치를 중심으로 탄생한 신생 종교를 집어넣으려고 하는데, 권위 체계는 물론 이 조직이 어떤 권한, 해석, 종교적 권능을 가졌는지까지 벌써 다 갖춘 것으로 그린다면? 오래된 종교일수록 이러한 것들을 고안해낼 시간이 더 많았다. '반드시' 그랬을 것이라는 뜻은 아니지만, 기회가 훨씬 많았던 것은 틀림없다.

선교사 없는 다신교의 포교 비밀?

다신교가 어떻게 전파되는가 하는 질문에는 확신을 갖고 대답하기가 어렵다. 많은 다신교가 널리 퍼지지 않았거나 개중에 특히 번성한 지역에서는 믿음과 관행에 대한 기록을 별로 남기지 않았기 때문이다. 따라서 다신교가 '어떻게' 전파되는지는 분명한 근거를 가지고 일반화하기가 어렵다. 이야기 속에서 종교가 '무조건' 퍼져야 한다는 뜻은, 적어도 '복음을 전파한다'라는 미명 아래 퍼져야 한다는 뜻은 아니다. 개종은 크리스트교에서만 뿌리를 내린 비교적 새로운 종교 경향이다. 현재 크리스트교는 전 세계적으로 우위를 차지하고 있어서 종교가 어떻게 퍼지는지를 알고 싶을 때 크리스트교를 예로 들기 쉽다. 하지만 크리스트교의 관점을 통해 이해할 수밖에 없으므로 합당한 예라고 할 수 없다. 많은 다신교가 개종을 요구하지 않았으며, 개종을 윤리적 행위로 보지 않았다. 자신들의 종교는 진실이고 다른 종교들은 거짓이라고 여겼을지는 모르지만, 이들의 교리는 대개 신도들에게 믿음을 전파하도록 격려하지는 않았다. 대신 믿음을 사회에 통합되기 위한 요건으로 상정했다.

그런데 개종에 크게 의존하지 않았음에도, 다신교들도 때때로 퍼져나갔다. 간단한 예는 로마 신화에 나오는 전쟁의 신이자 딩켈 밀*과 밀접한 관련이 있는 신 퀴리누스다. 퀴리누스는 원래 로마에 인접해 있던 사빈족의 신으로, 사빈족은 로마와의

* 밀의 한 종류.

전쟁에서 졌다. 사빈족 사람들은 고대 로마 공화국에 흡수됐는데, 이때 이들의 퀴리누스 신앙이 로마를 세운 로물루스 왕의 이야기와 합쳐지며 초기 로마 신화의 일부가 된 것이다.

다른 부족 사람들에게 기존 신앙을 전적으로 부인하도록 요구하는 대신, 그들이 새로운 판테온에서 자기 신들의 새로운 자리를 찾을 수 있도록 그 부족의 신과 신앙을 통합시키면 다른 부족 사람들을 훨씬 부드럽게 자신들의 다신교 신앙으로 융화할 수 있다. 이미 수많은 신이 있다면, 특히 시간의 흐름에 따라 신의 수가 변동되기도 해왔다면, 기존의 신도들도 다른 부족 사람들과 그들의 신을 자연스럽게 받아들일 수 있다. 이와 달리 둘이나 셋 정도로 적은 수의 신만 있는 다신교라면 신도들은 이 신들을 유일한 신들이라고 믿는 경향이 강할 것이고, 따라서 새로운 신을 추가하기 어려울 수 있다.

종교와 문화

작중 세계에 관한 정보를 설명을 줄줄 늘어놓지 않으며 어떻게 전달할 것인가는 까다로운 문제인데, 여기에 훌륭한 방법이 있다. 바로 보통 사람들이 살아가는 일상에 녹여내는 것이다. 그리고 그것이 문화다. 예를 들어, 누군가 옆에서 재채기를 하면 '신의 가호를bless you' 하고 말하는데, 과거에는 종교적 의미를 띠었으나 오늘날에는 실질적 가치가 거의 없는 말이다. 어쨌든 사람들은 이 관습을 따르고 있다.

브랜던 샌더슨의 《왕의 길》에 나오는 보리니즘은 남녀의 역할을 엄격하게 구분하는 종교로, 남성은 지도자, 전사가 돼야 하고, 여성은 학자, 예술가가 될 수 있다. 그래서 남성은 읽고 쓰는 것이 허락되지 않으며, 여성만 읽고 쓸 수 있다. 이에 따라 나타나는 주요 현상 중 하나는 작중 학계를 여성이 지배하고 있다는 것이다. 여성만 역사, 수학, 과학을 배울 수 있으며, 이 사실은 경제뿐 아니라 젠더와 관련된 정치권력의 역학 관계에도 커다란 영향을 미친다. 여성들은 기술자이자 정치적 조언자고, 사회의 혁신가며, 부유한 지위를 누린다. 또한 보리니즘은 정숙함에 큰 중점을 둬서, 여성들은 '세이프 핸드'에 장갑을 껴야 한다. 그리고 여성의 장갑 속을 보는 것은 사회적 관습에 어긋난다. 《왕의 길》에서 더 중요한 것은 일반 시민들이 보리니즘의 복잡한 경전과 수많은 예배 의식에 대해, 이 종교가 지닌 미묘한 의미에 대해 제대로 이해하지 못한다는 것이다. 그러거나 말거나 보리니즘 교리는 그들의 일상을 지배하고 있으며, 그들이 취하는 자세, 그들이 말하는 내용, 그들이 아침에 하는 행동은 한 마디 설명 없이도 보리니즘의 요체가 이들의 정신에 스미고 몸에 배어 있다는 사실을 보여준다.

다신교하에서는 신도들이 어떤 신을 섬기는지에 따라 저마다 다른 일상을 영위하는 모습을 그리는 것도 재미있을 것이다. 다신교가 인간의 일상생활에 어떤 작용을 하는지는 해당 종교에 대한 비용 편익 분석 결과일 때가 많다. 무엇을 포기하고, 무엇을 얻는가? 얻는 것은 끝없는 생명, 또는 끝없는 식량, 그리고 포기하는 것은 자식의 목숨이 될지도 모르겠다. 보통 종교는 사람들이 일반적으로 소중히 여기는 것, 기꺼이 포기할 의사가 있는 것, 얻기 위해서라면 흔쾌히 해당 신을 향해 예배를 지속할 의사가 있는 것들을 중심으로 비용 편익이 구성된다. 구체적으로 어떤 것이 될지는 사회, 지역, 연령에 따라 달라질 것이다.

종교와 마법 체계

판타지 세계에는 대개 마법 체계가 존재한다. 그리고 마법 체계는 다신교와 연결된 경우가 비일비재하다. 《얼음과 불의 노래》 시리즈처럼 신들이 실재하는지 알 수 없지만 마법의 힘이 신들을 통해 발휘되는 것처럼 보이는 작품들도 마찬가지다. 데이비드 에딩스의 《엘레니움》 시리즈처럼 신이 실존하며 사람들과 소통하는 세계라면, 마법이 신으로부터 직접 부여받은 권능으로서 신성시되는 것이 일반적이다. 다신교에서는 대체로 신들이 저마다 생명, 죽음, 불, 또는 자연을 관장하는 식으로 권력을 나눠 갖고 있다. 그리고 인물이 어느 신을 숭배하는지, 어느 신과 접촉하는지에 따라 특정 종류의 마법을 얻게 된다. 다신교는 앞에서 논의한 마법의 한계, 비용, 약점을 설정하는 데 훌륭한 수단이 된다. 신의 힘을 사용하기 때문에 신의 약점 또한 감당해야 할 수도 있고, 신이 인간에게 주는 힘의 양을 제한할 수도 있다. 또 마법을 쓰는 대가로 영혼을 내놓는 등 힘을 얻으려면 신과 협상을 해야 할지도 모르는데, 〈수퍼내추럴〉을 비롯해 여러 작품에서 발견되는 설정이다. 또 신이 작중 세계의 마법 체계를 통제할 경우, 마법이 신의 결정과 기분에 달려 있게 된다. 변덕스러운 신이라면 일관되고 신뢰할 수 있는 마법 체계를 기대하기란 어렵다고 봐야 하겠다. 또 신과 마법이 희생 관계로 묶여 있을 수도 있다. 신성 마법을 이용해 만들어낼 수 있는 설정은 무궁무진하다.

종교와 정치

종교와 정치는 오랫동안 복잡한 관계를 이어왔다. 하지만 여기에서는 다신교 세계관 구축과 특별히 관련이 있는 몇 가지 요인에만 초점을 맞추려고 한다. 먼저, 종교는 정치권력을 정당화하는 수단으로 종종 쓰여왔다. 중국에서는 황제가 하늘의 명을 받아 따라 나라를 다스린다고 여겼다. 둘째로, 종교는 정치권력과 충돌하기도 한다. 1077년에 벌어진 서임권 논쟁이 대표적인데, 교황 그레고리오 7세와 신성 로마 제국 황제 하인리히 4세가 주교를 임명하는 서임권을 둘러싸고 정면으로 맞선 사건이다. 하인리히 4세는 눈보라를 맞으며 힘든 길을 넘어 교황에게 가서 사면을 받기 위해 간청해야 했다.

이와 대조적으로, 다신교 사회에서는 정치권력이 정당성을 확보하는 데 그다지 종교에 의존하지 않는 경우가 많다. 일신교 사회에서처럼 종교가 정치권력에 도전하지도 않는다. 다신교하에서는 종교 권력이 분산되는 경향이 있기 때문이다. 물론 이는 일반화된 진술이다. 앞으로 나오는 자세한 까닭들로 인해 이러한 '경향'이 나타나는 것은 사실이지만, 다신교하에서 강력한 종교 권력을 행사한 인물들도 없지 않았으므로 절대적인 규칙으로 여기는 것은 오류가 될 수 있다. 예컨대 파라오들은 보통 이집트 신들을 내세워 정통성을 확립했는데, 신의 화신으로서 군림하기도 하고 신으로부터 축복을 받았음을 공표하기도 했다. 한편, 고대 로마 사회에서는 특별히 정치적인 지위는 아니었지만 신관장인 폰티펙스 막시무스가 막강한 지위를 누렸으며, 세속의 지도자가 부재한 상황에서는 더욱 큰 영향력을 행사하곤 했다.

어쨌든 다신교하에서는 일단 다른 신들에 비해 어느 한 신이나 몇몇 신만을 특별히 숭배하는 작은 파벌들로 조직이 나뉘는 것이 일반적이다. 왕이든 황제든, 정치권력이 미치는 범위는 나라 전체에 이른다. 일신교가 다신교보다 드물긴 하지만, 역사적으로 볼 때 어떤 땅의 정치권력에 도전하기에 충분한 지지, 재정적 여력, 지리적으로 광범위하게 뿌리내린 행정 체계를 확보했던 세력은 대체로 일신교 또는 소수 종파의 연합체였다. 이 때문에 종교 권력이 세속 권력을 승인하는 크리스트교, 이슬람교, 유대교, 조로아스터교가 그랬듯 두 종파가 일정한 통합을 이루기도 한다.

반대로 앞에서 언급했듯 저마다의 위계가 있는 다신교의 작은 파벌들은 정치권력에 도전하기에 충분한 지지, 재정적 여력, 지리적으로 광범위한 행정 체계를 확보할 가능성이 낮다. 중앙 집권적 권력이 존재하는 경우가 많지 않기 때문이다. 좁은 지역과 소도시에서 영향력을 행사하는 것은 종교 내의 작은 파벌이라고 볼 수 있다. 아테네와 스파르타는 둘 다 모든 그리스 신을 받들었다. 그런데 아테네는 아테나를 중점적으로 섬기며 지혜를 강조한 반면, 스파르타는 아폴론과 아르테미스에 중점을 두며 사냥, 시, 궁술을 강조했다. 아레스도 대단한 위치를 차지하고 있었다. 하지만 앞서 말했듯 종교에서 정말 중대한 것은 하루하루를 살아가는 평범한 농민들의 관심사다. 따라서 이들은 태양과 음악의 신인 아폴론, 그리고 식량을 얻는 수단이 되는 사냥의 여신인 아르테미스를 아레스보다 훨씬 중요하게 여겼다.

종교와 경제

《얼음과 불의 노래》 시리즈에서 칠신교는 경제적 안전망을 제공하기도 한다. 이 종교는 가톨릭교의 단순한 버전이라고 보면 이해하기 쉬운데, 브리엔느가 칠신교의 성소에서 겪는 일이나 대장 참새의 행적을 비롯한 여러 내용을 통해 알 수 있다. 칠신교의 이러한 경제적 역할에 미뤄 독자는 칠신교가 인간애와 빈민 구제를 중시하고 무절제를 경계하며 정의에 대한 믿음이 강하다는 사실을 짐작한다.

다신교하에서는 신도들이 어떤 가치와 신을 강조하느냐에 따라 파벌이 나뉘게 마련이다. 이때 온갖 신과 그들이 주관하는 이치를 작중 사회에 구현하는 방법 한 가지는 이 신들이 경제 부문에서 서로 얼마나 다른 역할을 하고 있는지를 그리는 것이다. 전사의 신을 따르는 파벌은 마을을 지키기 위해 그 지역 민병대를 조직하고, 심판의 신을 따르는 파벌은 그곳에서 재판소를 운영하고, 상업의 신을 따르는 파벌은 돈이 필요한 사람들에게 돈을 빌려주는 일을 하는 식으로 말이다. 칠신교를 다시 예로 들자면, 엄밀히 말해 칠신교는 일신교로, 신의 일곱 가지 서로 다른 측면이 사회에서 저마다의 역할을 한다. 전사의 아들들은 이교도의 공격을 방어하며 칠신교의 믿음과 신도들을 지킨다. 그리고 신의 '이방인으로서의 측면'을 섬기는 침묵의 자매들은 죽은 이와 병든 이, 죽어가는 이들을 돌본다. 다신교의 파벌들에게 사회적, 경제적으로 각자 다른 역할을 부여하면 노골적으로 설명하지 않고도 각 신이 표방하는 가치와 믿음을 드러낼 수 있다. 그리고 이것이 바로 '말하지 않고 보여주는' 방법이다.

신화와 서사적 긴장을 동시에 창조하기

1931년에 J. R. R. 톨킨은 자신이 참여하고 있던 문학 클럽 잉클린스를 위해 시를 한 편 썼다. 이 클럽에는 또 다른 뛰어난 판타지 작가 C. S. 루이스도 있었다. 〈신화 창조〉라는 이 시는 다른 이야기들을 토대로 하거나 완전히 새롭게 신화를 창조하는 것, 그리고 이 허구의 신화를 바탕으로 이야기를 짓는 것에 관한 내용이다. 톨킨의 가운데 땅 이야기는 가상의 신화적 근간을 바탕으로 쓰인 것으로, H. P. 러브크래프트 같은 작가들의 작품도 마찬가지다. 톨킨의 시에 따른 정의가 신화 창조의 기본 정의지만, 근래에는 이 용어가 신들이 숭배, 기도를 비롯한 추종자들의 관심으로부터 힘을 얻고, 그에 따라 힘이 강해지거나 약해지곤 하는 문학의 한 양식을 가리키는 뜻으로 쓰이곤 한다. 이는 나도 마이클 커크브라이드Michael Kirkbride가 시나리오 작가로서 〈엘더스크롤〉 시리즈를 위해 만들어낸 신화를 보고 알게 된 사실이다. 〈엘더스크롤〉 시리즈는 그가 창조한 신화를 훌륭하게 구현하고 있다. 매력적인 신화적 가상 세계에 관심이 있는 모든 사람에게 강력히 추천하고 싶은 작품이다.

사람들이 양을 제물로 바치는 횟수가 예전보다 줄었기 때문에, 의욕을 잃고, 점점 뚱뚱해지고, 쉽게 지치는 제우스를 상상할 수 있다면, 그것은 우리 시대의 신화다. 닐 게이먼의 《신들의 전쟁》이 이러한 신화를 그린 완벽한 예다. 이 작품에서는 오딘이나 로키 같은 옛 신들이 죽어가고, 인터넷의 신 같은 새 신들이 득세한다. 사람들이 옛 신보다 새 신을 더 신봉하기 때문이다. 이런 설정은 작중 세계가 일신교 세계일 때는 덜 쓰인다. 일신교의 신은 대체로 전지전능하며 모든 곳에 있는, 확실히 '신 같은 신'이기 때문이다. 약화될 수 있는 신이라면, 유일신일 까닭이 없지 않을까?

따라서 이런 설정은 다신교를 중심으로 흘러가는 서사에서 갈등의 소재로 자주 사용된다. 테리 프래쳇의 환상적인 작품 《작은 신들》에서 신들은 각자 자신의 힘을 지키고 끌어올리기 위해 자기 신도들에게 다른 신들의 권위를 깎아내리라고 부추긴다. 같은 판테온에 올라 있는 신들이라 할지라도 예외 없이 말이다. 반대로 만약 자신들의 신이 죽는 것을 두려워하는 사람들이라면, 이들은 자연스럽게 어떻게 해야 더 많은 신도를 모으고 더 많은 희생, 더 많은 숭배를 이끌어낼 수 있을지 고민하게 될까? 전쟁의 신이라고 해서 간단히 폭력을 이용해 살아남는 식이라면 문제가 될 수 있다. 신들이 사람들의 신앙심에 죽고 사는 상황이라면, 그 때문에 저마다 다른 신을 섬기는 여러 파벌 간에 어떤 일이 벌어질지 궁리해 보는 것도 좋다.

또 다른 차원에서 보자면, 작가가 창조하는 신화 속에서 신들은 사람들의 신앙에 존폐가 걸렸을 뿐 아니라, 신도들이 어떤 신이라고 믿느냐에 따라 모습이 변화할 수도 있을 것이다. 릭 라이어던의 《올림포스 영웅전》 시리즈에서는 신이 어떤 모습인지를 두고 상충되는 믿음을 지닌 두 집단이 다툰다. 이 문제는 신들에게 말 그대로 정신 이상을 일으켜 그들이 개입할 수도 없게 만들고, 이야기의 흐름과 사람들에게 즉각적으로 영향을 미친다. 이 시리즈의 결말에 대해서는 불만족스럽다고밖에 못 하겠다.

잘 먹히는 신화의 모델

작가는 자연스럽게 현실에서 보고 이해한 것들을 바탕으로 이야기 속 가상 세계에 사실감을 더하려 한다. 이 때문에 작중 다신교 종교를 창조할 때 많은 사람에게 익숙한 그리스, 로마, 북유럽 신화 같은 다신교적 신화들에 나타나 있는 구조를 모델로 삼기 십상이다. 다른 다신교적 신화들은 기록이 별로 없어 어떤 구조를 띠었는지 잘 알려져 있지 않기 때문에 더욱 그렇다. 위의 신화들을 본떠 만들어진 이야기는 수없이 많지만, 그중에서도 특히 자주 쓰이는 설정 세 가지는 다음과 같다.

- 세대에서 세대로 이어지는 신화를 기반으로 한다.
- 남편, 아내, 아들, 딸 등이 있는 가족이 등장한다.
- 신들이 매우 인간적으로 행동한다.

일본 신도, 북유럽 신화, 히타이트 신화, 그리스 신화, 아즈텍 신화, 에트루리아 신화를 비롯해 아주 많은 신화가 이러한 형태를 지니고 있다. 물론 이 설정들을 활용해도 되지만, 다신교인지 일신교인지, 또는 이신교, 애니미즘, 샤머니즘, 조상 숭배인지 관계없이 여러 종교 모델에서 발견되는 특성을 참고하면 작품에 차별점을 둘 수 있을 것이다. 브랜던 샌더슨 작품들의 토대를 이루고 있는 코스미어는 일신교와 다신교가 혼합된 흥미로운 형태다. 원래부터 존재하던 하나의 신이 열여섯의 신으로 나뉘었다는 설정으로, 이들은 개개의 신이기도 하면서 더 큰 전체 중 일부이기도 하다. 톨킨의 신화에서는 에루 일루바타르가 유일신 격인 단 하나의 진정한 신이지만, 남편, 아내, 아들, 딸이 있는 가족 신들처럼 움직이는 '발라'라는 천사 같은 존재들도 다신교 형태를 취하며 등장한다. 에루는 추상적인 존재인 반면, 발라들은 훨씬 인간에 가까운 모습을 지녔다. 러브크래프트의 크툴루 신화는 샤머니즘과 다신교를 상당히 매력적으로 섞었는데, 인간은 일종의 광증에 사로잡힌 상태에서 고대의 존재들과 접촉할 수 있다거나, 접촉의 후유증으로 광증에 빠지는 식이다. 삼위일체론에 가깝다고 볼 수도 있는 《드래곤랜스》 시리즈는 이신교와 다신교를 흥미롭게 혼합했다. 최고신이 없는 대신 끊임없는 균형과 갈등 속에서 존재하는 세 그룹의 신이 있는데, 각각 선한 신, 중도적 신, 그리고 악한 신이다. 아일랜드 신화는 영국화되기 전에 이신교와 다신교가 섞인 모습이었다. 신격화된 두 민족이 등장하는데, 선한 신인 투어허 데 다넌족과 파괴적인 신인 포모르족이다.

제우스 말고, 포세이돈 말고!

어떤 작품들에서는 스스로 인간보다 우월하다고 여기고, 실제로도 그렇게 보이며, 명백히 인간의 상위 존재인 신들을 그린다. 한편, 〈모노노케 히메〉와 〈아바타:아앙의 전설〉같이 자연세계에서의 역할을 수행하는 초자연적인 정령들을 그린 작품들도 있다. 작중 다신교를 만들어낼 때 작가는 이 둘을 양극으로 하는 스펙트럼에서 한쪽으로 완전히 치우칠 수도 있고 비교적 가운데를 택할 수도 있다. 어쩌면 자신은 오로지 인간에게 봉사하기 위해 존재한다고 여기는 영혼들도 있을지 모른다.

빤한 현실 세계의 주요 다신교 신화에 지나치게 의존하지 않도록 주의하기를 바란다. 신들의 정확한 힘, 이름, 젠더, 또는 외양은 얼마간 다르게 설정했더라도 제우스나 포세이돈에 해당하는 신이라는 것을 독자가 금세 알아챌 수 있기 때문에 작가가 만들어낸 가상의 신들이 별로 독창적으로 느껴지지 않을 것이다. 일신교, 신비주의, 이신교, 샤머니즘, 애니미즘, 조상 숭배를 비롯해 동서양의 다양한 다신교 사상을 살펴보면 자신만의 독특한 종교 체계를 만들어낼 수 있을 것이다.

주인공은 종교를 믿지 않는다?

판타지 이야기에는 지배적 종교가 깊이 자리 잡은 사회에서 태어나는 인물이 종종 등장한다. 분명한 것은, 예컨대 다른 이들과 어떤 식으로 관계를 맺어야 하는지에 관해 이 종교가 추구하는 가치와 믿음이 있다면, 그 내용이 대다수 인물에게 배어 있어야 한다는 점이다. 만약 그렇지 않으면 이 종교는 그 사회에 진정으로 뿌리내린 상황이 아닌 것이다. 이로부터 인물을 창조하는 데 도움이 되는 두 가지 방법이 나온다.

첫째, 지배적 종교는 인물이 하고 싶어 하는 행동을 제한한다. 《강철의 연금술사》에 나오는 스카를 그 예로 들 수 있는데, 스카가 믿는 종교는 물질을 분해하고 재구축하는 행위인 연금술을 금지하고 있었다. 이에 따라 스카는 연금술을 쓸 수 없는 자신의 처지에서 벗어날 방법을 강구해야 했고, 그저 파괴만 하고 재구축하지 않음으로써 돌파구를 찾는다. 이는 같은 사회에서 자란 많은 인물이 비슷한 도덕관념을 갖고 있을 테지만, 미국이나 심지어 중세 유럽같이 대단히 종교적인 나라라고 해도 내부적으로 다양한 도덕이 존재한다는 사실을 지나치지 말아야 한다는 뜻도 된다. 인물들이 너무 비슷한 도덕관념만 갖고 있으면 재미가 떨어지기도 한다.

둘째, 인물이 계속해서 자신의 도덕관념에 반하는 상황을 맞닥뜨리며 자신의 도덕관념을 바꾸거나 오히려 고집하도록 이끄는 긴장 지점을 만들 수 있다. 《데어데블Daredevil》이 이러한 긴장으로 풍부한 이야기인데, 매튜 머독은 끊임없이 자신의 신앙심에 도전을 받고, 신을 의심하며, 살인을 하면 안 된다는 것, 즉 굳건한 종교적 신념에 따라 고수해온 자신의 신조를 지키기 위해 노력한다.

만약 어떤 인물이 지배적 종교의 가치를 따르지 않는다면, 왜 다른 사람들은 대체로 다 따르는데 그 인물만 거부하는지를 설명해야 한다. 이유는 그의 성격이 반항적이라거나, 종교를 싫어한다거나, 그저 확신이 없다는 둥 단순해도 괜찮다. 역사를 돌아보면 이와 같은 이유로 종교를 거부한 이들의 이야기가 많이 있다. 종교가 모든 것을 장악하고 있던 시절에도 말이다.

그런데 다신교에는 이 문제를 피해 가는 손쉬운 방안이 있다. 다양한 신이 서로 완전히 다른 가치를 상징한다면, 인물들은 자기 입맛에 맞는 신을 고르기만 하면 되기 때문이다. 또는 사람들의 행동을 제약하기보다 그 외의 질문들에 대한 답을 주는 데 집중하는 지배적 종교를 상정하면, 같은 종교의 영향 아래에서 성장하는 인물들, 그러나 다양한 도덕관념을 발달시키며 저마다 성장해가는 인물들을 그릴 수 있다.

그나저나 신은 정말 존재하는가?

신이 존재하지 않지만 인물들은 신이 존재한다고 믿는다는 반사실적 접근도 시도해보는 것이 좋다. 어떤 의미에서 보면 작가로서 작중 종교 세계를 창조하는 더욱 흥미로운 길이라고도 할 수 있다. 이때 종교가 갖는 영향력은 인물들의 심리에 전적으로 의존한다. 그들이 그렇게 믿으면 그게 신의 행동이고, 그게 신의 말이고, 그게 신의 징벌이다. 이들의 믿음을 객관적으로 평가할 기준이 없으면, 아무리 올바른 사람들의 손에 있다 할지라도 종교는 때로는 잔인하며 때로는 축복인 도구가 될 것이다. 또는 신의 존재 여부를 모호하게 남겨두는 방법도 있다.

바쁜 작가를 위한 n줄 요약

1

현실 세계의 많은 종교가 세상은 어떻게 생겨났는지, 인간은 서로를 어떻게 대우해야 하는지, 그리고 인간이 죽으면 어떻게 되는지의 세 가지 질문에 초점을 맞추고 있지만, 그렇다고 해서 작품 속 허구적 종교가 이 모든 질문, 또는 일부 질문에 대한 답을 내놓아야 하는 것은 아니다.

2

다신교하에서는 종교적 믿음의 형태가 다양하게 변주되곤 한다. 신도들이 지리, 문화, 경제적 이유에 따라 특정 신을 더욱 숭배하는 서로 다른 파벌로 나뉘기 때문이다. 영토, 신도 수, 그리고 종교가 얼마나 오래됐는지에 따라서도 믿음의 형태가 달라진다.

3

다신교는 유연성이 뛰어난 편으로 다른 종교를 받아들이기도 하고, 받아들인 종교를 시간이 흐름에 따라 발전시키기도 한다.

4

작중 종교를 창조하는 최고의 방법은 종교가 보통 사람들이 영위하는 평범한 일상에 문화적으로 어떤 영향을 미치는지 보여주는 것이다.

5

다신교는 대개 여러 집단이 종교 권력을 나눠 가진 까닭에 일신교만큼 정치 권력과 경쟁하지 않는 편이다. 그렇다고 무조건적으로 경쟁을 할 여력이 안 된다는 뜻은 아니다.

⑥

다신교의 파벌들이 사회적으로, 특히 경제적으로 어떤 몫을 다하고 있는지 보여주는 것은 각 신이 표방하는 가치와 믿음의 다양성을 전하는 훌륭한 방법이다.

⑦

신들이 인간의 숭배에 목을 매는 세계라는 설정은 종파들이 서로를 헐뜯고 경쟁하도록 몰아넣을 수 있어서 서사적 갈등의 훌륭한 소재가 된다.

⑧

작중 세계를 창조할 때 두려워하지 말고 자유롭게 현실 세계의 여러 종교 모델과 섞어보자. 잘 알려진 다신교에 전적으로 의지하다가는 아무리 해도 독창성을 찾을 수 없는 판에 박힌 신들의 집단이 탄생하고 말 것이다.

5장

감춰진 마법 세계

J. K. 롤링	J. K. Rowling
《해리 포터와 불의 잔》	Harry Potter and the Goblet of Fire
《해리 포터와 불사조 기사단》	Harry Potter and the Order of the Phoenix

S. M. 스털링	S. M. Stirling
《콩키스타도르》	Conquistador

기예르모 델 토로	Guillermo del Toro
〈트롤헌터: 아카디아의 전설〉	Trollhunters: Tales of Arcadia

라이언 쿠글러	Ryan Coogler
조 로버트 콜	Joe Robert Cole
〈블랙 팬서〉	Black Panther

릭 라이어던	Rick Riordan
《퍼시 잭슨과 올림포스의 신》 시리즈	Percy Jackson and the Olympians

브렌트 윅스	Brent Weeks
《라이트브링어》 시리즈	The Lightbringer

스탠 리	Stan Lee
잭 커비	Jack Kirby
《엑스맨》	X-men

스티븐 카펜터	Stephen Carpenter
짐 카우프	Jim Kouf
데이비드 그린왈트	David Greenwalt
〈그림〉	Grimm

제프리 요할렘	Jeffrey Yohalem
〈어쌔신 크리드: 브라더후드〉	Assassin's Creed: Brotherhood

조스 휘던	Joss Whedon
〈루크페리의 뱀파이어 해결사〉	Buffy the Vampire Slayer

짐 버처	Jim Butcher
《드레스덴 파일즈》 시리즈	The Dresden Files

에드 솔로몬	Ed Solomon
〈맨 인 블랙〉	Men in Black

오언 콜퍼	Eoin Colfer
《아르테미스 파울》 시리즈	Artemis Fowl

켈리 암스트롱	Kelly Armstrong
《아더월드》 시리즈	The Otherworld

팀 마르퀴츠	Tim Marquitz
《클랜데스틴 데이즈》 시리즈	Clandestine Daze

퍼트리샤 브릭스	Patricia Briggs
《문 콜드》	Moon Called

감춰진 마법 세계는 판타지 장르에서 빼놓을 수 없는 요소다. 아주 오래전부터 그래왔다. 아일랜드 신화에는 영원한 젊음의 땅 티르 너 노그가 종종 등장하고, 사실상 모든 종교에 죽은 자들이나 신들의 보이지 않는 세계가 나온다. 오언 콜퍼의《아르테미스 파울》, 커샌드라 클레어의《섀도우 헌터스》, 그리고 단연 빼놓을 수 없는 J. K. 롤링의《해리 포터》시리즈 같은 영 어덜트 소설이 성장하면서, 어떻게 하면 이야기 속에 감춰진 세계를 논리적으로 구축할 수 있을지 더욱 깊이 생각해야 하는 상황이다. 이와 관련된 요소들을 차례로 살펴보자.

마법 세계를 감추는 수단

비밀 세계를 감추는 데는 수없이 많은 방법이 있는데, 감춰진 세계를 창조할 때 우선적으로 대답할 수 있어야 하는 것은 다음의 두 가지 사항이다.

- 평범한 세계가 자신들을 발견하지 못하도록 어떻게 막는가?
- 감춰진 세계의 일원이 자신을 드러내지 못하도록 어떻게 막는가?

이 중 두 번째 질문에 대한 답은 잠시 후에 조금 더 자세히 살펴보려 한다. 이 질문들에 대한 답은 마법 능력, 기술, 외형, 지리, 불신 등 세계관 구축의 기본이 되는 다섯 가지 성분과 밀접하게 관련된 경우가 많다.

마법 능력

자신이 쓴 이야기에 나오는 마법 체계를 한번 떠올려 보자. 흔히 감춰진 세계는 보통 사회 사람들이 마법 몬스터를 보지 못하고 마법의 땅에 접근하지 못하도록 막는 주술 또는 마법 세계 사람들이 특정 장소로 가지 못하게 하는 주술을 갖추고 있다. 간단하지만 그럴듯한 세계를 창조할 수 있는 전략이다. 특히 그 주술이 걸리게 된 역사적 이유가 뒷받침돼 있다면 더욱 신빙성을 더할 수 있다. 릭 라이어던의《퍼시 잭슨과 올림포스의 신》시리즈에는 마법의 여신이 창조했다는 '미스트'라는 장치가 나오는데, 마법의 존재와 몬스터들이 인간에게는 평범하게 보이도록 만드는 기능을 한다. 이는 더 넓은 신화적 관점에서도 일리가 있는 설정이다. DC의 원더우먼 신화에서는 데미스키라 섬에 다른 세계에서는 볼 수 없도록 마법의 장막이 쳐져 있다.

그런데 여기서 짚고 넘어가야 할 점은 이와 같이 감춰진 세계를 지키는 수단으로 마법을 채택하려면 소프트 마법 체계로 꾸려진 판타지 이야기라야 잘 맞아들어 간다는 것이다. H. P. 러브크래프트의 작품들에는 인간이 섬뜩하고 공포스러운 세상의 실체를 보지 못하도록 막는 모종의 장막이 있다. 그리고 이 장막의 유래는 아무도 진정으로 이해하지 못하는 고대의 힘처럼 끝없는 신비로 가득 차 있다. 이 설정은 엘더 갓들이 나오는 러브크래프트의 놀라우리만치 극단적인 소프트 마법 체계와 완벽하게 어우러진다. 이와 반대로 브렌트 윅스의 《라이트브링어》 시리즈에는 기본적으로 색상을 통해 개인에게 마법의 힘이 부여되는 하드 마법 체계가 나온다. 여기에 '장막'이라는 장치를 집어넣는다면 이 마법 체계와 일관되지도 않을뿐더러 지나치게 편리한 설정이라는 느낌을 주게 될 것이다. 나아가 독자들이 작중 마법 체계의 존재 이유에 대해 '이런 마법이 가능한데, 다른 것들을 굳이 왜?'라는 의문을 제기할 수도 있다.

지금껏 명확한 규칙과 한계에 따라 전개돼온 하드 마법 이야기에 규칙과 한계가 불명확하고 소프트 마법에 가까운 '장막'을 삽입하면 그 순간 설정이 너무 편리하게 뒤바뀐다는 인상을 피할 수 없다. 하드 마법 기반의 이야기를 쓰고 있다면 마법 세계를 감출 다른 방법을 찾는 게 좋다.

기술

기술은 많이 채택되진 않지만, 마법 능력 못지않게 활용하기 좋은 수단이다. 오언 콜퍼의 《아르테미스 파울》 시리즈에서 요정 종족은 힘의 장, 은폐 장치, 시간 정지 필드 등 뛰어난 기술을 써서 마법의 장막과 한 치의 오차 없이 똑같은 효력을 얻는다. 마법 세계를 숨길 좀 더 개성 있는 방법을 찾는다면, 특히 마법 체계상 마법의 장막을 넣기 어렵다면 기술을 고려해보자.

보통 사회 사람들과 유사한 외형

수많은 판타지 이야기가 외형상 보통 사회에 섞여들기에 지장이 없는 인간 또는 인간과 비슷한 존재들을 주인공으로 내세운다. 그러는 편이 이야기를 전개하기가 쉬우며, 영 어덜트 판타지 소설에서 자주 발견되는 설정이기도 하다. 드라마 〈그림〉 시리즈를 보면 마법의 존재들이 인간의 모습을 할 수 있고, 인간의 행동거지며 사고방식도 따라 한다. 즉 첫째, 앞서 설명한 마법 또는 기술을 통한 장막이 같은 수준으로 요구되지 않는다. 둘째, 더욱 중요하게는 주류 인간 문명에 동일시될 수 있다. 《아르테미스 파울》과 비교하자면 초록 피부, 드워프처럼 작은 몸체, 반인반마, 반짝거리고 날개가 달린 요정들이 인간과 섞이긴 어려울 것이다. 따라서 이들은 자신들을 보호하는 데 더 많은 것을 필요로 한다. 이들은 인간과 같은 방식으로 생각하지 않으며, 인간과 관계를 맺기도 어려울 수밖에 없다.

감춰진 세계가 '보통' 사회에 섞일 수 있다면, 작중 세계는 두 가지 점에서 달라진다.

1. 이들의 감춰진 세계는 대단한 마법적 보호나 기술적 보호가 꼭 필요하지는 않다. '보통 사람들'이 이들을 눈으로 보고 식별하기는 어렵기 때문이다.
2. 감춰진 세계에서 온 인물들이 '보통 사람들'과 정신적 관계를 맺을 수도 있다. 자연스럽게 정치, 기술, 예술, 경제 등 여러 부문에서 상호 작용을 하게 되고, 두 문명 간의 교류로 이어질 것이다. 이에 따

른 단점은 노출 위험이 커진다는 사실이다. '보통 사회'에서 관계를 맺고 삶을 꾸리는 개개인이 나타날 텐데, 그러면 자신들의 세계를 밝혀야 하거나 밝힐 수밖에 없게 만드는 상황이 더욱 자주 벌어질 것이다. 이계의 문명을 최초로 접한 인류가 경험하는 복잡한 관계를 탐구하고자 하는 것이 아니라, 그저 서로 다른 두 세계 출신의 인물을 중심으로 이야기를 하고 싶은 것이라면 이러한 유형의 감춰진 세계가 더욱 적합할지도 모른다.

참고로 많은 작가가 오늘날의 현대 사회를 연상케 하는 주류 인간 문명을 '보통 사회'라고 상정한 후 이야기를 시작하는데, 꼭 그래야 하는 것은 아니다. 감춰진 사회가 인류 집단이라는 설정도 상당히 매력적일 것이다. 〈데이브레이커스Daybreakers〉를 참고해보자.

지리적 요소 활용

자신이 만든 감춰진 세계가 마법도 없고, 기술적으로 우수하지도 않고, 보통 사회에 섞이기에도 무리가 있다면? 지리적 요소를 활용해 눈에 띄지 않게 하는 방법이 있다. 하지만 여기에도 문제가 없는 것은 아니다.

독자에게 그럴듯하게 다가가려면 우선 감춰진 세계와 감춰지지 않은 세계 간의 이동을 감춰진 세계가 완전히 통제할 수 있어야 한다. 만일 하나의, 또는 많아야 몇 개 되지 않는 고대 마법 포털의 입구를 제어하기만 하면 되는 상황이라면, 입구에서 어떤 정보가 빠져나가는지에 관해 훨씬 큰 통제력을 발휘할 수 있을 것이다. 옛 신화들에서도 이 전략은 드물지 않아, 이계로 가는 길목을 지키는 수호자가 종종 등장한다. 아스가르드로 가는 비프로스트는 헤임달이 지키고 있고, 초대받은 사람들만이 부르 나 보인을 통해 켈트 신화의 이상향 마그 키언에 갈 수 있다. 지리적 분리를 다른 전략과 병행해 집어넣는 작가들도 있다. 《아르테미스 파울》에서 요정 종족은 기술과 마법의 힘이 '둘 다' 있지만, 자신들의 비밀과 안전을 보장하기에 충분하지 않다고 생각한다. 그래서 이들은 자신들의 도시 헤이븐을 인류가 결코 찾아낼 수 없는 지구 깊숙한 곳에 건설했다.

감춰진 세계를 지리적으로 분리할 때는 두 가지 사항을 헤아려야 한다.

- 지리적 분리가 '감춰진' 사람들의 '보통' 사람들에 대한 인식에 어떤 영향을 미칠까? 적대적인 관점을 갖게 될까? 즉 고정 관념을 고착화하게 될까? 고정 관념은 다른 이들을 보통 부정적인 사각으로 그린다. 《아르테미스 파울》에서 요정 종족은 인류를 멍청하고, 잔인하고, 조종하기 쉽고 하찮은 종족이라고 생각한다. 아르테미스 파울이 나타나기 전까지 홀리 쇼트는 자신이 듣고 자란 이러한 관념에 반문할 까닭이 전혀 없었다. 사실 아르테미스는 처음 홀리를 만났을 때 가두고 거의 고문까지 했기 때문에 고정 관념이 옳다고 입증해준 셈이었으나 나중에는 다정해졌으며 고정 관념과 달리 영리하다는 점을 보여줬다. 인류가 신비로운 감춰진 세계에 살고 있다고 생각하는 집단을 신화화하는 것처럼, 그들도 인류에 관해 별의

별 생각을 다 하고 있을 것이다.

- 지리적 전략에 의존하는 감춰진 세계의 존재는 정보화 사회가 되기 전일 때 더욱 신빙성 있다. 정보화 사회에는 소셜 미디어, 위성, 휴대 전화, 그리고 인터넷을 통해 상세한 정보가 한순간에 전파되고 검증까지 된다.

불신

마법 세계를 감출 수 있는 한 가지 전략이 더 있다. 바로 불신이다. 아무것도 하지 않는 게 최선일 때도 있는 법이다. 인간은 보고 싶지 않은 것을 무시하거나 온전한 정신을 지키기 위해 본 것을 합리화하는 데 아주 탁월하기 때문이다. 저 어딘가에 진실이 있을지 모른다. 하지만 인간이 정말 진실에 신경을 쓰는가? 퍼트리샤 브릭스의 《문 콜드》를 보면 뱀파이어들은 누가 자신들의 존재를 폭로하든 말든 내버려 두는데, 잠깐 관심을 끌기야 하겠지만 아무도 믿지 않을 게 뻔하기 때문이다. 물론 폭스 멀더 스타일의 훌륭한 주인공들은 예외다.

감춰진 세계 이야기를 쓴다고 해서 발각 가능성을 100퍼센트 완벽하게 차단하는 수단을 찾아야 하는 것은 아니다. '보통 사람들'이 감춰진 세계의 존재에 관한 정보를 듣고도 눈도 깜짝하지 않게 만들기만 하면 된다. 얻을 수 있는 정보가 너무 드물고 일관성이 없거나 실증이 불가능하면, 믿고 떠드는 사람은 음모론자로 간주된다. 다음을 생각해보자. 밤마다 거리에서 워울프와 뱀파이어가 싸운다는 이야기를 지구 반대편 인구 만 명에 이르는 어느 마을 사람 전체가 믿고 있다고 해보자. 나는 믿을 수 있을까? 이렇게 많은 사람이 봤다고 해도 믿기 어렵다.

그래도 발각됐을 때에는

감춰진 세계는 발각되면 일반적으로 〈맨 인 블랙〉이나 《해리 포터》 시리즈에서처럼 기억을 지우거나, S. M. 스털링의 《콩키스타도르》에서처럼 강제로 감춰진 세계로 이주시키는 방법을 쓴다. 더 험악한 방법을 쓰는 경우에는 팀 마르퀴츠의 《클랜데스틴 데이즈》 시리즈에서처럼 알아낸 사람들이 죽어나가기도 한다. 논리적으로 세계를 창조할 때 마법, 기술, 그 밖의 어떤 수단으로 비밀을 유지할지보다 더욱 중요하게 고려해야 하는 것은 다음 세 가지 변수의 영향이다.

- 얼마나 이용하기 쉬운 수단인가?
- 얼마나 빨리 효과를 발휘하는가?
- 윤리적인 면에서 다른 이들은 어떻게 생각하는가?

이 모든 변수가 감춰진 세계를 창조할 때 중요한 작용을 한다. 《해리 포터》 시리즈에서는 어린 마법사들도 기억을 지우는 오블리비아테 주문을 쓸 수 있다. 또 《해리 포터와 불의 잔》에서 캠프장 주인의 기억을 지울 때처럼, 기억을 지워야 하는 사람에게로 곧장 텔레포트할 수 있다. 이 주문은 사실상 머글들이 알아챌 수 없으며, 당사자에게 큰 해를 끼친다고 볼 수 없다. 그래서 마법사들이 자신들의 안전과 비밀을 보장하기 위해 그다지 개의치 않고 사용한다. 일상의 일부로 받아들이고 있으며, 윤리성에 의문을 제기하는 마법사가 거의 없다. 계몽주의 전통에 비춰 본다면 아무리 사소한 기억일지라도 기억을 제거하는 것은 개인의 자유와 권리에 적잖이 위배되는 사안이라고 볼 수 있긴 하지만. 반대로, 켈리 암스트롱이 쓴《아더월드》시리즈의 엘레나는 내면의 갈등을 겪는데, 자신의 세계를 발견한 사람들을 이렇다 할 경고도 없이 죽이는 것이 부도덕하다고 느끼기 때문이다. 이와 같은 도덕적 갈등은 감춰진 세계의 비밀 유지를 더욱 어렵게 만든다. 비밀을 지키는 데 필요한 사항을 이행하려는 이들이 적어질 테고, 나아가 순응하는 이들에 대한 항의까지 나타날지 모른다.

발각됐을 때 대처하는 기술 또는 마법 능력이 몇 명에게 제한돼 있고, 극도로 까다로우며, 시간이 오래 걸린다면, 누군가 정보를 갖고 탈출한 뒤 퍼뜨릴 가능성이 높아진다. 따라서 감춰진 세계 주민들 사이에 마법 능력이 얼마나 널리 퍼져 있는지 설정할 때 이 점을 고려해야 한다. 그리고 부도덕한 방법을 요구하는 사회라면, 그 방법을 거부하는 이들로 인해 들통날 위험이 커질 것이다.

감춰진 세계도 사람 사는 곳이니까

믿기 힘들겠지만 감춰진 세계도 제 기능을 하려면 다른 사회처럼 산업, 경제, 정치, 그리고 연결성을 갖춰야 한다. 하나도 빠짐없이 다른 모든 세계와 숨바꼭질을 하고 있는 상황이라면 이 모든 것을 갖추기가 훨씬 힘들어질 것이다.

감춰진 세계의 경제

먼저 희소성과 규제를 고려해야 한다. 희소성은 경제의 기본 개념으로, 자원이 한정돼 있어 모든 사람의 필요와 욕구를 동시에 충족할 수 없는 근본적인 문제를 가리킨다. 감춰진 세계에서는 이 문제가 심각하게 발생할 수 있다. 위험을 무릅쓰고 '보통 사회'로 가지 않는 이상 구할 수 없는 특정 자원들도 있을 것이기 때문이다. 예를 들어, 양이나 소 같은 가축은 넓고 트여 있는 비옥한 땅에서 길러야 건강하게 잘 자란다. 땅이 좁거나 주로 지하에 형성돼 있는 감춰진 세계라면 고기나 양모, 우유, 그 밖의 유제품을 생산하기가 굉장히 어려울 수밖에 없다. 발각의 위험이 따르지만 어쩔 수 없이 인간 세계의 시장에 가는 것이 이 제품들을 손에 넣을 수 있는 주된 통로일지도 모른다. 위험은 가격을 상승시키고, 어떤 물품들은 사치품으로 대접받게 될 수도 있다.

작가는 자신의 감춰진 세계가 기술과 마법을 이용해서라도 어떤 자원에 접근할 수 있는지, 그리고 그에 따라 특정 자원의 수요와 공급이 시장에서 어떻게 형성될지를 생각해 봐야 할 것이다. 나아가 어떤 자원이 모자라거나 풍부할 때 사회의 다른 부문들은 어떤 영향을 받을까? 고기를 구할 수 없는 감춰진 세계라면 사회 구조적으로 채식주의 풍조가 팽배해 있을 수 있다. 목재를 거의 구할 수 없는 경우라면 동굴을 중심으로 건축 양식이 발달했을지 모른다.

국제 경제도 빼놓을 수 없는 요소다. 감춰진 세계에서는 자연스럽게 마법으로 만들었거나 자신들 세계에서밖에 나지 않는 물품을 가지고 물물 교환에 나설 텐데, '보통 사회'에 이 물품들이 확산되면 발각될 위험도 커진다. 감춰진 세계의 정부는 이 물품들을 거래하지 못하도록 어떤 식으로 규제하거나 억제하려고 할까? '보통 사회'의 정부는 허가, 면허, 소지자 명부 관리, 신원 조회 같은 방법을 쓴다.

감춰진 세계의 정치

다음 질문들에 대해 생각해 보자.

- 비밀은 정부에게 어떤 역할을 요구하는가?
- 역할을 이행하는 데 적합한 정부 구조는 어떤 형태인가?
- 이 정부는 '보통 사회'와 얼마나 관련을 맺고 있는가?

정부의 규모는 클 수도 있고 작을 수도 있다. 어떤 규모의 정부를 그릴지는 여러 가지 요인에 따라 달라진다. 어떤 이야기들을 보면 감춰진 세계 내에 발각에 대한 두려움이 극심하고 광범위하게 퍼져 있어서 극도의 감시 체계를 갖춘 큰 정부가 등장하게 된 것으로 나온다. 이 세계는 강력한 중앙 통제와 단일성을 바탕으로 자신들을 지키려고 한다. 〈어쌔신 크리드: 브라더후드〉의 템플 기사단은 감춰진 세계의 정부라기보다 비밀 조직이라고 봐야 하지만, 상당수의 규칙이 똑같이 적용되는 예다. 이들은 모든 차에 녹음 장치를 설치하고, 감시하고자 하는 시민에 대해 매우 상세한 신상 정보 파일을 구축한다. 자신들의 숙적을 훨씬 능가하는 막대한 기술력과 재정 자원을 갖고 있기 때문에 가능한 일이다. 또 다른 이야기에는 비밀 사회이다 보니 야기되는 법 집행의 어려움에 따라 짐 버처의 《드레스덴 파일즈》 시리즈에서와 같이 분권화된 작은 정부가 등장한 것으로 나온다. 이는 지역 사회가 더욱 효율적으로 구성원들을 규제할 수 있도록 많은 권력을 지방에 넘겨준 형태다. 숨겨진 무리들 간의 거리가 멀고, 서로 이동이 어렵고, 어쩌면 소통이 부족한 데서 비롯된 결과일 수 있다. 이러한 여력이 충분하지 않으면 중앙 통제는 어려울 수밖에 없다.

한편 감춰진 세계와 '보통 사회'가 어떤 관계를 맺고 있는지도 중요하다. 두 개, 또는 그 이상의 세계가 서로 섞여 살아가고 있다면, 설령 이쪽은 저쪽의 존재를 모른다 해도 이쪽의 정치, 사회 동향이 저쪽에 영향을 줄 가능성이 적지 않다. 민주주의, 파시즘, 관료 정치 등의 경향이 저쪽 세계로 넘어가는 것이다. 그러나 작가가 구상한 감춰진 세계가 사회적으로, 특히 지리적으로 분리돼 있는 경우에는 감춰진 세계가 '보통 사회' 정부의 동향에 그렇게 쉽게 물들지는 않을 것이다. 《해리 포터》 시리즈의 마법 정부는 계몽주의 시기를 거치면서 더욱 민주적이며 책임감을 갖춘 정부로 거듭났다. 마법사들이 머글들과 어울리며 살아가고 있었고, 머글들의 좋은 사상을 자연스럽게 받아들였기 때문이다. 서구 국가들이 자국의 운영 방식을 바꾸자 마법사 세계도 그렇게 한 것이다.

비밀주의로 인해 정부 앞에 놓인 특수한 문제들은 무엇이고, 어떤 정부 형태와 정책이 그 문제들을 해결하는 데 가장 적합한지 곰곰이 따져보자. 감춰진 세계가 사회적, 지리적으로 분리돼 있을수록 사회적, 정치적 담론이 전개되는 속도는 차이가 날 것이다. 더 빠를 수도 있고, 느릴 수도 있으며, 완전히 다른 방향으로 나아갈 수도 있다.

감춰진 세계의 사회 구조와 가치

감춰져 있다는 속성은 사회 구조와 가치에 어떤 영향을 미칠까? 감춰진 세계의 안전이 마법의 장막을 유지할 수 있는 소수의 몇 사람에게 달렸다면, 그들은 사회의 가장 중요한 구성원으로서 상류층을 이루게 될 것이다. '보통 사람들'과 어울리는 아이들은 배척당할지도 모른다. 《엑스맨》에서 매그니토는 엘리트주의의 가치를 옹호하고, 뮤턴트들에게도 스스로를 감추지 말 것을 독려한다. 비록 그 결과가 폭력으로 나타날지라도 말이다. 정치와 마찬가지로 감춰진 세계가 '보통 사회'와 지리, 사회적으로 분리돼 있을수록 이들의 가치, 언어, 사회 구조 등은 서로 독립적으로 진화한다. 두 세계의 사회 형태가 갈라진 시점을 생각해 보자. 이들은 각자 그 시점에 무엇을 취했고, 그 시점으로부터 사회적 가치는 어떻게 변화했을까? 감춰진 세계가 르네상스나 계몽주의 시대가 되기 전 스스로 고립을 택했다는 설정도 무척 흥미로울 것 같다. 감춰진 세계는 이 시기들의 혁명적 변화에 따른 혜택을 얻지 못했을 것이다. 반대로 로마가 몰락하기 전에 분리됐다면 그에 따른 여파를 겪지 않아도 됐을 것이다.

감춰야 하는 이유

작중 세계를 현실적으로 구축하려면 왜 이 사회 전체가 큰 규모의 집단에 발견되지 않기 위해 다루기 어렵고, 시간이 걸리는 데다, 비용도 많이 드는 조치를 취하기로 했는지 현실적 이유가 뒷받침돼야 한다. 다들 다짜고짜 죽이려 드는 것도 아닐 텐데 말이다. 감춰진 세계 설정을 갖고 있는 이야기가 대부분 그렇듯 감춰진 세계의 상대편 세계가 현대 서양 문명일 경우에는 더더군다나 그렇다. '보통 사회'와 접촉하다 살해당할지 모른다는 공포에 왠지 사로잡혀 있는 경우든 보통 사람들이 없는 곳에서만 자신들이 번성할 수 있다고 믿는 경우든, 이 문제는 대체로 '우리 세계는 아직 그럴 준비가 안 됐어!' 유형의 변주로 요약된다. 전자와 후자 모두 오랜 세월 고립된 상태로 지내온 까닭에 '보통 사회' 사람들에 대해 건강하지 못한 고정 관념을 수없이 많이 갖게 된 상황이라고 생각하면 언뜻 수긍하기 어렵지 않다. 그러나 다음과 같은 감춰진 세계의 태생적 문제를 떠올려 보면 비현실적인 설정이라는 것이 곧장 드러난다.

> 자신들의 세계를 폭로함에 따라 얼마나 큰 위험이 닥칠지, 얼마나 심한 처벌이 따를지는 중요하지 않다. 폭로를 통해 얻을 것이 있다면 '사람들은 기꺼이 폭로할 것'이다.

이는 감춰진 세계의 악당들이 툭하면 일으키는 문제이기도 하다. 이 악당들 입장에서는 존재를 폭로하지 않을 동기를 찾는 것이 더 어렵다. 이들은 자기 세계의 마법이나 기술을 까발려 금전적 이득을 얻기도 하고, 사교계에서 명성이나 힘, 영향력을 얻기도 한다. 《아르테미스 파울4: 오펄 코보이의 계략》에서 악당 오펄은 인류를 상대로 종족 간 전쟁을 일으키려고 한다. 그녀는 법을 어기게 된다거나 자신이 소속된 세계가 위험에 처할지 모른다는 사실은 안중에도 없다. 그리고 공교롭게도 바로 이 점이 핵심이다.

악당이 감춰진 세계 내부에만 관심을 쏟거나 적어도 감춰진 세계를 몽땅 차지하기 전까지는 '보통 사회' 정복에 눈독 들이지 않는 것으로 설정해 이 문제를 피해 가는 작가들도 있다. 《해리 포터》 시리즈의 볼드모트가 좋은 예다. 볼드모트는 머글들을 몹시 열등하게 여기지만, 자신이 마법 세계를 완전히 장악한 후에야 거리낌 없이 머글 세계에 손을 뻗칠 수 있을 것이라는 사실을 잘 안다.

감추는 것은 도덕적인가?

라이언 쿠글러, 조 로버트 콜의 〈블랙 팬서〉에서 와칸다는 다른 나라들에 도움이 될 수도 있는 자국의 풍부한 자원과 진보한 기술, 뛰어난 지혜를 숨긴다. 판타지와 SF 작품의 감춰진 세계들은 치유력을 비롯해 '보통 사회'에 유익한 각종 비범한 능력을 갖고 있다. 〈블랙 팬서〉의 반동 인물은 능력을 공유해야 할 이유가 있냐고 당당하게 묻는다. 이 문제는 대다수 작가가 건드리지 않는 부분이라, 전면적으로 다룬다면 감춰진 사회 이야기를 독창적으로 변주할 수 있을 것이다. 그런데 이때는 자연스럽게 전체 서사를 뒤흔드는 더욱 큰 갈등이 발생할 수 있다. 아니, 반드시 발생한다.

이 문제를 피해 가는 한 가지 방법은 감춰진 세계에만 영향을 미치는 서사적 갈등을 따로 구축하는 것이다. 그러면 인물들이 '보통 사회'를 계산에 넣지 않아도 된다. 이는 《해리 포터》 시리즈에서 어떤 사건의 이해관계에 머글들이 직접 연관된 경우가 거의 없는 까닭이다. 엄브릿지가 호그와트를 장악하든 말든 머글들이 즉각적으로 이렇다 할 타격을 받는 일은 생기지 않는다. 따라서 주인공들은 이 문제를 고려할 필요가 없다. 별도의 서사적 갈등으로 진행시킨다 해도 보통 사회에 영향이 닿는 상황이라면 이 문제에 관한 인물들의 도덕관을 생각해봐야 한다. 이들은 왜 감춰진 세계를 폭로하려는 걸까, 또는 왜 비밀로 지키는 것이 정당하다고 생각하는 걸까?

개인적 이유로 폭로하는 인물들도 있을 것이다. 보통 사회에 통합된 인물일수록 사랑, 우정, 연구적 목적, 혹은 단순한 호기심에서 감춰진 세계를 드러내는 경우가 많다. 결국, 감춰진 세계의 태생적 문제로 다시 돌아온다. 자신들의 세계를 폭로함에 따라 얼마나 큰 위험이 닥칠지, 얼마나 심한 처벌이 따를지는 중요하지 않다. 폭로를 통해 얻을 것이 있다면 '사람들은 기꺼이 폭로할 것'이다. 이러한 까닭에 감춰진 세계가 감당해야 하는 싸움은 사람들이 세계의 비밀을 입 밖에 낼 가능성을 원천봉쇄하는 것이라기보다, 그렇게 할 동기를 최소화하는 것이라고 할 수 있다. 감춰진 세계를 '보통 사람들'이 아무리 그 존재에 관한 정보가 들려와도 눈도 깜짝하지 않을 만큼 희박한 존재로 만들기만 하면 된다. 이 이야기는 다음 논의로 연결된다.

어차피 세상에 비밀은 없지만

이렇게 감춰진 세계의 존재를 발설하려는 사람들이 나타나는 데는 인구와 지리적 고립의 요인을 무시할 수 없다. 나에게 비밀이 있는데 한 사람에게 공유했다고 해보자. 비밀이 새 나가는 경우는 두 가지뿐이고, 상대방은 곧바로 덜미가 잡힐 걸 알기 때문에 발설하지 않을 것이다. 그런데 비밀을 아는 사람이 백 명이라고 하면 비밀을 유지하는 것은 훨씬 어려워진다. 비밀이 새 나갈 가능성이 백 가지에 이를 뿐 아니라 누가 먼저 발설했는지 발각될 가능성이 낮은데, 이는 곧 자신의 행동이 초래할 영향에 대한 인식이 떨어진다는 의미다. 그 수가 수천 명, 나아가 수만

명이라고 해보자. 이 정도 규모가 되면 비밀 유지는 사실상 불가능해진다.

기예르모 델 토로의 〈트롤헌터: 아카디아의 전설〉을 보면 트롤은 수백만 명은커녕 수만 명도 안 된다. 이들의 인구는 상대적으로 제한돼 있으며, 한 군데 지하 도시에 집중적으로 모여 살아간다. 이러한 상황에서는 비밀 유지가 한결 용이한데, 입구가 몇 개뿐이고 정부가 철저히 통제하고 있다면 금상첨화다. 감춰진 사회를 구상할 때, 인구가 적으면 적을수록 말이 새 나갈 가능성이 줄어들고 누가 범인인지 발각될 위험이 커지므로, 그 위험이 억제 효과를 나타낸다는 점을 기억하자. 인구가 지리적으로 집중돼 있으면 그 밖에도 사람들을 추적해 비밀 엄수의 유인을 다시 강화하기가 수월하고, 사람들이 '보통 사회'에 통합되는 것을 방지해, 자칫하면 자신들의 존재 누설로 이어질 관계를 애초에 맺지 못하도록 할 수 있다. 거대하고 지리적으로 넓게 퍼져 있으면서 감춰져 있는 사회라면 다소 비현실적으로 느껴질 여지가 있지만, 집중적으로 모여 살며 밀접한 관계를 나누는 감춰진 사회라면 논리적으로 다가온다.

감춰진 세계에 감칠맛을 더하려면

사람들이 감춰진 세계 이야기를 좋아하는 데는 그만한 이유가 있다. 우리 마을 코앞에, 숲속이나 지하, 또는 마법의 장막 너머에, 평범한 사람이 찾아낼 수 있는 환상적인 세계가 숨겨져 있다는 상상은 무척 매혹적이다. 독자가 활자로 이루어진 허구의 세계에 발을 들일 때는, 현실 세계에서는 닿을 수 없는 세계에 몰입할 수 있기를 바라는 것이다. 무지개 너머로 말이다. 독자가 어렵지 않게 이야기에 빠져들고 작중 세계가 어딘가 있다고 믿을 수 있는 까닭은 이 이야기들이 대체로 현실 세계에 기반을 두고 펼쳐지기 때문이다. 《해리 포터》 시리즈는 영국 서리주 주택가의 평범한 뒷골목에서 시작되고, 〈루크페리의 뱀파이어 해결사〉의 배경인 서니데일은 캘리포니아 마을을 가리키는 친숙한 통칭이다.

이렇게 독자가 작중 세계에 쉽게 접근하도록 하려는 근본적 목적으로 인해 감춰진 세계 이야기는 다음의 세 가지 서사적 특징을 심심찮게 나타낸다.

- 감춰진 세계는 우리가 익히 아는 현대 인간 사회와 나란히 놓여 있다.
- 주동 인물은 이야기가 막 시작됐을 때 이 감춰진 세계를 발견하는 사람이다.
- 잘 알려진 일상 속 사물이 이야기 속에서 마법적인 두 번째 의미를 띠고 있는 경우가 많다.

《퍼시 잭슨과 올림포스의 신》 1, 2권을 보면 이야기의 배경은 2000년대 초로, 미국 한복판에 그리스 신화 세계가 감춰져 있다. 독자들의 평균 나이 또래인 주동 인물 퍼시는 이 세계에 대해 아무것도 모르다가, 첫 장에서 독자들이 발견할 때 자신도 발견한다. 그리고 이 이야기에서 누구나 알아볼 수 있는 일상적인 건물인 엠파이어 스테이트 빌딩은 올림포스로 가는 입구라는 마법적인 두 번째 의미를 지녔다. 이 세 가지 설정은 집합적으로 독자가 주동 인물, 그리고 그의 여정에 자신을 대입하도록 하며, 작중 가상 세계를 믿도록 이끈다.

문제는 이렇다. 감춰진 세계 이야기를 쓸 때 이 세 가지 설정을 꼭 집어넣어야 할 실질적인 이유는 없다는 것이다. 〈어쌔신 크리드: 브라더후드〉처럼 먼 미래나 고대 시대를 배경으로 감춰진 세계를 창조해도 되고, DC 코믹스 《콘스탄틴Constantine》이 보여주는 것처럼 처음부터 감춰진 세계에 빠져 있는 주동 인물을 등장시켜도 되며, 감춰진 세계의 배경을 독자에게 친숙한 것이 전혀 없는 외계의 행성으로 설정해도 된다. 심지어 '보통 사람들'도 사람이 아니라면 더욱 재미있을 것 같다.

이 세 가지 설정은 정말 자주 발견되며, 특히 영 어덜트 판타지 장르에서는 수두룩하게 볼 수 있으므로, 이 설정들에 지나치게 의존해 감춰진 세계 작품을 구성하면 이야기가 새롭지 않고 판에 박힌 이야기처럼 느껴질 수밖에 없다. 이 세 가지 설정이 독자가 작중 세계에 몰입하고 주인공에게 감정 이입을 할 수 있도록 도와주는 것은 맞다. 하지만 굉장히 자주 사용돼온 이 설정들에 의지하지 않아도 똑같은 효과를 거두는 창의적인 방법을 얼마든지 찾을 수 있을 것이다.

바쁜 작가를 위한 n줄 요약

1

우선 세계를 감출 수단을 찾아야 한다. 마법적 수단은 작중 마법 체계와 논리적으로 어우러져야 유의미한 효과를 거둘 수 있으며, 소프트 마법 체계 기반의 이야기일 때 한결 알맞은 수단이라고 할 수 있다. 감춰진 세계 사람들이 보통 사회에 섞여드는 능력이 뛰어나다면 자신들의 세계를 숨기기 위해 궁극의 마법이나 최첨단 기술까지는 필요로 하지 않을 것이다. 한편 이들이 보통 사회에서 관계를 더 많이 쌓을수록 노출 위험은 커진다. 감춰진 세계는 지리적으로 고립돼 있을수록 다른 세계에 대한 확고한 고정 관념과 함께 적대적인 사고방식이 발달할 가능성이 높다.

2

은폐가 용이한지에 대해서도 생각해야 한다. 쓸 수 있는 사람이 적고, 까다롭고, 도덕적으로 회색 지대에 있는 수단일수록 그 수단을 통해 비밀을 유지하기가 어려울 수 있다. 불신은 과소평가된 요소다. 감춰진 세계에 필요한 것은 완벽한 은폐 수단이 아니며, 노출의 빈도와 수준이 '보통 사회' 사람들이 무시할 정도이기만 하면 된다.

3

비밀주의가 자원 공급과 정부 규제에는 어떤 영향을 줄지 생각해보자. 사회의 가장 큰 이슈가 무엇인지에 따라 중앙 집권적 통치 형태가 요구될 수도 있고, 분권적 통치 형태가 요구될 수도 있다. 그리고 '보통 사회'에서 떨어져 있을수록 독자적인 정치 구조와 사상을 지니기 쉽다. '보통 사회'와 친밀할수록 정치, 금융, 예술 등 여러 측면에서 '보통 사회'의 특성을 이어받거나 상호 교환이 벌어질 것이다. 감춰진 세계가 언제부터 비밀주의의 길을 걷게 됐는지도 따져보자. 이렇게 갈라져 나옴에 따라 사회도덕과 사회의 구조는 어떻게 변화했을까?

4

감춰진 세계의 문제는 자신들의 세계를 드러내는 것이 얼마나 위험하든지 간에 얻을 것이 있다면 사람들은 드러내고 말리라는 것이다. 작가는 이 문제를 최소화하는 데 주안점을 둘 수도 있고, 이 문제를 일으키는 윤리적 의문을 전면적으로 다룰 수도 있다. 다만 완전히 무시하고 넘어간다면 비현실적으로 느껴지고 작중 세계의 설득력이 떨어질 것이다. 이 질문을 서사와 엮으면 더더욱 현실적인 이야기로 만들 수 있지만, 그 내용이 작품 전체를 지배하게 될지도 모른다.

5

감춰진 세계가 작고, 지리적으로 고립돼 있으며, 결속력이 강한 사회일수록 발견될 우려가 적은데, 비밀이 샐 가능성은 낮아지고 비밀을 발설할 경우 들킬 위험은 커지기 때문이다.

6

감춰진 세계 이야기에는 독자가 주인공과 자신을 동일시하며 작중 세계에 몰입할 수 있도록 으레 나타나는 세 가지 설정이 있는데, 이는 꼭 써야 하는 것이 아니다. 오히려 지나치게 의존할 경우 독창성이 부족해질 것이다.

7

기본적으로 작중 세계를 어떻게든 사실적이고 논리적인 세계로 구축하는 데만 온 신경을 쏟는다면, 감춰진 세계 이야기는 내 길이 아닐 수도 있다.

4

제국의 탄생과 몰락

1장

제국은 어떻게 탄생하는가?

B. V. 라슨	B. V. Larson
《스틸 월드》	Steel World

마이클 디마르티노	Michael DiMartino
브라이언 코니에츠코	Bryan Konietzko
〈아바타: 아앙의 전설〉	Avatar: The Last Airbender

어슐러 K. 르귄	Ursula K. Le Guin
《어스시의 마법사》	A Wizard of Earthsea

오코우치 이치로	大河内一樓
타니구치 고로	谷口悟朗
〈코드기아스〉	コードギアス

조지 루카스	George Lucas
〈스타워즈〉 시리즈	Star Wars

프랭크 허버트	Frank Herbert
《듄》	Dune

해리 터틀도브	Harry Turtledove
《타임라인 191》	Timeline 191

제국의 흥망성쇠를 다룬 세 개의 장은 트래비스 리 푹스Travis Lee Fuchs의 도움을 받아 썼다. 트래비스 리 푹스는 휴스턴 라이스 대학교에서 인류학, 이슬람교학, 르네상스 이전 역사학 학사 및 중세 역사학 석사 학위를 취득한 뒤, 동 대학에서 청동기 문명학 박사 과정을 밟고 있다. 휴스턴 자연 과학 박물관 중동 유물 및 이집트학 큐레이터로도 활동 중이다.

먼저, 제국은 어떻게 탄생할까? 일단 식량 1,000포인트와 금 800포인트를 모으면 가능해지는데*, 지금 그런 이야기를 하려는 것은 아니다. 가상의 제국을 창조할 때, 작가는 일단 제국의 형태를 구상해야 한다. 즉 중심지는 어느 행성인지, 왜 어떤 왕국들은 복속시키고 어떤 왕국들은 그대로 두는지, 국경은 어디인지, 하고많은 곳 중 왜 하필 거기에서 확장을 멈췄는지 등등을 몽땅 생각해봐야 한다는 뜻이다. 제국의 형태를 결정짓는 유인은 물론 셀 수 없이 많지만, 여기서는 그중 세 가지 주요 유인인 자원, 안보, 민족주의에 대해 살펴보려 한다.

본론에 들어가기에 앞서, 제국을 사실적으로 그리는 데 도움을 얻을 수 있는 최고의 방법은 무엇일까? 바로 역사 속 제국

* 게임 〈에이지 오브 엠파이어 2〉에 관한 이야기다.

들에 관해 알아보는 것이다. 그 제국들이 왜 탄생했고, 왜 지속됐으며, 왜 끝내 몰락했는지 말이다. 역사적 내용을 쓸 때 역사를 잘 아는 것만큼 좋은 스승은 없다. 지금부터 가볍지 않은 내용과 질문들이 나올 것이다. 하지만 실존했던 제국들에 관해 연구하는 과정은 작중 제국을 사실적으로 창조하는 데 꼭 필요한 부분이라고 할 수 있다.

자원을 얻기 위한 탄생

자원이 필요한 상황은 제국 건설의 큰 유인이다. 자원을 확보하기 위해 제국으로 발돋움한 국가라고 상정하고 나면, 제국의 형태를 어떻게 구성해야 할지에 관해 두 가지 지침을 얻을 수 있다.

1. 먼저, 내가 만든 제국이 어디로 물리력을 행사하려 할지에 대한 지리적 지도가 주어진다. 이때 본국의 영토 크기와 지리 조건에 관해서도 생각해야 한다. 본국에 부족하거나 필요한 자원은 무엇이며, 그 자원을 가진 곳은 어디인가? 포르투갈은 값비싼 염료, 목재, 그리고 자국에서 얻을 수 없었던 향신료를 원했다. 이 모든 자원이 있는 곳은 브라질이었다.
2. 자원 확보를 위해 제국 건설에 나선 국가의 확장 전략에는 경제적 의도가 깔려 있을 수밖에 없다. 그리고 이것으로 제국이 물리력을 행사하는 방식도 결정 난다. 바로 자원 지배다.

작중 세계가 해상 무역을 바탕으로 돌아간다면 제국은 당연히 강력한 해군을 원할 것이고, 확장 전략은 전 세계 주요 항구들에 대한 통제권을 손에 넣는 데 초점이 맞춰져 있을 것이다. 또 SF 이야기 속 제국이 우주 항로나 특정 무역 행성 개척에 열을 올릴 때는 이들에 대한 통제력을 확보하는 것이 자국의 영속과 번영에 필수적이라는 뜻이다. 결국 같은 이치다. 중요한 것은 자본과 자원이 흐르는 지점을 지배하는 것이다. 이는 〈스타워즈〉 시리즈에서 코러산트 행성이 여러 세력의 각축장이 된 까닭이기도 한데, 코러산트는 수많은 무역로가 지나는 행성이었다.

자원을 목적으로 움직이는 제국은 공공연하게 적대적인 군사 침략을 벌이는 대신, 무력을 등에 업었다고는 하나 무역 협정을 맺고, 자국의 수출품에 세금을 매기고, 수입품에 관세를 부과하며, 본국을 부유하게 만들어줄 자원을 수탈하는 방식을 취하기도 한다. 영국이 인도, 뉴질랜드, 캐나다, 케냐를 상대로 행한 것으로 잘 알려진 지배 방식이다. 이는 대영 제국의 확장 정책을 지나치게 일반화한 것이지만, 어느 정도 사실이다. 개략적으로 말해, 대영제국은 본국 주민이 이주할 수 있는 식민지를 상대로는 지극히 유리한 무역 협정을 맺고, 이주하기 어려운 식민지를 상대로는 그곳 주민들을 노예화했다. 무역 협정도 아편전쟁을 통해 중국에게 홍콩을 빼앗은 사례처럼 폭력적으로 맺은 경우가 많았다.

이와 반대로, 제국은 지배력이 닿지 않는 무역로를 제거하는 데 초점을 맞출 수도 있다. 동양과 서양을 잇는 실크 로드를 장악하는 것은 몽골 제국의 경제를 관리하는 데 매우 중요한 일이었다. 칭기즈 칸은 집권 초기에 아라비아 남부 지역과 터키의 수많은 도시를 정벌해 그 지역에 있던 자신이 쉽게 통제할 수 없는 무역로를 파괴했다. 그 결과 무역은 칭기즈칸의 경제적 우위 하에 그가 지배하는 유일한 무역로인 실크 로드를 통해서 이루어질 수밖에 없었다.

한편, 제국의 팽창 방식에 적잖은 영향을 미치지만 과소평가된 요인이 한 가지 있다면, 바로 기후다. 대영 제국은 식민지들에 법원과 의회로 대표되는 영국식 법체계를 이식했지만, 케냐를 비롯한 아프리카 나라들에서는 영국인들이 더운 기후와 치명적인 열대 질병들을 이겨낼 수 없다는 사실을 금세 깨달았다. 이에 대영 제국은 식민지화하지 않고 본국으로 가져갈 자원을 수탈하는 데 집중하는 쪽으로 정복 방식을 변경했다. 다른 유럽 국가들도 비슷한 전략을 채택했고, 벨기에 국왕은 콩고 자유국을 무자비하게 통치하기도 했다. 자원을 차지하기 위해 빼앗은 땅을 식민지화하는 데 국민들이 큰 관심을 보이지 않을 때도, 제국은 별다른 이유가 없는 한 비슷한 자원 수탈 전략을 쓸 것이다. 이 전략은 점령지 주민들에게 더욱 가혹한 결과를 초래할 수도 있는데, 착취만 있을 뿐 식민지 시민이라면 주어졌을지 모르는 권리와 법률 구조는 따라오지 않기 때문이다. 피점령국의 기후나 환경이 열악할 때는 종종 이러한 방식으로 자원 침탈이 이루어진다.

이때 빠뜨리지 않고 생각해봐야 할 또 다른 점은 제국의 본국 영토를 얼마나 넓게 설정할 것인가다. 일반적으로 작은 국가일수록 자원의 양이 적고 다양성도 떨어지는데, 이는 곧 커다란 국가들보다 자원을 유인으로 영토 확장 야욕에 불타오를 가능성이 높다는 뜻이 된다. 제국주의 시대에 해상 무역을 장악했던 영국, 포르투갈, 네덜란드를 떠올려 보라. 르귄의《어스시의 마법사》에 나오는 어스시 군도처럼 여러 개의 섬으로 나눠진 세계라면 저마다 자원을 얻기 위해 제국주의 국가로 나아갈 확률이 크다.

〈아바타: 아앙의 전설〉에 나오는 불의 제국은 이 모든 이론을 활용해 가상의 세계를 구상할 때 참고할 수 있는 훌륭한 사례다. 불의 제국의 규모가 상대적으로 작다는 것은 자원 확보가 이들이 팽창 전략을 추구하는 주요 목적 중 하나라는 뜻이다. 불의 제국은 석탄, 목재, 철 매장량이 풍부한 흙의 왕국 북서부 지역을 탐냈고, 그에 따라 불의 제국이 어떤 형태로 영토를 확장해나갈지 윤곽이 잡혔다. 불의 제국은 전쟁을 일으키자마자 우선 이 지역부터 차지해 식민지를 건설하고 지배하기 시작했다. 이외에도 세계 경제의 중심이 해상 무역이라는 사실을 파악한 불의 제국은 강력한 해군을 육성하고, 흙의 왕국 내 항구 도시들을 장악해 불공정 무역을 하고 세금을 부과해 본국의 부를 쌓는다. 사로잡은 적군 병사들의 노동력을 착취하기도 했다.

그런데 반대 상황도 있다. 제국이 원래부터 다른 나라들도 필요로 하는 굉장히 귀중한 자원을 독점하거나 상당수 장악하고 있었다면 어떨까. 이때는 두 가지 면에서 제국의 특징에 대한 힌트를 얻을 수 있다.

- 자원 독점은 제국의 정치 구조를 결정하는 데 도움이 된다. 프랭크

허버트의 《듄》은 우주에서 유일하게 '스파이스'라는 자원이 나는 행성인 아라키스를 둘러싸고 벌어지는 일들을 그린다. 스파이스는 "그게 없으면 제국의 상업도, 문명도 사라지겠지… 스파이스를 지배하는 자가 우리의 운명도 지배하는 거야"라고 언급될 정도로 중요한 자원이다. 《듄》의 아트레이데스 제국은 실제로 '우주 코카인'이라고 할 수 있는 이 자원 위에 건설된 제국이다. 아트레이데스 가문은 스파이스를 독점하게 되자 아라키스를 수도성으로 삼는다. 그리고 더없이 귀중한 스파이스 통제에 집중한다. 베네 게세리트나 항법사들의 우주 조합 같은 다른 유력 세력들도 이곳에 대표자를 둔다. 이러한 힘의 집중은 모두 자원 때문이다.

- 자원 독점은 제국의 형태를 결정하는 데도 도움이 된다. 제국 입장에서는 귀중한 자원을 빼앗으려 들지 모르는 세력들에 맞서 자국을 지켜야 한다. 따라서 자연스럽게 가장 위협이 되는 주변국들에 대한 정복 활동에 나설 것이다. 이는 '안보 확보를 위한 탄생' 절에서 다룰 자위권 논의로 이어지므로, 자세한 내용은 다음 절을 참고하길 바란다.

제국 판타지를 위한 색다른 설정을 찾고 있다면 지금 소개하는 내용이 도움이 될 것 같다. 흔히 제국이 침탈국이라는 데만 초점을 두고 접근한다. 그런데 특정 자원의 통제와 교역에 따라 본국의 복지와 경제가 좌우되는 상황이라면, 그 자원에 대한 지배권을 가진 세력이 자연스레 그로부터 나오는 권력을 휘두르려 할 것이다. 군주제나 봉건제 방식을 통해 직접적으로 영향력을 행사할 수도 있고, 사회적 자본을 이용해 여러 유력 세력과 집단들을 상대로 간접적으로 영향력을 행사할 수도 있을 것이다. 자원이 나는 지역은 아마도 제국의 문화, 경제, 정치적 중심지가 될 텐데, 이 설정을 바탕으로 진행되는 이야기는 정말이지 흥미로울 것 같다.

본국이 어떤 자원을 확보하고 있고, 어떤 자원을 필요로 하는지 궁리하다 보면 이 나라가 작중 세계의 어느 곳을 향해 힘을 행사하려 들지 알 수 있고, 그에 따라 어렵지 않게 제국의 윤곽이 그려질 것이다. 또 불공정 무역, 식민지화, 자원 수탈 중 어떤 침략 방식을 택할지도 결정할 수 있다. 귀중한 자원의 제국 내 위치와 소유권은 제국의 정치 구조에도 영향을 미친다.

안보 확보를 위한 탄생

안보는 두 가지 중요한 지점에서 제국 건설의 유인으로 작용한다.

- 안보는 흩어져 살아가던 민족 집단이 하나로 뭉치는 이유다.
- 제국은 이웃 왕국, 국가, 행성, 은하와 전쟁을 치르고 부산물로 새로운 땅을 얻은 후에 생긴다.

초기 로마인들은 이 두 가지 사항 모두의 좋은 예다. 이들은 저마다 테베레강 주요 유역에 있는 서로 단절된 여러 마을에 흩어져 살아가고 있었다. 그런데 이들의 입지가 라틴인, 사빈족,

볼스키족, 에트루리아인들의 이목을 끌었다. 그에 따라 이 마을들은 한데 뭉쳐야 했고, 도시 국가를 이룬다. 로마인들은 안보를 위해 하나가 되었고, 에트루리아인들의 도시 베이이, 이웃 도시 투스쿨룸 등을 상대로 승리를 거둔다. 이 도시들을 병합하고 주민들을 흡수하자 로마 제국의 크기는 점차 커진다. 자신들을 공격하는 민족들의 땅을 거점지로 육성해 적이 자국을 다시 공격하지 못하도록 안보 조치를 취하는 제국들도 있다. 이에 따라 제국의 크기는 더욱 커진다.

필요한 자원이 어디에 있는지에 따라 자원 유인 제국의 형태가 결정되듯, 안보에 중점을 두는 제국의 형태는 방어가 유리한 국경에 따라 결정된다. 산맥, 협곡, 해안, 혹은 '그 어느 군대도' 전격전을 수행하기 어려웠던 아르덴 숲처럼 말이다. 안보를 목적으로 제국주의를 추구하는 데는 지리적 여건이 작용했을 가능성이 높다. 예를 들어, 유라시아의 대초원에 위치한 몽골은 자연적으로 영토 방어가 되는 해안선도 없고, 남쪽 국경도 방어가 쉽지 않았다. 남쪽에는 중국인, 서쪽에는 터키인이 있었는데, 칭기즈 칸은 영토의 안전을 위해 몽골을 둘러싼 주변국들을 차례차례 굴복시켰다. 그 결과 몽골과 잠재적 위협국들 사이에 거대한 완충 지대를 형성해 쉽게 방어할 수 있는 국경을 세우고 몽골의 안전을 다졌으며, 터키인과 중국인이 재기를 꾀하지 않도록 막았다.

이렇게 자원 유인 제국들은 작은 국가나 섬나라에서 발생하는 경우가 많은 데 반해, 영토가 그보다 크거나 해안을 끼지 않은 내륙에 위치한 국가들, 특히 육지로 완전히 둘러싸인 국가들은 그대로 두면 국경 방비가 취약해지므로 안보를 목적으로 정복 활동에 나서는 경우가 많다. 〈코드기아스〉에서는 여러 유인을 섞어 흥미로운 제국을 탄생시켰다. 이야기 초반에 브리타니아 제국은 안보적 필요성에 따른 형태를 갖추고 있었다. 브리타니아 제국은 자국을 방어하고 적대 제국들에게 더욱 강력하게 저항하기 위해 아메리카 대륙 내의 주변국들을 정복했다. 그러다 희귀 광물인 사쿠라다이트가 전쟁 중에 더욱 귀중해지자, 사쿠라다이트가 생산되는 일본을 침략하기로 한다. 이렇듯 제국은 닥치는 대로 아무 국가에나 쳐들어가는 것이 아니라, 구체적인 목적에 따라 정복할 국가를 선택한다.

그런데 어느 지역의 민족 집단들이 한 사람의 통솔자 아래 뭉치는 것은 외부의 위협에 맞서 상호 안전을 도모하기 위해서만이 아니라, 산적 같은 내부의 위협으로부터 스스로를 보호하기 위해서이기도 하다. 단일한 정치적 조직체가 된다는 것은 도시들 사이의 지역과 도로의 치안이 실질적으로 관리되기 시작한다는 뜻이고, 이에 따라 국경 내 이동이나 상업이 발달한다. 상업은 제국을 번영, 안정, 평화로 이끈다. 이제 도시들은 문제가 생겨도 더는 혼자 끙끙댈 필요도 없다. 이용할 수 있는 자원이 훨씬 많기 때문이다.

민족주의에 기반을 둔 탄생

민족주의는 주의해서 접근해야 하는 복잡한 이데올로기로,

워낙 다양하게 해석되며 단순히 좋다, 나쁘다, 부도덕하다, 압제적이다 등의 말로 규정짓기에는 무리가 있다. 민족주의 논의는 불가피하게 현대와 역사 속 사회·정치적 맥락을 수반한다. 즉 누구나 민족주의를 떠올리면 과거와 현재의 여러 사회·정치 운동을 연관 지을 수밖에 없다. 이 책에는 본문에서 언급한 내용 이외의 어떠한 사회·정치 운동에 대해서도 비평하고자 하는 의도가 없으며, 여기서 다른 의견을 이끌어낸다면 그것은 여러분의 의견일 것이다. 민족주의는 비교적 현대에 발생한 이념으로 받아들여지는 경우가 많은데, 객관적 정의에 따르면 민족주의는 비록 민족주의라고 불리지는 않았더라도 유사 이래 어떤 형태로든 늘 있어왔다. 그렇다. 여기서는 단지 나치 얘기만 하려는 게 아니다. 민족주의란 번영 속에서도, 갈등 속에서도 똑같이 발생할 수 있는 이상한 존재다.

원래 은하 공화국이었던 은하 제국이 갈등에서 성립된 제국의 한 예다. 범은하계적 전쟁과 경기 침체의 소용돌이 속에서 삶의 방식과 전통 상실에 대한 두려움이 커지자 팰퍼틴이 말한 '안전하고 안녕한 사회'에 대한 희망으로 민족주의 물결이 일기 시작했던 것이다. 제국으로 발돋움하는 것은 한때 위대했던 것을 잃지 않도록 지키고 국가의 쇠락을 막는 하나의 방법으로 보인다.

반면 〈아바타: 아앙의 전설〉에서 불의 제국의 민족주의는 불의 제국이 한창 번영하고 있을 때 생겨난 것임을 오자이의 조부인 불의 제왕 소진의 감상을 통해 알 수 있다.

소진: 이 나라는 전에 없던 평화와 부의 시대를 누리고 있어. 국민들도 행복하고, 여러모로 운이 좋지.

로쿠: 무슨 말을 하려는 건가?

소진: 내가 생각을 해봤다네. 이런 번영을 우리만 누릴 순 없어. 다른 나라들과도 나눠야지. 우리 손으로 역사상 가장 장대한 제국을 세우는 걸세. 이제 밖으로 나설 때야.

소진의 제국 건설을 향한 열망은 삶의 방식을 잃는 것에 대한 두려움에서 비롯된 것이 아니다. 자신들의 삶의 방식이 '더 나으며', 따라서 자신들에게는 그러한 삶의 방식을 전 세계에 퍼뜨릴 권리, 나아가 의무가 있다는 정의로운 신념에서 비롯된 것이다.

그런데 민족주의는 다른 유인들과 달리 묘한 방식으로 이야기의 서사에 자연스럽게 가담한다. 자원이나 안보를 향한 열망은 벌목꾼, 부엌 하녀, 구두닦이 등의 인물들의 일상에 그다지 와닿지 않을 것이다. 사쿠라다이트라는 자원이 필요한 것은 브리타니아 군대고, 국경의 안보 상황에 신경을 쓰는 것은 정부다. 이 문제로부터 자유로운 사람은 누구도 없다 해도 말이다.

민족주의는 이와 달리 상당히 개인적인 차원에서 모든 시민의 사고방식에 스며든다. 개인의 일상 하나하나에 깃들어 있는 전통, 의식, 이념을 포괄하는 개념이다. 플래카드와 집회를 등장시키면 민족주의적 색채를 손쉽게 드러낼 수 있긴 하지만, 그보다 인물들의 '생각'을 통해 보여주는 편이 훨씬 효과적이라고 할 수 있다. 자신들의 전통이 사라져가고 있다거나, 자신들이 믿는 가치는 우월하다거나, 자신들에게 번영을 안겨주는 것은 경제라거나 등등의 생각 말이다. 초기 이슬람 칼리프 국가의 팽창 사례를 보면 잘 알 수 있다. 이들은 당시 튼튼한 경제와 학구적인 문화를 바탕으로 과학과 수학 부문에서 획기적인 성취를 일궜다. 그런데 이들에게는 다른 지역 사람들도 마땅히 받들어야 한다고 믿는 단일 종교도 있었다.

민족주의의 중심에 있는 것은 전통, 철학, 종교, 그리고 사람들이 깊고 개인적인 차원에서 소중하게 여기며 아끼는 자신들의 삶의 방식이다. 따라서 작가는 인물의 동기, 인물이 민족주의적 배경을 지닌 사람 또는 그렇지 않은 사람과 관계를 맺는 방식, 정부 교육 방침에 대한 희망 사항과 같은 인물의 사회적 견해에 민족주의가 어떤 작용을 할 것인지 궁리해야 한다.

민족주의는 주인공에게 과제를 안기기도 한다. 주인공이 성장한 제국에는 어쩌면 인종차별적, 성차별적, 독선적인 문화와 분위기가 팽배해 있었을지도 모른다. 물론 그렇다고 민족주의자가 되려면 먼저 인종차별주의자, 성차별주의자, 동성애 혐오자, 그 밖의 비슷한 사고방식을 가진 사람이 돼야 한다는 뜻은 아니다. 그나저나 왜 주인공은 그런 환경 속에서도 다른 사람들과 달리 민족주의 이데올로기, 또는 그 밑바탕에 흐르는 인종차별주의나 성차별주의 같은 사상을 믿고 받들지 않을까? 묘하게도 작가들은 그 까닭을 굳이 제시하지 않는 경우가 많다. 딱히 뭐라고 설명할 수 없지만, 주인공은 본래부터 도덕성이 강한 인물이라는 식이다. 하지만 〈아바타: 아앙의 전설〉은 불의 제국의 주코 왕자를 통해 이 문제를 비껴가지 않고 다룬다. 그는 민족주의적 국가에서 성장한 인물로, 자신이 듣고 자란 선입견을 깨부수기까지 쉽지 않은 개인적 변모를 이뤄야 했다. 주코는 단지 벤딩 능력이 향상됐을 뿐이 아니었다. 그리고 이 작품의 클라이맥스라고 할 수 있는 장면 중 한 장면은 주코가 민족주의의 기만을 꿰뚫어 보는 장면이다. 다음은 '암흑의 날 2: 일식'의 한 부분이다.

> 주코: 아뇨, 이제 저도 다 알아요! 저 혼자 깨친 거죠! 늘 불의 제국이 역사에 다시없을 위대한 문명국이라고 배우며 자랐죠. 전쟁은 우리의 훌륭한 문물을 다른 나라 사람들에게 전파하는 우리의 방식이라고 했어요. 얼마나 기막힌 거짓말인지. 전 세계 사람들이 불의 제국 때문에 공포에 떨고 있어요. 그 사람들은 우리가 위대하다고 생각하지 않아요. 우리를 증오해요! 그리고 그건 당연한 일이고요! 우린 세상을 공포의 시대로 몰아넣었어요. 세상이 망하길 바라지 않는다면, 평화와 우정의 시대로 바꿔야 해요.

민족주의 이면의 정치 체계에 관해 살펴보자. 아돌프 히틀러나 베니토 무솔리니 등 최근에 목격한 역사적 경험상 민족주의는 으레 파시즘을 초래한다고 생각하는 것도 납득이 간다. 하지만 파시즘은 민족주의가 발흥한다고 해서 반드시 뒤따라 나오는 것이 아니다. 마하트마 간디가 이끈 운동은 인도 민족주의의 발현이지만 파시즘으로 이어지지 않았으며, 이러한 사례는 이례적인 것이 아니다. 민족주의 운동에는 지극히 감정적이고 개인적인 동기가 내포돼 있으므로, 그러한 정서를 구현하고 고

무하는 단일 지도자를 중심으로 운동이 전개되는 경우가 많은 것은 사실이다. 나폴레옹은 프랑스 혁명의 가치를 위해 싸운 인물로 많은 사람의 사랑을 받았고, 히틀러는 의무, 산업, 규율, 법, 주권, 질서 등을 포함한 독일의 가치를 기치로 내걸었다. 이 가치들은 각각 당시의 보통 사람들이 시민 소요 사태와 왕정복고의 여파, 또는 제1차 세계 대전의 여파로 자신들이 잃어버리고 있다고 염려한 가치들이었다.

한편, 정부 수반으로 이와 같이 절대적인 인물이 있든 없든 간에, 민족주의는 자연스레 중앙 집권적 권력을 야기하는 경향이 있다. 해리 터틀도브의 《타임라인 191》을 보면 파시즘 자유당은 자유당 지도자의 중앙 집권적 권력 강화로 이어질 법을 제정하기 위해 운하를 장악하고, 경제 계획을 부당하게 이용하며, 국가의 주권과 권력 기반이 약해지도록 손을 쓴다. 이는 실제 파시스트 국가에서도 발견되는 패턴이다. 파시스트 정부는 국가를 방어한다는 명분으로 단일한 법, 단일한 문화, 단일한 삶의 방식을 강요하고, 지방 정부에는 중앙에 도전할 수 없도록 적은 권력만 지니도록 요구한다.

제국을 민족주의적 성격으로 설정하면 이야기에 또 다른 긴장의 초점이 생긴다. 민족주의적 제국은 다른 종류의 제국들과 달리 내부적으로 국민들의 삶의 방식을 하나로 통일하는 데 관심을 쏟는 경향이 있다. 그런데 민족주의와 애국주의는 같은 이데올로기가 아니며, 민족주의는 애국주의와 달리 이러한 경향과 역사적으로 연결되어 있다는 점을 분명히 짚고 넘어가야겠다. 민족주의적 제국에서 살아가지만 순응할 수 없는 사람들은 어떻게 되는가? 아무 조치도 하지 않는 정부도 있을 것이다. 그들의 민족주의 사상에 따르면 제국 내의 개인들이 넓은 범위의 자유를 누리도록 보장하려는 목표가 있을지도 모른다. 그러나 역사를 되돌아보면 추방에서부터 포그롬, 홀로코스트까지 각종 조치가 이루어졌다. 작중 제국이 이러한 내부 갈등에 어떻게 대처할지는 전적으로 작가에게 달렸다.

민족주의적 제국에서는 한 사람을 중심으로 파시스트 운동이 대두되기도 하지만, 반드시 그런 것은 아니다. 또 권력이 중앙 집권화하는 경우가 많은데, 이는 결국 뒤에서 다룰 의사소통과 통제의 문제를 일으킨다. 자원이나 안보 중심의 제국이 본국과 점령지 주민 간의 분쟁에 집중하는 데 반해, 민족주의적 제국은 본국 시민들의 정부 지침 순응 여부에 집중하곤 한다.

기술의 우위를 앞세운 제국의 확장

로마인은 우수한 군사 전략을 바탕으로 유럽의 여러 민족을 어렵지 않게 정복했다. 영국은 소총으로 토착민을 압도했다. 불의 제국이 산업화한 경제, 증기선, 기계화한 공성 무기를 앞세워 들이닥치자 흙의 왕국은 속수무책으로 당할 수밖에 없었다. B. V. 라슨의 《스틸 월드》에서 갤럭틱스는 사실상 반격이 불가능한 화공선 공격으로 위협해 인류를 제국에 굴복시킨다. 재미있게도, SF 이야기에 등장하는 제국들은 전략이 아니라 뛰어난 기술을 이용해 정복을 일삼는 경우가 훨씬 많다.

서사의 초점을 제국이 전쟁을 치르는 과정에 맞추려 한다면, 기술 불균형을 이용해 이야기를 더욱 복잡하게 만들 수도 있다. 정통 칼리프 시대에 이슬람 제국의 팽창이 나일강 삼각주의 성곽 도시에 이르러 잠깐 주춤한 사례가 있다. 공성 무기나 기술을 확보하지 못한 상태였기 때문에 한동안 쉽지 않은 싸움을 치러야 했던 것이다. 이때 작가는 제국이 이 문제를 해결하기 위해 발달을 이룰 것인지, 아니면 후퇴할 것인지, 발달한다면 어떤 식으로 발달할 것인지에 대한 답을 찾아 나서야 한다.

기술적으로, 또는 전략적으로 불균형하다는 설정은 제국의 형태를 결정하는 데도 도움이 된다. 제국이 아무래도 엇비슷한 수준으로 반격해올 적과 겨루려 하기보다는 기술적, 전략적 우위를 점하며 쉽게 손에 넣을 수 있는 쪽으로 확장해나갈 공산이 크기 때문이다. 기술적으로 훨씬 앞선 종족을 정복한다면 독자들은 어떻게 그런 일이 가능한지 의아해할 것이다.

바쁜 작가를 위한 n줄 요약

1

제국을 움직이는 힘은 자원일 때가 많다. 특정 자원이 어디에서 생산되느냐에 따라 제국의 팽창 방향이 결정되고, 경제 형태에 따라 어떤 팽창 전략을 쓸 것인지가 달라진다. 이때 본국의 기후와 지리도 고려해야 한다. 귀중한 자원을 가진 제국은 자연스럽게 세계의 중심지로 부상하기도 한다. 자원을 얻기 위해 제국 팽창에 나서는 국가는 섬나라일 때가 많다.

2

제국은 스스로를 지키기 위해 민족을 통합하고 적지를 차지하고자 하는 안보적 유인으로 탄생하기도 한다. 본국 방어를 위한 완충 지대, 방어에 유리한 국경, 전략적 요지 같은 요소들을 궁리하다 보면 제국의 팽창 형태를 그릴 수 있을 것이다. 안보를 목적으로 제국 건설을 추진하는 나라는 섬나라보다 내륙국일 때가 많다. 단일한 정치적 조직체가 형성되면 자원이 한데 모이기 때문에 국내 안보가 강화되기도 한다.

3

국가의 번영이나 갈등 발생을 계기로 민족주의가 고양됨에 따라 제국이 등장하기도 한다. 이때는 일반 시민들이 실제로 이러한 심리를 지니고 있다는 사실을 보여주는 것이 중요한데, 민족주의는 자랑스럽다거나 뭔가를 상실하고 있다는 감정과 생각에 의존하는 이데올로기이기 때문이다. 이러한 환경은 그 속에서 성장하는 주동 인물에게 장애물로 작용하고, 그에 따라 인물의 내면적 긴장에 서사의 초점을 더욱 쉽게 맞출 수도 있다. 민족주의는 때때로 파시즘으로 치닫기도 하지만, 반드시 그런 것은 아니다.

제국은 거의 언제나 피점령국에 비해 전략적, 기술적 우위를 지니고 있다.

2장

제국은 어떻게 운영되는가?

래리 나이번	Larry Niven
제리 퍼넬	Jerry Pournelle
《신의 눈 속 티끌》	The Mote in God's Eye

마이클 디마르티노	Michael DiMartino
브라이언 코니에츠코	Bryan Konietzko
〈코라의 전설〉	The Legend of Korra

베데스다	Bethesda
〈엘더스크롤〉 시리즈	The Elder Scrolls

브래드 라이트	Brad Wright
로버트 C. 쿠퍼	Robert C. Cooper
〈스타게이트: 아틀란티스〉	Stargate: Atlantis

브랜던 샌더슨	Brandon Sanderson
《왕의 길》	The Way of Kings
《엘란트리스》	Elantris

에런 에하스	Aaron Ehasz
〈드래곤 프린스〉	The Dragon Prince

제임스 S. A. 코리	James S. A. Corey
《익스팬스: 깨어난 괴물》	Leviathan Wakes

조지 루카스	George Lucas
〈스타워즈〉 시리즈	Star Wars

조지 오웰	George Orwell
《1984》	1984

존 로건	John Logan
〈라스트 사무라이〉	The Last Samurai

존 로크	John Locke
《통치론》	Two Treatises of Government

크리스 멧젠	Chris Metzen
〈스타크래프트〉 시리즈	Starcraft

무엇이 제국을 떠받치는가? 이야기, 특히 SF와 판타지 이야기를 보면 여러 개의 행성, 은하계, 또는 왕국, 대륙에 걸쳐 있는 무수한 제국이 등장한다. 그런데 이 제국들이 모두 탄탄한 설정으로 뒷받침돼 있는가를 따져보자면, 솔직히 그렇지 않은 것 같다. 무정형성이 특징인 이 통치 권력이 존재하고 존속하는 까닭이 그저 플롯 때문인 경우가 무척 많다. 이번 장에서는 무엇이 사실적인 제국을 만들고, 무엇이 그 제국이 몰락하지 않도록 하는지 살펴볼 것이다. 이를 위해 '3C', 즉 의사소통Communication, 통제Control, 상업Commerce에 초점을 맞추려고 한다. 3C는 제국을 받치는 세 개의 기둥이다. 다시 한번 말하지만, 제국을 창조할 때 가장 먼저 해야 하는 중요한 일은 실제 역사 속 제국들에 관한 자료를 연구하는 것이다.

제국 내부의 의사소통

제국 전체의 의사소통은 얼마나 빠르고 효율적으로 이루어질까? 이때 궁리해야 할 의사소통은 세 유형이라고 할 수 있다.

- 제국 내 행정 기관들 사이의 의사소통
- 정부와 시민 사이의 의사소통
- 서로 멀리 떨어진 시민들 사이의 의사소통(이 내용은 뒤에 나올 '통제는 날카로운 양날의 검' 절에서 다룬다)

제국이 제국보다 작은 안팎의 적들에 비해 지닌 가장 큰 강점은 월등히 많은 인구 안에서 군사를 징집할 수 있으며, 부존자원이 풍부하고, 전략과 혁신을 뒷받침할 지식인의 숫자가 크게 앞선다는 것이다. 그러나 이러한 강점은 제국이 원활한 의사소통과 효율적인 조직화를 꾀하지 못하면 무가치해지거나 상당히 축소될 수 있다.

군대와 철도

제국은 일반 국가보다 국경이 광범위하므로 제국 전역으로부터 군사력을 모아 적군과 교전을 치르기 위해서는 군대 내의 의사소통이 빠르고 효율적으로 이루어져야 한다. 〈코라의 전설〉에서 쿠비라는 흙의 제국을 선포한 뒤 흙의 왕국에 놓여 있던 철도를 용이하게 이용한다. 철도가 있으면 지방 정부들 간의 의사소통과 지방 및 중앙 정부 간의 의사소통이 훨씬 수월해지고, 위협에 대항해 병력을 신속하게 동원할 수 있다.

자원 관리 능력

제국에 자원을 조정하고 관리하는 능력이 없으면 가뭄과 기근의 시기에 폭동, 혼란, 심지어 반란까지 일어난다. 로마 제국의 몰락에는 수많은 이유가 있었지만, 로마 외곽의 도심지들이 발달하면서 로마의 중앙 권위가 약화돼, 서로마 제국으로의 자원 조달이 어려워진 까닭도 있다. 기근과 전염병이 덮쳤을 때 로마에는 기민하게 대처할 수 있는 물자가 갖춰져 있지 않았고, 이는 로마 제국의 멸망을 결정지은 410년 로마 약탈에 영향을 끼쳤다.

시민과의 소통

마지막으로, 시민과의 의사소통은 정부가 경제를 조정하고 법 개성, 통행금지 조치, 세금 신설 등 각종 정책을 결정하고 집행하는 데 필수적이다. 프로파간다를 확산하거나 제국 전역의 여론을 모으고 민주적 투표를 시행할 때도 마찬가지다.

제국이 효과적인 의사소통을 유지하는 수단도 모색해야 한다. 이때 제국이 처해 있는 맥락을 반영해야 하는데, 만약 저기술 세계 속 내륙에 있는 제국이라면 '모든 길은 로마로 통한다'라는 말을 떠올려 보는 것이 좋겠다. 로마인들은 통신과 조직화를 염두에 두고 제국을 가로지르는 광대한 도로망을 구축했다. 산업 시대에는 기차와 전신이 대단히 중요한 의사소통 수단이었다. 제임스 S. A. 코리의 《익스팬스: 깨어난 괴물》에서는 태양계 어디로든 정보를 전송할 수 있는 '타이트빔'이라는 커다란 레이저를 통해 지구, 화성, 소행성대 사이의 통신이 이루어진다.

SF나 판타지 작품을 쓸 때 제국의 의사소통 수단으로 무엇을 선택하든 유념해야 하는 것은 그 수단을 통해 쉽게 전할 수 있는 정보의 양과 전달 속도다. 이는 다음의 두 가지 측면에 중대한 영향을 준다.

- 중앙 의사 결정의 실효성
- 자치에 대한 열망과 안정성

두 번째 영향에 대해서는 '통제는 날카로운 양날의 검' 절에서 살펴볼 것이다. 일단 얼마나 많은 양의 정보가 빠르게 제국을 가로질러 전달되는가에 따라 보고 체계, 근거지, 전달되는 정보의 종류, 대응 소요 시간, 정보에 기초해 결정되는 사항 등 제도 권력의 형태가 달라진다. 제국은 말하자면 촉수를 천 개쯤 거느리며 온갖 일에 관여하는 거대하고 육중한 존재다. 만일 모든 법적, 경제적, 정치적 결정이 황제나 왕과 같은 하나의 제도화된 권력에 의해 이루어져야 한다면, 그 하나의 권력체가 더 많은 결정을 내려야 하고, 보고가 올라가고 지시가 내려오는 데도 시간이 필요하므로 의사소통과 행정이 더디게 이루어질 가능성이 있다. 이에 더해 통신 속도가 느려서 정부 권력이 많은 양의 정보를 쉽게 보낼 수 없는 경우에는 상황이 더욱 나빠진다.

〈엘더스크롤〉 시리즈에서 타이버 셉팀 제국이 성공한 까닭 중 하나는 이 제국이 극도로 강력한 중앙 집권은 오히려 능률이 떨어진다는 사실을 인지했다는 데 있다. 주로 말馬을 통해 이루어지는 의사소통 속도는 느릴 수밖에 없으며, 성과로 이어질 만큼 충분한 정보가 전달되는 데 한계가 있었다. 그 결과 셉팀 제국은 비교적 지방 분권적인 권력 구조를 갖게 됐다. 황제에게 최종 권한이 있되 의사소통과 결정은 빠르고 효율적으로 이루어지는데, 지방에서도 법을 따르기만 한다면 대부분의 결정을 스스로 내릴 수 있으며, 황제의 직접적인 통치는 일부에 한해서만 이루어진다. 황제가 지리적으로 제국의 중심에 있으므로, 문제가 발생해 중앙 당국이 결정을 내려야 할 때도 신속하게 소통이 이루어질 수 있다.

이와 비슷한 역사적 예로 중국의 청나라를 들 수 있다. 청나라에서는 중앙 권력이 하는 일은 대체로 전쟁, 형사 소송, 과세, 수로나 다리 건설과 같은 대형 사업으로 국한되고, 그 밖의 기타 행정은 상당 부분 지방에 위임되었다. 많은 양의 정보가 소통되는 데 시간이 오래 걸리는 곳에서는 분권화한 정부가 지방에서 벌어지는 경제 둔화, 재산 분쟁, 형사 소송 등의 문제를 처리하는 편이 효과적이기 때문이다. 반대로 제국 전역에 걸쳐 신속하고 효과적인 소통이 이루어진다면 한층 중앙 집권적인 정권이 집권할 수 있다.

상식을 뒤집는 마법 체계

검과 말과 마차가 등장하는 판타지 세계 속 제국이라면 아무래도 분권화된 권력 구조를 갖고 있다는 설정이 좀 더 사실적이고 합당할 것이라 생각하기 쉽지만, 마법 체계를 통해 이러한 예상을 전복하는 작품들이 많다. 브랜던 샌더슨의 《왕의 길》에 나오는 '스팬리드'는 많은 양의 글을 멀리까지 전송할 수 있는 상대적으로 빠른 수단으로, 결정권자가 왕국 내 어디에 있든 신속한 결정을 내리도록 돕는다. 이 땅의 대다수 왕국 통수권자들이 최전선에서도 명령을 하달하며 전쟁터에서 대부분의 시간을 보낼 수 있는 까닭이다.

마법사들이 시민들의 마음속에 생각을 심을 수 있다면 어떨까? 제국이 프로파간다를 이용하는 데 어떤 영향을 끼칠까? 반체제적 사상의 확산을 막는 것이 더 어려워질까? 정부는 텔레파시를 다루는 마법사들을 모조리 고용하려고 할까? 그래서 제국의 프로파간다를 사회에 주입하는 고도의 엘리트 집단을 만들려고 할까? 이렇게 작중 이야기의 마법적이고 환상적인 요소들이 정부 기구의 운영 체계에 어떤 변화를 가져올지도 궁리해봐야 한다. 특정 업무의 집행을 쉽게 만들거나 어렵게 만드는 마법이 존재한다면, 그 마법은 제국이 한결 효율적으로 돌아가는 기반이 되거나 적들이 노리는 약점이 될 것이다.

정부 권력이 얼마나 빠르고 효율적으로 제국 안팎의 위협에 대응할 수 있는가는 작품의 주요 설정을 독자에게 보여주는 하나의 렌즈로서 기능한다. 단순히 군사력을 의미하는 데 그치지 않고 적들을 압도할 수 있는가 없는가를 판가름하는 제국의 마법, 기술, 행정적 의사소통 능력을 총체적으로 반영하는 것이기 때문이다.

통제는 날카로운 양날의 검

1927년에 마오쩌둥은 "정치권력은 총구에서 나온다"라는 다소 비관적이지만 현실성 있는 말을 했다. 인류 역사를 통틀어 볼 때 통제력을 확보하지 못한 채 정통성을 인정받은 정권이 없기도 하거니와, 대륙이나 행성 같은 광대한 땅을 아우르는 작중 제국으로서는 더더군다나 관할 지역에 대해 통제권을 행사할 수 있는 능력이 필수적이다. 그런데 '통제력'이란 정말로 무엇을 의미할까? 언뜻 조세를 징수하면 통제력을 확보한 것이라고 생각하기 쉽다. 그런데 조세를 문제없이 거둬들이는 것은 제국이 영토를 통제하고 있다는 증거는 되지만, '어떻게' 그 통제권을 유지하고 있는가를 보여주지는 못한다. 조세는 통제의 결과이지 원인이 아니기 때문이다.

누구나 알다시피 제국은 다른 민족 집단들을 하나의 국가로 흡수함으로써 형성되며, 이는 당연히 모두가 좋아하는 상황은 아닐 것이므로 상상 이상의 문제들이 발생한다. 흡수당하는 민족의 입장에서는 십중팔구 싫어할 것이다. 따라서 작중 세계를 창조하는 작가는 다음의 질문의 답을 생각해봐야 한다. 사람들이 제국에 남는 이유는 무엇인가? 사람들은 왜 세금을 낼까? 왜 저항하고 반란을 일으키지 않나? 그 이유에 따라 사람들의 제국에 대한 충성심 또는 기꺼이 제국에서 살아가겠다는 의향은 근본적으로 어떻게 달라질까?

이야기 속의 모든 '위대한 악의 제국'이 내놓고 싶어 하는 답은 '공포'다. 사람들은 강제 노역에 끌려가지 않기 위해 하는 수 없이 복종하는 것이다. 하지만 이는 답이 되기보다 더욱 많은 의문을 자아낸다. 공포에 기반을 둔 통치는 오히려 시민들이 반란을 일으키는 도화선이 될 수 있다. 어떻게 광활한 지역에 수많은 병력을 계속해서 주둔시키고 충원하며, 그 비용을 감당할 수 있을까? 애초에 어떤 처우를 받을지 뻔한 상황에서 징집에 응하려고 할까? 역사를 되돌아봐도 공포 통치를 자행한 제국들은 그리 오래 지속되지 않았다.

역사를 통해 분명히 알 수 있는 사실은 성공한 제국들은 평화적 수단, 부당한 영토 합병, 무력을 앞세운 정복 활동 중 어떤 방법으로 제국을 건설했든 사람들이 제국 외부보다 제국 내부에서 살아가는 것이 낫다고 생각하도록 만들었기 때문에 흡수한 집단들을 통제할 수 있었다는 것이다. 즉, 선호를 이끌어내는 것이 제국 유지의 핵심이다.

방법은 여러 가지다. 대영 제국은 매우 가혹한 정책을 취했지만, 대영 제국이 제공하는 경제적 기회와 세계 무역에 대한 접근권은 식민지 국가의 많은 사람에게 매력적으로 다가가기도 했다. 당시 뉴질랜드의 마오리족은 이 점을 잘 이용해 자신들의 상품과 필요로 하던 새로운 원료, 도구, 무기를 교환했다. 그렇지만 반드시 짚고 넘어갈 부분은 마오리족이 영국인들로부터 끔찍한 대우를 받았다는 것이다. 늘 유리하게 교역을 할 수 있었던 것도 아니고, 특히 땅에 관한 한 두말할 나위가 없다. 다른 예로는 몽골 제국 치하에서 대부분의 사람들은 안전을 보장받으며 종교 생활도 자유롭게 할 수 있었다. 또 키루스 대왕 치하의 시민들은 노예가 될 위협에서 벗어날 수 있었다고 추정된다.

통제와 서사

세계의 창조자인 작가에게 중요한 것은 지금 다루고 있는 내용을 서사를 통해 보여줘야 한다는 것이다. 제국에 가담하는 데는 인물의 동기가 직접적으로 연관돼 있을 수도 있다. 〈코라의 전설〉에서 볼린이 흙의 제국에 합류하는 까닭은 흙의 제국의 중심 세력이 난리 통에도 낙후된 마을들에 음식과 보급품을 지원해 줬기 때문이다. 볼린의 정 많은 성격을 고려하면 타당한 전개다. 《신의 눈 속 티끌》의 시점 인물인 커맨더 로더릭 블레인이 겪는 일련의 경험은 이 질문에 대한 답의 축소판이라고 할 수 있다. 그는 반란 진압 활동을 이끌면서 제국을 떠나는 사회들에서 어떤 일이 벌어지는지 목도한다. 사람들은 제국을 벗어나면 사회가 경제 붕괴와 무질서의 상태로 돌아가는 것을 알기 때문에 충성했다. 이런 일에 질릴 대로 질린 그의 내력을 감안하면 다음의 대사 역시 타당하다.

> "설득을 하든, 안 되면 무력을 써서든 인류는 하나의 정부 아래 다시 통합돼야 해. 수백 년 동안 이어진 분리 독립 전쟁들이 다시는 일어나지 못하게 쐐기를 박아야 한다고. 그 전쟁들로 얼마나 끔찍한 공포의 세계가 펼쳐졌는지 제국 장교라면 누구나 다 알아. 그게 바로 아카데미들이 수도가 아니라 지구에 있는 이유라고. … 창문이란 창문은 벌써 죄다 깨진 데다, 폭도들이 거리를 혼란의 도가니로 몰아넣고 있었어."

하지만 통제는 고구마를 기르고 완두콩을 따는 평범한 농민들만 통제한다고 해서 달성되는 것이 아니다. 독재 정권의 경우라면 통치자가 권좌를 누릴 수 있도록 돕는 지지 세력이 계속해서 정권의 일원으로 머물고 싶어 하도록 만들어야 한다. 모든 권력 체계는 피라미드식 구조를 이루고 있다. 정부와 사회의 각계각층 사람들은 저마다 다른 이유로 제국에 기꺼이 가담하고 있는 것으로, 집권 세력은 자신의 지지 기반인 수많은 집단을 수많은 방식으로 사로잡아야 한다.

〈라스트 사무라이〉 같은 '늑대와 춤을' 유형의 이야기에서는 이를 전복시키는 인물호가 꽤 자주 등장하는데, 애초에 제국을 지지했던 동기가 도전을 받고, 그에 따라 인물이 점차 변화한다는 식이다.

제국 내부의 삶, 제국 외부의 삶

제국 내부의 삶이 매력적이라고 해서 인물들이 제국을 택하는 이유가 전부 해명되지는 않는다. 아마도 '제국 외부의 삶'이 매력적이지 않다면 더욱 설득력이 있을 것이다. 프로파간다가 필요한 지점이다.

누구나 조지 오웰의 《1984》에 나오는 모순 형용적 명칭이라고 할 수 있는 '진리부'에 대해 들어봤을 텐데, 진리부는 대중이 접할 수 있는 정보를 엄격하게 검열하고, 거짓 위기를 조장하고, 오세아니아 바깥의 세계는 끔찍하고 사악하다는 이야기를 퍼뜨리는 수법으로 사람들을 통제한다. 이 때문에 사람들은 오세아니아의 일원으로 남기를 원한다. 그리 오래지 않은 과거에 나치와 소련의 프로파간다가 횡행했기 때문에 제국이 '프로파간다'를 이용한다고 하면 자동으로 '사악한 제국'이라고 연결 짓기 쉽다. 그렇지만 프로파간다는 제국의 성공적인 운영에 중요한 요소로, 그 역사가 고대 오리엔트의 한 민족인 아카드의 사르곤 대왕으로까지 거슬러 올라갈 정도다. 제국의 정복 활동이 국민에게 어떻게 비치는지, 적군이 어떻게 비치고, 제국 군대는 또 어떻게 비치는지는 정부의 조정 능력에 따라 상당히 달라진다. 〈스타워즈〉에서 분리주의 연합을 상대로 한 전쟁이 어떻게 그려져 있는가를 떠올려 보자. 분리주의자들은 자유와 해방의 가치에 반하는 야만족, 테러리스트에 지나지 않는 듯하다.

프로파간다는 제국 출신 인물들을 그릴 때 흥미로운 문제를 제기한다. 정부가 적국이나 군대에 대해 뭐라고 떠들건 다른 사람들은 모두 받아들이는데, 왜 주인공만 의심할까? 에런 에하스의 〈드래곤 프린스〉 주인공 케일럼은 엘프들이 모두 괴물이라거나 전쟁이 정당하다고 생각하지 않는다. 그런데 다른 사람들은 당연하게 생각하는 것을 왜 케일럼만 의문을 갖는지에 관한 이유가 나오지 않는다. 아직 어린데도 관점이 너무 성숙해서 조금 이상하게 느껴지기도 한다.

프로파간다가 잘 활용된 예로는 〈아바타: 아앙의 전설〉의 주코를 들 수 있다. 주코는 불의 제국이 온 세계로 번영을 확산하고 있다고 진심으로 믿는다. 그리고 그는 이 프로파간다의 실체를 꿰뚫어 보기까지 길고 쉽지 않은 여정을 거쳐야 했다. 주코는 시즌3의 '암흑의 날 2: 일식'에 이르러서야 프로파간다를 최종적으로 거부한다.

주인공을 다른 사람들은 알아차리지 못하는 프로파간다의 실체를 쉽게 간파하는 인물로 그리는 것도 나쁘지 않지만, 이 경우 마치 마법처럼 남들보다 한없이 지혜로운 주인공이 독자에게는 거슬릴 수도 있다. 따라서 그보다 주인공이 변화하는 과정에서 진실을 깨닫는 내용으로 전개하는 편이 더욱 재미있을 것이다. 한편, 사람들이 마법이나 기술을 이용해 어떤 사건을 자유롭게 조사할 수 있으면 프로파간다를 지속하기가 어려워진다는 점도 잊지 말아야 하겠다. 정부로서 허울을 유지하는 데 드는 경비도 만만찮아질 것이다.

공동체를 묶어주는 자치와 주권

사람들이 반발하지 않는 까닭을 탐구하다 보면 두 가지 중요한 개념이 나타난다. 바로, 자치와 주권이다. 역사상 모든 혁명의 원동력이었던 자치와 주권에 대한 요구를 작가로서 작중 제국이 어떻게 수용하도록 할 것인가?

잘 알지 못하고, 선택하지도 않았으며, 문화적으로나 사회적으로 유사성이 없는 이들의 통치를 받는 상황을 달가워하는 사람들은 없다. 동족 의식을 가진 집단들은 보통 하나의 종족 공동체로서 자치권을 행사하고자 한다. 현대인들은 같은 도시, 같은 국가, 나아가 같은 대륙의 사람들과 집단으로서의 유대감을 공유한다. 그런데 제국은 본래 수많은 민족 집단을 흡수하며 발생한다.

달렉 제국을 비롯한 이야기 속 제국들은 절대적인 공포를 바탕으로 지배를 이어간다. '생명이란 생명은 모조리 말살'이 목표인 달렉 종족이 어떻게 제국을 갖게 됐는지 모르겠지만, 아무튼 가지고 있다. 제국이 성립하는 데 필요한 최소 요건 중 하나는 사람들이다. 그러나 역사를 통틀어 공포 통치가 장기적 행정 전략으로서 실효를 거둔 적은 거의 없다. 더욱 효과적인 전략은 사실상 자치를 허용하는 것이다. 알렉산더 대왕은 정복한 지역의 통치자들이 세금을 내면 지위를 유지할 수 있도록 했다. 정복지 주민들이 아끼고 따르는 왕의 목을 베지 않는 것, 귀족 지도자 중 한 사람을 총독으로 임명하는 것, 중앙 권위에 종속돼 있으나 독자적 의사 결정권을 지닌 민주적인 지방 행정 조직을 만드는 것, 이전에 누릴 수 없었던 혜택이 따르는 시민권을 얻도록 길을 열어주는 것 등, 작중 제국에서 이를 실현하는 방법은 다양하다. 무엇보다 중요한 점은 사람들이 자신들의 생활 터전에서 문제가 생겼을 때 당국이 문제에 귀를 기울이고 해결해 준다고 느끼는가다. 이것이 어느 정도 지방 분권을 허용해야 정복지 주민들이 제국의 권위를 훨씬 쉽게 받아들이는 까닭이다. 자신들의 땅과 정세에 대해 주권을 향유하고 있다는 인식을 줄 수 있어, 반란을 일으킬 가능성도 낮아진다.

이제 시민들 간에 이루어지는 의사소통의 속도와 양이 정부의 통제, 즉 자치에 대한 열망과 안정성 면에서 어떤 의미가 있는지 살펴볼 차례다. SF나 판타지 이야기에서는 우월한 과학기술과 고등 마법으로 극도로 단시간에 장거리 의사소통이 이루어질 수 있다. 브랜던 샌더슨의 《엘란트리스》에서는 션seon이

전화기와 같은 기능을 하고, 〈스타게이트: 아틀란티스〉에서는 고대인들이 개발한 스타게이트 기술을 이용하면 웜홀을 통해 광년의 시간을 뛰어넘어 즉각적인 디지털 전송이 가능하다. 이는 결국 다음을 의미한다.

- 중앙 권력이 모든 정보를 즉시 수신하고 결정을 내릴 수 있다면, 지방 단위에서 대처해야 하는 긴급한 일이란 없다고 봐도 무방하다. 의사소통이 더딜 때처럼 제국의 권력을 분산할 실질적인 동기가 없다는 말이다.
- 더욱 중요하게는 정보의 이동이 손쉬운 세계에서는 사람들이 '내가 속한 집단'이라고 규정짓는 범위가 변화하면서 '자치'의 개념도 변화하기 시작한다. 이동이 용이하고 즉각적인 의사소통이 가능해질수록 사람들은 마을을 넘어 주 전체, 국가 전체와 연결돼 있다고 느끼게 되며, 언젠가 은하계 의회 같은 것이 출범한다면 이 유대감은 행성 전체에 이를지도 모른다.

의사소통이 가속화하면 권력의 중앙 집중도가 높아져도 기꺼이 받아들이는 사람들이 많아진다. 자신이 소속돼 있다고 느끼는 큰 집단으로부터 권력이 배출된다면 곧 '자치'와 다를 바 없기 때문이다. 예전에는 동네나 작은 마을을 자신의 '공동체'로 여겼지만, 자동차가 발명되면서 더 큰 도시와도 어렵지 않게 자신을 동일시하며 하나의 공동체로 연결돼 있다고 느낀다.

반란과 의사소통의 관계

경제가 견실하며 살고 싶은 제국일지라도 저항 세력은 있게 마련이고, 이들이 반란을 도모할 때 유리한 점은 무엇보다도 재빨리 공격을 감행할 수 있다는 것이다. 국경과 국토가 넓어질수록 내외부 위협에 신속하게 대응할 수 있는가는 정부 통제의 핵심 요소로 작용한다. 제국이 군대를 곧바로 동원하지 못하면 반란군이 효과적인 방어 태세를 갖출 시간을 벌어주게 되고, 결과적으로 군대가 당도했을 때는 버젓한 독립 국가와 맞서 싸워야 할 수도 있다.

반란은 앞서 논의한 의사소통과 밀접한 관련이 있다. 행성이나 은하계에 걸쳐 있는 제국의 경우 적군이 수광년 떨어져 있을 때 문제가 된다. 사람들이 반란을 되풀이해 일으키지 못하도록 막을 방법이 있기는 할까? 제국 군대를 종신적으로 배치하는 것 외에는 뾰족한 수가 없다. 〈스타크래프트〉의 프로토스 제국이 강력한 까닭 중 하나는 이 문제를 해결했기 때문인데, 이들은 워프 게이트를 이용해 제국 어디로든 지체 없이 군대를 순간 이동시킬 수 있다. 대번에 결집할 수 있다는 저항군의 강점을 무력화하는 것이다. 마찬가지로 몽골 제국은 병력을 신속하게 움직여 예상보다 며칠이나 몇 주 일찍 공격을 단행할 수 있었던 것으로 잘 알려져 있다. 그리고 로마인들은 제국 전역에 도로망을 구축했기 때문에 군대를 빠르게 이동시킬 수 있었다. 작중 제국이 세금을 내지 않는 집단을 곧바로 진압할 능력을 갖췄다면, 반란이 벌어질 가능성을 줄일 수 있다.

동화 정책

또 다른 통제 수단은 동화 정책으로, 흡수된 민족들이 소속감을 느낄 수 있는 단일한 문화 정체성을 창출함으로써 그들이 제국의 일원이 되는 쪽을 선호하도록 유도하는 것이다. 여기에는 두 가지 방법이 있다.

- 이데올로기, 주로 종교를 강제한다. 〈워해머 40K〉에서 인류 제국은 정복지 민족들이 제국교를 자신들의 종교로 받아들이도록 압력을 가한다. 또 정통 칼리프 시대에는 피정복민들이 이슬람교로 개종할 경우 세금과 사회적 지위 면에서 혜택을 받을 수 있었다.
- 단일한 문화 풍습을 도입한다. 로마는 이 점을 염두에 두고 콜로세움을 건설했다. 모든 사람이 환영하고 즐길 수 있는 스포츠를 만들어 로마인으로서의 문화적 정체성을 공유하게 한 것이다.

이와 같은 단일 풍습이나 특정 관행들이 정복지 주민들을 대상으로 공고히 뿌리를 내릴수록 이들의 새로운 문화 정체성이 더욱 강해질 것이다. 그 결과 제국에 대한 소속감이 커지고, 나아가 제국의 일원으로서 자부심을 느끼게 될지도 모른다. 그러나 감당하기 어려운 관습은 무자비하고 독단적으로 받아들여져 역효과를 낳기도 한다.

번영은 상업에서 시작된다

경제적 안정성은 어떤 지역에서 범죄나 반란이 발생할 가능성과 평화 여부를 가늠하는 훌륭한 지표가 된다. 사람들이 나라의 외교 사정이나 고위층의 부패 문제에 대해 걱정하지 않는 것은 아니지만, 좋은 일자리, 안정적인 수입, 미래에 대한 전망이 있다면 그러한 문제들을 어느 정도 묵인하는 것도 사실이기 때문이다. 궁핍하고 황폐하게 살아가는 평범한 농민들에게는 자신들의 세금이 나니아 나라로 흘러가든 텔레토비들의 의회로 흘러가든 별로 중요하지 않을 것이다. 그저 '내가 너희의 왕!'이라고 외치는 사람이 달라지는 것뿐이기 때문이다.

상업은 의사소통과도 밀접한 관련이 있다. 여기저기 돌아다니는 무역상들은 예로부터 먼 곳의 새로운 소식과 기별을 가져다주는 전달자 역할을 톡톡히 해왔다. 제국이 지닌 커다란 강점 중 하나는 대체로 낮은 관세로 상품을 사고팔 수 있는 넓은 시장을 갖고 있다는 것이다. 원거리 통신과 이동이 쉬우면 교역이 수월해지고 시장의 경쟁력이 높아져, 경제적 번영의 수혜를 입는 사람이 전반적으로 늘어난다. 이와 반대로, 의도적으로 높은 관세를 부과해 정복지 주민들이 동네 구둣방에서 물건을 사는 것은 어렵고 제국에서 넘어온 물건을 사는 것은 쉽도록 한 제국들도 있다. 이는 모두 본국의 부로 돌아갔다.

하지만 정부의 역할은 사람들이 살기 힘들 정도로 세금을 부과하지 않는 데 그치는 것이 아니다. 존 로크의 《통치론》에 따르면 사람들이 시민 사회의 일원이 되고자 하는 커다란 이유는 정부가 재산을 보호하고 교역을 증진해 주기 때문이다. 이를 보장하는 방법은 수없이 많다. 청나라는 사람들이 신뢰할 수 있는 상인이 누구인지 분간할 수 있도록 상인들에게 면허증을 배부했다. 로마인들은 기름과 같은 상품이 공식적인 검인 절차를 거친 후 수송되도록 함으로써 제국의 변방에서 상품을 사는 사람들이 사기를 당하지 않도록 방지했다. 또 자유 경제 체제가 제대로 작동하기 위해서는 사람들이 필요할 경우 다른 개인에게 배상을 청구할 수 있도록 공정한 사법 제도가 마련돼 있어야 한다.

안타까운 사실은 무역을 촉진하고 보호하는 능력을 유감없이 보여주는 제국이 이야기 속에 그다지 많지 않다는 점이다. 〈엘더스크롤〉의 시로딜 제국은 고대 로마인들이 했던 모든 일을 답습하고 있을 뿐, 특별한 구석이 없다. 작중 제국을 차별화된 모습으로 그리고 싶다면, 정부가 상업을 어떤 식으로 관리하고 보호하는지 보여주는 것도 독특한 시선에서 사실적인 제국을 창조하는 한 방법이다. 왜 사람들이 제국의 일원이 되는 것을 선호하는지, 왜 제국이 존속하는지, 다른 국가들은 하지 않지만 제국은 하고 있는 것이 무엇인지를 입증할 수 있다.

제국의 완벽한 안정이 가능한가?

작가로서 사실적인 제국을 창조하기 위해 기억해야 할 점은 제국이 끊임없이 변화한다는 것이다. 가능한 한 큰 규모에서 비교적 좋은 예로 살펴볼 수 있는 것이 〈워해머 40K〉의 인류 제국이다. 인류 제국은 수백만 개의 행성을 아우르는 제국으로, 너무 거대해서 간신히 하나로 묶여 있다. 테라 평의회에 대해 반대하는 세력들이 있고, 호루스 헤러시라는 대대적인 반란이 벌어지고, 곧이어 대숙청으로 정부 체계는 총체적으로 파괴된다. 그런가 하면 군과 경제가 붕괴됐다 다시 형성되고 개혁되기를 반복하고, 영토는 잃거나 새로 얻기도 하며, 권력자들이 나눠 갖기도 한다. 종합해서 볼 때 인류 제국은 세월의 흐름과 함께 모든 것이 바뀌었기 때문에 하나의 연속체라고 보기 어려울 정도다.

로마 제국은 응집력과 안정성을 갖춘 정치 체제였을 것이라고 막연히 생각하는 사람들이 많다. 그러나 로마 제국의 역사는 굉장히 격동적으로 변화해왔다. 그러므로 이 제국이 하나의 정치적 실체로서 존속했다고 주장하는 것은 역사에 대한 환원주의적인 접근이라고 할 수 있다. 로마 제국은 하나의 호를 그리지 않았다. 수백 년, 심지어 수천 년의 역사를 계승한 후계자를 자처하는 여러 세력으로 로마 정체는 시련, 붕괴, 개혁을 반복해서 맞았다. 역사는 결코 단순하지 않으며, 제국들도 완벽한 안정을 이룬 적이 거의 없다.

제국은 국경, 종교, 정치, 경제, 문화에서 모두 변화를 거듭한다. 과거의 흔적이 남아 있는 배경을 통해 이러한 변화를 보여주는 것도 중요하다. 예전에 널리 믿었던 종교의 주요 인물들을 담은 각종 기념물이 세워져 있을 수도 있고, 오래전에 교역을 장려하기 위해 만들어졌으나 상업의 변화로 더 이상 사용하지 않는 건축물이 있을 수도 있다. 아마 도로는 지금은 폐쇄된 특정 광산으로 가는 길이었을지도 모른다.

의사소통, 통제, 상업의 '3C' 중 어느 하나라도 놓치기 시작하면, 제국은 균열이 일어나거나 쇠퇴할 가능성이 높아진다. 이 점을 헤아려 작중 사건이 3C 각각에 어떤 영향을 미치는지, 즉 약화되거나 강화되는지, 제국의 3C 운영 방식은 어떻게 바뀌는지를 그려야 한다. 반군이 '핵심 타깃'이라고 여기는 것을 파괴했는데도 독자들이 보기에 제국의 통신이나 자원 조정 능력에 변화가 없으면, 반군의 극적 일격이 아무런 영향도 일으키지 못한 것처럼 느껴진다. 이 문제에 관해서는 뒤에서 자세히 살펴볼 것이다.

바쁜 작가를 위한 n줄 요약

1

국토를 오가는 정보의 속도와 양은 제국 전체를 효과적으로 조직화하는 데 필수적인데, 마법이나 기술에 의해 상황이 바뀔 수 있다. 의사소통 속도가 느리면 권력이 분산되는 경향이 있다.

2

마법 체계가 정부의 운영 방식과 정부가 직면하는 어려움에 어떤 식으로 영향을 미치는지도 구상해야 한다.

3

제국은 공포 통치, 제국 국민이 되고 싶게 하는 환경 창출, 국내외 실정에 대한 프로파간다, 자치 허용, 주권을 누리고 있다는 인식 조성, 동화 정책 등 다양한 수단으로 통제력을 확보한다. 군대를 신속하게 동원하고 자원을 조정하는 능력은 통제력을 유지하는 데 굉장히 중요하다. 시민들 간의 의사소통이 재빨리 이루어질수록 시민들이 중앙 집권적 통제를 기꺼이 수용할 가능성이 높아진다.

4

건실한 경제는 제국의 안정성을 판별하는 지표다. 넓은 시장은 제국 밖의 사람들보다 제국 국민이 윤택한 삶을 살아가는 기반이 된다. 성공적인 제국은 재산권을 보호하며, 교역의 편의를 도모한다.

5

제국은 문화, 경제, 정치, 종교 등 모든 부문에서 구조적 변화를 겪을 수밖에 없는데, 이 같은 상황을 반영하면 작중 세계에서 제국을 사실적으로 그리는 데 도움이 된다.

3장

제국은 어떻게 멸망하는가?

니콜로 마키아벨리	Niccolo Machiavelli
《군주론》	The Prince

릭 프리스틀리	Rick Priestley
알레시오 카바토어	Alessio Cavatore
〈워해머 40K〉 시리즈	Warhammer 40K

마이클 디마르티노	Michael DiMartino
브라이언 코니에츠코	Bryan Konietzko
〈아바타: 아앙의 전설〉	Avatar: The Last Airbender

베데스다	Bethesda
〈엘더스크롤〉 시리즈	The Elder Scrolls

브랜던 샌더슨	Brandon Sanderson
《마지막 제국》	The Final Empire

수잰 콜린스	Suzanne Collins
《모킹제이》	Mockingjay

조지 R. R. 마틴	George R. R. Martin
《얼음과 불의 노래》 시리즈	A Song of Ice and Fire

조지 오웰	George Orwell
《1984》	1984

진 루엔 양	杨谨伦
《아바타: 아앙의 전설 - 약속》	Avatar: The Last Airbender - The Promise

역사 속 가장 웅장한 이야기들에 대한 스포일러를 하나 하자면, 모든 제국의 끝은 몰락이라는 것이다. 이유는 갖가지다. 불황, 내분, 아시아에서 지상전을 벌이거나, 생사의 기로에서 시칠리아인과 반목하거나. 모든 역사가 그렇듯 제국이 멸망하는 과정도 어지간히 복잡하므로, 이를 몇 부분으로 나눠 알아보려고 한다.

혁명은 불쑥 일어나지 않는다

많은 이들이 불만을 품은 벌목꾼들과 공산주의자인 딸기 채집 일꾼들이 영광스러운 혁명을 일으켜 사악한 제국을 단숨에 무너뜨리는 장면을 상상한다. 그렇지만 현실에서는 제국이 몇 년, 수십 년, 심지어 수백 년에 걸쳐 균열을 일으키며 서서히 쇠락하는 경우가 대부분이다. 그리고 이 쇠퇴기의 맨 마지막에 혁명이 벌어지곤 하는 것이다. 뒤에서 자세히 살펴볼 테지만, 서로마 제국은 무수한 경제, 군사, 정치적 문제로 두 세기에 걸쳐 멸망했다. 동로마 제국, 즉 비잔틴 제국은 이후 '천 년'에 이르는 시간 동안 점차 부흥과 쇠퇴를 거쳤다. 몽골 제국은 승계권을 둘러싼 분쟁 결과 네 개로 갈라졌고, 갈라진 네 나라는 한 세기 내내 자잘한 혼란을 수없이 겪다가 스러졌다. 식민지화에 반하는 지정학적 변화로 대영 제국이 분열되기까지는 60년 가까이 걸렸다. 아바스 혁명으로 전복된 우마이야 왕조도 실제 혁명이 일어나기 전 20년 동안 경제적으로나 정치적으로나 쇠퇴하고 있었다.

혁명으로 무너지는 제국을 창조할 때는, 혁명에는 대개 오랜 기간에 걸친 경제 불안정, 문화적 분열, 정치 환경 변화가 선행된다는 점을 명심해야 한다. 사실 이러한 어려움이 개인적 이유나 집단적 이유로 대의에 동참하도록 사람들을 이끌며 혁명에 불을 지피는 것이다. 사실 제국의 분열은 점점 가속이 붙으며 진행되곤 하는데, 조금 갈라지고, 조금 더 갈라지고, 그러다 순식간에 끝장난다. 영화나 TV 드라마에서 흔히 묘사되는 것과 다르게, 혁명은 보통 제국이 상당히 약화되기 전까지는 일어나지 않는다.

혁명에 관한 이야기를 쓰려 한다면 일상을 살아가는 시민들의 경제적 복지 상태 변화, 제국이 국경을 유지하기 위해 고군분투하는 모습, 정부 내 파벌들 사이의 불안정성 등을 보여주며 이야기에 사실감을 더하는 것이 좋다. 혁명은 불쑥 일어나지 않는다. 이러한 것들이 왜 이전에는 혁명이 불가능했는데 지금은 가능하게 됐는지를 알려줄 것이다.

나치 독일과 같이 엄청나게 빨리 붕괴하며 예외적으로 단명한 제국들도 있다. 여기에는 다양한 이유가 있지만, 급속도로 확장된 제국은 대체로 제국의 부단한 팽창에 의존해 저절로 순환하는 전시 경제 체제를 기반으로 확장을 이룬 경우가 많다. 따라서 제국을 지탱할 국내 경제 체제나 안정성이 부재하며, 팽창은 언젠가 그 기세가 약해지거나 역풍을 맞게 마련이다. 이 때문에 급속도로 커진 제국은 결국 붕괴하는, 그것도 빠르게 붕괴하는 경향이 있다.

작가로서 생각해봐야 할 문제는 이 때문에 제국이 별로 위협적으로 다가오지 않을 수 있다는 것이다. 수잰 콜린스의 《헝거 게임》 시리즈 제3권 《모킹제이》를 보면 캐피톨은 처음부터 사실상 모든 전투에서 반군에 패배하며, 분명히 혁명의 시작점인 약한 상태에 있다. 따라서 훨씬 사실적으로 느껴지긴 하지만, 어떠한 서사적 긴장을 조성할 수 있는가의 문제가 생긴다. 콜린스는 이 점을 잘 알았고, 서사적 긴장의 초점을 반군이 캐피톨에 대항해 성공할지 여부가 아니라 인물들이 살아남을 것인가 여부와 반란 수단의 도덕성에 뒀다. 게일은 혁명의 승리를 위해 의도적으로 민간인과 아이들의 죽음을 묵인하고, 보복을 원하는 코인은 캐피톨의 아이들을 처벌의 대상으로 삼으려 한다. 자신이 구상한 이야기에서 독자의 반응을 예측할 수 없거나 독자가 강한 견해를 갖고 있을 것 같은 부분을 파악해, 그 지점들을 서사적 긴장을 발전시키는 원동력으로 삼아라. 독자의 감정을 자극하고 논쟁적인 반응을 이끌어낼 수 있을 것이다.

권력에 공백이 생기면

아이들은 부모가 쌓아 올린 것은 무엇이든지 파괴한다. 제국도 예외가 아니다. 초기의 제국 정부는 제국을 이끄는 중심인물의 정통성에 과도하게 의존하는 경향을 띠는데, 나폴레옹 보나파르트, 쉬브 팰퍼틴, 아카드의 사르곤 대왕, 알렉산더 대왕 등을 떠올려 보면 알기 쉽다. 이 진술을 뒷받침하는 예만큼 이 진술에 반대되는 예도 많이 있지만, 여하간 충분히 논의의 주제로 삼을 수 있을 만큼 널리 퍼져 있는 설정이다. 이들 개개인은 상원 의원, 귀족, 칸 등 제국의 권력층을 이루고 있는 사람들과 제국 국민 양쪽 모두의 동의에 따라 중앙 정부를 대표했다. 이러한 구조적 역학으로 인해 제국에서 새로운 개인에게 권력을 이양하는 문제는 조금 더 복잡할 수밖에 없다.

불분명한 후계자

몽골 제국의 구심점이었던 칭기즈 칸 사후, 몽골 제국 중앙 권위의 정통성은 약화되기 시작했다. 그러다 1259년에 몽케 칸이 후계자 지목 없이 죽자, 그의 아들 쿠빌라이와 아리크 간에 내전이 벌어졌다. 칭기즈 칸이 없는 제국에서는 '차기 칸이 될 수도 있었던 인물들' 사이에서나 제국 국민들 사이에서나 누가 그 칭호를 계승하는가에 관한 합의가 이루어지지 못했고, 결국 몽골 제국은 넷으로 나뉘고 만다. 그리고 이때부터 몽골 제국은 계속해서 더 많은 영토를 잃게 된다.

그렇다면 작가가 작중 제국을 창조할 때도 제국의 통치자가 '어떻게' 정통성을 확보하는가는 중요한 문제일 것이다. 조지 R. R. 마틴의 《얼음과 불의 노래》 시리즈에서 블랙파이어 반란은 왕이 사생아를 자신의 적자로 인정하고 전통적으로 왕위 계승자에게 전해지는 정복자 아에곤의 검을 건네면서 시작됐다. 아에곤은 대륙을 통일해 하나의 정치적 실체로 만든 칠왕국의 초대 왕이었다. 왕의 이 같은 행동에 따라 칠왕국은 일시적으로 분열됐으며, 이후에도 수많은 반란이 벌어지게 된다. 이러한 상황은 후계자를 어떻게 선출할 것인가에 대한 전례가 없는 건국 초기이거나 핵심 인물이 비전통적인 방식으로 권좌에 앉은 경우에 더욱 복잡한 양상으로 전개된다. 정복자의 권리로서 응당 권좌를 차지해야 옳다고 보는 사람도 많지만, 민주적 선거를 통해 올라야 옳다고 생각하는 사람도 있을 것이다. 만일 이 핵심 인물이 민주적으로 선출돼 지고의 자리에 앉은 것이라면, 후계자도 선거를 통해 가려야 마땅한 것일까, 아니면 그가 후계자를 지목해도 괜찮은 것일까? 작중 세계에서도 사람들이 인정하고 존중하는 전통과 상징은 어느 쪽인지, 그리고 그 방식으로 인해 권력 승계 과정에서 제국은 어떻게 약화될 수 있는지 따져봐야 한다.

역사적으로 분할은 곧 쇠퇴

'의도적으로' 여러 후계자에게 분할 계승되는 제국들도 있다. 이야기 속에서는 자주 벌어지지 않는 일로, 역사에서 찾을 수 있는 가장 좋은 예는 카롤링거 제국이다. 카롤링거 제국은 경건왕 루도비쿠스의 치세를 거치며 결국 오늘날의 프랑스, 독일, 이탈리아를 나누는 경계선과 비슷하게 갈라진다. 로타르 1세가 물려받은 가운데 부분인 중프랑크는 사실 서유럽과 동유럽 사이의 세로로 긴 땅이었다. 역사에서 배울 것이 있다면 프랑스와 독일 사이에 있는 것은 침략을 받기 쉽다는 것이다. 이 땅은 겨우 20년 정도 지속되다 서쪽과 동쪽의 경쟁자들에게 복속되었다. 경건왕 루도비쿠스는 이들이 협력적인 정치 집합체로서 존속하길 바랐을 것이다. 그러나 모든 곳을 하나의 제국으로 통합할 중앙 권위가 사라지자 정치적 응집력은 곧바로 와해된다. 제국을 구성하고 있던 여러 개의 왕국이 서로 영원히 갈라선 것이다. 권위의 주인임을 자처하는 인물이 여럿이었기 때문에 내분으로 해체된 것이다.

오늘의 조력자가 내일은?

혼자 살 수 있는 사람은 아무도 없고, 이 말을 이해하지 못하는 통치자는 자리를 오래 보전하진 못할 것이다. 단일 통치자, 특히 전제적 권력을 누리는 단일 통치자라면 자신을 떠받치던 세력에게 제거될 수도 있다. 안타깝게도 이야기 속에서는 황제, 왕, 칸, 그 밖의 최고 지도자들이 이렇다 할 근거 없이 플롯상 필요하므로 권력을 유지하는 경우가 많다. 현실에서 황제와 같이 권력의 정점에 있는 이가 계속해서 권좌를 지킬 수 있는 것은 수많은 실세의 도움이 있기 때문이며, 이들의 면면은 장군, 부유한 후원인, 정치인, 정부 관료, 귀족, 봉건 영주, 의회 의원을 비롯해 그가 권좌에 있어서 이득을 보는 모든 사람에 이른다.

〈아바타: 아앙의 전설〉에서 롬 팽은 바싱세의 실질적인 통치자로 군림하는 인물이다.

> 롬 팽: 폐하께 가장 중요한 사안은 바싱세의 문화유산을 지키는 거야. 폐하께서 하실 일은 그와 관련된 법령을 제정하는 것뿐이지. 그 밖의 바싱세에 관한 모든 일은 내가 도맡아 처리하고 있어. 군사 부문도 내 소관이지.
>
> 카타라: 왕은 이름뿐인 거군요.
>
> 토프: 꼭두각시란 말이네!
>
> 롬 팽: 아니, 아니란다. 폐하께선 이 나라의 우상이자 온 국민의 신이야. 끝도 없는 전쟁의 소용돌이에 손을 더럽히시게 둘 수 없는 것뿐이란다.

롬 팽이 실권을 쥘 수 있었던 것은 흙의 왕국 왕의 신뢰 덕분이지만, 그의 뜻을 바싱세 전역에서 실행에 옮기는 것은 비밀 공안 조직인 다이리였다. 그런데 다이리는 결국 롬 팽을 끌어내리고 더 나은 수장이 될 것 같은 불의 제국 공주인 아줄라를 그 자리에 대신 앉히려고 한다. 롬 팽이 공격을 지시하지만 다이리가 꼼짝도 하지 않는 굴욕적인 장면이 연출되기도 하는데, 다이리는 새로운 '전제' 지도자를 추대하기로 결심을 굳힌 것이었다. 오스만 제국의 예니체리가 비슷한 예라고 할 수 있다. 이 집단은 차기 술탄의 옹립에 개입하며 수상한 행보를 보였고, 자신들의 정치적 영향력을 약화할 만한 인물들을 지체 없이 제거하기도 했다. 전제 권력은 그러쥐는 것이 아니라, 주어지는 것이다.

제국의 몰락기에 벌어지는 정치적 사건을 중심으로 이야기의 긴장을 고조할 계획이라면, 특별히 다음의 질문들에 답해보는 것이 좋다.

1. 제국의 현재 권력 구조가 이어지도록 하는 파벌들은 누구인가?
2. 그들이 지금의 권력 구조를 수호하는 이유는 무엇인가?
3. 그들이 마음을 바꿀 동기가 될 수 있는 것은 무엇인가?

그런데 통치자를 갈아치우는 일은 그 여파로 인해 궁극적으로 제국의 몰락에 기여하게 되는 경우가 많다. 파벌들의 일부 또는 전체가 지금의 통치자를 제거하는 데 동의할 수는 있지만, 누가 새로이 권좌에 올라야 할지, 어떤 정부 체제가 뒤따라야 할지에 대해서도 이들이 합의를 이룰 수 있는가는 또 다른 문제다. 대개 이전의 통치자를 끌어내린 파벌 중 한 사람이 권력을 승계하게 된다는 사실까지 생각하면 더욱 복잡해진다. 예를 들어, 이때 강력한 의회의 장이 곧잘 왕위를 차지하곤 한다. 로마 원로원 의원이었던 브루투스와 카시우스롱기누스는 다른 의원들과 작당해 카이사르의 가슴을 23번 찔러 권력의 자리에서 제거했다. 그러나 이 여파로 사람들이 어떤 정체로 나아가야 하는가를 놓고 다투게 되고, 피로 얼룩진 해방자들의 내전이 벌어지며 로마 제국은 분열 직전에 이르렀다. 혁명으로 곧장 모두를 위한 평화와 번영의 시대가 열린 것이 아니었다.

승계 위기는 확고한 정통성을 지닌 후계자가 없거나 정통성을 지닌 후계자가 너무 많을 때, 또 현재 통치자의 정통성에 대한 의문이 제기된 결과 나타난다. 확고한 후계자가 없으면 후계자가 '될 수 있는' 사람들 사이에 갈등이 일고, 후계자가 너무 많으면 중앙 권력에 대한 주요 지지 기반이 파괴되며, 현재 통치자의 정통성에 의문이 제기되면 정부 체제 자체와 누가 체제에 참여해야 하는가에 대한 분쟁이 발생한다. 따라서 어떻게 권력이 이양되고 정통성이 부여되는지를 구상하는 것은 상당히 중요하다. 브랜던 샌더슨의 《미스트본》 시리즈 제1권 《마지막 제국》에서 로드 룰러는 영원한 젊음을 유지하는 마법을 이용해 승계 위기를 피한다. 그가 핵심 인물로서 늘 자리를 차지하고 있으므로 권력 이양을 둘러싼 문제가 생기지 않는 것이다.

너무 발달해도 위험한 통신 체계

앞에서 '3C'가 어떻게 제국의 번영과 존속을 도울 수 있는지 살펴봤다. 이 중 하나라도 잃는다면 필연적으로 제국이 붕괴될 가능성은 높아진다. 통신 체계를 잃으면 제국은 영토 전체를 아우르는 조정과 방어 능력에 타격을 입고, 시민과 경제를 효율적으로 규제하기도 어려워진다. 〈워해머 40K〉에서는 아스트로노미칸을 이용해 상상할 수 없을 정도로 거대한 은하를 넘어 왕래와 통신이 이루어진다. 아스트로노미칸은 워프 공간의 혼돈 속에서 항해사들이 항로를 측량할 수 있도록 이끌며 함선과 메시지 들의 길잡이 역할을 하는 것이었다. 인류 제국은 이 힘을 이용해 은하 전체를 다스리고, 인적 자원과 물적 자원을 조정해 제국 안팎의 위협에 대응한다. 그런데 녹티스 에테르나라는 격변의 사건이 벌어지며 제국은 아스트로노미칸에 대한 접근권을 잃고 만다. 그에 따라 행성들은 고립되고, 제국은 제국을 필요로 하는 행성들과 접촉하거나 지원할 능력을 상실한다. 수많은 행성이 침공을 당하고, 일부 행성은 직접적인 감시가 사라지자 이참에 독립할 기회를 엿보기도 한다. 제국 전체가 사실상 한동안 붕괴됐고, 완전히 다시 건설돼야 했다.

흥미롭게도 제국은 정반대의 원인, 즉 시민들 간의 너무 많은 소통으로 풍비박산이 날 수도 있다. 아메리카 대륙에 처음 세워진 식민지들은 대체로 비교적 서로 분리돼 있는 상황으로, 정식 연결망이 없었고 무역만이 이들 사이의 유일한 창구였다. 그런데 각종 연결망이 늘어나고 우편 제도가 신설되면서 식민지들은 더 이상 개별적으로 대영 제국과 교류하는 데 머물지 않고 서로 활발한 교류를 나누게 됐다. 세금과 관세에 반대하며 혁명으로 향하는 길에서 이 연결망의 존재는 미국 식민지들이 사람들과 자원을 관리하고 배치하는 능력을 확보하고 효과적으로 저항의 노력을 기울일 수 있다는 뜻이었다. 따로따로 떨어져 있을 때 각 식민지는 가망이 없었지만, 시민들 간 의사소통의 증가로 공통의 문화 정체성을 발전시킬 수 있었고, 영국으로부터 독립할 수 있는 역량이 커졌던 것이다.

사실 영국이 아메리카 대륙에서 철수한 까닭은 비용이 너무 많이 드는 데다 동시에 여러 전쟁을 치르고 있었기 때문이다.

물론 이것보다 훨씬 복잡한 문제였지만, 아무튼 애국심이라는 마법의 힘만으로 전쟁에서 이길 수 있는 나라는 없다.

제국이 진정으로 무너지는 순간

황제를 잃는다고 해서 제국이 멸망하지는 않는다. 제국은 앞 장에서 논의한 공포, 프로파간다, 자치, 선호, 또는 동화와 같은 통제 수단을 잃었을 때 무너지는 것이다. 이것들을 잃으면 세금, 자원, 상업, 국방 인력, 조직화 능력, 자유롭게 군대를 이동시킬 수 있는 능력 같은 것들이 사라진다. 이에 따라 제국은 몰락하게 되는 것이다.

조지 오웰의 《1984》에서 윈스턴은 시민들이 오세아니아 밖의 모든 것을 두려워하고 오세아니아에서 살아간다는 데 안도하도록 만들기 위해 설계된 국가의 프로파간다를 간파한다. 그는 책을 읽으며 이 깨달음에 이른다. 더 이상 프로파간다를 믿지 않는 윈스턴은 혁명 기도에 동참한다. 이야기 속에서 그의 노력은 처참하게 실패하고, 결국 윈스턴은 자신의 유일한 동반자인 줄리아를 배신하게 된다. 여기에는 흥미로운 논윗거리가 있다. 효과적인 프로파간다는 시민들이 접하는 국가의 안녕과 외부 세계에 대한 진실과 정보의 주 원천이 국가라는 데 크게 기대고 있다는 것이다. 따라서 제국이 무너지는 과정을 그릴 때는 시민들이 서로 실제로 얼마나 연결돼 있는지, 그리고 세상의 진실에 관한 정보를 얻는 데 국가에 얼마나 의존하고 있는지도 고려해야 한다. 이는 프로파간다의 실패가 SF 이야기 속에서 제국의 몰락에 꽤 중요한 역할을 할 수 있다는 의미도 되는데, SF 이야기에서는 시민들이 기술 덕분에 서로의 생각을 훨씬 쉽게 주고받을 수 있기 때문이다. 대조적으로, 작중 세계가 중세 시대라면 평범한 시민이 제국이 돌아가는 사정을 접하는 방법은 때때로 들르는 여행자와 통치 세력을 통하는 게 일단 전부일 것이다. 이들은 다른 정보원이 없으니 내용에 대해 왈가왈부할 수도 없다.

권력의 중앙 집중도는 제국의 성립과 존속에 결정적인 요소로, 당연히 제국의 몰락에도 큰 작용을 한다. 《군주론》을 쓴 마키아벨리를 비롯해 많은 정치 이론가들이 말하는 것처럼, 제국의 성립기에는 통제를 확립하기 위해 과격한 지배 수단이 요구될지 모른다. 그렇지만 장기적으로는 과격한 수단은 제국의 존속을 저해할 수 있는데, 특히 안정기에 접어든 제국이라면 시민들이 중앙 집중도가 높은 정부의 필요성에 의문을 가지기도 한다. 중국의 청나라는 극도로 중앙에 집중된 권력으로 인해 몰락했다. 청 왕조는 엄격한 법치주의를 내세우며 중앙 당국의 권력만 강화하고, 표준화된 문화를 강요했으며, 가혹한 처벌을 시행했다. 또 산업화를 위한 대규모 사업과 군사적 팽창에만 치중하고, 국내 문제를 등한시하며 해결에 적극적으로 나서지 않았다. 자연스레 국가로부터 소외된 채 부당한 지배를 받고 있다고 생각하는 사람들이 많아졌고, 이는 반란으로 이어졌다. 그리고 그로부터 청 왕조가 최종적으로 무너지기까지는 15년이 채 걸리지 않았다.

중앙에 집중된 권력이 안고 있는 결점을 알아차린 로마 제국, 몽골 제국의 지도자와 알렉산더 대왕 같은 인물들은 행정권을 상당 부분 분산했다. 그러나 제국은 변덕스러운 존재라, 중앙으로부터 너무 많은 권력을 박탈한 결과 몰락의 때를 앞당기기도 한다. 지방 세력들은 어리둥절하게 여기기 시작할 것이다. '잠깐, 우리가 왕관만 썼지 아무것도 해주는 것 없는 작자한테 왜 세금을 바쳐야 하는 거지?' 이것은 중국의 주나라가 스러진 원인 가운데 하나였다. 지방 분권이 심화된 결과 왕실의 힘이 진, 제, 초와 같은 제후국보다 약해진 것이다. 이 나라들이 독자적인 군사 조직과 농업 관리 능력을 갖춰감에 따라, 왕실의 권력이 서서히 빠져나가며 주나라는 쇠퇴했다. 군사와 농업은 계속해서 통제력을 행사하는 데 필수적인 요소이므로 중앙 권위체가 쥐고 놓지 않는 것이 보통이다. 주나라는 이미 이빨 빠진 호랑이였고, 오래지 않아 무너졌다.

멸망의 길을 걷는 작중 제국을 그릴 때, 작가는 중앙 당국이 꼭 지니고 있어야 하는 힘, 그런데 잃고 있는 힘, 그 결과 영토 전반에 대한 통제력 약화를 초래하고 있는 힘이 무엇인지 생각해봐야 한다. 일단 일원적 군사력은 가장 기본이 되며, 명백히 잃으면 안 되는 힘이다. 그런데 그보다 미묘하고 덜 명백한 힘, 그러나 군사 체계와 다를 바 없이 필수적이며 경제와도 맞물려 있는 힘도 있을 것이다. 내가 창조한 작중 세계에서 과거부터 지금껏 중대한 역할을 하고 있는 힘은 무엇일까? 제국이 꼭 필요한 자원을 거둬들이거나 특정 선진 기술을 양산하는 데 필요한 그 힘을 포기한다면 어떻게 될까? 만약 마법 교육 시스템을 운영하는 힘을 지방 중 한 곳에 넘겨준다면? 아마도 그 지방은 더욱 부유해지고, 중앙 당국과 경쟁할 수 있는 역량을 기르게 될 것이다. 마법사들이 중앙 당국이 아니라 그 지방의 실세에게 충성을 바치는 상황이 벌어질지도 모른다. 제국들은 각기 다른 핵심 전력에 의해 지탱된다. 이렇게 작중 제국이 어떤 힘에 의지하고 있는지, 그 힘을 상실함에 따라 어떤 타격을 입고 있는지 보여주면 자신만의 독특한 제국을 그릴 수 있다.

문화, 전통, 언어가 제각각인 다양한 민족 집단을 하나로 묶어두는 것은 어려운 일이다. 그리고 이 문제를 처리하는 한 가지 방법이 제국 전체에 단일한 문화 정체성을 부여하는 것, 즉 동화 정책을 사용해 안정성을 도모하는 것이다. 이 정책은 대영 제국의 지배하에 놓였던 뉴질랜드의 마오리족이 겪은 것처럼 토착 언어와 문화에 대한 무자비한 탄압으로 나타날 수도 있고, 로마의 콜로세움과 같이 하나의 문화 풍습을 도입하는 형태로 나타날 수도 있다. 로마 제국의 쇠퇴기에는 수많은 게르만 부족이 제국에 흡수됐다. 그런데 이때 로마 제국은 전성기 때 실시했던 전략, 즉 이방인들이 단일한 군대, 단일한 문화, 단일한 시민 집단으로 동화되도록 지원하는 전략을 거의 저버린 상태였다. 로마 제국은 이들을 제국의 전투 세력으로 받아들이고 의지했지만, 이들은 민족 집단으로서 자신들을 로마 제국의 '진정한' 일부라고 생각하지 않았다. 그리고 이 모든 것은 자연스레 로마 제국의 멸망으로 이어졌다. 동화 정책은 두 유형으로 나뉜다.

- **긍정적 동화** 이방인들이 제국의 문화에 동질감을 느낄 수 있도록 단일한 문화 풍습을 보급한다.

- **부정적 동화** 이방인들이 자기 고유의 문화와 자신을 더 이상 동일시하지 못하도록 그들의 문화를 탄압한다.

정복지 민족의 문화를 너무 심하게 제국에 맞추려 들거나 너무 성급하게 바꾸려 들면 그 지역을 병합하는 데 문제가 생길 수 있다. 정복지 주민들은 다른 사람이 원하는 대로 살기보다 자유인으로서 죽기를 각오할지도 모른다.

연쇄적 분리 독립

어느 한 민족 집단의 분리 독립에 자극을 받아 다른 민족 집단들이 줄줄이 이탈하는 것은 드문 일이 아니다. 몽골 제국 후기에도 이러한 움직임이 촉발됐다. 주변의 다른 지역이 반란에 나서는 것을 보고 너나없이 스스로에 대한 지배권을 되찾기 위해 나섰던 것이다. 몽골 제국은 애초에 정복지 주민들의 문화를 억압하거나 그들이 몽골 제국과 자신들을 동일시할 수 있도록 장려하는 정책을 거의 취하지 않았고, 이 민족들은 몽골 제국에 그다지 동화되지 못했다. 소비에트 연방도 이와 비슷하게 무너졌다. 고르바초프 정권의 약화를 감지한 서방 국가들은 빠르게 빠져나갔고, 13개월 만에 8개 나라가 탈퇴했다. 결국, 2년이 채 지나지 않아 25개국이 모두 소련으로부터 독립했다.

시민의 만족도 하락

이 모든 것은 본질적으로 제국에 가장 필요한 한 가지로 귀결된다. 제국 바깥에서 살아가는 것보다 제국의 시민으로 살아가는 것을 더욱 만족스럽게 여기는 것, 즉 사람들의 선호다. 이 같은 선호를 형성하는 데는 자치, 동화, 프로파간다, 공포를 비롯해 여러 가지 방법이 있다. 〈엘더스크롤〉 시리즈의 엘스웨어 지역을 보면 이곳 사람들의 선호에 따라 제국의 운명이 결정된 것을 알 수 있다. 엘스웨어의 카짓은 문화적으로나 종교적으로 달을 향한 믿음이 남다른 종족이다. 넌의 두 개의 달, 매서와 세쿤다가 사라지면서 공허의 밤이라 불리게 되는 시기가 닥치고, 카짓은 혼란에 빠진다. 카짓 종족에게 이 사건은 심각한 경기 침체와 정치적 혼란, 사회 전체의 동요로 이어질 수밖에 없는 큰 사건이었다. 시로딜 제국이 자신들의 삶의 방식을 보존할 수 있도록 도와주리라는 믿음은 사그라든다. 멀리 떨어진 땅에 있으면서 '눈앞에 닥친 위협'으로부터 보호해줄 수도 없다면 제국 정부의 권위를 인정해야 하는 이유가 뭔가? 반면 알드머 자치령은 몇 년 안에 달을 되찾아주겠다고 약속했고, 카짓 종족 내에서는 알드머 자치령 가입을 지지하는 세력이 눈덩이처럼 불어났다. 자신들을 지켜줄 수 있는 제국의 일부가 되는 쪽을 선호한 것이다. 결국 카짓 종족은 탈퇴를 강행했고, 이는 시로딜 제국의 붕괴에 적잖이 이바지했다.

사람들이 제국의 일원으로 살아가는 것을 선호하는 데는 경제적 기회, 종교의 자유, 안전, 삶의 방식 수호 등 다양한 이유가 있다. 우리는 이야기 속 사건들이 인물들의 개인적 동기에 어떤 영향을 끼치는지, 인물들을 어떻게 변화시키는지, 그 변화가 얼마나 광범위하기 나타나는지 생각해봐야 한다. 어느 지역의 이탈은 누구 한 사람이 자기 삶의 방식에 위협을 느낀다고 해서 벌어지지는 않겠지만, 많은 사람이 그렇게 느낄 때는 충분히 벌어지고 남는 일이다.

멸망은 상업의 몰락에서 시작된다

유감스럽게도, 제국이건 사람들이 일주일마다 돌아가며 최고 행정직을 수행하는 아나코-생디칼리스트들의 공동체건 모든 국가의 생명 줄은 상업이다. 폭력적으로든 평화적으로든 정부 체제의 변화가 벌어질 때는 언제나 그에 앞서 경제적 재앙이 닥쳤다. 경제적 재앙에는 두 가지 차원이 있다.

- 정부가 돈이 없는 경우
- 민족 집단이 돈이 없는 경우

제국은 상업의 상호 연결성과 자유도가 높다는 커다란 이점이 있다. 제국에서는 다양한 상품이 경쟁력 있는 가격으로 거래될 수 있으며, 제국은 이를 바탕으로 제 기능을 다하고 더욱 부유해진다. 그러나 이러한 상호 연결성은 '경제 전염'을 일으킬 수도 있는 양날의 검이다. 상호 연결성이 높다는 것은 많은 사람의 경제 전망이 서로 얽혀 있다는 뜻이고, 이때 어느 한 곳의 경제 붕괴는 거기에 그치지 않고 훨씬 광범위한 결과를 낳기 때문이다. 그렇다면 경기 침체는 애초에 어떻게 벌어지는가? 한마디로 악순환이라고 할 수 있는데, 경제 여건이 불안정하면 기업의 투자 심리가 약해진다. 기업의 투자 심리가 약해지면 사람들은 돈을 쓰기보다 저축한다. 저축이 늘어날수록 경제 안에서 순환하는 돈은 적어지고, 이에 따라 경제 여건은 더욱 불안정해지고 침체된다. 그리고 이 모든 것은 일반 대중의 불행, 그리고 궁극적으로는 경제 붕괴로 귀결된다.

이미 멸망 가도를 걷고 있던 비잔틴 제국은 국방을 유지하거나, 기근에 대비해 충분한 식량을 확보하거나, 행정용 건물을 수리할 재정적 여력도 없었다. 비잔틴 제국은 1453년에 메흐메트 2세가 콘스탄티노플을 함락할 때 사용했던 공성포를 발명한 바로 그 정비공을 재원 부족으로 고용하지 못했다. 역사의 아이러니다. 바로 그 시기 비잔틴 제국에서는 당국에 저항하는 민중 폭동이 시도 때도 없이 발생하며 긴장이 고조되고 있었다. 경제 위기의 영향은 대내외적으로 나타난다.

1. 경제적 불안정성은 민중의 반란과 분리 독립 움직임을 촉발하며, 제국이 내부적 요인으로 붕괴할 가능성을 높인다.
2. 경제적 불안정성으로 정부 수입이 줄어들면 제국이 국경을 방어하는 데도 차질이 생긴다. 그에 따라 외부 세력의 침입과 국경 지역의 분리 독립 운동이 활발해지고, 제국이 외부적 요인으로 붕괴할 가능성이 높아진다. 결국 제국 국민들의 제국에 대한 신뢰도 약해진다.

작가에게도, 제국에게도 치명적인 질병

제국들이 '설마 일어나겠어?' 하는 일이 한 가지 있다. 바로 질병이다. 로마 제국은 수십 가지의 복잡한 정치적, 사회적 요인으로 멸망했지만, 마지막 몇 세기 동안 여러 대륙에 걸쳐 유행했던 유스티니아누스 역병, 안토니누스 역병, 키프로스 역병도 로마 제국 약화의 요인으로 꼽아야 한다. 질병으로 인해 대규모 인명 손실이 빚어지면 경제 허브로서 북적거려야 할 도시 중심지에서 사람들이 빠져나가고 상업과 교역은 직격탄을 맞는다. 통신망도 훨씬 느려지고, 한동안 군대도 위축되며, 국경 방어력도 떨어진다. 제국 정부에 대한 시민들의 믿음도 약해질 수밖에 없다.

범은하계적 전염병이 창궐해 경제, 통신망, 정부 체계 등 모든 부문을 할퀴어댄다는 설정도 SF 이야기 속 제국의 몰락 과정을 독창적으로 그리는 한 방법이 될 것이다. 작가들은 주로 역사나 판타지 이야기를 쓸 때만 질병의 영향을 염두에 두는 경향이 있는데, 세균에 의한 전염병은 SF 이야기와도 관련이 없지 않다. 누구나 항생제를 남용하면 효과가 떨어진다는 말을 귀에 딱지가 앉도록 들었을 텐데, 이 말은 사실 우리의 건강을 생각할 때 꽤 합당한 우려다. 우주로부터 출현한 어마어마하게 진화한 슈퍼 바이러스가 면역 체계가 약화된 인류를 죽음에 몰아넣을지도 모른다. 아니면 그냥 평범한 바이러스 이야기를 써도 된다. 모든 것은 작가의 선택이니까.

평화로운 멸망은 없다

제국의 해체 과정을 온건하고 평화롭게 묘사하는 이야기는 전부 거짓이다. 현실성에 침을 뱉는 것과 다름없다. 인간이란 정부가 형편없다는 사실에 대해서는 위대하고 환상적인 의견의 합치를 볼 수 있을지 모르지만, 정부를 무너뜨린 후 어떻게 해야 할지 합의를 이루기는 매우 어려운 존재들이기 때문이다. 제국의 갑작스러운 붕괴는 해로운 쪽으로든 그렇지 않은 쪽으로든 커다란 반향을 낳는다. 식민지들은 어떻게 될까? 제국의 사회복지 체계에 의존하고 있던 사람들은 어떻게 될까? 제국의 붕괴로 사람들이 반대하던 많은 것들이 해체될지 모른다. 그렇지만 사회의 기반을 이루던 지원 체계도 해체될 수밖에 없다.

진 루엔 양의 《아바타: 아앙의 전설 - 약속》은 불의 제국이 100년에 걸쳐 제국 건설을 추진한 데 따른 후유증을 그린 작품이다. 흙의 제국은 불의 제국 국민들을 자신들의 땅에서 몰아내고 온전한 지배권을 되찾고 싶어 한다. 한편, 불의 제국은 몇 대에 걸쳐 그곳에서 살아온 불의 제국 출신들을 보호해야 한다고 생각한다. 비록 그 선조들은 흙의 왕국을 식민지로 만들려던 정책의 일환으로 그곳에 이주했던 것이지만 말이다. 이 긴장은 소규모 충돌, 불의 제국 시민이 벌이는 불의 제왕 주코 암살 기도, 인종주의적 집단 학살 조짐, 조화 복원 운동 해산으로 이어진다. 제국이 무능, 혁명, 급속한 분리 독립 등 어떤 이유로든 무너져 공권력에 공백이 생기면 사람들은 저마다 옳다고 여기는 체제로 공백을 메우기 위해 지방에서도 중앙에서도 무시무시한 권력 다툼을 벌이기 시작한다.

프랑스 혁명의 기치는 자유주의, 민주주의, 평등, 그리고 전횡을 일삼는 권력에 대한 반대였다. 그러나 피와 혼돈의 정치 체제 개편 결과는 전제 군주와 다를 바 없는 독재자 나폴레옹의 군림이었다. 《헝거 게임》 시리즈의 판엠은 본질적으로 하나의 제국으로, 캣니스는 코인 대통령이 캐피톨 시민들을 상대로 새로운 보복 통치를 펼치며 폭력의 악순환을 이어가리라는 것을 깨닫고 그녀를 죽인다. 제국을 멸망시키고자 하는 데는 복수와 보복은 물론 수없이 많은 동기가 있다. 특히 주요 인물들의 동기가 이와 얽혀 있다면 더더욱 이 동기들이 제국의 멸망 이후에 어떤 영향을 끼칠지 생각해봐야 한다. 마침내 기회를 잡은 상황에서 주요 인물들이 그냥 잊기로 하고 넘어가는 일은 있을 수 없다.

제국의 몰락을 중심으로 전개되는 이야기 중에는 거대 제국에 대해 하이브 마인드식 접근을 취하는 경우가 많다. 반란군이 해야 하는 일이 오로지 반짝이는 왕관을 쓰고 악의 피라미드 정점에 앉아 전제 권력을 상징하는 뾰족한 지팡이를 휘두르는 단 한 사람을 죽이는 것에 초점이 맞춰져 있는 것이다. 현실은 훨씬 복잡하다. 제국의 '머리'를 제거하는 것, 그 자체가 반드시 제국의 붕괴로 이어지지는 않는다. 우마르는 이슬람 역사상 가장 큰 영향력을 떨친 칼리프 중 한 사람으로, 정통 칼리프 시대에 10년간 이슬람 제국을 다스렸다. 그런데 그가 암살을 당한 후에도 이슬람 제국은 새로운 후계자를 추대해 번영과 팽창을 이어갔다. 앞서 권력의 정점에 있는 인물을 제거하는 것에 관해 나눴던 논의를 떠올려 보자. 지배 계층의 조력 없이 혁명이 성공하기란 하늘의 별 따기이므로, 지배 계층의 구성원이 나서서 주인이 사라진 자리를 취하는 것은 종종 벌어지는 일이다. 대륙, 은하, 차원에 걸쳐 뻗어 있는 거대한 제국들은 변화와 조정을 거듭해야 하기는 하겠지만, 통제, 통신, 상업망을 잃지 않는 한 계속해서 존속할 것이다. 반란은 현재 제국의 지배권을 쥐고 있는 인물을 제거한다고 해서 달성되지 않는다. 제국의 통제력을 실질적으로 파괴해야 비로소 반란의 성공을 이야기할 수 있을 것이다.

바쁜 작가를 위한 n줄 요약

1

제국은 보통 수십 년 또는 수백 년에 걸쳐 서서히 분열된다. 혁명으로 전복될 때는 이미 상당 기간 정치적, 경제적 불안정을 겪은 후라고 할 수 있다. 하지만 기하급수적으로 분열될 때가 있는 것도 사실인데, 어느 한 지역의 분리 독립 선언이 다른 지역들의 분리 독립을 가속화하는 경우가 한 예다.

2

승계 위기는 정치적 불안정을 낳고, 내전으로 이어지거나 제국 유지에 필수적인 정치적 결속을 깨뜨리기 십상이다. 승계 위기는 어떻게 권력이 이양되고 정통성이 부여되는지가 불분명한 상황에서 자주 발생한다.

3

통신망이 두절되거나 반대로 시민들 사이에 너무 많은 소통이 가능할 경우 제국 중앙의 권위가 약화될 수 있다. 지나치게 공격적인 동화 정책, 지나친 중앙 집권이나 지나친 지방 분권 또한 반란과 분리 독립을 초래할 수 있으며, 제국의 붕괴를 앞당긴다. 중앙 권력이 어떤 힘을 지키고, 한편 어떤 힘을 포기하기 때문에 몰락의 길을 걷게 되는지 따져봐야 한다.

4

왜 어떤 민족 집단이 제국에 병합된 상태를 기꺼이 받아들이는지, 어떤 작중 사건이 그들의 동기를 변화시킬 수 있는지 구상해야 한다. 상업 분야의 타격은 높은 실업률, 낮은 생활 수준, 반란 가능성의 증가를 의미한다. 또 정부의 수입이 감소하게 되므로, 정부가 의무를 다하지 못해 제국에 대한 국민의 신뢰가 떨어질 수 있다.

5

질병은 의사소통과 통제 체계, 상업을 마비시킬 수 있다.

6

제국이 멸망하면 복잡한 여파가 뒤따른다. 파벌들은 통제권을 쥐기 위해 싸움에 빠져들 것이고, 지방 정부나 세력은 그때껏 의존해왔던 중앙 정부의 관리 체계가 사라진 상황에 새롭게 적응해야 한다.

마지막 팁,

나의
이야기 창작법

마이클 디마르티노 Michael DiMartino
브라이언 코니에츠코 Bryan Konietzko
〈아바타: 아앙의 전설〉 Avatar: The Last Airbender

소설을 구상하기란 쉽지 않은 일이다. 어디에서부터 손을 대야 하는 것일까? 독일의 극작가 베르톨트 브레히트Bertolt Brecht라면 예술은 의미를 담는 그릇이라는 의미에서 주제를 먼저 마련해야 한다고 말할 것이다. '현대 판타지의 아버지'라고 불리는 J. R. R. 톨킨은 엘프들의 언어를 창조하는 데서부터 이야기를 쓰기 시작했다. 마이클 디마르티노와 브라이언 코니에츠코는 아앙, 모모, 아파 등의 인물들에게 생명을 불어넣은 후 이들을 위한 배경을 생각해냈다고 한다. 독자는 궁극적으로 이 인물들을 통해 이야기를 경험하기 때문이다. 《에브리데이Every Day》의 작가 데이비드 리바이선David Levithan은 소설 분량의 절반에 이를 만큼 긴 시놉시스를 작성한 다음에야 본격적인 집필을 시작한다고 한다.

누구나 찾아보면 이야기를 구상하고 구체적으로 형상화하는 수많은 방법을 쉽게 발견할 수 있을 것이다. 소설을 어떻게 구상해야 하는가에 관한 보편적 '법칙'이란 없다고 봐도 무방하다. 이 사실을 염두에 두며, 여기서는 내가 개인적으로 어떻게 소설을 구상하는지, 왜 그 방법을 쓰는지, 그에 따른 이점은 무엇인지 등을 탐구하려 한다. 읽고 나면 내가 사용하는 기법이 여러분에게 유용한지 아닌지 파악할 수 있을 것이다.

정원사와 건축가

널리 걸작으로 평가받는 《얼음과 불의 노래》 시리즈를 집필한 조지 R. R. 마틴은 소설을 어떻게 구상하는가에 따라 작가를 크게 정원사와 건축가라는 두 부류로 나눠 설명한 바 있다.

> "저는 두 유형의 작가가 있다고 생각합니다. 건축가 유형과 정원사 유형이죠. 건축가 유형의 작가들은 건축가가 집을 짓는 것처럼 모든 것을 미리 계획합니다. 건축가는 집에 방이 몇 개고, 지붕은 어떤 종류이며, 전선은 어떻게 연결되고, 수도 시설은 무슨 모양인지 빈틈없이 알고 있어요. 첫 번째 판자도 박기 전에 이미 모든 것에 대한 설계도와 청사진을 갖고 있죠. 정원사들은 구멍을 파고, 씨앗을 떨어뜨린 뒤, 물을 줍니다. 이들은 그 씨앗이 판타지 씨앗인지, 미스터리 씨앗인지 무슨 씨앗인지는 알아요. 그러나 싹이 올라오고, 또다시 물을 주면서도 여기에서 가지가 몇 개나 뻗어 나올지는 모르죠. 식물이 자라는 것을 보며 알아갈 따름입니다."

정원사와 건축가 비유는 이 둘을 양극으로 하는 스펙트럼이 있다는 뜻으로, 작가들을 이분법적으로 나누는 것이 아니다. 나는 주로 정원사 쪽이었는데, 그 상태에서 경험을 쌓다 보니 점차 건축가 쪽에 가까워졌다. 훨씬 어렸을 때 나는 나에게 있는 인물, 이야기, 주제를 가지고 작품을 어떻게 끝내야겠다는 뚜렷한 생각 없이 글을 쓰기 시작했다. 아마 모호한 무언가는 있었는

데, 글을 쓰다 보면 계속해서 바뀌었다. 글은 정처 없이 결말을 향해 나아갔고, 그러다 나는 다시 돌아가 이야기를 고쳤는데, 이 과정이 끝없이 계속됐다. 나는 이 방법으로 단 한 권의 책도 완성하지 못했다. 소설을 끝맺는 데 필요한 동기와 기술은 수많은 실패를 거쳐야 손에 넣을 수 있기에 대체로 나의 전반적인 경험 부족 때문이었지만, 정원사로서 접근한 데 따른 어려움 때문이기도 했다. 내가 깨달은 사실은 나에게 그 어떤 인물호, 부차적 플롯, 서사 아크의 종점에 대해서도 뚜렷한 계획이 없었기 때문에 전체적으로 설득력과 응집력이 떨어지는 이야기가 나올 수밖에 없었다는 것이다. 이야기를 시작할 때 끝을 염두에 두지 않았으므로 이야기의 도입부와 결말부가 단절돼 있었다. 이로 인해 인물들에게 불필요한 부차적 임무와 줄거리가 계속해서 생겨났고, 더욱 재미있는 걸 발견하면 바로 고쳤다. 긴장 요소들은 잘 쓴 이야기에서는 상상할 수 없을 정도로 손쉽게 해소됐다.

수정 과정에서 뒤로 돌아가 이 모든 것을 바로잡을 수도 있다. 하지만 설정과 관련된 요소들은 본질적으로 이야기의 구조와 엮여 있어서 애초에 단절되지 않았던 것처럼 느껴지는 수준으로까지 이야기를 고치기란 어려운 일이다. 나중에 생각해낸 스토리 비트를 처음부터 구상했던 것처럼 이야기 속에 집어넣는 것은 무척 까다롭다. 무기력증에 빠졌던 나는 마침내 내가 10년에 걸쳐 쓰고, 다시 쓰고, 다듬고, 또 다듬기를 반복해온 판타지 이야기를 2018년 중반에 완전히 엎어버렸다. 그때 나는 이 이야기가 결국 죽었구나, 생각했지만 사실 그 이야기는 이미 오래전부터 죽어 있었던 것이다.

정원사로 접근한다고 해서 누구나 이 문제들에 직면하게 되는 것은 아니며, 그렇다면 문제없다. 자신에게 잘 맞으면 이 방법을 써라! 이 방법이 왜 이야기를 구상하는 매력적인 접근법인지는 깊게 생각해보지 않아도 알 수 있다. 미리 모든 것을 궁리할 필요도 없고, 바로 집필에 돌입할 수 있어서 이야기를 쓰는 것이 상당히 재미있을 것이다. 이야기의 세부 사항을 계획하는 일은 때로 벅차게 느껴질 때도 있는 법이니까. 이제 막 알기 시작한 이야기, 겨우 살짝 비밀이 드러나기 시작한 이야기에 지나치게 헌신하는 것은 부담스러울 수 있다. 또 계획하에 모든 내용을 구체화한 뒤 이야기를 쓰기 시작하면 나중에 내용을 유연하게 바꾸거나 발전시키기가 곤란할 수도 있다. 이는 경험이 많지 않은 작가나 자신이 쓰고 싶은 것이 정확히 무엇인지 확신이 없는 작가에게는 중요한 문제다. 과감한 접근은 완주를 담보해줄지는 모르나, 좋은 결과를 담보해주지는 않는다.

역방향 구상 기법

내가 소설을 쓰는 방법은 건축가 모델과 정원사 모델 사이의 어딘가에 있으며, 세 단계로 나눌 수 있다.

1. 클라이맥스 장면
2. 핵심 장면
3. 3막 구조

창작의 출발점, 클라이맥스 장면

내가 쓴 것 중 그나마 괜찮았던 이야기들은 내가 사랑에 빠졌던 하나의 장면을 중심으로 만든 이야기들이었다. 작가라면 누구나 마침내 이야기의 결정적 순간을 쓰게 되길 고대할 것이다. 미스터리가 폭로되고, 죽은 줄 알았던 인물이 살아 돌아오고, 감정이 최고조에 이르렀을 때 누군가가 살해당하는 순간 말이다. 그렇지만 모든 장면이 이와 같은 클라이맥스 장면이 될 수 있는 것은 아니다. 따라서 나는 내가 사랑에 빠진 장면을 진전시키기에 앞서 구조적 이유로 세 가지 요소를 먼저 살핀다.

1. 이야기 3막의 절정에서 긴장을 해소해야 한다.
2. 인물호의 완결을 포함해야 한다.
3. 특정 배경에서 벌어져야 한다.

나는 내가 개인적으로 탐구하고 싶은 주제나 갈등을 중심으로 이야기를 쓰곤 한다. 지금껏 정신 질환을 겪고 있는 친구들에 대한 책임감, 고통의 의미, 신의 존재에 대한 의문이 믿음을 갖는 데 영향을 미치는가, 어른이 된다는 것은 어떤 의미인가, 자신이 정신 질환을 앓고 있더라도 다른 친구가 똑같이 아프다면 그에게 털어놓지 않는 것, 성과 사랑은 반드시 결부돼야 하는가 등의 문제를 다뤘던 것 같다. 모두 복잡하고, 흥미롭지만 상당히 고심해야 하는 주제다. 나는 이야기를 쓰며 다양한 관점에서 이 주제들을 탐구했고, 각각의 소설을 쓸 때도 이를 중심으로 갈등을 전개했다. 조금 전에 말했듯, 세부 사항을 계획하는 일은 자신이 미처 준비되기 전에 이야기에 헌신해야 하는 것처럼 느껴질 수 있다. 나는 내가 열렬한 관심을 갖고 있는 질문들에 관해 이야기를 씀으로써 이 문제 상황을 피해 가는 것이다. 내가 인생에서 실제로 씨름하고 있는 주제들이므로, 이 클라이맥스 장면들이 다루는 내용도 그다지 바꾸지 않는다. 이 질문들은 이야기의 핵심을 관통하고 있으니 클라이맥스 장면을 바꾸면 아예 다른 책을 쓰게 되는 것이나 마찬가지다. 전혀 바꾸지 않는다는 뜻은 아니지만, 나는 내용을 다른 것으로 바꾸거나 덜어내기보다는 내용을 더욱 추가하는 편이다.

이 장면이 소설의 주춧돌이 되길 바란다면 우선 충분히 완성해야 한다. 이 세 가지 요소를 갖추지 못한 클라이맥스 장면은 이야기의 나머지 부분을 구성하는 데 별반 도움이 되지 않으며, 장면 자체를 놓고 봐도 그다지 흥미롭다고 할 수 없을 것이다. 나의 커다란 비밀은 내가 작품의 아이디어를 정말 가끔만 얻는다는 것이다. 아이디어를 담아낼 인물호, 배경, 서사 구조를 발견할 수 없는 모호한 아이디어들은 떠오르더라도 받아들이지 않는 까닭이 크다.

내가 특별히 중요하다고 생각하는 특징은 이렇게 딱 세 가지다. 다른 요소들은 C. S. 루이스의 작품처럼 주제를 명확히 나타내거나, 로맨스 소설에서처럼 두 인물의 관계에 관한 주요 스토리 비트를 선명하게 드러내기 위해서라면 얼마든지 설정을 대체할 수 있다. 이야기에 본격적으로 착수하기에 앞서 클라이맥스 장면에서 어떤 요소들을 찾아내야 할 것인가는 작품의 장르나 그때그때의 마음가짐에 따라 달라지게 마련이지만, 기본적으로 이 세 요소는 처음부터 포함시키고자 노력한다.

클라이맥스 장면은 이야기의 절정에서 긴장을 해소시키고, 인물호를 완결해야 하며, 특정 배경을 갖고 있어야 한다. 이유는 간단하다. 마치 눈을 감고 오래된 숲속을 걷듯 이야기가 어디로 흘러가는지 모른다면, 앞길에 무엇이 있는지 알 수 없어 나무뿌리를 만나는 족족 발이 걸려 넘어질 것이다. 클라이맥스 장면은 우선 최고조에 이른 긴장을 해소하는 장면이어야 한다. 그래야 이야기의 시작에서부터 무엇을 향해 긴장을 쌓아가야 할지 알 수 있기 때문이다. 다음으로, 인물호를 완결하는 장면이어야 한다. 인물호는 이야기의 힘줄로, 이야기의 시작에서부터 인물이 정신적으로 무엇을 향해 변화해가야 할지 알려준다. 마지막으로, 작중 인물들이 플롯 사건들을 겪은 끝에 물리적으로 다다라야 하는 곳을 알려주는 분명한 배경이 담긴 장면이어야 한다.

결국 내 방법은 내가 어떤 목적지를 향해 이야기를 써야 할지 끊임없이 안내해주는 틀을 창조하는 것이다. 2015년도 내내 썼던 이야기가 하나 있다. 나는 한 인물이 모든 것이 자신의 책임과 잘못은 아니라는 사실을 마침내 깨닫는 어느 장면을 생각해냈다. 이 깨달음은 한 여자아이가 다른 인물과의 관계에서 긴장을 해결하면서 이루어졌고, 등대를 배경으로 나타났다.

이렇게 기초적인 클라이맥스 장면을 떠올렸다면 이제 깊이를 더해본다. 즉, 정확히 어디에서 벌어지는 장면인지 알아내야 한다. 단순히 등대라는 설정으로는 부족하다. 그래서 나는 장소는 북부 독일 해안에 있는 로이텀 도른부쉬로, 시간은 2015년

7월 21일 저녁 7시경으로 정했다. 그리고 이 장면에 등장하는 인물들이 누구인지 알아내야 한다. 이 이야기에서는 이 장면을 통해 비단 주인공뿐 아니라, 주제 탐구에 있어 주인공의 여성 대조 인물로 나오는 주인공의 어머니도 인물호가 완결됐다. 그리고 주인공과 함께 유럽을 여행한 주인공의 오빠 역시 인물호의 완결을 맞이했다. 마지막으로 이 장면에서 정확히 무슨 일이 벌어지는지 알아내야 한다. 내 이야기에서는 주인공과 여성 대조 인물, 즉 주인공과 그녀의 어머니가 팽팽한 대립 끝에 작별했다.

짚고 넘어가자면, 이 기법으로 '클라이맥스 장면'을 파악할 때 이야기의 절정에서 일어나는 모든 일을 알아내야 하는 것이 아니다. 그렇지만 이야기가 기어코 다다라야 할 이 결정적 장면에 대해 더 많은 것을 파악하고 있을수록, 이 장면은 글을 쓰는 과정에 더 좋은 길잡이가 돼줄 것이다. 최소한 나는 모든 주요 인물들의 인물호를 미리 파악한다. 작품을 구상하는 이 시점에서는 이야기가 어떻게 클라이맥스 장면에 도달할 것인지 완전히 생각해낼 필요는 없다. 흡족한 이야기란 기본적으로 문제를 설정하고, 그에 대해 흡족한 답을 주기 때문에 흡족한 것이다. 이 기법의 목적은 끝을 염두에 둔 채 이야기의 시작과 중간을 집필한 결과, 이야기가 언제나 이와 같은 결실, 즉 '답'을 향해 가고 있는 것처럼 느껴지도록 하는 것, 즉 이야기가 응집성을 갖춘 전체로서 읽히도록 하는 것이다.

〈배트맨 대 슈퍼맨: 저스티스의 시작〉이 실패한 까닭 중 하나는 이 작품이 장면이 아니라 순간에 초점을 맞췄다는 데 있다. 참고로 유튜버 너드라이터Nerdwriter의 '배트맨 대 슈퍼맨: 근본적 결함Batman v Superman: The Fundamental Flaw'이라는 영상을 보면 이 같은 논평의 요점이 훨씬 잘 설명돼 있다.* 이 작품은 눈과 귀를 사로잡는 화려한 이미지와 짤막한 대사로 점철된 스냅숏들의 모음으로, 깊이를 찾아보기가 어렵다. 인물호가 완결되지도 않고, 주요 인물들의 관계 비트가 최고조에 도달하지도 않고, 근본적으로 긴장을 유의미하게 해소하지도 않는다. 작품이 장면에서 장면으로 흘러가는 것이 아니라 순간에서 순간으로 흘러가기 때문에 이야기가 충분한 깊이와 설득력을 확보하지 못한다. 대본 집필이 시작되기 전에 완전히 작성된 핵심 장면이 한 장면이라도 마련된 상태였는지 잘 모르겠다. 있었다 하더라도 그 장면을 충분히 숙고하지 않았으며, 서사가 그 장면을 향해 흡족한 방식으로 전개되지도 않은 것 같다.

핵심 장면

클라이맥스 장면을 확보하고 나면 내 이야기가 어디를 향해 가는지 알면서 이야기를 써나갈 수 있다. 이야기의 행방에 대해 아직 미묘하게 남겨진 부분들도 있겠지만, 이제 이야기가 납득이 가는 논리적 형태로 클라이맥스 장면에 다다르도록 하려면 일어나야 하는 장면들을 거꾸로 파악한다. 이런 필요한 장면들을 '핵심 장면'이라고 한다.

나는 먼저 클라이맥스 장면에서부터 역으로 개략적인 이야

* https://www.youtube.com/watch?v=38Cy_Qlh7VM

기를 구상한다. 그리고 이때 이야기의 힘줄인 인물호에 특히 초점을 맞춘다.

- 클라이맥스 장면에서 인물의 인물호가 자연스럽게 완결되도록 이끄는 주요 심리 변화 지점을 몇 가지 정한다.
- 이야기의 절정에서 클라이맥스 장면이 나타나는 데 필요한 주요 플롯 사건을 몇 가지 정한다.
- 클라이맥스 장면의 배경에 도달하기 위해 배경이 어떻게 변화해가야 할지 몇 가지 정한다.

여기에는 이야기가 시작될 때 인물이 심리적으로나 물리적으로 놓여있는 상태를 결정하는 것도 포함된다. 다음의 예를 보면 훨씬 쉽게 이해될 것이다. 〈아바타: 아앙의 전설〉의 '암흑의 날 2: 일식'에는 주코 왕자가 드디어 자신이 학대를 받았다는 것, 나라로부터 추방당한 일은 자신의 탓이 아니라는 것, 그리고 아버지의 인정을 얻든 말든 자신은 어엿한 한 사람이라는 것을 받아들이고, 마침내 아버지에게 등을 돌리는 그의 클라이맥스 장면이 나온다. 〈아바타: 아앙의 전설〉을 집필한 작가들은 이 이야기의 끝에 주코 왕자가 어디에 있기를 바라는지 정확히 알고 있었다. 주코의 이야기를 역방향으로 구상하려면 이 클라이맥스 장면에는 다음과 같은 내용이 포함돼 있었어야 한다.

- **심리적 변화** 주코는 자신이 아바타를 쓰러뜨린다 해도 진정한 성취감을 얻을 수 없다는 것, 자신의 충성이 궁극적

으로 향하는 곳은 불의 제국이 아니라는 것, 자신은 사랑을 받을 가치가 있는 사람이라는 것, 그리고 자신의 운명을 스스로 결정해야 한다는 것을 깨닫기 시작한다.

- **플롯 사건** 아앙이 패배해야 주코가 불의 제국으로 귀향할 수 있고, 아이로가 주코에게 사랑을 주며 자신의 운명을 스스로 개척하도록 독려해야 하고, 주코는 자신의 고국으로부터 배신을 당해야 한다.
- **배경의 변화** 일식 기간에 주코는 불의 제국에 있어야 한다.

〈아바타: 아앙의 전설〉 작가들은 클라이맥스 장면이 의미 있는 장면이 되려면, 작품 초반에는 주코가 이 중 어느 것도 믿지 않는다는 걸 독자들에게 보여줘야 한다는 사실을 알았다. 이것이 주코의 심리적 상태다. 또 주코는 아바타인 아앙의 흔적을 쫓아 세계 도처를 돌아다닐 필요가 있다. 이것이 주코의 물리적 상태다. 이를 결정하면 이야기의 시작과 끝 사이에 연관성이 확립된다.

이와 같은 주요 심리 변화의 지점들과 커다란 플롯 사건 몇 가지가 이야기의 '핵심 장면'들을 이룬다. 그리고 이 지점들이 주요 스토리 비트로서 내가 사랑에 빠진 클라이맥스 장면을 향해 이야기를 이끈다. 내가 이야기를 구상할 때는 이 비트들이 보통 4개를 넘지 않으며, 2개 이상은 된다. 이야기가 앞으로 나아가게 하는 강력한 순간이 적어도 두 개가 되지 않으면, 클라이맥스 장면을 충분히 깊이 이해하지 못했다는 뜻이다. 네 개가 넘으면 비트의 효과가 희석되기 시작한다. 가장 중요한 것은 2-4개의 주요 사건이 2-4개의 주요 심리적 변화 지점과 상호 작용을 일으키도록 하는 것이다. 나는 주요 사건과 주요 심리적 변화를 한 쌍씩 묶는다. 그러면 플롯 차원에서도 인물의 심리 차원에서도 탐구할 수 있는 2-4개의 상세한 핵심 장면이 생긴다. 이렇게 하는 이유는 뒤에서 다시 설명하겠다.

핵심 장면을 짜는 과정은 자신이 클라이맥스 장면에 대해 어떤 것들을 파악했고 그로부터 역방향으로 어떤 것들을 구상해내고 싶은가에 따라 저마다 훨씬 상세하게 진행될 것이다. 개인적으로 나는 이야기를 움직이는 힘으로 작용하는 주요 변화들에 주목하는 편인데, 이로부터 독자가 실제로 읽고 경험하는 내용이 만들어지기 때문이다. 또 인물호의 발전 및 그와 관련된 선택을 우선적으로 고려하는데, 이건 내가 주로 이 부분을 통해 이야기의 긴장을 발생시키곤 하기 때문이다. 똑같이 이 기법을 사용하더라도 작가에 따라, 특히 어떤 측면에서 이야기의 긴장을 창조하는가에 따라 글의 어느 요소를 우선시하는가는 얼마든지 달라진다.

클라이맥스 장면과 2-4개의 핵심 장면이 마련되고 나면, 이제 이 내용들을 정렬해 응집력 있는 서사로 구성하기 시작한다.

3막 구조

3막 구조는 오랜 세월을 넘어 여전히 널리 활용되고 있는데, 그야 3막 구조를 따르면 좋은 스토리텔링을 할 가능성이 높아지기 때문이다. 글을 쓸 때는 유연성도 중요하다고 생각하므로 나는 3막 구조를 엄밀한 수준으로까지 따르지는 않지만, 핵심 장면들을 구성하는 데는 도움을 받는다. 내 경험상 기본 구조 이상의 뭔가를 알려주는 공식은 거의 없는 것 같지만, 이론가들이 내놓은 3막 구조에 대한 공식과 해석은 백만 가지도 넘는다. 하지만 어느 공식이건 다음의 스토리 비트를 지니고 있다.

1. **촉발 사건** 일련의 플롯상 사건을 불러일으킨다.
2. **1막의 클라이맥스** 주인공이 물리적으로나 은유적으로 새로운 배경에 돌입해 첫 번째로 주요 장애물을 접한다.
3. **위기** 주인공이 최저점을 겪는다.
4. **2막의 클라이맥스** 두 번째 주요 장애물이 등장하고 흔히 실패로 끝나는 장면이다.
5. **3막의 클라이맥스** 이야기의 주요 긴장들이 해소된다. 그리고 대략 이 시점에서 클라이맥스 장면이 나타난다.
6. **대단원** 주인공이 새로운 규범을 받아들인다.

이 성분들은 전부 모아도 기초적인 3막 구조밖에 나타나지 않지만, 두 번째 단계에서 찾아낸 핵심 사건들을 구조화하는 데는 충분하다. 플롯의 주요 사건이나 인물의 심리적 변화가 3막 구조상 어디에도 맞아들어 가지 않을 경우, 나는 대체로 두 번째 단계로 돌아가 클라이맥스 장면을 더욱 주의 깊게 탐구하며 3막 구조에 어울리는 핵심 장면을 다시 찾는 편이다. 반드시 면밀하게 계산된 결과는 아닐지 몰라도, 다른 작품들을 보면 핵심 장면들이 3막 구조에 아주 잘 들어맞는다는 것을 확인할 수 있다. 이번에도 〈아바타: 아앙의 전설〉을 통해 살펴보자.

1. **촉발 사건** '빙하 속의 소년, 아앙The Boy in the Iceberg'에서 주코가 아바타의 귀환을 알리는 빛의 기둥을 발견한다.

2. **1막의 클라이맥스** '북극의 전쟁The Siege of the North'에서 자오 제독에게 쫓기던 주코를 아앙이 구해주고, 주코는 불의 제국을 향한 자신의 충성심과 자기 적들이 과연 나쁜 인물들인가에 대해 의문을 품는다. 주코는 불의 제국 사람들로부터 배신당했다.

3. **위기** '라오가이 호수Lake Laogai'에서부터 '운명의 갈림길Crossroads of Destiny' 에피소드에 이르기까지 진행된다. 이 위기는 주코와 아이로의 대화에서 잘 드러난다.

아이로: 내가 묻고 싶은 말이다. 아바타의 들소를 찾았으니 이제 어쩔 셈이냐? 우리 새집에 가둬둘 생각이더냐? 내가 들소에게 내줄 찻물을 끓여놔야 할까?

주코: 일단 여기서 데리고 나가야 해요.

아이로: 그런 다음엔!? 넌 매사 흐지부지하잖느냐! (주코를 손으로 가리킨다.) 북극에서 아바타를 잡았을 때도 이런 식이었지! 아바타를 붙잡고도 어디로 가야 할지 몰랐잖아!

주코: 어떻게든 했을 거예요!

아이로: 아니! 아바타의 친구들이 널 찾지 않았다면, 넌 거기서 얼어 죽었어!

주코: 저는 제 운명을 알아요, 삼촌!

아이로: 그게 네 운명인 거냐, 아니면 누가 너한테 강요한 운명인 거냐?

주코: 그만하세요, 삼촌! 전 제 할 일을 하고 있는 거라고요!

아이로: 내가 이렇게 빌마, 주코 왕자! 더 이상 미루지 말고 네 내면에 귀를 기울여야 해. 스스로에게 질문을 던져야 한단 말이다. 나는 누구인지, 내가 정말 원하는 것은 무엇인지!

주코는 자신의 운명을 결정하는 것은 누구인가, 그리고 자신이 사랑을 받을 자격이 있는가에 관해 내적으로 고군분투한다. 주코의 삼촌인 아이로는 끊임없는 용서를 보여주는데, 주코가 아버지한테서는 볼 수 없었던 모습이다.

4. **2막의 클라이맥스** 시즌2의 마지막 화 '운명의 갈림길'에서 주코는 아버지가 강요하는 자신의 운명을 계속해서 믿을 것인지, 누구의 편에 설 것인지 결정해야 한다. 이때 주코는 결국 자신의 운명을 스스로 결정하고 사랑을 받아들이는 데 실패하며, 최저점을 겪는다. 그는 또다시 아바타의 반대편에 섰고, 아앙은 죽은 것으로 추정되는 상황이다. '운명의 갈림길'의 결과로

주코는 승리자로서 불의 제국으로 귀환하고, '명예'를 회복한다. 그러나 주코는 아무런 성취감을 얻지 못한다. 시즌3 5화 '해변의 추억 The Beach'에서 주코는 이렇게 말한다.

주코: 오랫동안 나는 아버지가 나를 인정해주기만 하면 행복해질 줄 알았어. 이제 집으로 돌아왔고, 아버지가 나에게 말을 걸어줘. 하! 심지어 나를 영웅이라고 생각하시지. 모든 게 완벽하잖아? 그러면 지금 행복해야 할 텐데, 행복하지가 않아. 오히려 전보다 더 화가 나, 근데 그 이유를 모르겠어! … 나는 나 자신에게 화가 나!

5. **3막의 클라이맥스** 주코는 자신을 학대한 아버지로부터 인정받는다 한들 성취감을 얻지 못하리라는 사실을 깨닫기 시작한다. 행복과 성취감을 느끼려면 자신의 운명을 스스로 결정해야 한다. 주코는 '암흑의 날 2: 일식'에 이르러 자신의 클라이맥스 장면에서 이를 이룬다.

주코: 오랫동안 저는 아버지의 사랑을 받기를, 인정받기만을 바랐어요. 그게 제가 좇는 명예라고 생각했어요. 하지만 그냥 아버지를 기쁘게 하고 싶었던 것, 그 이상도 이하도 아니었어요. 고작 하지 말아야 할 말을 했다는 이유로 나를 추방한 아버지를 말이에요. (검을 자신의 아버지 쪽으로 겨눈다.) 열세 살 소년에 불과했던 제

게 아그니 카이 결투에 임하라 하셨죠. 어떻게 어린 자식이랑 결투할 생각을 하실 수가 있죠? … 잔인한 일이었어요! 옳지 않은 일이었다고요. … 그보다 더 중요한 결단도 내렸어요. 아바타의 편에 서서 그가 아버지를 쓰러뜨릴 수 있도록 도울 거예요.

6. **대단원** 다음 에피소드에서 주코는 새로운 규범을 받아들이고 완전히 다른 사람으로 거듭난다.

작품을 역방향으로 구상하면 모든 주요 플롯 포인트가 이야기의 긴장이 만족스럽게 해소되는 데 기여하도록 할 수 있다. 주코의 이야기에서도 드러나듯, 인물의 주요 심리 변화와 주요 플롯 포인트들은 1막, 2막, 3막의 클라이맥스와 보조를 같이하는 경향이 있다. 한편 배경의 변화는 이야기의 진행 과정에서 비교적 언제든 발생할 수 있다.

나는 소설을 계획할 때 핵심 장면들을 1막, 2막, 3막의 클라이맥스를 비롯해 위기 지점과도 맞춘다.

인물호의 주요 순간들과 플롯 포인트들이 서로 결부돼 있으면 더욱 호소력이 있으며 이야기도 자연스럽게 흘러간다. 인물의 정신적 발전과 인물의 경험은 밀접한 연관이 있다. 이 둘을 연결하지 않은 채 이야기를 구상하면 플롯 사건이 인물이 한 사람으로서 발전해나가는 과정과 따로 놀아 플롯 사건의 목표가 무엇인지 갈피를 잡기 어려워진다. 이 구조로 이야기를 쓰다 보면 별다른 노력을 기울이지 않아도 언제 배경을 변화시켜야 할지 알 수 있으며, 이 목표에 다다르기 위해 이야기의 방향을 자연스럽게 조절하게 된다.

이 기법을 반복적으로 적용해 병행되는 이야기들과 또 다른 인물들의 감정 아크를 그리는 것도 문제없다. 여러 인물이 저마다 클라이맥스 장면을 갖고 있는 이야기는 생각 외로 드물지 않다. 이때는 이 장면들이 모두 모여 집합적으로 3막의 클라이맥스를 형성한다.

세 번째 단계를 마칠 때쯤이면 이야기 전반에 걸친 긴장의 상당 부분과 주요 인물호를 완결하는 클라이맥스 장면, 그리고 3막 구조를 따른 공식을 이용해 클라이맥스 장면으로 향하는 탄탄한 토대가 되도록 구성한 핵심 장면들이 손에 주어진다. 지금껏 작성한 모든 내용이 이야기가 가장 흡족한 결말로 끝날 수 있도록 서로 긴밀하게 연결돼 있다는 의미다.

이 세 단계의 과정은 아마도 건축가 모델에 더욱 가깝게 느껴졌을 텐데, 이제부터는 내 내면의 정원사가 본격적으로 나선다. 지금 나는 내 이야기의 시작과 끝, 그리고 그 사이에서 두 지점을 연결하는 핵심 장면들을 안다. 내용을 진전시키는 이 결정적 포인트들을 염두에 둔 채 집필을 하다 보면 이야기의 유기성이 모습을 드러낼 것이다. 정원사 유형의 작가들이 흔히 겪는 문제는 이야기가 재미없다는 것이 아니라 방향성이 부족하다는 것이다. 열정적인 건축가 유형 작가들이 종종 겪는 문제는 이야기의 응집성을 흐트러뜨리지 않기 위해 촘촘히 세워둔 계획을 따라가느라 내용을 변경하는 편이 도리어 도움이 되는 상황에서도 자유롭게 서사를 풀어가는 데 제약을 느낀다는 것이다.

1. **클라이맥스 장면** 이야기 전체를 관통하는 극적 줄거리와 감정의 흐름이 최고조에 이르는 3막의 장면을 구체화한다.
2. **핵심 장면** 클라이맥스 장면이 나타나는 데 필요한 2-4개의 주요 플롯 포인트, 2-4개의 심리적 변화 내용을 결정한다.
3. **3막 구조** 핵심 장면들을 1막, 2막, 3막의 클라이맥스, 그리고 위기 지점에 걸쳐 정렬하고 구조화한다.

이 기법은 견고한 인과 관계를 갖춘 응집력 있는 서사를 구축할 수 있도록 방향을 제시해준다. 또 이 기법을 따르면 계획에 지나치게 구속되지 않고 유연하게 이야기를 써나갈 수 있을 것이다.

작가를 위한 세계관 구축법

생성 편
마법, 제국, 운명

초판 1쇄 2022년 6월 20일

지은이 티머시 힉슨
옮긴이 정아영

펴낸이 김한청
기획편집 원경은 김지연 차언조 양희우 유자영 김병수
마케팅 최지애 현승원
디자인 이성아 박다애
운영 최원준 설채린

펴낸곳 도서출판 다른
출판등록 2004년 9월 2일 제2013-000194호
주소 서울시 마포구 양화로 64 서교제일빌딩 902호
전화 02-3143-6478 팩스 02-3143-6479 이메일 khc15968@hanmail.net
블로그 blog.naver.com/darun_pub 인스타그램 @darunpublishers

ISBN 979-11-5633-468-2 04800
979-11-5633-467-5 (SET)